Rose Snow

12

Das erste Buch der Mitternacht

Rose Snow

12

Das erste Buch der Mitternacht

Ravensburger

Bibliografische Information der Deutschen Nationalbibliothek:

Die Deutsche Nationalbibliothek verzeichnet diese Publikation
in der Deutschen Nationalbibliografie. Detaillierte bibliografische Daten
sind im Internet auf *www.dnb.d-nb.de* abrufbar.

MIX
Papier aus verantwortungsvollen Quellen
FSC® C111262
FSC
www.fsc.org

1 2 3 4 5 E D C B A

Dieses Werk wurde vermittelt durch die
Michael Meller Literary Agency GmbH, München

Lektorat: Franziska Jaekel
Umschlaggestaltung: Anna Rohner
Verwendete Bilder von
© lenaer/Shutterstock, © pittaya/Shutterstock und
© Romolo Tavani/Shutterstock

Printed in Germany

ISBN 978-3-473-40190-1

www.ravensburger.de

Für meine Mutter Johanna,
die mir das Licht der Liebe geschenkt hat

Prolog

Die Nacht ist von einer schmerzhaften Schönheit. Verschwommene Lichter pulsieren auf den Leuchtreklamen der Wolkenkratzer. Aus den Lautsprecherboxen des silbernen Porsches wummert Musik. Der rhythmische Klang vermischt sich mit Phoenix' Lachen, mein Herz schlägt im Takt dazu. Selbstsicher trete ich aufs Gas. Menschen, Geschäfte und Autos fliegen in der hoch aufragenden Häuserflucht an uns vorbei. Die Straße vor mir ist leer, Ampeln locken mit strahlendem Grün. Der Geschmack von Freiheit liegt mir auf der Zunge. Ich fühle mich lebendiger als je zuvor. Phoenix berührt meinen Oberschenkel, ich umfasse das Lenkrad fester. Mein Körper will mehr davon.

Plötzlich schießt uns ein schwarzer Jeep entgegen. Blaues Licht explodiert gleißend hell hinter meiner Netzhaut. Irgendwie gelingt es mir, auszuweichen. Unser Porsche schlittert über den Bürgersteig. Das blaue Licht überflutet meine Sinne, es durchtränkt jede einzelne Zelle. Mit aller Kraft trete ich auf die Bremse. Ich spüre den Verlust der Kontrolle, höre die laute Musik und mein ersticktes Keuchen. Nur Phoenix' Lachen ist verstummt.

Und dann ist da plötzlich nur noch Dunkelheit, gefolgt von einer tiefen Stille.

Als ich wieder zu mir komme, bin ich nicht mehr ich, das fühle ich. Auch meine Welt hat sich verändert. Mattschwarze Seerosen schweben über einem spiegelnden See. Es ist noch immer Nacht, doch die Luft riecht geheimnisvoller als zuvor. Ich stehe auf einer gebogenen Brücke. Eine einzelne Gaslaterne wirft ihren spärlichen Schein auf die marmorglatte Brüstung, in deren dunklem Stein sich blaue Lichtfunken bewegen. Mein Nacken kribbelt auf eine unheilvolle Art.

Ich bin hier nicht sicher. Und ich weiß auch warum.

Der Schatten eines hochgewachsenen Mannes schält sich aus der Dunkelheit. Cajus Conterville. Ich kenne seinen Namen, genau wie sein Gesicht. Er trägt seltsame Kleidung, passend zu diesem seltsamen Ort. Die hohen Stiefel sind pechschwarz wie der Mantel, der bedrohlich um seinen schlanken Körper flattert. Seine funkelnden Augen mustern mich unbarmherzig. Ein kurzer dunkler Bart bedeckt seine Wangen. Seine Bewegungen sind entschlossen, während er lautlos näher kommt.

Ich greife in meine Tasche.

Ich bin bereit, zu kämpfen.

Kapitel 1

Panisches Luftholen. Wie nach einem langen Tauchgang schrecke ich aus dem Schlaf hoch, breche erschöpft durch die Oberfläche der Realität. *Es war nur ein Traum. Nur ein Traum.* Zwei Atemzüge lang glaube ich mir selbst. Dann kommt die Erinnerung zurück. Die Party am Rande der Stadt. Phoenix' Lippen an meinem Hals. Seine Hände an meinen Hüften. Die Bässe der Musik, unsere ausgelassenen Bewegungen, der Geschmack von Cola, vermischt mit Alkohol. Die Fahrt zurück durch das hell erleuchtete Seattle. Seine Finger auf meinem Oberschenkel. Mein trommelnder Herzschlag. Der schwarze Jeep. Danach nur noch Dunkelheit und Schuld.

Seit vier Wochen begleitet mich diese Schuld, als würde sie eine verdammte Auszeichnung dafür bekommen, mich überallhin zu verfolgen. Sie ist da, Tag und Nacht. Seit achtundzwanzig Tagen gehört sie zu mir wie das Muttermal über meiner Lippe, das ich noch nie leiden konnte.

Aber so ist das nun mal. Nur ein Moment kann dein Leben verändern. Niemand fragt dich um Erlaubnis. Bloß ein paar Sekunden, das reicht, um den Unterschied zu machen. Plötzlich ist alles anders. Jeder Blick, jeder Atemzug, selbst jedes Gefühl, das du hast, wird bestimmt durch den Moment. In letzter Zeit frage ich mich häufig, wie viele dieser Momente so ein Menschenleben erträgt. Ob es eine Obergrenze gibt, oder ob alles doch nur Willkür ist, ohne irgendwelche Regeln, nicht mehr als ein Glücksspiel.

Noch vor vier Wochen hatte ich das Glück vielleicht nicht gerade gepachtet, aber zumindest führte ich das normale Leben einer Neunzehnjährigen – mit einem langweiligen Job, der meine Rechnungen bezahlt und einem neuen Freund, der mich glücklich machte. Ich hatte mich treiben lassen, ganz ohne Zukunftspläne. Jetzt hat meine Zukunft einen Plan. In einigen Wochen findet mein Gerichtstermin am King County Superior Court statt. Dann wird entschieden, ob ich die Schuld an Phoenix' Zustand trage, der seit dem Autounfall im Koma liegt. Ich kenne die Antwort auf diese Frage. Es ist zu offensichtlich. Wie ein treuer Hund wird mir die Schuld auch bis ins Gerichtsgebäude folgen, doch nur ich werde sie sehen, die Jury wird sie ignorieren. *Unschuldig*. So wird ihr Urteil lauten und das nur, weil die Sache mit Phoenix nicht zu erklären ist. Weil es ein gottverfluchtes Rätsel ist. Es ist weder aufregend noch fesselnd, es ist ein schwarzes Loch, für das jeder seine eigene Lösung findet.

Mit einem frustrierten Seufzen donnere ich mein Kissen quer durch mein Zimmer. Es prallt an der halb heruntergelassenen Jalousie ab und fällt unbeeindruckt auf die darunter stehende Kommode, die mir Mom und Dad zum Einzug in die WG geschenkt haben. Das Kissen landet genau auf dem Teller mit den Resten meines Currys, die grüne Sauce spritzt direkt auf meine neuen Bleistiftskizzen. Das Mondlicht, das durch das Fenster dringt, beleuchtet die seltsamen Farbkleckse und lässt meine düsteren Skizzen darunter noch unwirklicher erscheinen.

Na toll. Genervt schlage ich die Bettdecke zurück und stehe auf.

Mein Handy zeigt 5:12 Uhr an.

Ich habe drei Stunden geschlafen, mehr als in den letzten beiden Nächten. Ich schnappe mir das Curry-Kissen, ziehe den schmutzigen Bezug ab und mache mich zusammen mit dem Teller auf in Richtung Waschmaschine. Blaues Fernsehlicht strahlt mir entgegen, als ich die Tür zum Wohnzimmer öffne. Nur mit Boxershorts und einem grauen T-Shirt bekleidet sitzt mein bester Freund Scott auf dem Sofa und zockt mit Inbrunst eines seiner Onlinespiele, bei denen es darum geht, so viele Leute wie möglich niederzumetzeln.

»Hey …« Er sieht mich nicht an, während er wie wild auf die Knöpfe seines Controllers drückt.

»Hey, solltest du nicht schlafen?«, frage ich.

»Yep. Und du, Harper?«

»Kann nicht.« Ich steige über eine zerknüllte Jeans, Scotts alten Baseballschläger und eine einsame Socke, die mir auf dem Weg zur Küche begegnen. Dann stelle ich den Teller in die Spüle und stopfe den Kissenbezug in die Waschmaschine, die mal wieder bis oben hin voll ist. Da ich keinen Ärger mit den Nachbarn will, widerstehe ich dem Drang, sie einzuschalten. Stattdessen lasse ich ein Glas kaltes Wasser ein. Es tut gut, aber das Gefühl der Enge in meiner Brust wird dadurch auch nicht besser.

»Fuck!«, schreit Scott. Er wirft den Controller neben sich auf das olivgrüne Sofa. »Diese verdammten Idioten! Was ist so schwer daran, sich mal für zwei Sekunden zu verschanzen, statt sich direkt ins Kreuzfeuer zu stürzen?!«

Lächelnd gehe ich zurück ins Wohnzimmer, dafür braucht es nicht viele Schritte. Unsere WG hat gerade mal einundsechzig Quadratmeter, die wir uns seit ein paar Monaten teilen. »Sei nicht zu hart mit ihnen. Du spielst wahrscheinlich mit irgendwelchen Dreizehnjährigen.«

»Diese Dreizehnjährigen können mich mal«, mault Scott, bevor er seinen kabellosen Kopfhörer neben den Controller pfeffert. Dann fährt er sich durch seine unordentlichen braunen Haare, die beinahe den gleichen Farbton wie meine haben. »Sei so nett und lenk mich von dieser bescheuerten Tragödie ab. Was hat dich um diese Zeit aus dem Bett getrieben? Schon wieder ein Albtraum?«

Ich hebe eine Augenbraue. »Müssen wir wirklich darüber reden?«

»Hast du denn ein besseres Thema?«

»Ich hätte da einige.« Ich deute auf den halb leeren Pizzakarton, der vor Scott auf dem Boden steht. »Wie wäre es zum Beispiel mit der Vereinbarung, die wir letzte Woche getroffen haben?«

»Dass du aufhören sollst, dich selbst zu hassen?«

»Dass du aufhören sollst, überall dein Zeug rumliegen zu lassen.«

Er nimmt den Pizzakarton und stellt ihn zwischen ein paar leere Getränkedosen auf den Couchtisch. »Das esse ich noch.«

»Und die Socke da auch?« Grinsend kicke ich die einsame Socke in seine Richtung, die Scott erstaunlich elegant auffängt. Obwohl er ein paar Pfund zu viel auf den Rippen hat, sind seine Reflexe beneidenswert.

Scott legt die Socke ordentlich auf die Lehne des Sofas. Dann klopft er auf den Platz neben sich. »Komm, erzähl mir davon.«

»Wovon?«, frage ich widerspenstig, lasse mich aber trotzdem neben ihn nieder.

»Von deinem Traum. Wenn du den Putzdiktator raushängen lässt, war's mal wieder übel.« Seine warmen braunen Augen mustern mich auf diese spezielle Art, bei der ich nicht weiß, ob ich sie mag oder nicht. Es ist schön, dass wir uns so nahestehen, um selbst die kleinste Regung des anderen richtig deuten zu können. Gleichzeitig ist es auch die Hölle.

»Lass den Röntgenblick.« Unwillig ziehe ich meine Beine in den Schneidersitz. »Ich bin keine deiner Bakterien, die du dir unter dem Mikroskop ansiehst.«

»Stimmt, die sind entspannter«, erwidert Scott trocken, woraufhin ich lachen muss. »Dafür siehst du besser aus. Zumindest, wenn du den störrischen Gesichtsausdruck stecken lässt. So erinnerst du mich an Miss MacKenzie-Devenshire, die wir in der Grundschule hatten.«

Das ist kein hübscher Vergleich. Miss MacKenzie-Devenshire sah aus, als hätte sich eine Zitrone mit einer Ziege gepaart.

Ich binde mir die Haare zu einem Knoten zusammen und fixiere Scott. »Du könntest auch mal wieder einen Haarschnitt vertragen. Und eine Rasur.«

Er hebt eine Augenbraue. »Gleich verlangst du auch noch, dass ich duschen gehe.« Er schnuppert an seinem T-Shirt. »Ist noch im gelbgrünen Bereich.«

»Gelbgrün ist kein guter Bereich, Scott.«

»Jede Nacht nur drei Stunden zu schlafen ist auch kein guter Bereich, Harper.«

Seufzend drehe ich das Wasserglas in meiner Hand.

»Ging es wieder um den Unfall?«, fragt er.

Ich nehme langsam einen Schluck, bevor ich nicke. Dabei fühle ich mich wie das in der aufgewühlten See gefangene Dampfschiff aus William Turners Gemälde *Schneesturm auf dem Meer*. Irgendwann weiß man einfach nicht mehr, wo oben und unten ist.

»Ich habe von dem Unfall und diesem merkwürdigen dunklen Ort geträumt.«

In meinem Kopf taucht immer wieder eine Stadt auf, als würde sie dort hingehören. Nacht für Nacht nimmt sie mehr Konturen an, auch wenn die Erinnerungen danach jedes Mal leise wegdriften. Deshalb versuche ich, ihre schwarzen Brücken und schimmernden Laternen in meinen Skizzen festzuhalten.

»Diesmal war ich jedoch nicht allein. Der Typ von der Conterville Group war auch da.«

»Welcher Typ von der Conterville Group?« Scott dreht sich zu mir. »Meinst du den Schönling?«

»Er ist kein Schönling, er ist einfach nur reich. Und ein Arsch. Er hat Mom gefeuert. Wenigstens haben sie noch Dads Lehrergehalt.«

Scott tätschelt mir die Schulter. »Mir ist klar, dass du ihn nicht magst, Harper. Aber Cajus Conterville sieht trotzdem ziemlich gut aus, zumindest nach aktuellen gesellschaftlichen Kriterien – die sich hoffentlich irgendwann ändern.«

Ich mag das Grinsen in Scotts Gesicht, genauso wie sein Selbstbewusstsein. Egal was passiert, meinen besten Freund bringt nichts so schnell aus dem Konzept.

»Im Moment müssen wir leider in dieser oberflächlichen Welt leben, in der Cajus Conterville auf dem Cover der Vogue landet und nicht ich. Trotzdem hat er deine Mom nicht aus dem Schuhladen gefeuert, der kennt doch nicht mal ihren Namen, geschweige denn deinen. Aber ist doch klar, dass es dir mächtig auf den Sack geht, weiterhin für diese profitgeile Familie zu arbeiten. Man muss echt nicht Freud sein, um zu kapieren, warum der Kerl ausgerechnet jetzt in deinen Träumen aufkreuzt.«

Ich erinnere mich an den Moment, als meine Hand in meine Tasche geglitten war. Das war nicht ich in meinem Traum, aber ich konnte sehen und fühlen, was in der Person vor sich ging. Und diese Person war bereit, gegen Cajus Conterville zu kämpfen – bis in den Tod.

»Bei dir ist gerade eine Menge los. Vielleicht solltest du heute einfach mal nicht zu Phoenix ins Krankenhaus fahren.«

»Ich habe Zeit. Meine Schicht im Laden beginnt erst um zwölf«, erwidere ich. »Ich möchte bei ihm sein.«

»Seit dem Unfall hast du ihn jeden Tag besucht, Harper.« Scott greift nach meiner Hand. »Seine Mutter möchte nicht, dass du dort bist. Und du kannst auch nicht dein ganzes Leben an seinem Krankenbett verbringen.«

»Wieso nicht? Ich habe ihn ja schließlich auch dorthin gebracht.«

Scott schüttelt den Kopf. »Hör auf, dir das einzureden.«

»Ich rede mir nichts ein. Ich saß am Steuer, obwohl ich etwas getrunken hatte.«

Ich wünschte, wir hätten das Firmenfest des Architekturbüros, in dem Phoenix arbeitet, nie besucht, hätten nie an der Tombola teilgenommen und nie das Cabrio für ein Wochenende gewonnen.

»Du warst nur knapp über der Promillegrenze. Hör auf, die Märtyrerin zu spielen, Harper. Der Typ mit dem Jeep ist falsch in die Einbahnstraße gefahren, du hast euer Cabrio geistesgegenwärtig auf den Bürgersteig gelenkt. Du hast niemanden verletzt, sondern bloß ein Straßenschild gerammt. Und selbst das auf die sanfte Art.«

»Dennoch liegt Phoenix seitdem im Koma.«

»Aber doch nicht wegen dir.«

Meine Schultern beginnen zu zittern. »Und warum dann?«

Ich wünschte, ich hätte an dem Abend nichts getrunken. Wünschte, ich hätte konkretere Erinnerungen an das, was passiert ist. Aber ich habe nur verschwommene Bilder, das verdammte Blackout sowie die Aussage des besoffenen Jeepfahrers, der Phoenix und mich aus dem Cabrio gezerrt hat, weil er dachte, wir wären tot. Aber wir waren nicht tot, wir waren beide bewusstlos. Nur dass ich wieder aufgewacht bin, während Phoenix noch immer nicht ansprechbar ist. Und niemand hat eine Erklärung dafür.

»Keine Ahnung. Vielleicht habt ihr auf der Party versehentlich irgendwelche unbekannten Drogen genommen, die man in eurem Blut nicht nachweisen kann. Vielleicht hat Phoenix eine exotische genetische Prädisposition. Oder es handelt sich um einen neuen

Schockzustand, den die Medizin noch nicht kennt, keine Ahnung.« Er seufzt. »Egal wie, du musst dich wieder um dich kümmern. Schließlich kennst du Phoenix erst seit ein paar Wochen. Du bist ihm gegenüber zu nichts verpflichtet. Geh zum Judo, zieh dir ein paar Serien rein oder mach sonst irgendwas. Aber vernichte dich nicht. Nicht so.«

Für einen Augenblick schweigen wir. Die Stille ist kaum zu ertragen, denn sie wartet. Wartet darauf, dass ich reagiere, dass ich mich nach rechts oder links bewege. Dass ich endlich handle.

»Ich versuche es«, sage ich irgendwann, nur um das Gespräch zu beenden.

Scott erwidert nichts. Er sieht mir an, dass ich Zeit brauche, und dass wir hier nicht weiterkommen. Mit einem tiefen Atemzug stehe ich auf und gehe in mein Zimmer. Mein Glas lasse ich neben dem Pizzakarton stehen, doch meine Schuldgefühle nehme ich mit.

Kapitel 2

Drei Stunden später sitze ich in der U-Bahn und starre auf die spiegelnde schwarze Scheibe des Waggons, der durch den lichtlosen Tunnel rast. Das monotone Rattern der Räder auf den Schienen vereint sich mit meinem dumpfen Herzschlag. Ich betrachte mein Spiegelbild, das mir müde auf dem zerkratzten Glas entgegensieht. Für die anderen Leute in dem überfüllten Abteil sehe ich aus wie eine junge Frau auf dem Weg zur Uni oder zur Arbeit. Mit den hochgebundenen braunen Haaren, der blauen Jeans und den bequemen Sneakers unterscheide ich mich kaum von Millionen anderer junger Frauen, die morgens unterwegs sind. Ich bin eine von ihnen und doch bin ich es nicht. Wahrscheinlich ist es sowieso eine Illusion, zu glauben, dass wir uns alle ähnlich sind. Jeder von uns ist anders, ist innerlich hässlicher oder hübscher, älter oder jünger, total lebendig oder nur noch am Überleben.

Ich fange den Blick eines Mannes auf, der mir kurz in die Augen sieht, bevor er meinen Mund betrachtet. Ich sehe genau, dass er das Muttermal oberhalb meiner Lippen fixiert, weil es auffällt und heraussticht. Mir selbst hat es noch nie gefallen, aufzufallen und herauszustechen, aber Phoenix hat meinen Schönheitsfleck gemocht. Er behauptet immer, er sähe exakt so aus wie der von Cindy Crawford, und dass ich überhaupt eine große Ähnlichkeit mit ihr hätte. In den paar Wochen, in denen wir zusammen waren, hat er eine Menge schmeichelhaften Unsinn behauptet. Phoenix ist jedoch nicht der romantische Typ, im Gegenteil. Er reagiert allergisch auf Sonnenuntergänge und Strandspaziergänge. Dennoch war er davon überzeugt, dass wir zusammenpassen, weil wir so unterschiedlich sind. Während er Marathonläufe, die aktuellen Charts und Autos gut findet, zeichne ich gern, interessiere mich für Kunst und mag im Grunde keinen Sport, außer Judo. Er liest vor allem Biographien oder russische Autoren, ich liebe Bücher, die eine gewisse Leichtigkeit und Verrücktheit mit sich bringen. Er bevorzugt Sushi und isst meist gesund, bei mir darf es auch Pizza mit Eis zum Nachtisch sein.

Ich mochte die Gespräche mit ihm, weil er charmant und gleichzeitig so anders ist. Phoenix ist zielstrebig und hat immer einen Plan, er verliert nie die Orientierung. Auch wenn er es nicht direkt aussprach, war klar, dass er sich nicht ewig als technischer Zeichner in dem Architekturbüro sieht. Er will mehr und ist bereit, dafür auch hart zu arbeiten. Oft machte er Überstunden und auf keinen Fall wollte er wie sein Vater enden, der bis zu seinem Tod in derselben Position, in derselben Firma, in demselben Jackett gearbeitet hatte.

Eine blecherne Stimme kündigt den Namen meiner Station an. Mit einigen anderen dränge ich mich in Richtung Ausgang. Der

Weg zum Krankenhaus ist mir in den letzten achtundzwanzig Tagen so vertraut geworden, dass ich ihn blind finden würde. Bekannte Geräusche und Gerüche pflastern meinen Weg, als ich die U-Bahn hinter mir lasse und über die breite Treppe nach oben laufe, weil das schneller geht, als die Rolltreppe zu nehmen.

Seattle ist um diese Zeit bereits zum Leben erwacht. Mit eingezogenen Köpfen hasten die Menschen durch die Straßen, den Blick gesenkt oder nach innen gekehrt. Nur die wenigsten sehen einem ins Gesicht, vielleicht weil sie es gar nicht anders kennen.

Ich komme an dem Kiosk vorbei, den ich täglich zu ignorieren versuche. Ich habe keine Lust auf die Illustrierten mit den fröhlichen Bildern, die so falsch sind wie die perfekten Fotos auf Instagram. Leider fällt mein Blick auf eine Schlagzeile: *Cajus Conterville ist kein Single mehr!* Darunter ist ein Bild des jungen Firmenerben zu sehen, der eine halb nackte Brünette auf irgendeiner Jacht küsst. Seine Familie muss unzählige Boote besitzen, dennoch werfen sie lieber treue Mitarbeiterinnen raus, um billigere Arbeitskräfte einzustellen. Schon allein bei dem Gedanken wird mir schlecht.

Mit schnellen Schritten lege ich die letzten Meter bis zum Eingang des Hospitals zurück. Die vertraute Atmosphäre des Krankenhauses beruhigt mich auf eine verstörende Art. Das hier ist Gewohnheit. Zuerst am Empfang vorbei zu den Aufzügen. Im Durchschnitt vierzig Sekunden warten, dann öffnen sich die Fahrstuhltüren mit einem trostlosen Pling. In der Kabine steht gewöhnlich eine Person, weiß angezogen. Kurz lächeln, dritte Etage drücken. Pling. Geradeaus, am Stationstresen vorbei, vierte Tür links. Zaghaft eintreten. Wie jeden Tag liegt Phoenix reglos auf dem Rücken, die Augen sind geschlossen. Ohne die vielen Infusionen und Schläuche könnte man meinen, er würde nur schlafen.

»Hey.« Meine Stimme klingt seltsam hohl. Die Maschinen rund um Phoenix' Bett piepsen leise und vermischen sich mit seinen gleichmäßigen Atemzügen, bei denen sich seine Brust langsam hebt und senkt. Sein Zimmernachbar liegt auf der anderen Seite in einem Bett. Er bewegt sich ebenso wenig.

Leise gehe ich in das kleine Bad, um mir die Hände zu waschen, bevor ich zu Phoenix zurückkehre und mich auf den harten Stuhl neben seinem Bett setze. Dabei greife ich nach seiner Hand. Seine Finger sind noch immer leicht gebräunt, obwohl er nun schon fast einen Monat auf dieser Station liegt.

»Du siehst gut aus«, flüstere ich. Sanft streiche ich ihm durch seine dunkelblonden Haare, die auch ohne Styling ein wenig verstrubbelt aussehen. »Ich hoffe, du hast gut geschlafen.«

Phoenix bewegt sich nicht, nur die Augen unter seinen Lidern zucken leicht.

»Meine Nacht war auch gut«, lüge ich. »Ich hab von uns beiden geträumt.«

Von der Nacht, in der ich dir das hier angetan habe.

Die Ärzte haben empfohlen, zuversichtliche und positive Worte zu wählen, wenn ich mit Phoenix spreche. Dass ich ihm vertraute Musik vorspielen oder ihn an gemeinsame Erlebnisse erinnern soll. Und dass ich nicht aufgeben darf, da es Komapatienten gibt, die selbst nach Jahren wieder aufwachen – im Gegensatz zu anderen, die nie wieder aufwachen, weil der Hirntod einsetzt.

»Ich habe neulich etwas über eine amerikanische Schriftstellerin gelesen«, sage ich einfach nur, damit er meine Stimme hört. »Sie hieß Helen Keller. Als sie neunzehn Monate alt war, hatte sie eine Gehirnhautentzündung, von der sie blind und taub wurde.« Phoenix reagiert nicht, dennoch drücke ich weiter seine Hand. »Mit sieben Jahren lernte sie schließlich, mit der Außenwelt zu kommunizieren, indem ihr eine Therapeutin Buchstaben von Dingen auf die Hand malte, die sie ihr gleichzeitig zum Befühlen gab. Unglaublicherweise lernte Helen auf diese Art lesen und schreiben. Als Erwachsene erzählte sie von ihren Träumen, die bunt und vielfältig waren, obwohl sie nichts davon jemals tatsächlich erlebt hatte.« Ich mache eine kurze Pause, in der ich ihm die Haare aus der Stirn streiche. »Ich weiß nicht, wo du bist, Phoenix – aber ich hoffe, dass du da, wo du bist, auch so wunderbare Träume hast.«

»Was machen Sie schon wieder hier?«

Die kalte Stimme einer Frau in meinem Rücken lässt mich zusammenzucken. Erschrocken drehe ich mich zu Mrs Hunt um, die in der Tür steht. Phoenix' Mutter trägt einen grauen Mantel, die blonden Haare hat sie zu einem Knoten hochgebunden. Bei ihrem unversöhnlichen Blick lasse ich Phoenix' Hand ganz automatisch los. Normalerweise kommt Mrs Hunt erst gegen zwölf Uhr, wenn ihre Tierarztpraxis Mittagspause hat.

»Ich wollte ihn vor meiner Schicht nur kurz besuchen«, sage ich.

Sie macht einen Schritt ins Zimmer hinein und mustert mich ohne erkennbare Regung. »Auch wenn Sie jeden Tag vorbeikommen, wird ihn das nicht wieder zurückbringen, Harper.« Ihre

Vorwürfe hängen in der Luft, schwer und undurchdringlich. »Es würde jedoch helfen, wenn Sie endlich die Wahrheit sagen.«

»Ich habe die Wahrheit gesagt.«

»Dass Sie sich nicht erinnern können? Mein Sohn liegt seit vier Wochen aus unerklärlichen Gründen im Koma. Und Sie können sich nicht erinnern?!«

Ich stehe auf und schiebe den Stuhl zurück. Dieses Gespräch hat schon zu oft stattgefunden.

»Ich glaube Ihnen nicht«, macht sie weiter. »Ich glaube Ihnen nicht, dass Sie der Polizei alles gesagt haben, Harper. Sie erzählen nicht die ganze Geschichte, aber das werden Sie noch.« Sie holt Luft, als wollte sie Anlauf für eine neue Attacke holen. »Ich wünschte, Phoenix wäre nie mit Ihnen in dieses verdammte Auto gestiegen. Ich wünschte, er hätte Sie nie kennengelernt.«

Mrs Hunt besteht auf der Gerichtsverhandlung, auch wenn ihr Anwalt davon abrät, wie alle anderen. Es gibt keinerlei Beweise, dass ich etwas mit Phoenix' Komazustand zu tun habe. Die Fakten sind eindeutig: Das silberne Cabrio hat nur ein paar Schrammen abbekommen. Für den Schaden werde ich aufkommen müssen, auch wenn ich noch nicht weiß, wie. Phoenix und ich blieben jedoch unverletzt, es gab keinen einzigen Kratzer. Dennoch fielen wir beide in eine Bewusstlosigkeit, die sich niemand erklären kann. Zumindest nicht mit Röntgenbildern oder irgendwelchen Tests.

Doch egal, wie oft dieses Szenario durchgespielt oder bestätigt wurde, dass Phoenix' Zustand nicht erklärbar sei, seine Mutter braucht einen Schuldigen – genau wie ich. Wahrscheinlich lebt man lieber mit einer schlechten Erklärung als mit gar keiner.

»Es tut mir unendlich leid, das wissen Sie«, sage ich.

Sie reagiert nicht. Es ist immer der gleiche Ablauf. Zuerst die Vorwürfe, dann die Stille. Meine Worte verhallen in dem kargen Raum, übertönt von den Geräuschen der Maschinen, übertönt von der Trauer, für die ich verantwortlich bin. Denn ich saß am Steuer. Und während Phoenix im Krankenbett vor mir liegt, kann ich hier stehen und bin wach – obwohl ich mich so verdammt müde fühle.

Kapitel 3

Das rhythmische Rattern der U-Bahn vermischt sich mit dem Anblick der Häuser, die an mir vorbeiziehen. Für ein paar Sekunden sehe ich in fremde Wohnzimmer, Küchen und Leben. Sehe fremde Leute, die nichts von mir wissen, die unbekümmert vor dem Fernseher sitzen oder den Tisch decken. Bekomme einen minimalen Einblick in ihren Alltag und spüre, wie die Müdigkeit nach mir ruft. Der versäumte Schlaf will sich seine Stunden zurückholen. Meine Lider werden schwer, egal wie sehr ich dagegen ankämpfe.

Ich möchte nicht einschlafen, nicht jetzt und nicht hier. Ich will nicht wieder einen dieser Träume haben, die mich in eine andere Welt ziehen. Eine Welt, die nach tiefen Geheimnissen und alter Magie schmeckt und mich in einen Körper katapultiert, der nicht mir gehört. Vielleicht ist es der Schock, der von dem Autounfall rührt, vielleicht ist es auch nur mein Geist, der nach Ablenkung sucht und sich nach einem anderen Universum sehnt.

Ich schiele auf die Uhr. Bis zu meiner Station bleiben mir noch fünfzehn Minuten. Ich bin viel zu früh dran, weil ich eigentlich länger bei Phoenix hatte bleiben wollen. Aber mit dem Wollen ist das so eine Sache. Seit dem Unfall ist mir klar geworden, dass das Leben nicht dafür gemacht ist, dir zu geben, was du willst. Vielleicht ist es nicht einmal dafür gemacht, dir zu geben, was du verdienst.

Meine Lider senken sich wie von allein. Sofort reiße ich sie wieder auf. Ich möchte nicht schlafen, will mich wehren. Aber die Erschöpfung rollt über mich. Ich drifte weg, zucke auf, drifte erneut weg – immer tiefer, bis sich alle Geräusche um mich herum auflösen.

Plötzlich bin ich wieder auf der gebogenen Brücke, in deren Marmorbrüstung ein kaum wahrnehmbares blaues Licht blitzt. Die Welt um mich herum versinkt in der Nacht und ich in einem anderen Körper. Aus ihm erhasche ich einen Blick auf den spiegelglatten See mit den tiefschwarzen Seerosen, die sanft auf der Oberfläche leuchten. Viel Zeit, meine Umgebung zu betrachten, bleibt mir nicht, denn mit nur wenigen Schritten ist Cajus Conterville bei mir. Der spärliche Schein der einsamen Straßenlaterne fällt auf ihn. Seine Kleidung ist eigenartig, viel zu alt. Er trägt hohe Stiefel zu einem dunklen Mantel, unter dem eine blaue Halsbinde hervorblitzt. Auf dem Kopf sitzt ein glänzender Zylinder. Vereinzelte schwarze Haarsträhnen lugen darunter hervor. Cajus Contervilles markante Gesichtszüge sind vor Wut verzerrt und auch seine smaragdgrünen Augen verraten, dass er mir nicht wohlgesonnen ist.

Hasserfüllt starrt er mich an. Wie automatisch fährt meine Hand in meine Tasche. Erleichterung durchströmt mich, als wäre es mein eigenes Gefühl. Der glatte harte Gegenstand mit den antiken Verzie-

rungen ist noch da. Ich habe etwas, das ich Conterville entgegensetzen kann.

»Wo ist sie?«, faucht er mich an. »Wo zum Teufel ist sie?!« Seine tiefe Stimme hallt durch die Nacht.

Ich weiß genau, was er will. Aber das kann er vergessen.

Im nächsten Moment packt er mich am Kragen. Sein Gesicht nähert sich meinem, bis ich seinen Atem auf meiner Haut spüren kann. Sein Geruch nach Kälte und schwarzem Efeu dringt mir in die Nase, während mir sein Blick unmissverständlich klarmacht, dass er mich nicht gehen lassen wird, bis ich ihm gebe, was er verlangt.

Ohne zu zögern, ziehe ich die Feuerlupe hervor, die ich beim alten Ossiander erstanden habe. Mit einer schnellen Bewegung hebe ich sie hoch und ziele auf Contervilles Hand. Ein glühend roter Blitzstrahl schießt hervor, direkt auf seinen Handrücken. Er stöhnt auf. Keuchend lockert er seinen Griff. Dieser Moment reicht aus, um ihm einen kräftigen Stoß gegen die Rippen zu verpassen, sodass er Richtung Brüstung taumelt. Damit hat er nicht gerechnet. Doch ich gestatte mir nicht, meine Genugtuung auszukosten und stecke die Feuerlupe weg. Noch ist die Zeit nicht reif, aber er wird noch viel mehr leiden. Er wird bezahlen für das, was er verbrochen hat. Unwillig wende ich mich ab. In diesem Moment stürzt er sich ein zweites Mal auf mich. Der Schwung seines Angriffs bringt mich ins Stolpern. Blitzschnell hakt Conterville seinen Fuß zwischen meine Beine und bringt mich zu Fall. Ich lande auf dem Rücken, der Aufprall drückt mir die Luft aus den Lungen. Ich stoße ein dumpfes Keuchen aus, dann ist er über mir. Sein finsteres Gesicht taucht vor meinem auf, gleichzeitig spüre ich eine kalte Klinge an der Kehle.

»Wo ist sie?«, zischt er erneut. Wie eine gesprungene Platte, die zu keinem anderen Satz fähig ist. Als ich den unverhohlenen Hass in seinen Augen sehe, heben sich meine Mundwinkel wie von allein. Ich kann spüren, dass er mir am liebsten den Hals durchschneiden würde. Aber er braucht mich noch. Sein Zögern gibt mir genug Zeit, um unauffällig in meine Tasche zu greifen. Die Feuerlupe ist noch warm von ihrem letzten Einsatz. Ich kann nur hoffen, dass sie noch genug Magie für einen weiteren Blitzstrahl enthält. Mit zusammengepressten Lippen richte ich die Waffe auf Conterville. Der glühende Strahl schießt in seine Hüfte, brennt sich durch seine dunkle Kleidung. Mit einem Schmerzensschrei rollt er von mir herunter. Ich lasse die nutzlos gewordene Feuerlupe fallen und hechte in die Höhe. Conterville hat noch sein schwarzes Messer. Er ist nicht zu unterschätzen. Ich verpasse ihm einen Tritt in den Bauch, dann schwenke ich herum und renne los. Ich weiß, dass er stark ist, ich kenne Contervilles Ruf. Aber ich werde ihm keine Möglichkeit geben, seinem Ruf hier und jetzt gerecht zu werden. Meine Schritte donnern über die Brücke und sind alles, was in dieser Nacht zurückbleibt.

»Hey, mach mal Platz«, höre ich eine Stimme. Zuerst ist sie ganz weit weg, doch dann kommt sie näher. Langsam öffne ich die Augen. Meine verschwommene Welt nimmt wieder Konturen an, mein Atem geht schnell. Ein junges Mädchen mit Undercut steht vor mir, ungeduldig deutet sie auf den Sitzplatz. Offenbar habe ich beim Einschlafen zwei Plätze belegt. Nervös rapple ich mich hoch, das Mädchen setzt sich hin.

Im nächsten Moment realisiere ich, dass ich meine Station soeben verpasst habe. Ich springe auf, um bei der nächsten Möglichkeit auszusteigen. Mein Herz trommelt, als hätte es einen Marathon hinter sich gebracht, dabei war es doch nur ein verdammter Traum …

Zwanzig Minuten später öffnen sich die automatischen Schiebetüren der *Footastic Shoecompany*. Jedes Mal, wenn ich den riesigen Laden in der 17th Avenue Street betrete, nehme ich mir vor, dass heute der letzte Tag ist. Der letzte Tag, an dem ich mir die alberne Verkaufsschürze umbinde, mir das Lächeln ins Gesicht tackere und allen möglichen Menschen dabei helfe, ihre Füße neu einzukleiden.

Der leichte Zitronen-Orangenduft, auf den unsere Chefin besteht, weht mir entgegen, ebenso wie die Stimme einer älteren Kundin, die sich bei Angela darüber beschwert, dass ihr linker Schuh nach dem Kauf eingegangen sei. Angela nickt und lächelt tapfer, immer abwechselnd. Es ist ein Ritual, das sie vollführt, ungeachtet ihrer eigenen Gefühle und Gedanken. *Der Kunde hat immer recht* ist nur eine der goldenen Regeln der Geschäftspolitik der Footastic Shoecompany. Der Rest des Handbuchs ist genauso schwachsinnig. Natürlich könnte ich kündigen und das alles hinter mir lassen, aber momentan brauche ich einfach das Geld.

»Miss Mitchel will dich sprechen«, begrüßt mich Molly, die hinter dem Verkaufstresen einen Karton Schnürsenkel nach Farben sortiert. Unsere Chefin ist keine schlechte, aber auch keine besonders gute Chefin. Sie ist karriereorientiert und penibel wie ein Staubsauger, keine hübsche Kombination.

Ich schlüpfe aus meiner Jacke. »Und weshalb?«

»Keine Ahnung.« Molly verzieht das Gesicht.

Die zierliche Blondine jobbt neben dem Studium in dem Laden. Ohne sie und die anderen Mädels, die hier arbeiten, wüsste ich nicht, wie ich das Ganze überleben sollte.

Nachdenklich kratzt sich Molly an der Nase. »Wahrscheinlich hast du dich nicht an Regel Nummer elf gehalten.« Sie blinzelt mich an.

Ich blinzle zurück. »Oje, habe ich Kunden ohne innerliches Schuhgebet verabschiedet? Habe ich sie einfach so in die kalte, triste Welt entlassen?« Ich mache ein entsetztes Gesicht, das Molly ein Grinsen entlockt.

»Dafür kommst du in die Schuhhölle, Harper.«

»Und ich dachte, dass ich dort schon längst bin«, kontere ich. Dann bringe ich meine Sachen in den Pausenraum und nehme meine gelbe Schürze vom Haken. Auf dem Stoff tanzen bunte Schuhe, als wären sie völlig zugekifft. Schmerzvoll erinnern sie mich an Regel Nummer vier: *Schuhverkäufer der Footastic Shoecompany müssen für alle Kunden auf den ersten Blick erkennbar sein.* Ich binde meine Haare zu einem Knoten und werfe noch kurz einen Kaugummi ein, bevor ich wieder nach draußen gehe – wo mich auch schon Miss Mitchel erwartet.

»Hallo, Harper«, begrüßt mich die Vierzigjährige mit dem brünetten Pagenschnitt. Sie trägt wie immer eine weiße Bluse zu einer dunklen Stoffhose und wirkt damit seltsam steif und puppenhaft.

»Hallo, Miss Mitchel.«

Seit drei Monaten ist sie Filialleiterin, möchte aber die Karriereleiter innerhalb der *Conterville Group* noch weiter nach oben klettern. Laut Forbes-Liste gehört das weltweit operierende, familiengeführte Unternehmen zu den wichtigsten Größen und besitzt nicht nur unzählige Schuhläden, sondern auch Modehäuser und exklusive Restaurants. Man munkelt, dass Miss Mitchel ins Marketing aufsteigen möchte.

Ich hingegen hege keinerlei ähnliche Ambitionen. Schon während der Highschool habe ich auf Empfehlung meiner Mom nebenbei im Schuhladen gejobbt. Da ich nach meinem Abschluss nicht wusste, wie es weitergehen soll – aber gleichzeitig mit Scott in eine WG ziehen wollte –, erhöhte ich meine Stundenanzahl. Es sollte nur vorübergehend sein, doch inzwischen waren neun Monate daraus geworden. Neun Monate, in denen andere ein Kind bekamen und ich zum Leid meiner Eltern noch immer nicht wusste, was ich mit meinem Leben anstellen sollte.

»Ich wollte eigentlich nur über eine zusätzliche Schicht mit Ihnen sprechen, aber wie ich sehe, müssen wir uns noch einem anderen Thema zuwenden. Sie wissen, wie wichtig es ist, dass wir uns an die Richtlinien des Konzerns halten, Harper. Wie lautet Regel Nummer sechzehn?«

Jeder Mitarbeiter wird dazu gezwungen, die zwanzig goldenen Regeln des professionellen Schuhverkaufens auswendig zu lernen. Ich kann es nicht leiden, dass auch in meinem Kopf dieser Schwachsinn verfügbar ist und damit garantiert den Platz für etwas Wichtigeres besetzt.

»Der Kunde erhält unsere volle Aufmerksamkeit.«

Sie verschränkt die Arme vor der weißen Bluse. »Genauso ist es.

Aber wie wollen Sie den Kunden Ihre volle Aufmerksamkeit schenken, wenn Ihre Kaumuskulatur beschäftigt ist? Außerdem wirken Kaugummi kauende Mitarbeiter gelangweilt, ein Eindruck, den wir unserer Kundschaft nicht vermitteln wollen. Ich verwarne Sie nicht gern, aber mir bleibt leider nichts anderes übrig. Sie müssen sich wirklich an unsere Richtlinien halten, sonst können Sie nicht Teil unserer Schuhfamilie sein, Harper.«

Schuhfamilie. Ein Wort, bei dem mir übel wird.

»Es wird nicht wieder vorkommen«, sage ich artig, auch wenn ich am liebsten etwas anderes erwidert hätte. Aber ich darf auf keinen Fall meinen Job verlieren.

Der restliche Nachmittag verläuft relativ harmlos, trotz Verwarnung. Gedanklich bin ich zwar bei Phoenix und meinen Albträumen, aber davon lasse ich mir nichts anmerken. Einer Frau mit zwei kleinen Kindern verkaufe ich Sportschuhe, einem älteren Pärchen Hausschuhe und drei Teenagern bunte Sneakers. Die meiste Zeit verbringe ich jedoch im Lager, um es wieder auf Vordermann zu bringen. Miss Mitchel glaubt, mich damit bestrafen zu können, doch sie irrt sich. Die Stunden unten im Keller tun mir gut. Ich genieße es, allein zu sein, bis ich schließlich Feierabend habe.

»Hey, du bekommst von mir gleich noch eine Verwarnung, wenn du dich nicht endlich an unserem intellektuellen Gespräch beteiligst«, motzt mich Molly an.

Wir sitzen zusammen mit Angela in einem Irish Pub um die Ecke, das schon bessere Zeiten gesehen hat. Die dunklen Möbel sind abgenutzt und das Licht ist schummrig, aber die Preise sind okay und der alte Barmann ist nett. Aus den Boxen dröhnt *I see fire* von Ed Sheeran. Der Song vermischt sich mit dem Stimmengewirr der Leute.

»Sorry, ich war in Gedanken.«

»Warst du wieder bei Phoenix?«, will Angela wissen. Sie ist knapp dreißig Jahre älter als ich. Ihr dunkelgrüner Pullover steht im Kontrast zu ihren kurzen roten Haaren und strahlt eine erfrischende Lebendigkeit aus, die ihrem Charakter entspricht. »Mädchen, jetzt mach dich doch nicht so fertig.«

»Ich war nicht bei Phoenix.«

Molly dreht einen Bierdeckel in der Hand. »Geht es um das Geld? Machst du dir Sorgen wegen der Kohle für den Porsche? Es war doch ein Unfall, außerdem hatte der andere Schuld.«

»Aber ich hatte zu viel getrunken, was das Ganze komplizierter macht«, gebe ich bitter zu und wünschte, ich hätte das zweite Glas stehen gelassen oder mich einfach nicht an dieses verdammte Steuer gesetzt.

»Und wie viel wird der Schaden kosten?«, hakt Angela nach.

Eigentlich will ich es gar nicht aussprechen. »So wie es aussieht ein paar Tausend Dollar.«

Angela pfeift durch die Zähne. »Scheiße.«

Molly lässt den Bierdeckel auf den versifften Holztisch fallen. »Und wie machst du das mit der Kohle? Können dir deine Eltern aushelfen?«

Ich schüttele den Kopf. »Die können sich mit Dads Gehalt gerade über Wasser halten. Ich bekomme das schon hin. Ich habe noch etwas Erspartes und muss dann eben einen Kredit aufnehmen.« In Wahrheit wissen meine Eltern gar nichts von den Kosten. Sie glauben, dass die Versicherung alles übernimmt, weil es ein Tombolagewinn war. »Können wir bitte über etwas anderes reden? Ich beteilige mich auch gern an eurem intellektuellen Gespräch.«

»Okay.« Angela hebt mit entschlossener Miene ihr Glas. »Wir haben uns überlegt, die Regeln der Footastic Shoecompany gründlich zu überarbeiten und ein eigenes Handbuch herauszugeben.«

Molly prostet ihr nickend zu. »Regel Nummer eins: Der Kunde ist nur dann König, wenn er uns nicht mit seinem Fußgeruch belästigt.«

»Können wir noch Mundgeruch hinzufügen?«, fragt Angela. »Ich hatte heute einen Kunden, der aus jedem Loch gestunken hat.«

»Aus jedem Loch?« Molly und ich lachen los.

»Das sagt man doch bloß so. Wobei ich mir auch vorstellen kann, dass … herrje, das will ich mir gar nicht vorstellen.« Sie seufzt. »Super, Mädels, jetzt habe ich echt hässliche Bilder im Kopf.«

»Du kannst nur im Kopf haben, was du auch hineinlässt«, sagt Molly grinsend.

Angela strafft den Rücken. »Dann lasse ich eine längere Mittagspause hinein, die sollte auch unbedingt zur Regel werden.«

»Und wir sollten das Recht haben, die gelben Schürzen zu verbrennen«, sage ich.

Der alte Barmann stellt uns neue Getränke auf den Tisch und

sammelt die leeren Gläser ein. Angela nimmt einen Schluck von ihrem Gin Tonic, bevor sie uns erneut zuprostet. »Tod den Schürzen!«

Wir stimmen mit ein. »Tod den Schürzen!«

Molly stellt ihr Glas wieder ab und trommelt mit dem Zeigefinger auf die dunkle Tischplatte. »Ich hätte da noch eine Idee. Ich finde, Cajus Conterville sollte sich nicht bloß von Weitem auf irgendeiner Firmenveranstaltung zeigen. Es sollte seine Pflicht sein, sämtliche Schuhverkäuferinnen *persönlich* zu kennen.«

Mit einem Mal sind die Erinnerungen an meinen Traum wieder da. Sein Gesicht, seine Nähe. Schnell schiebe ich die Bilder weg.

»Und was soll das bringen?«, frage ich.

Molly strahlt mich an. »Denk doch an das Märchen, an Cinderella. Cajus Conterville könnte aus den Tausenden Schuhverkäuferinnen die eine wählen, die sein Herz zum Lachen bringt. Und die könnte dann das neue Handbuch durchsetzen. Als Befreiungsschlag für die anderen.«

Mir ist klar, worauf Molly hinauswill. »Und diese eine Schuhverkäuferin … wärst dann wahrscheinlich du?«

Molly lacht, als würden ihre kühnsten Träume in Erfüllung gehen. »Nun, es geschehen die seltsamsten Zufälle.«

Angela hebt die Augenbrauen. »Das Märchen geht doch ganz anders. Mit einem Ball im Königsschloss und einem Schuh, der verloren geht. Nicht mit einem Mädchen in einem Schuhladen. Aber ich kann dich verstehen, wer würde sich nicht für diesen heißen Typen opfern.« Sie fischt die Illustrierte aus ihrer Handtasche, die ich heute am Kiosk gesehen habe, und schlägt sie vor uns auf.

Das Licht der gedämpften Deckenbeleuchtung fällt auf eine glänzende Doppelseite, die Cajus Conterville auf einer Jacht zeigt. Mit dem Sixpack und der schwarzen Badeshorts könnte er Werbung für Hugo Boss machen. Neben ihm räkelt sich eine kurvige Brünette, deren Bikini aussieht, als hätte man beim Stoff sparen müssen.

»Offenbar ist er jetzt vergeben«, erklärt Angela und beginnt, die ersten Zeilen des Artikels vorzulesen. »*Cajus Conterville ist kein Single mehr! Nach Berichten aus seinem Umfeld ist der attraktive Dreiundzwanzigjährige nun in festen Händen. Die Eltern der zwanzigjährigen Kolumbianerin, die sich den Frauenheld geschnappt hat, gehören zu den einflussreichsten Unternehmern des Landes. Der hübschen Valentina scheint das geglückt zu sein, was schon viele vor ihr vergeblich versucht haben: Sie hat Draufgänger Cajus geknackt. Es wird sogar schon von Verlobung gesprochen. Cajus Conterville macht nach dem Abschluss seines Wirtschaftsstudiums offenbar keine halben Sachen, genau wie sein Vater, der erst letzte Woche das Start-up Shoe-t-me aufgekauft hat. Aber was ist mit Cajus' Schwester Laetitia? Während sich ihr Ex bereits auf der Release-Party von NEBEN mit einer prallen Blondine vergnügt, hat Laetitia ihren letzten Modeljob in Mailand abgesagt. Eilt sie statt über den Laufsteg vielleicht in Richtung Entzugsklinik? Gerüchten zufolge hat sie die Trennung nur schwer verkraftet …*«

»Das ist schrecklich«, sage ich.

Angela überfliegt die nächsten Zeilen, neben denen ein Foto von Laetitia abgebildet ist. Genau wie ihr Bruder ist sie groß, dunkelhaarig und hat smaragdgrüne Augen. Beide verfügen über sehr fein geschnittene Gesichtszüge, das gleiche kantige Kinn. Kein Wunder, dass Laetitia als Model unterwegs ist.

»Was? Hast du etwa Mitleid mit ihr?« Angela sieht noch immer nicht hoch, ihr Blick scheint mit Cajus Contervilles' Sixpack zu verschmelzen.

»Nein, darum geht es nicht. Ich finde diese Klatschblätter einfach furchtbar. Die schreiben doch nur, was sie wollen.«

Molly wirft ihre blonden Haare nach hinten. »Ich glaube denen auch kein Wort. Vielleicht ist das gar nicht irgendeine Kolumbianerin, sondern einfach nur seine Cousine.«

Es ist irgendwie süß und lächerlich zugleich, dass Molly für Cajus Conterville schwärmt. Der Typ ist aalglatt und definitiv ein Idiot.

»Seine Cousine?« Angela schlägt das Heft zu. Sie deutet auf das Coverfoto, auf dem Cajus Conterville der Brünetten seine Zunge in den Hals schiebt. »Also ich hoffe inständig, dass das nicht seine Cousine ist.«

Kapitel 4

Der Krankenhausflur empfängt mich zum zweiten Mal an diesem Tag. Es ist bereits elf Uhr abends, Angela und Molly sind wahrscheinlich schon zu Hause. Unterwegs habe ich eine Packung Pralinen besorgt, um die Nachtschwester zu bestechen, damit ich noch einmal zu Phoenix darf. Die Krankenschwester hat Mitleid mit mir. Ich mag kein Mitleid, aber in manchen Situationen ist es hilfreich. Langsam kenne ich die gesamte Belegschaft und sie kennen mich. Das dünne Mädchen mit den langen Haaren, das jeden Tag kommt, als könnte es damit etwas ändern. Das hofft, dass Phoenix die Augen öffnet. Dass sich seine Lippen bewegen. Ein Bein zuckt. Oder er vorsichtig einen Finger hebt.

Ich sitze an seinem Bett und sehe ihn an. Die Nachttischlampe wirft einen schwachen Lichtkreis in den Raum, beleuchtet Phoenix' Gesicht und einen Teil der Maschinen, die leise Töne von sich geben. Den anderen Patienten im Raum ignoriere ich. Seine Geschichte kenne ich nicht.

»Ich habe dir ein Buch mitgebracht«, sage ich. »Ich möchte dir etwas daraus vorlesen. Es ist *Krieg und Frieden* von Dostojewski. Ich weiß, dass du den Roman schon immer lesen wolltest, und vielleicht ist jetzt der richtige Zeitpunkt dafür.« Ich ärgere mich über meine Wortwahl. Der richtige Zeitpunkt ist sicher nicht gekommen, wenn man bewegungslos in einem Bett liegt. Einen richtigen Zeitpunkt sollte es für schöne Dinge geben, für Ereignisse, an die man sich gern erinnert. Nicht für beschissene Unfälle oder Augenblicke, in denen man im eigenen Körper gefangen ist. Tiefes Koma, Stufe IV, hat mir die Krankenschwester erklärt. In diesem Zustand zeigen die Betroffenen überhaupt keine Schmerzreaktionen mehr. Die Pupillen sind geweitet und reagieren nicht auf Lichtreize.

Vorsichtig berühre ich Phoenix' Hand, fast als hätte ich Angst, dass er sie zurückziehen könnte. »Es tut mir leid«, bricht es aus mir heraus. »Ich weiß nicht, warum ich mich überhaupt ans Steuer gesetzt habe. Wenn ich nicht gefahren wäre, wäre es wahrscheinlich anders gekommen ... Tausende Male habe ich alles in meinem Kopf durchgespielt, Phoenix. Ich spüre, dass mir wichtige Sekunden fehlen. Es ist etwas passiert, aber ich weiß nicht genau was.«

Seine Mutter hat recht, da gibt es etwas, das ich ausspare. Das ich niemandem erzähle, weil ich es selbst nicht verstehe.

»Verdammt, da ist dieses Gefühl, und es ist so unglaublich stark und erdrückend. Als hätte ich dir etwas genommen, etwas, das nicht mir gehört.«

Die Schuld ist wieder da. Ein paar Minuten lang starre ich Phoenix an, aber in seinem Gesicht ist keine Regung zu entdecken. Keine Erklärung, was geschehen ist.

Irgendwann gebe ich auf und hole *Krieg und Frieden* aus der Tasche. Ich schlage die erste Seite auf. Ich lese Zeile für Zeile. Bemühe mich, nicht in der Frage zu versinken, ob Phoenix mich hören kann, ob er mich überhaupt hierhaben möchte. Gibt er mir die Schuld für das, was passiert ist, und hasst er mich dafür? Würde er es am liebsten ungeschehen machen, dass er mich vor ein paar Wochen in dem Café spontan angesprochen, mich ins Kino eingeladen und vor meiner Haustür geküsst hat? Würde er die Treffen danach einfach ausradieren, als hätten sie nicht existiert? Als hätte es die Küsse und Berührungen nicht gegeben – genau wie den Abend, der ihn in dieses Bett gebracht hat? An all das versuche ich während des Lesens nicht zu denken, und denke doch genau daran.

Irgendwann werden meine Augen vom Lesen träge. Die Müdigkeit gibt sich nicht mehr mit dem kurzen Nickerchen in der U-Bahn zufrieden. Ich setze mich aufrechter hin, gähne, leiste innerlich Gegenwehr. Ich gähne noch einmal, recke den Nacken. Die dunklen Zeilen der Buchseiten verschwimmen zu unlesbaren Schlangen. Von allen Seiten drückt die Dunkelheit auf mich ein, um mich in eine andere Welt zu entführen. *Eine Welt, in der nur das Licht einer Straßenlaterne Orientierung gibt. Und seine dunkelgrünen Augen, die mich anfunkeln. Der hasserfüllte Ausdruck in seinem Gesicht.*

»Wo ist sie?«, faucht er. »Wo zum Teufel ist sie?!«

Die Wut in seiner Stimme verpasst dem Körper, in dem ich stecke, einen Adrenalinkick, gepaart mit einem düsteren Hochgefühl. Sein Zorn befriedigt eine sadistische Seite in mir. Er gibt mir, was ich möchte. Cajus Conterville wird nicht finden, wonach er sucht. Er wird leiden und für das bezahlen, was er mir genommen hat.

Hastig greife ich in meine Tasche und ziehe die magische Lupe hervor, die ihm daraufhin die Hand verbrennt. Sein Schmerz gefällt mir noch besser als sein Zorn. Das ist nur der Anfang, Conterville. Doch diesmal greift er mich nicht an. Stattdessen zerfließt meine dunkle Umgebung wie die Uhren in Salvador Dalís Gemälde Die Beständigkeit der Erinnerung*.*

Auf einmal bin ich nicht mehr auf der Brücke, sondern stehe auf einem breiten schwarzen Pfad aus quadratischen Pflastersteinen. Zu beiden Seiten des Weges ragt ein schmiedeeisernes Gittergeflecht voller geometrischer Muster in die Höhe. Dicke Glasscheiben füllen die regelmäßigen Formen aus Rauten und Dreiecken, die etwa drei Meter über mir einen spitzen Bogen bilden. Der gewölbte schmiedeeiserne Tunnel erinnert an eine Vogelvoliere. Ich bin durch das Glas von der Außenwelt abgetrennt wie ein Wellensittich, der niemals die Freiheit erleben wird. Eine Freiheit, die hier nur aus wallendem Nebel besteht, der langsam in die Höhe quillt und die äußere Umgebung komplett verschleiert.

Mein Blick schweift vom weißen Dunst zum Ende des schwarzen Pfades. Erst jetzt bemerke ich das riesige doppelflügelige Tor, vor dem zwei Wachen stehen. Die Männer sind groß und wirken einschüchternd. Sie tragen hochgeschlossene schwarze Lederuniformen und halten seltsam anmutende silberne Stäbe in der Hand. Die glatte Oberfläche der Türblätter hinter ihnen ist auf den ersten Blick dunkel, schimmert bei näherer Betrachtung jedoch metallisch. Je nach Lichteinfall erscheint der irisierende Stein mal schwarz, dann grau oder dunkelblau. Geheimnisvolle Runen leuchten aus der Dunkelheit hervor. Die scharf geschwungenen Zeichen glimmen bläulich von innen, als würde eine fremde Macht durch sie hindurchfließen …

»Verdammt.« Das Wort wirft mich ins Hier und Jetzt zurück. Blinzelnd öffne ich die Augen. Ich sitze noch immer auf dem Stuhl neben Phoenix' Krankenbett. Sein Brustkorb hebt und senkt sich stetig, aber wir sind nicht mehr allein.

»Fuck. Das darf doch nicht wahr sein«, knurrt ein dunkelhaariger Typ in schwarzer Jeans und Lederjacke neben mir. Mein Körper schießt vom Stuhl in die Höhe, mein erschrockenes Herz klopft bis zum Hals, als sich der junge Mann langsam in meine Richtung dreht. Das hier ist kein Traum, aber dennoch völlig absurd. Pechschwarze Haare. Kantiges Kinn. Tiefgrüne Augen. So oft ich auch blinzle, er sieht immer gleich aus. Mein Bewusstsein steckt irgendwo fest, vermischt Realität und Fantasie.

»Ich muss träumen«, murmelt mein Mund wie von allein.

Cajus Conterville mustert mich. »Gehörst du zu ihm?« Er klingt unfreundlich, während er mit dem Kinn auf Phoenix deutet.

Ich habe Cajus Contervilles Stimme noch nie gehört, aber sie klingt exakt wie in meinem Traum, tief und fest.

»Gehörst du zu ihm?«, wiederholt er ungeduldig.

»Wie bitte?«

»Ich habe dich gefragt, ob du zu ihm gehörst.« Weshalb auch immer, er ist angepisst. »Kannst du nicht antworten?«

Meine Irritation lässt nach. »Natürlich kann ich antworten. Aber ich habe keine Lust auf ein Verhör.« Wahrscheinlich ist es unklug, dem Footastic-Firmenerben so zu begegnen, aber ich bin müde und der Idiot hat kein Recht, mich so anzufahren.

»Das ist kein Verhör, sondern bloß eine kleine Konversation. Bist du Hunts Freundin?« Er macht einen Schritt auf mich zu. Das Licht der Nachttischlampe wirft dunkle Schatten auf sein Gesicht. Da er einen Kopf größer ist als ich, bin ich gezwungen, zu ihm hochzusehen, was mir nicht gefällt. So nah wirkt Cajus Conterville bedrohlich und gar nicht wie der sorglose Schönling aus der Klatschpresse.

Seine Augen blitzen mich mit einer Kälte an, die Glas zerspringen lassen könnte. »Was genau ist mit deinem Freund passiert?«

»Wieso willst du das wissen? Du kennst Phoenix doch gar nicht.«

Ein kalter Zug umspielt seinen Mund. »Fehlanzeige. Ich kenne deinen beschissenen Freund sehr gut. Seit wann liegt er im Koma?«

Dein beschissener Freund. Gedanklich bin ich wieder an dem dunklen Ort, nur diesmal kämpfe ich gegen Cajus Conterville, zumindest mit Worten.

»Wenn du ihn so gut kennst, warum weißt du das dann nicht selbst? Ich bin weder die Auskunft noch habe ich Lust auf diese *kleine Konversation*.«

Er lacht humorlos auf. »Willst du lieber, dass ich gehe? Damit du deinen Koma-Freund weiter betrauern kannst?«

Langsam werde ich wütend. *Koma-Freund.* Als wäre das ein Name, der Phoenix' Schicksal für immer besiegelt. »Du solltest jetzt besser abhauen.« Es interessiert mich nicht, wieso Cajus Conterville hier ist, er soll sich einfach nur verziehen.

»Wieso? Hast du etwa Angst, dass ihn unser Gespräch aufweckt?«

»Findest du das irgendwie witzig?«, fahre ich ihn an. »Gibt es dir einen Kick, dich an das Krankenbett von Komapatienten zu schleichen und Scherze zu reißen? Ist dein Leben sonst zu öde? Verdammt, verschwinde von hier!«

»Sonst was? Willst du mich eigenhändig hinauswerfen?«

»Ich werde den Sicherheitsdienst rufen.« Ich habe keine Ahnung, ob es so etwas in diesem Krankenhaus überhaupt gibt.

»Tu dir keinen Zwang an«, erklärt er entspannt und umrundet Phoenix' Bett. Dabei lässt er mich keine Sekunde aus den Augen. Mir fällt auf, dass seine rechte Hand bandagiert ist. Die Hand, die auch in meinem Traum verletzt wurde, von der Lupe mit dem glühenden roten Blitzstrahl. Ich frage mich, ob seine Hüfte auch etwas abbekommen hat.

»Ich rede gern mit Dr. Thompson, dem Chef des Krankenhauses. Meine Familie hat letztes Jahr die Erweiterung der Kinderkrebsstation finanziert. Du kannst dir bestimmt vorstellen, dass er dankbar war. *Sehr* dankbar.« Die Arroganz dringt dem Typen aus jeder Pore.

»Oh, so einfach ist das für dich? Kerle wie du glauben, sich mit Geld alles kaufen zu können.«

Er zuckt mit den Schultern. »Nicht alles, aber ganz schön viel. Also sag mir, was ich wissen will. Dann lass ich dich in Ruhe.« Er kommt lächelnd wieder auf mich zu. Es ist, als könnte er dieses charmante Lächeln einfach anknipsen. Offenbar hat er seine Taktik geändert und versucht es jetzt mit seiner Aufreißermasche.

»Das wird nicht funktionieren.«

Auf seiner Stirn zeichnet sich eine kleine Falte ab. »Was wird nicht funktionieren?«

Ich deute mit dem Finger auf sein Gesicht und wedele einmal davor herum. »Das hier. Dieses Lächeln kannst du dir sonst wohin schieben. Ich bin nicht so wie die Mädels, die reihenweise umkippen, sobald du ihnen Beachtung schenkst.«

»Ach, nein? Was waren vorhin deine ersten Worte? *Ich muss träumen.*«

Ein ersticktes Lachen dringt aus meiner Kehle. »Das hast du auf dich bezogen? Ehrlich?«

Cajus Conterville überwindet die letzte Distanz zwischen uns. Ich widerstehe dem Impuls zurückzuweichen. Beim Judo habe ich gelernt, mich von körperlich überlegenen Personen nicht einschüchtern zu lassen.

»Natürlich habe ich das auf mich bezogen«, erklärt er rau. »Es ist beinahe süß, wie du es abzustreiten versuchst.«

Süß?

»Sag mal, geht's noch? Mein Freund liegt im Koma und du glaubst, ich schmelze sofort dahin, als hätte ich nur darauf gewartet, dass einer wie du hier aufkreuzt?«

»Ich kann es in deinen Augen sehen. Ich sehe es immer in den Augen.« Er schiebt die Hände in die Hosentaschen. Seine Kinnpartie spannt sich, er wird wieder ernst. »Erzähl mir, was du weißt, und ich verschwinde sofort.«

»Du denkst wohl, dass dir die ganze Welt gehört? Wenn du wissen willst, was mit Phoenix passiert ist, erkundige dich doch bei deinem ach so dankbaren Dr. Thompson.«

»Oder du sagst mir einfach, warum dein Kerl im Koma liegt.« Spöttisch hebt er beide Augenbrauen. »Etwa wegen dir?« Er sieht mich so eindringlich an, als könnte er wirklich in meinen Augen lesen.

Etwa wegen dir? Die Frage hallt wie ein hässliches Echo durch meinen Kopf.

»Oh, Volltreffer.« Ein triumphierender Schatten huscht über sein Gesicht. »Er liegt deinetwegen im Koma. Was hast du gemacht? Ihn mit deiner Art vollkommen ausgeknockt?«

Er sagt es als Scherz, benutzt es als Waffe, um mich aus der Reserve zu locken, der Arsch. Ich spüre einen Stich, der sich tief in meine Eingeweide bohrt. Ein Teil von mir weiß, dass es nur eine Taktik ist, eine widerliche, grausame Taktik, mit der er ohne Rücksicht auf Verluste alle Hebel in Bewegung setzt, um sein Ziel zu erreichen. Die Frage ist nur, welches Ziel.

Ich presse die Lippen aufeinander. »Warum zum Teufel willst du das wissen? Wieso hast du überhaupt deine schicke Jacht verlassen, um dich hier reinzuschleichen?«

Cajus Conterville streicht sich eine dunkle Haarsträhne aus der Stirn. »Ich habe es nicht nötig, mich irgendwo reinzuschleichen.«

In diesem Moment vibriert sein Handy. Er zieht es aus der Lederjacke und wirft einen kurzen Blick darauf. Dann geht er endlich, ohne ein weiteres Wort zu sagen.

Kapitel 5

»Und du bist dir ganz sicher, dass er es war?«, fragt mich Scott zum x-ten Mal, während wir in der WG auf der Couch sitzen.

»Ich habe ihn gesehen.«

»Aber davor bist du eingepennt. Vielleicht hattest du nur wieder einen Albtraum.«

Ich lege die Füße auf dem Couchtisch ab und schnappe mir ein Kissen, das ich mir unter den Kopf schiebe. Eigentlich sollte ich schlafen. Eigentlich sollte auch Scott schlafen, aber er scheint dankbar für die Ablenkung zu sein. Neben ihm türmen sich dicke Bücher über Mikrobiologie, die er für eine Prüfung durchbüffeln muss.

»Es war kein Traum. Ich habe mit ihm gesprochen.«

»Auch im Traum führt man Gespräche. Das ist kein Argument.« Scott greift nach seinem Sandwich und beißt hinein. Dabei sieht er mich abwartend an.

»Ich habe keine Halluzinationen. Cajus Conterville war im Krankenhaus und er hat Fragen gestellt.«

Scott schielt auf die Uhr, die neben unserem Fernseher hängt, dessen Gehäuse behelfsmäßig mit Klebeband fixiert ist. »Es ist fast halb drei. Du bist übernächtigt, Harper. Warum sollte der Typ an Phoenix' Krankenbett auftauchen? Nenn mir nur einen Grund, und zwar einen vernünftigen. Das ergibt überhaupt keinen Sinn. Okay, du träumst von ihm, aber das sind nur irgendwelche abstrusen Auswirkungen deines Gefühlschaos. Was auch kein Wunder ist, nachdem du dich Tag für Tag ins Krankenhaus schleppst.« Er kratzt sich am Kinn. »Vielleicht liegt es auch gar nicht an deinem psychischen Zustand. Vielleicht stehst du insgeheim auf ihn wie diese Molly.«

»Sag mal, spinnst du?«

Er grinst mich an. »Hey, wer hat hier die Halluzinationen?«

Ich boxe Scott gegen den Oberarm, gerade so, dass es ein bisschen wehtut.

»Autsch. So sehr magst du ihn also?« Scott grinst noch breiter und reibt sich über die Stelle, an der ich ihn getroffen habe.

»Hör auf damit. Und sag nicht, dass ich Halluzinationen habe. Du musst zu mir stehen. Ich habe auch immer zu dir gehalten, obwohl dich die anderen Kinder in der Schule immer für ziemlich seltsam hielten.« Was rückblickend betrachtet kein Wunder war. Mit seiner dicken Nickelbrille und dem Faible für Insektenobduktionen wirkte Scott nicht gerade vertrauenserweckend. Mir imponierte es jedoch schon damals, wie leidenschaftlich er sich für diverse Themen begeistern konnte.

»Ganz schön fies, dass du jetzt die Freundschaftskarte spielst, Harper Bennet.« Er holt tief Luft. »Aber okay, ich glaube dir. Du bist diesem Conterville im Krankenhaus begegnet, was uns wieder zu der alles entscheidenden Frage führt: Was wollte der Typ dort?«

Ich reibe mir über die Augen. »Ich wünschte, ich wüsste es. Irgendwie schien er frustriert zu sein, weil Phoenix im Koma liegt. Und er schien ihn nicht besonders zu mögen.«

»Was wiederum zu deinem Traum passt. Vielleicht hast du doch auf irgendeine verdammt schräge Art Visionen oder du kannst in die Vergangenheit sehen.«

»Wie meinst du das?«

»Keine Ahnung. Vielleicht haben deine Träume etwas mit einem früheren Leben zu tun, schließlich hast du doch immer das Gefühl, nicht du selbst zu sein.«

»Mit einem früheren Leben? Der Gedanke ist wirklich schräg.«

»Hey, wir haben schon lange den Bereich des Normalen verlassen. Außerdem ist Normalität nichts anderes als gesellschaftlicher Konsens. Denk doch nur daran, was vor zwanzig Jahren noch normal war. Oder wie verschiedene Länder ihre Normalität anders definieren. In Wirklichkeit ist *normal* doch nur eine Illusion.«

Ich nicke langsam. »Trotzdem kommt mir diese plötzliche Seelenwanderung etwas zu verrückt vor.«

Er runzelt die Stirn. »Okay, ganz bekomme ich es auch noch nicht zusammen, aber dass der Typ im Krankenhaus auftaucht, muss doch etwas zu bedeuten haben. Und seine Hand war wirklich verletzt?«

»Das war echt merkwürdig.« Ich versuche, ein Gähnen zu unterdrücken, was mir total misslingt.

Scott beginnt zu lachen. »Was war das denn? Ziehst du jetzt Grimassen? Du mutierst doch nicht zur Footastic-Schuhverkäuferin?«

Ich schüttele den Kopf und muss schon wieder gähnen. »Ich bin nur hundemüde.«

»Was für eine Überraschung. Vielleicht solltest du einfach mal eine Runde schlafen.«

»Damit ich wieder so etwas Schräges träume? Darauf habe ich echt keine Lust.«

»Du wirst es aber nicht verhindern können. Irgendwann musst du schlafen, Harper. Außerdem kann es doch kaum merkwürdiger als die Wirklichkeit werden, oder? Und vielleicht bekommst du irgendwelche interessanten Hinweise, die etwas mehr Licht in die Sache bringen?«

»Da ist was dran.« Ich drücke Scott einen Gutenachtkuss auf die Wange und gehe in mein Zimmer. Ich bin viel zu müde, um noch zu duschen. Rasch schlüpfe ich in mein dünnes Schlafshirt und verkrieche mich unter meiner Bettdecke. Die Matratze fühlt sich angenehm weich an. Ich starre nach oben, lausche den Geräuschen der Nacht. Der helle Schein der Straßenbeleuchtung zeichnet abstruse Schatten an die Zimmerdecke wie verschlüsselte Botschaften. Langsam fallen mir die Augen zu, meine Gedanken werden träge und der Schlaf nimmt mich mit.

Ich habe keine Ahnung, wie viel Zeit vergangen ist. Plötzlich stehe ich wieder in dem hohen Glastunnel mit dem geometrischen Gitter, dessen schmiedeeiserne Rauten und Dreiecke sich weit über meinem Kopf zu einem spitzen Bogen treffen. Feiner Nebel dringt an das dicke Glas. Er hält noch immer verborgen, was dahinterliegt. Ich blinzle einmal, zweimal. Sehe das große Tor am Ende des gewundenen Tunnels, sehe die Wachen, sehe viele elegant gekleidete Menschen in der Schlange vor mir. Aber all das findet nicht in irgendeinem fremden Körper statt, dessen Gedanken und Gefühle sich mir aufzwängen. Wahrscheinlich sollte ich erleichtert sein, wieder ich zu sein, doch ich bin es nicht. Meine Hände stecken in hauchzarten schwarzen Seidenhandschuhen und ich trage ein Kleid, das ich nur zu einer Kostümparty anziehen würde. Das Korsett besteht aus dunkelblauer Spitze, der weit fallende Rock wird von samtschwarzem Tüll gesäumt. Meine blonden Haare sind zu Locken gedreht und reichen mir bis zur Taille. Ich berühre sie, um sicherzugehen, dass es wirklich meine Haare sind.

Blond? Blond war noch nie meine Farbe.

Auf dem gepflasterten Weg vor mir hustet eine Frau. Sie trägt ein hochgeschlossenes silberfarbenes Tournürenkleid zu einem breitkrempigen royalblauen Federhut. Der Mann neben ihr ist in einen schwarzen Gehrock, eine dunkle Weste und die dazu passende Hose gekleidet. Vor den beiden steht eine Frau in einer nachtblauen Tunika. Sie hält einen blassgrauen Sonnenschirm in der Hand, obwohl es Nacht ist. Mein Blick wandert weiter. Die Kleidung der Menschen in der Schlange wirkt wie ein Querschnitt durch verschiedene Modeepochen, der sich in blauen, grauen und schwarzen Farbnuancen zeigt. Ich entdecke Puffärmel, ausladende Röcke, lange Federboas und schillernde Fächer. Schlichte Kleider wechseln sich mit raffinierten Kreationen aus Samt und Seide ab. Es gibt Hüte mit Schleiern, Hüte ohne Schleier, große Hüte, kleine Hüte, Hüte mit Blüten oder einfach nur

Frisuren, die mit Rosenblüten verziert sind. Die meisten Männer tragen Zylinder. Ich sehe dunkle Stoffhosen, mitternachtsblaue Fracks, aufwendige Westen, Capes oder einfache Hemden. Niemand unterhält sich, alle blicken abwartend in Richtung Tor. Eine knisternde Spannung geht von dem geschlossenen Eingang aus. Bläuliche Runen glimmen geheimnisvoll auf den massiven Torflügeln. Sie wirken einschüchternd, mächtig, als würde eine alte Kraft in den Zeichen pulsieren, die selbst das Licht des Mondes überdauert. Die an den Seiten postierten Wachen erscheinen mit ihrer hochgeschlossenen schwarzen Lederuniform, den schweren Stiefeln und den breiten Gürteln nicht besonders einladend. Ihr Blick ist starr nach vorn gerichtet. Jeder Wachmann hält einen kurzen silbernen Stab in der Hand, nicht viel länger als ein Schlagstock, der von einigen schwarzen Rillen durchbrochen wird. Einzelne blaue Funken springen leise zischend über die schwarzen Einkerbungen.

Was mache ich hier bloß? Diese Frage weht durch meinen Kopf, als sich ein paar Meter vor mir ein Mann umdreht. Das einnehmende Grün seiner klaren Augen sticht aus den vorherrschenden Schwarz-, Grau- und Blautönen heraus. Sein intensiver Blick brennt sich in meine Haut, beschleunigt meinen Puls. Cajus Conterville, der offenbar immer und überall auftaucht wie eine Seuche, die keiner braucht.

Er starrt mich an. Neben der offensichtlichen Ablehnung ist noch etwas anderes in seinem Gesichtsausdruck zu finden. Etwas, das darüber liegt, schwer und neu.

Verwunderung.

Das Knallen einer Tür holt mich aus dem Schlaf. Mein Herz setzt vor Schreck einen Schlag aus, während ich im Reflex nach meinem Handy taste, das auf dem Nachttisch liegt. Es ist zehn Uhr morgens, Scott muss gerade wieder einmal zu spät zur Uni aufgebrochen sein. Obwohl ich ein paar Stunden Schlaf abbekommen habe, fühle ich mich wie gerädert. Als wäre ein Lastwagen mehrmals vorwärts und rückwärts über mich drübergefahren. Die Erinnerung an meinen Traum ist diesmal jedoch ganz klar, ohne zu verblassen. Imposante Kleider. Wartende Menschen. Mächtiges Tor. Was auch immer dahinter verborgen liegt, muss für die Leute wichtig sein. Und vielleicht auch für mich, denn schließlich war ich eine von ihnen. *Eine von ihnen.* Was für ein Blödsinn. Gähnend richte ich mich auf. Ich will nicht darüber nachdenken, warum ich immer wieder von Cajus Conterville träume. Oder warum sich der Traum so verdammt echt angefühlt hat.

Nach einer langen Dusche ziehe ich mir frische Klamotten an. Eine Jeans, die an der Hüfte locker sitzt, und ein T-Shirt unter einem grauen Pullover. Danach stehe ich vor der Wahl, entweder die Wohnung aufzuräumen oder einkaufen zu gehen. Da mir Essen näherliegt als Ordentlichkeit, entscheide ich mich für Zweiteres, obwohl die Wohnung aussieht, als hätte sich ein Mülleimer darin ausgekotzt.

Draußen empfängt mich der Tag mit schlechter Laune, es gießt in Weltuntergangsmanier. Ich laufe noch einmal zurück, hole meinen Regenschirm und mache mich auf den Weg zum nächsten Supermarkt. Wenig später verfrachte ich eine Menge frischer Lebensmittel in unseren Kühlschrank und entsorge gleich noch die abgelaufenen Reste. Später telefoniere ich mit meiner Mutter. Sie kommt gerade von einem Jobinterview, das wieder einmal nicht gut gelaufen ist. Trotzdem tut sie vor mir so, als wäre alles bestens. Ich bewundere meine Mom, die sich seit Monaten die Hacken abläuft und von einem Termin zum nächsten hetzt. Sie setzt alles daran, eine neue Stelle zu bekommen, was mit ihrer Berufserfahrung nicht schwer sein sollte. Aber die meisten Läden stellen lieber unerfahrene Leute ein, die für einen Hungerlohn arbeiten. Leute, zu denen auch ich gehöre.

Weil ich noch eine Stunde Zeit habe, bevor ich zur Arbeit muss, hocke ich mich mit meinem Skizzenblock auf mein Bett. Es ist ein Versuch, meine nächtlichen Eindrücke zu verarbeiten und meinen Kopf davon zu befreien. Strich für Strich banne ich die Menschen in den pompösen Kleidern auf Papier und entspanne mich. Ich mag das Geräusch des Bleistifts, wenn er über das Blatt vor mir fährt. Ich mag es, wie die graue Spitze sich auf das Papier drückt, wie die einzelnen Bewegungen etwas vollkommen Neues erschaffen.

Das mochte ich schon immer. Schon als Kind saß ich stundenlang an meinem Zeichentisch. Das künstlerische Talent habe ich angeblich von meiner Urgroßmutter, die zu ihrer Zeit als Bildhauerin ihre Brötchen verdiente. Laut meines Dads fertigte ich bereits mit drei Jahren mein erstes gelungenes Selbstporträt an, mit vier schaffte ich eine detailgetreue Nachstellung unserer Familie. Mir ist klar, dass Dads Erinnerungen von Stolz überwuchert sind. Wenn ich heute einen Blick auf meine alten Bilder werfe, sehe ich nur Figuren mit Grimassen, die Kritzeleien eines Kindes. Aber mein Wunsch, zu malen, hat sich gehalten. Noch vor einem

Monat stellte ich mir in schwachen Stunden vor, irgendwann Kunst zu studieren. Da ich aber keine Idee hatte, wie ich das Studium finanzieren und gleichzeitig die Wohnung bezahlen soll, blieb es bei dem, was es war. Bei dem, was es ist.

Nicht mehr als ein Tagtraum.

Kapitel 6

»Hallo, Harper.«

Angela steht am Verkaufstresen und lächelt, als sie mich sieht. Unter ihrer Schürze blitzt ein grellroter Pullover hervor, der sich mit der Farbe ihrer Haare beißt, aber das macht nichts. Angela kann tragen, was sie will.

»Hey, heute nichts los?«

In der Ecke mit den Stiefeln steht ein junger Mann.

»Er will sich nur mal umsehen«, erklärt Angela, die meinem Blick gefolgt ist.

Nickend ziehe ich meine Jacke aus. »Ich dachte, Molly hat heute Schicht.«

»Wir haben getauscht. Es geht ihr nicht so gut.«

»Oje, ich hoffe es ist nichts Ernstes.«

Angela zuckt mit den Schultern. »Sie ist schwanger.«

»Sie ist was?!« Ich wusste nicht mal, dass sich Molly mit jemandem trifft.

Angelas Lächeln wird zu einem noch breiteren Grinsen. »War

nur ein Scherz. Sie hat eine Erkältung. Ich wollte bloß dein Gesicht sehen, Mädchen.«

Ich schlage die Jacke über meinen Arm. »Ich hoffe, es hat sich gelohnt. Wieso machst du so was?«

Angela seufzt. »Langeweile. Pure Langeweile.«

Schmunzelnd bringe ich meine Sachen nach hinten, um dort die elende grellgelbe Schürze mit den Drogenrausch-Schuhen überzuziehen. Als ich kurz darauf wiederkomme, ist Angela gerade mit einer älteren Kundin beschäftigt. Sie führt sie in den Bereich mit den flachen Modellen, die bequem zu tragen sind. Im Gegensatz zu den Stilettos, die wir in dem linken, besonders beleuchteten Bereich mit den teureren Marken anbieten. Die modernen High Heels haben schwindelerregende Absätze. Unsere höchsten sind ein Paar Skyscraper mit sechzehn Zentimetern. Nach Ladenschluss haben Molly und ich einmal versucht, darin zu laufen. Betrunkene Pinguine hätten ein hübscheres Bild abgegeben, dafür hatten wir eine Menge Spaß, auch wenn Miss Mitchel niemals etwas davon erfahren darf.

Die nächsten Stunden vergehen relativ unspektakulär. Ich verkaufe sechs Paar Schuhe, bis kurz vor Ladenschluss eine junge Mutter mit einem kleinen Jungen auf mich zukommt. »Können Sie mir bitte helfen?«

»Natürlich. Was kann ich für Sie tun?« Ich setze das falsche Lächeln auf, das zur Footastic Shoecompany gehört. Ganz routiniert, aber die Routine ist gefährlich. Ich muss aufpassen, dass dieses Lächeln nicht auf andere Bereiche meines Lebens übergreift. Scott sieht es sofort, wenn ich zur Footastic-Verkäuferin mutiere, ein lächelndes und nickendes Wesen, vor dem er Angst bekommt. Er behauptet, dass ich dann wie die weibliche Version des Psychopathen aus *Einer flog über das Kuckucksnest* aussehe, was total übertrieben ist.

Die junge Mutter erklärt, dass sie auf der Suche nach bequemen Sportschuhen für ihren Sohn ist. Nachdem ich den Fuß des Kleinen abgemessen, ein paar Scherze mit ihm gemacht und ihm einige Modelle zur Anprobe gebracht habe, entscheiden sich die beiden für einen blauen Schuh mit Flugzeugen.

»Eine hervorragende Wahl«, bekräftige ich ihren Entschluss, wie es sowohl das Handbuch als auch Miss Mitchel von uns verlangen. Dann marschieren wir gemeinsam zur Kasse. Ich verrechne die Schuhe und wünsche ihnen noch einen schönen Tag, als Miss Mitchel gerade das Geschäft betritt.

»Einen *footastic* Tag«, korrigiert mich meine Chefin. Sie trägt einen grünen Blazer zu einer weißen Bluse und einer dunklen Stoffhose. Irgendwie sieht sie heute ganz offiziell aus.

»Harper, wie oft soll ich es Ihnen noch sagen? Sie müssen sich an unser Handbuch halten, das ist die Grundlage unseres Erfolgs. Denken Sie an Regel Nummer achtzehn: Wir begrüßen und verabschieden unsere Kunden immer auf die gleiche Weise, damit das Gefühl der Vertrautheit entsteht. Das hat man nicht erfunden, um Ihnen das Leben schwer zu machen, sondern um den Kunden das Leben zu erleichtern.«

Sie legt einen gelben Ordner zwischen uns auf den Verkaufstresen. »Vielleicht ist es notwendig, Sie etwas mehr für unsere Ziele zu begeistern. Und vielleicht habe ich auch schon die richtige Idee dafür. Ich denke, es wird Ihnen guttun, wenn Sie sich an den Modernisierungsmaßnahmen der Verkaufsoutfits beteiligen.«

»Sie wollen die Schürzen abschaffen?« Mein Mund formt sich zu einem O und dann zu einem Lächeln. Einem echten Lächeln.

Sie nickt. »Ich hatte gerade ein interessantes Gespräch mit einer Mitarbeiterin der Marketingabteilung und habe ihr meine Ideen präsentiert. Die Dame war sehr angetan von meinen Vorschlägen und hat mich gebeten, auch das Feedback meiner Mitarbeiterinnen einzuholen.«

Angela stößt interessiert zu uns. »Was für ein Feedback?«

Miss Mitchel schlägt ihren Ordner auf, in dem sich Skizzen von verschiedenen Verkaufsuniformen wiederfinden. Während ihr Gesichtsausdruck immer strahlender wird, zerfällt der von Angela und mir. Die Kreationen sind so scheußlich, dass unsere hässlichen Schürzen plötzlich ganz ansehnlich werden.

»Ist das Ihr Ernst?«, entfährt es mir.

Angela steht sprachlos neben mir. Miss Mitchels Vorschläge sind gelbe Ganzkörperanzüge in den unterschiedlichsten Varianten, mit denen wir auch gut im Freizeitpark auftreten könnten.

»Wie bitte?«

»Sie wollen unsere Schürzen gegen *das hier*«, eine neutralere Bezeichnung für die gelben Ungetüme fällt mir nicht ein, »tauschen?«

Miss Mitchel zieht die Stirn kraus. »Mit der neuen Kleidung sind Sie noch besser als Mitglied der Verkaufsmannschaft erkennbar. Kunden werden keine Sekunde mehr nach Ihnen suchen müssen. Das ist ein immenser Vorteil.«

Ich sollte mir auf die Zunge beißen. Ich versuche es, wirklich, aber es klappt einfach nicht. »Unsere Kunden nehmen uns doch nicht mehr ernst, wenn wir *das hier* tragen.«

»Unsere Schürzen sind doch auch recht auffällig«, versucht es Angela einen Tick diplomatischer. »Ich hatte noch nie das Problem, dass mich ein Kunde nicht findet.«

Unzufriedenheit gräbt sich in Miss Mitchels Gesicht. Innerlich rechnet sie sich garantiert schon aus, was unser Feedback für sie und ihre Marketingkarriere bedeutet. »Vielleicht haben Sie noch nicht verstanden, worum es geht. Es geht darum, unser Markenzeichen zu stärken und uns von der Konkurrenz abzuheben.«

»Na, wenn das so ist«, schießt es aus mir heraus, »könnten wir doch auch gelbe *Schuhhüte* tragen.«

»Harper«, sagt Miss Mitchel scharf, schärfer als sonst. Mein Name klingt wie eine Tür, die zufällt.

Hätte ich doch besser die Klappe gehalten. Wenn sie mich jetzt rausschmeißt, habe ich keine Ahnung, wie ich die Miete bezahlen soll, geschweige denn die Reparatur des verdammten Cabrios.

»Eine derartige Einstellung passt nicht in dieses Unternehmen. Wir sind hier eine Familie, die zusammensteht und gemeinsame Werte teilt. Vielleicht sollten Sie uns lieber …«

Zu dem Wort *verlassen* kommt sie nicht, denn in diesem Moment treten zwei große, schwarz gekleidete Männer in den Laden. Ihre routinierten Bewegungen sind aufeinander abgestimmt, als sie sich zu beiden Seiten der Tür postieren. Sie tragen keine Waffen, sind aber verkabelt, was ihrem Auftreten noch mehr Eindruck verleiht.

Zwischen ihnen entdecke ich Cajus Conterville. Er betritt ganz leger in Jeans und Lederjacke das Geschäft. Die beiden Männer sind anscheinend seine Bodyguards. Mir wird mulmig zumute.

Cajus Conterville. Verfolgt er mich etwa?

»Wer leitet diese Filiale?«, fragt er bestimmt.

Neben mir zuckt Miss Mitchel zusammen, ihre Augen weiten sich, genau wie die von Angela.

»Das bin ich. Mein Name ist Penelope Mitchel.« Langsam erlangt meine Chefin ihre Fassung wieder. Lächelnd geht sie auf den Juniorchef zu. »Mister Conterville, was für eine Ehre, Sie hier begrüßen zu dürfen. Ich wusste nicht, dass Sie uns besuchen. Von der Zentrale habe ich keinerlei Informationen vorliegen, dass Sie –«

»Das ist kein offizieller Besuch«, unterbricht er sie schroff.

Miss Mitchel schweigt verunsichert. Die rötlichen Nervositätsflecken an ihrem Hals passen kein bisschen zu ihrer weißen Bluse. »Und womit kann ich Ihnen dann helfen?«, fragt sie schließlich.

Mein ganzer Körper verkrampft sich. Egal, was Cajus Conterville hier will, es hat sehr wahrscheinlich mit mir zu tun. Alles andere wäre zu viel Zufall, Unfall oder sonst was.

»Haben Sie ein Büro, in dem man ungestört reden kann?«

»Ja, natürlich. Wir können gleich –«

Cajus schüttelt entschieden den Kopf, bevor der Blick aus seinen smaragdgrünen Augen zu mir wandert, eindringlich und kompromisslos. »Nicht Sie. Ich möchte ungestört mit Miss Bennet sprechen.«

Kapitel 7

»Und was soll das jetzt?«, frage ich. Wir stehen in Miss Mitchels kargem Büro mit dem grauen Tisch und dem alten Computer. Cajus betrachtet mich eiskalt. Ich war noch nie auf der Jagd, aber ich kann mir vorstellen, dass Jäger ihre Beute genauso ansehen.

»Wo ist sie?«, zischt er. »Wo zum Teufel ist sie?«

Es ist wie in meinem Traum. Die Worte, seine Ausstrahlung, aus allem sprüht der pure Hass. Jeder Muskel seines Körpers ist angespannt, als er auf mich zukommt. Er drängt mich gegen den Computertisch, die Kante bohrt sich hinten in meinen Oberschenkel.

»Ich stelle die Frage nicht noch einmal, Bennet.«

»Ich habe keine Ahnung, wovon du sprichst!«, herrsche ich ihn an. Mir ist bewusst, dass hier drinnen kaum jemand meine Schreie hören würde. Und selbst wenn, die Tür wird von seinen Bodyguards bewacht. Für sie habe ich keine Bedeutung.

»Du warst da, ich habe dich gesehen. Du steckst in der ganzen Sache mit drin, genau wie dein beschissener Koma-Freund!« Seine tiefe Stimme wird lauter.

Ich hasse es, dass er meinen Namen kennt, dass er sich informiert hat. Er hat mich aufgespürt wie ein Reh, das er nun durch den Wald treibt.

»Du spinnst doch! Und wo soll ich überhaupt gewesen sein?« Eine leise Ahnung pulsiert in der hintersten Ecke meines Bewusstseins. Ich schiebe sie schnell weg, das kann nicht wahr sein. Es darf nicht wahr sein.

»Lüg mich nicht an! Wo ist *sie*?«, brüllt er. »Wo habt ihr sie versteckt?!« Seine Miene ist voller Zorn.

Mein Atem geht immer heftiger. »Ich habe keine Ahnung! Du bist ja irre!«, schreie ich und verpasse ihm mit beiden Händen einen kräftigen Stoß gegen die Brust. Er wankt nur ein kleines Stück zurück, aber ich schaffe es, mich an ihm vorbeizuducken. Schnell trete ich zur Tür. »Ich werde jetzt gehen.«

Eine schwarze Haarsträhne fällt ihm in die Stirn, mit dem Handrücken schiebt er sie zur Seite. »Das wirst du nicht.«

»Nur weil dir der Laden gehört, kannst du mich nicht hier festhalten.«

»Und ob ich das kann. Und ich kann noch viel mehr, wenn du mir nicht gibst, was ich verlange. Ich weiß, wer du bist und wo du wohnst. Ich werde dich nicht in Ruhe lassen, Harper Bennet.«

»Was bist du? Ein Psychopath?!«

»Ich habe dich heute Nacht gesehen.«

»Ja, im Krankenhaus.« Ich weiß, dass er etwas anderes meint. Ich spüre auch, dass dieser Augenblick mein Leben verändern kann. Wahrscheinlich ist das der Moment, in dem ich aus dem Büro flüchten sollte, damit meine Welt ihren Rahmen behält. Mein Rahmen ist vielleicht nicht besonders hübsch, aber er hält zusammen, was ansonsten auseinanderbricht.

»Ich spreche nicht vom Krankenhaus. Ich spreche von Noctaris.«

Noctaris. Der Name hinterlässt einen besonderen Klang in meinem Kopf. Wie eine geheimnisvolle Melodie, die nicht jeder hören kann. Sie vibriert bis in meine Fingerspitzen.

»Ich weiß nichts von Noctaris.« Eine Lüge, und doch keine.

»Lass den Blödsinn. Du warst vor den Toren der Stadt.« Conterville starrt mich mit seinen grünen Augen an. Er sucht etwas in meinem Gesicht, das er offenbar nicht findet. »Du bist gut. Du bist echt gut.« Er holt tief Luft. »Entweder bist du eine verdammt talentierte Lügnerin oder …« Er verstummt für einen Moment. Ich kann förmlich sehen, wie es hinter seiner Stirn arbeitet.

»Oder was?«

Er zögert. Dann lehnt er sich an den Tisch und verschränkt die Arme vor der Brust. »Du bist keine von uns … Du warst mit Hunt im Auto, als der Unfall passiert ist …« Seine Worte kommen stockend, als müsste er sie selbst erst finden.

Ich schlucke. »Ja, ich war bei Phoenix.« Es klingt wie ein Schuldeingeständnis, und das ist es auch.

»Seine … Begabung ist auf dich übergegangen.« Conterville sagt es mehr zu sich als zu mir. Trotzdem trifft es mich wie eine Bombe, die er im Vorbeigehen fallen lässt.

»Was für eine Begabung?« Meine Stimme ist hauchdünn.

Sein Blick ist wieder klar auf mich gerichtet, aber er geht nicht auf meine Frage ein. »Was für Träume hast du, Bennet? Träumst du von einer anderen Welt, in der Leute in feiner, dunkler Kleidung vor einem schwarzen Tor stehen?«

Mit einem hässlichen Geräusch bricht der Rahmen, der mein Leben lang für Ordnung sorgte. Cajus kann nichts von meinen Träumen wissen, und doch trifft er genau ins Schwarze. Kurz überlege ich, alles abzustreiten. So zu tun, als würde es meinen Rahmen noch geben, obwohl er in Stücken vor mir liegt. Doch manchmal gibt es kein Zurück. Natürlich kannst du dir deine geordnete Welt einreden, immer wieder, kannst versuchen, sie zu kleben, aber die Bruchstellen sind da. Egal, wie stark du beide Augen zudrückst.

Ich erwidere Contervilles Blick. »Wie kannst du das wissen?«, presse ich hervor.

»Scheiße.« Er reibt sich über die Augen. Dann sieht er mich an. Sein Blick ist noch immer skeptisch und so eindringlich, dass ich das Gefühl habe, nackt vor ihm zu stehen.

»Wenn du mir etwas vormachst, hat das Konsequenzen«, erklärt er hart.

»Ich mache dir nichts vor. Es wäre aber schön, wenn du mich endlich aufklären würdest, was das alles zu bedeuten hat.«

Er atmet tief ein, ein paar Sekunden vergehen. Wir starren uns an. Misstrauen und Abneigung liegen zwischen uns.

»Nur Menschen mit einer besonderen Begabung können die schwarzen Tore von Noctaris im Traum besuchen. Noctaris liegt in der träumenden Welt.«

»Du verarschst mich doch.«

Cajus fährt sich mit beiden Händen durch die Haare. »Dafür

habe ich keine Zeit«, bemerkt er frustriert. »Seit wann kannst du die Stadt sehen?«

»Ich habe schon öfters von ihr geträumt«, sage ich, auch wenn ich mir dabei total blöd vorkomme. Gespräche wie dieses gehören vielleicht in irgendwelche verräucherten Esoterikläden, nicht in das Büro eines Schuhladens.

»Du musst bei dem Unfall Hunts Begabung übernommen haben«, fährt er ungerührt fort.

Auch wenn mein Verstand schreiend davonlaufen will, bringt der Satz etwas zum Klingen. Das Gefühl, dass ich Phoenix etwas genommen habe, ist wieder da.

»Aber wie soll das funktioniert haben? Und welche Begabung überhaupt? Wieso träume ich ständig von dir und davon, dass du mich auf einer Brücke bedrohst?«

Ein Ruck geht durch ihn hindurch. »Du warst schon mal in der träumenden Stadt?«

Ich denke an die Brücke und die mattschwarzen Seerosen, dann nicke ich langsam.

»War das, bevor oder nachdem du vor dem Tor standest?«

»Davor … aber warum ist das wichtig?«

Er antwortet nicht sofort. »Die Begabung entwickelt sich gerade erst in dir. Offenbar kannst du auf Hunts Erinnerungen in Noctaris zugreifen. Und langsam nutzt du die Begabung auch für dich selbst.«

Was er sagt, macht irgendwie Sinn. Einen total abgedrehten, verrückten Sinn, aber insgeheim weiß ich, dass es die Wahrheit ist. Es erklärt zumindest, warum ich so oft das Gefühl hatte, in einem fremden Körper zu stecken. Trotzdem wehrt sich etwas in mir.

»Ich kann nicht glauben, dass …«

Conterville richtet sich auf, wirkt gehetzt. »Wir müssen los. Es dauert zu lange, wenn ich versuche, es dir zu erklären. Du musst es selbst sehen. Außerdem könntest du dich als nützlich erweisen.« Er hebt seine Hand und schielt auf seine teure Armbanduhr. »Wir fahren zu mir und schlafen miteinander. Dann zeige ich es dir.«

Ich bin fassungslos. Unser Gespräch wird tatsächlich noch verrückter. »Hast du sie noch alle? Ich komme sicher nicht mit zu dir. Und ich werde erst recht keinen Sex mit dir haben.«

Er schnaubt abfällig. »Bitte. Ich hab's nicht nötig, ein Mädchen zu überreden. Wir werden keinen Sex haben, wir schlafen nur nebeneinander ein.«

Wir schlafen nur nebeneinander ein. Genau. »Das ist doch nicht dein Ernst. Denkst du wirklich, dass ich auf den Schwachsinn reinfalle?«

Er sieht noch einmal auf die Uhr, als würde ihm die Zeit davonrennen. »Es ist die schnellste Möglichkeit, dir zu beweisen, dass Noctaris existiert. Dass es eine Welt außerhalb von unserer gibt. Auch wenn es sich für dich jetzt fantastisch anhört, kannst du deine Träume nicht verleugnen.«

Meine Träume. Die Leute verleugnen ihre Träume aus den unterschiedlichsten Gründen, aber wahrscheinlich selten aus diesem.

Cajus zieht sein Handy aus der Jeanstasche und ruft irgendeine Datei auf dem Display auf. »Wir können auch zu dir gehen, wenn du dich dort wohlerfühlst.« Als er meine Skepsis sieht, schielt er noch einmal kurz auf sein Handy. »Wenn dir das noch nicht als Anreiz reicht, hätte ich noch etwas für dich: Ich bezahle den Unfallschaden am Cabrio und beschaffe deiner Mom ihren Job wieder.«

Eigentlich sollte mich nichts mehr überraschen, dennoch bin ich es. »Verdammt, woher weißt du das alles?«

»Von der Nachtschwester habe ich deinen Namen, der Rest war ein Klacks. Informationen zu bekommen ist für jemanden mit Einfluss eine leichte Übung, Bennet. Also, wollen wir?«

Kapitel 8

Seine grünen Augen sehen mich auf eine Weise an, dass ich ihm fast zu glauben beginne. Beinahe lasse ich mich hineinfallen in diesen trügerischen Bottich aus Versprechungen, klebriger als Zuckerwatte.

»Du zahlst die Reparaturkosten und meine Mom bekommt ihren Job zurück, wenn ich mich mit dir zusammen schlafen lege?« Das klingt zu absurd.

»Muss ich dir etwa alles zweimal sagen?« Cajus wird von Sekunde zu Sekunde unruhiger. »Ich kann noch einen Besuch beim Ohrenarzt drauflegen. Aber hör jetzt endlich auf, dich zu zieren.«

»Dann hör du auf, mir zu sagen, was ich tun soll. Wieso können wir nicht einfach getrennt voneinander einschlafen?«

»Weil deine Kraft noch zu schwach ist. Du bist keine Begabte von Natur aus. Herrgott noch mal.« Cajus blickt erneut auf seine Uhr. »Es ist bald Abend. Uns läuft die Zeit davon.«

»Dir läuft die Zeit davon.«

»Deinem Freund vielleicht auch.«

Ich stocke, der Raum schrumpft auf uns beide zusammen. »Was meinst du damit?«

Er sieht mich nur an.

Ich mache einen Schritt auf ihn zu, denn ich will verdammt noch mal eine Antwort haben. »Was meinst du damit?« Hoffnung keimt in mir auf, meine Finger sind eiskalt, weil das ganze Blut für das schnelle Pumpen meines Herzens benötigt wird.

»Rings um Noctaris existieren noch andere Orte. Geheimnisvolle, düstere Orte, in deren Traumgebilden man sich so weit verlieren kann, dass man nicht mehr zurückfindet.«

Ich habe aufgehört zu atmen. »Behauptest du etwa, Phoenix ist dort?«

»Ich behaupte es nicht nur, es ist so«, entgegnet er. »Allerdings wird es dir kaum gelingen, deinen Freund zu finden und aus dem Koma zu befreien, wenn du hier in der wachen Welt bleibst. Du brauchst meine Hilfe, um schnell nach Noctaris zu kommen, alleine bist du noch zu schwach.«

Phoenix aus dem Koma befreien. Es hört sich zu schön an, und ich wittere die Falle, die in den süßen Worten steckt.

Ich verschränke die Arme vor der Brust. »Und du handelst völlig uneigennützig? Du bist doch auf der Suche nach etwas und glaubst, dass ich dir dabei helfen kann.« Ich frage mich, wonach Conterville so verzweifelt sucht. *Sie* könnte alles Mögliche sein, angefangen von einem Gegenstand bis hin zu einer Frau.

Sein Gesichtsausdruck wird noch härter. »Womöglich könntest du mir helfen. Aber das kann dir doch egal sein, solange du bekommst, was du willst. Du kriegst nicht nur deinen Freund zurück, sondern auch noch die Kohle für das Cabrio und den Job für deine Mutter. Aber das Angebot läuft gleich ab, Bennet. Also schlag schnell zu.«

Die Gedanken rasen durch meinen Kopf, knallen aneinander. Conterville weiß, wie man verhandelt. Er setzt mich unter Druck, vielleicht weil ihm wirklich die Zeit davonläuft, vielleicht aber auch nur, damit ich das Kleingedruckte nicht lese.

»Ich möchte, dass du mir die Übernahme der Reparaturkosten und die Wiedereinstellung meiner Mutter schriftlich zusicherst«, erwidere ich entschieden.

»Okay.«

»Inklusive einer Gehaltserhöhung für meine Mom.«

Er zieht eine Augenbraue hoch. Sein Gesicht hat diesen undurchdringlichen Ausdruck, der mir das Gefühl gibt, mit dem Feuer zu spielen. Und tatsächlich lodern dunkle Flammen in seinen smaragdgrünen Augen. Sie scheinen mich zu warnen, es nicht zu weit zu treiben.

»Sonst noch was?«

»Ja. Du beförderst sie zur Filialleiterin.«

Er sieht mich lange an. »Hör auf, mit mir zu handeln, als wären wir auf einem türkischen Markt.« Er beugt sich so nah zu mir, dass sein frischer Atem meine Wange streift. »Ich bin nicht dein verdammter Goldesel. Entweder du nimmst meinen Deal an oder du lässt es bleiben.«

Seine grünen Augen bohren sich in meine. Mir läuft ein Schauer über den Rücken. Ich mag es nicht, vor ein Ultimatum gestellt zu werden. Doch in Wahrheit habe ich meine Wahl längst getroffen.

»Ich nehme den Deal an«, höre ich mich sagen. »Ich will Noctaris mit eigenen Augen sehen.«

Ein Ausdruck der Erleichterung huscht über seine Züge. Er ist so kurz, dass ich ihn mir auch nur eingebildet haben kann.

Als wir zurück in den Verkaufsraum kommen, um den Laden zu verlassen, starren mich Miss Mitchel und Angela mit großen Augen an. Die beiden Bodyguards begleiten uns, und für einen kurzen Moment spüre ich eine Art Genugtuung, als ich die Fassungslosigkeit meiner Chefin bemerke.

»Bringen Sie uns wie besprochen in Bennets WG«, erklärt Cajus beiläufig dem uniformierten Fahrer seiner Limousine, nachdem uns einer der Bodyguards die Tür geöffnet hat.

»Du hattest von Anfang an vor, zu mir zu fahren?«

»Mir war klar, dass du zickig sein würdest.« Er lehnt sich mir gegenüber auf dem butterweichen Sitz zurück. Alles hier drin schreit mir seinen Reichtum ins Gesicht. Wahrscheinlich hat der Wagen mehr gekostet als das Haus meiner Eltern.

»Wie charmant.«

Er fixiert mich, als könnte er in meinem Gesicht lesen wie in einem Buch. »Eins vorab: Mach dir keine Hoffnungen. Unsere Beziehung ist rein geschäftlich. Es ist nur ein Deal, mehr nicht.« Er macht eine kurze Pause. »Du bist einfach nicht mein Typ, Bennet.«

»Das kann ich mir vorstellen. Schließlich habe ich ein Gehirn.« Es ist ein blöder Spruch, aber seine Überheblichkeit verdient nichts anderes.

»Das wird sich noch zeigen.«

Ich lasse meinen Kopf resigniert gegen die getönte Scheibe sinken. »Deine Eltern mögen reich sein, aber in puncto Erziehung haben sie offenbar versagt.«

Meine Reaktion scheint ihn zu amüsieren, denn sein linker Mundwinkel zuckt für einen Sekundenbruchteil nach oben. »Vielleicht«, antwortet er trocken. »Dafür haben deine offenbar versäumt, dir zu erklären, dass man nicht jeden Gedanken laut aussprechen muss.«

»Nur Lügner und Betrüger haben einen Grund, sich jedes Wort dreimal zu überlegen.«

»Da, wo wir hingehen, solltest du diese Einstellung überdenken.«

Noch bevor ich nachhaken kann, schüttelt er den Kopf. »Nein.« Sein Blick gleitet zum uniformierten Fahrer der Limousine. »Wir sprechen nicht vor anderen darüber.«

»Wie du meinst.«

Die restliche Fahrt verläuft schweigend. Schweigend tippt Cajus auf sein Handy ein. Schweigend blicke ich durch die getönten Scheiben auf die ahnungslose Stadt. Schweigend öffnet uns einer der Bodyguards, die uns in einem dunklen Geländewagen gefolgt sind, die Tür. Schweigend steigen wir vor dem heruntergekommenen Mietshaus aus, in dem sich das Apartment von Scott und mir befindet. Schweigend betrachtet Conterville die mit Graffiti besprühte Fassade, als könnten die neonfarbenen Zeichnungen etwas über mein Seelenleben preisgeben. Noch immer schweigend gehe ich vor ihm die abgetretenen Stufen hinauf, die Bodyguards warten unten. Es ist gerade mal kurz nach sieben – eigentlich zu früh, um schlafen zu gehen. Aber er scheint es eilig zu haben.

»Warum müssen wir so hetzen?« Meine Hand zittert leicht, als ich die Wohnungstür aufschließen will. Cajus tritt von hinten so nah an mich heran, dass ich seine Körperwärme fühlen kann.

»Jede Minute, die wir hier vergeuden, vergeht viel mehr ungenutzte Zeit in Noctaris.«

Endlich gelingt es mir, die verdammte Tür zu öffnen. »Ich wusste nicht, dass wir derart unter Zeitdruck stehen.«

»Was daran liegt, dass du praktisch nichts weißt«, erwidert er, während er hinter mir in das kleine Apartment tritt. Schon beim ersten Schritt in das unaufgeräumte Chaos schlägt uns eine Welle abgestandener Luft entgegen.

»Fuck …« Er bleibt nach nur einem Schritt ins Wohnzimmer stehen und sieht sich angewidert um. »Das nennst du eine Wohnung?«

Der kurze Anflug von Scham wird von heftiger Verärgerung überdeckt. »Nicht jeder kann sich eine Putzfrau leisten. Schon gar nicht von dem Hungerlohn, den ihr euren Angestellten zahlt.«

Conterville steigt über ein zerknülltes T-Shirt von Scott, das zur Hälfte über einem offenen Pizzakarton liegt, und schüttelt den Kopf. »Hier hilft keine Putzfrau mehr, ihr braucht eher einen Kammerjäger.«

»Es steht dir frei, jederzeit wieder zu gehen.« Vielleicht hätte ich den Einkauf doch zugunsten einer schnellen Grundreinigung sausen lassen sollen. Es ist ein großes Vielleicht, denn ich will mich nicht schlecht fühlen, nur weil die Wohnung nicht aufgeräumt ist.

Mein Leben war in den letzten Wochen ein haarsträubendes Chaos, diese Umgebung ist lediglich ein Spiegel dessen.

Cajus hebt eine Augenbraue, während er ein Fenster öffnet. »Wenn ich gehe, bleibt dein Freund im Koma. Ich dachte, du wolltest ihn zurückhaben.«

»Und ich dachte, du brauchst meine Hilfe.« Mein Konter lässt ihn ungerührt.

»Wo schläfst du?« Sein Blick wandert zu der mit Chipskrümeln übersäten Couch. »Ich hoffe, nicht da.«

»Doch, genau da«, antworte ich fest. Ich will einfach nur sehen, wie sein arroganter Gesichtsausdruck in sich zusammenfällt.

Er flucht leise, schafft es aber, sogar noch arroganter auszusehen. »Okay. Das klappt nicht.«

»Mach dir nicht ins Hemd. Ich schlafe nebenan.« Mit diesen Worten gehe ich hinüber zu meinem Zimmer und öffne die Tür.

Der hellblau gestrichene Raum scheint auf die Größe einer Puppenstube zusammenzuschrumpfen, als er seinen durchtrainierten Körper an mir vorbeischiebt. Vor meinem Bett bleibt er stehen. Er scannt das Zimmer genauso gründlich wie die Graffitischmierereien auf der Straße. Als sein Blick von einem schwarzen Spitzen-BH auf meinem Stuhl zu den verstreut herumliegenden Skizzen meines letzten Traums auf der Bettdecke fällt, erstarrt sein ganzer Körper.

»Du kannst zeichnen?«

»Du klingst überrascht. Ich kann auch lesen und schreiben.« Noch bevor er eine der Skizzen in die Hand nehmen kann, bin ich neben ihm und raffe die Blätter zusammen, um sie samt BH in eine Schublade meines Schreibtischs zu stopfen.

Cajus zieht eine Augenbraue hoch. »Ist dir meine Anwesenheit etwa unangenehm? Du wolltest herkommen, anstatt bei mir zu schlafen.«

»Worüber ich auch immer noch froh bin. Also, wie geht es jetzt weiter?« Mein Versuch, cool zu klingen, gelingt nur mäßig. Das alles ist mir zu viel. Conterville in meiner Wohnung, Noctaris in meinen Träumen. Ein LSD-Trip kann nicht verrückter sein.

»Jetzt legen wir uns zusammen in dein Bett.« Er wirft einen kurzen, abfälligen Blick über die Schulter. »Wann hast du die Bettwäsche zuletzt gewechselt?«

Ich lächle süß. »Oh, das muss vor ein paar Wochen gewesen sein, kurz bevor ich diesen fiesen Magen-Darm-Virus hatte. Ich hoffe, das stört dich nicht.«

»Natürlich nicht. Und dich stört es hoffentlich nicht, dass ich im Schlaf manchmal um mich trete.«

»Das habe ich schon mitbekommen. Zumindest in der träumenden Welt scheinst du gern um dich zu schlagen.« Mein Blick senkt sich auf seine bandagierte Hand, die mir schon im Krankenhaus aufgefallen ist. »Warum hast du mit Phoenix auf dieser Brücke gekämpft?«

»Weil er es nicht anders verdient hat.«

Ich schnaube. »Und wieso?«

Sein markantes Kinn spannt sich sichtbar. »Er hat etwas an sich genommen, was mir gehört. Ich werde dir nicht sagen, worum es geht, denn das hat für dich keine Bedeutung.«

»Aber für dich«, sage ich. Tausend Fragen brennen mir auf der Seele, ich stelle die erste, die gerade aufleuchtet. »Wie kann eine Verletzung in Noctaris bis –«

»Bis in die wache Welt wirken?«, unterbricht er mich. Nach einem Blick auf die Uhr fährt er sich durch seine schwarzen Haare. Dann zieht er seine Lederjacke aus und wirft sie achtlos über die Lehne des Schreibtischstuhls. »Nur magische Verletzungen haben die Kraft, bis in unsere Realität zu wirken. In Noctaris läuft alles ein bisschen anders ab. Das wirst du selbst merken, falls wir heute Nacht überhaupt noch dazu kommen.«

»Was soll das bedeuten?«

»Das soll bedeuten, dass wir keine Zeit haben, Bennet. Es hat mich Wochen gekostet, deinen Freund überhaupt ausfindig zu machen. Und dann liegt er ausgerechnet im Koma. Wenn du Hunt aus seinem Zustand befreien möchtest, müssen wir uns beeilen.«

»Aber woraus befreien? Wo genau ist Phoenix jetzt? Was ist das für ein gefährlicher, düsterer Ort, von dem du gesprochen hast?«

Er schnaubt genervt. Sein ganzer Körper ist so angespannt, dass es mir schwerfällt, mir ihn in meinem Bett vorzustellen. »Das kann ich dir nicht sagen.«

»Wieso nicht?«

»Weil ich noch nie dort war. Dieser Ort liegt angeblich irgendwo im Nebel der ungezähmten Träume. Ich hoffe allerdings, mit dir dorthin zu gelangen.«

Der ungewohnte Begriff wabert spinnwebenzart durch mein Gehirn. *Der Nebel der ungezähmten Träume.* Der Klang der Worte weckt eine diffuse Sehnsucht in mir, legt sich wie der Geschmack von honigsüßem Nektar auf meine Zunge.

»Und wie?«

»Durch dich«, erwidert er unumwunden. »Mithilfe der Erinnerungen, die du von Phoenix übernommen hast, kann ich vielleicht eine Spur zu ihm finden.« Er wendet sich dem Bett zu und legt zwei Bildbände über Kunst und Architektur der Renaissance überraschend sanft auf meinen Schreibtisch, bevor er die Bettdecke zurückschlägt. »Aber jetzt ist Schluss mit den Fragen. Entweder wir ziehen das durch oder wir lassen es bleiben. Die Zusicherung für deine Mom und das Geld habe ich Dir vorhin per Mail geschickt, ein Zeichen meines Vertrauens.« Er weist mit der ausgestreckten Hand aufs Bett. »Also, legen wir uns hin und versuchen, das zu finden, was wir beide wollen?«

Kapitel 9

»Okay.« Mein Blick fällt auf das Bett, das mir plötzlich viel zu schmal vorkommt, obwohl man zu zweit eigentlich ganz gut darin liegen kann. »Wie nah nebeneinander müssen wir einschlafen?«

»Wir brauchen Körperkontakt.« Cajus schlüpft aus seinen Schuhen und geht zum Fenster, um die Jalousien herunterzulassen. Sofort versinkt der ganze Raum in Dämmerlicht.

»Was wird das?«

»Ich versuche, mit dem zu arbeiten, was du hast.« Er nickt mit dem Kinn in meine Richtung. »Schließ die Tür.«

Entschieden schüttle ich den Kopf. »Kommt nicht infrage.«

»Musst du wirklich alles so kompliziert machen, Bennet?«, fragt er genervt.

»Wieso willst du unbedingt, dass ich die Tür schließe? Wir liegen doch nur nebeneinander.«

Er deutet mit dem Kinn auf den Saustall im Wohnzimmer. »Weil ich keine Lust habe, dass uns dein verdammter Mitbewohner aufweckt, sobald er nach Hause kommt. Wenn wir aus dem Traum geworfen werden, können wir nicht einfach wieder rein.«

»Wieso nicht?«

Cajus atmet tief durch. Wahrscheinlich würde er am liebsten ein Loch in die Wand schlagen.

»Weil das einfach die Regeln sind. Und jetzt schließ die verdammte Tür. Und mach dein Handy aus.«

»Dein herrischer Ton gefällt mir nicht.«

»Deine bockige Art gefällt mir auch nicht.«

Ich drehe mich zur Tür und lehne sie an, ohne sie ganz zu schließen. Dann ziehe ich mein Handy aus der Tasche und schalte es auf lautlos. Ich habe zwar keine Angst vor Cajus Conterville, aber ich traue ihm auch nicht.

Er betrachtet die angelehnte Tür mit einem verärgerten Schnauben. »Die Klamotten kannst du anlassen.«

»Keine Sorge. Ich hatte auch nicht vor, sie auszuziehen.« Meine Stimme ist so kalt wie ein zugefrorener Gebirgsbach, aber mein Herz schlägt trotzdem viel zu schnell. Ein wenig ungelenk schlüpfe ich aus meinen Sneakers und mache einen Schritt auf das Bett zu.

Cajus wischt ebenfalls über das Display seines Telefons, bevor er zum Bett geht und sich ohne ein weiteres Wort hinlegt. Ich stehe auf der rechten Seite der Matratze und starre ihn an. Der letzte Mann, der mit mir in diesem Bett lag, war Phoenix. Sein schiefes Lächeln blitzt vor meinem inneren Auge auf und ich erinnere mich an die Verliebtheit, die ich dabei empfunden habe. An das Gefühl der Unbeschwertheit und Sorglosigkeit, das mir damals ganz selbstverständlich vorkam. Aber mit der Selbstverständlichkeit ist das so eine Sache.

»Worauf wartest du, Bennet?« Cajus stützt den Kopf mit einem Arm ab und wirkt zunehmend frustrierter. »Hast du etwa Angst vor mir?«

»Das hättest du wohl gerne.« Kopfschüttelnd vertreibe ich die Bilder von Phoenix, genauso wie die Hoffnung und den Zweifel. Ich finde nur auf einem Weg heraus, ob Noctaris wirklich real ist und Phoenix irgendwo in diesem Nebel umherirrt. Entschlossen schlüpfe ich unter die Bettdecke und starre Cajus Conterville ins Gesicht. Sofort scheint etwas von dem Druck abzufallen, der ihn die ganze Zeit begleitet hat. Er sieht jünger aus als auf den Titelseiten der Klatschmagazine. Jünger, aber dennoch kompromisslos. Er will das unbedingt durchziehen. Mein Herz beginnt noch schneller zu schlagen, es weiß, dass es ihm nicht vertrauen darf.

»Gib mir deine Hand.«

Er zieht die Decke bis über unsere Hüften und streckt mir dann seine Handfläche entgegen.

»Wieso?«

»Weil ich erfahrener bin als du. Deine Begabung ist noch unzuverlässig, aber nur mit ihr kommst du nach Noctaris. Sieh es als eine Art Zutrittskarte.«

»Eine Zutrittskarte, die offenbar nicht jeder hat. Warum?«

»Dafür gibt es verschiedene Erklärungen. Nur ausgewählte, kreative Leute erlangen durch ihre Träume Zugang. Die Begabung folgt keinem weiteren System.«

Die Worte hinterlassen einen bitteren Geschmack. Ich dachte

immer, dass ich kreativer als Phoenix sei, aber offenbar habe ich mich getäuscht. Ich hätte auch nicht vermutet, dass Conterville besonders fantasievoll ist. Etwas in mir wehrt sich, ihm meine Hand zu geben. Er sieht mich auffordernd an, wie jemand, der noch einen wichtigen Termin hat. Nur zögernd lege ich meine Finger in seine. Sein Griff ist warm und fest. Wahrscheinlich ist meine Haut verschwitzt, aber das ist mir egal.

»Entspann dich, Bennet. Mehr ist es nicht.« Seine kräftigen Finger verflechten sich mit meinen.

Der Kontrast zwischen seiner sommerlich gebräunten Haut und meinem deutlich helleren Handrücken wirkt viel zu intim, die ganze Situation fühlt sich viel zu intim an. Seine klaren grünen Augen leuchten geheimnisvoll im Halbschatten meines Zimmers, während seine breite Brust sich mit jedem Atemzug sichtbar hebt und senkt. Ich hingegen atme viel zu flach. Aufregung und Nervosität pumpen jede Menge Hormone in mein Blut, ich kann mich nicht erinnern, schon jemals in meinem Leben so hellwach gewesen zu sein. Aufgewühlt rutsche ich noch ein Stückchen näher an die Kante meines Bettes. Ich würde Cajus gern loslassen. Es fühlt sich falsch an, ihn nicht mal zu mögen und ihm trotzdem so nah zu sein.

»Versuch, dich zu beruhigen.« Er fängt meinen Blick auf. »So kommen wir nie nach Noctaris.«

Ich lache humorlos. »Danke, das hilft total beim Entspannen.«

Im nächsten Moment hole ich erschrocken Luft, weil er mich kräftig zu sich zieht. »Erst mal solltest du dafür sorgen, nicht bei der kleinsten Bewegung im Schlaf auf den Boden zu fallen.«

Mit hämmerndem Herzen sehe ich ihn an. Ich kann sogar die kleinen Fältchen rund um seine Augen erkennen. Sie sehen wie Lachfältchen aus, was mir seltsam vorkommt. Auf den Bildern in den Zeitschriften lacht Conterville nämlich so gut wie nie, was ich nach meiner Zeit mit ihm nur bestätigen kann.

»Was passiert, wenn wir uns im Schlaf loslassen?«

»Nichts.« Mit dem Daumen streicht er kurz über meine Haut, als hätte ich ihn erinnert, wie wichtig es ist, mich zu berühren. »Sobald wir vor den Toren von Noctaris stehen, macht es keinen Unterschied mehr, ob wir uns in der wachen Welt loslassen.«

»Wie lange –«

»Stopp. So schlafen wir nie ein.« Sein Ton macht unmissverständlich klar, dass ich ab sofort die Klappe halten muss. Er zieht ein schwarzes Taschentuch aus seiner Jeans und hält es mir hin.

»Was soll ich damit?«

»Rieche daran.«

»Nein.«

»Es wird dir beim Einschlafen helfen.«

»Super. Was ist das? Chloroform?«, frage ich, obwohl mir der Duft nach Lavendel und noch ein anderes Aroma entgegenwehen.

»Der Stoff wurde in einer Mischung aus ätherischen Ölen getränkt. Ein altes Rezept, das beim Einschlafen hilft.« Er fixiert mich. »Jetzt stell dich nicht so an.«

Widerwillig nehme ich das Tuch und halte es an die Nase. Der Geruch hat tatsächlich eine beruhigende Wirkung.

»Atme jetzt tief in den Bauch, Harper.« Es ist das erste Mal, dass er nur meinen Vornamen verwendet. Wahrscheinlich eine Strategie, damit ich mich schneller entspanne.

»Und jetzt halte die Luft für drei Sekunden an.«

Gehorsam halte ich meinen Atem an, während ich ihm in die Augen sehe. Sie sind nicht einfach nur grün. In der Mitte leuchtet die Farbe wie ein geschliffener Edelstein, aber rund um die Iris haben sie einen dunkleren Rand, der mich an moosbewachsene Stämme in uralten Wäldern erinnert.

»Gut. Und jetzt atme für mindestens acht Sekunden aus.«

Langsam lasse ich meinen Atem ausströmen. Das fühlt sich tatsächlich gut an.

»Noch mal … einatmen.« Er macht mit. »Luft anhalten.« Seine dichten Wimpern sind tiefschwarz. »Und mindestens doppelt so lange ausatmen.« Die Luft aus seiner Lunge streicht hauchzart über meine Lippen.

Wieder atmen wir gemeinsam ein und aus. Mein Herzschlag beruhigt sich, der Duft des Öls steigt angenehm in meine Nase. Meine Gedanken beginnen wegzudriften. Noctaris. Die Stadt in der träumenden Welt. Ich stelle mir vor, dass Phoenix irgendwo dort auf mich wartet. Ich stelle mir vor, dass es ihm gut geht. Und dass ich ihn mit Cajus' Hilfe tatsächlich zurückbringen kann.

Kapitel 10

Ich schlage die Augen auf. Mein Zimmer ist verschwunden, genau wie das Bett, in dem wir lagen. Stattdessen stehen Cajus und ich am Ende einer langen Schlange, hinter elegant gekleideten Menschen, inmitten des gläsernen Tunnels mit den geometrischen Verstrebungen. Das Mondlicht sickert durch das Gitter aus Rauten und Dreiecken und etwa zwanzig Meter vor uns ragt das hohe Stadttor von Noctaris in die Höhe. Die bläulichen Runen schimmern auf den irisierenden schwarzen Türblättern, die nach innen geöffnet sind. Der Nebel weiter vorn hat sich gelichtet und ich kann das erste Mal die Stadtmauer mit ihren dunklen Backsteinen sehen, die sich rechts und links neben dem Tor erstreckt. Wir sind tatsächlich hier. Gemeinsam. Vor den Toren der träumenden Stadt.

Der mattschwarze Zylinder auf Contervilles Kopf passt zu seinem kurzen Backenbart und dem kühn geschnittenen Mantel. Ebenso zu den hohen Stiefeln und der dunklen Kleidung. Alles scheint wie dafür gemacht zu sein, mit den Schatten zu verschmelzen. Beim Anblick der Menschenmenge vor uns entfährt Cajus ein leiser Fluch, gleichzeitig lässt er meine Hand los. Ich betrachte die rauchblauen Handschuhe, die mir bis zum Ellbogen reichen, sehe zu dem rechteckigen Ausschnitt meines eng anliegenden Mieders und weiter zu dem ausgestellten schwarzen Rock, dessen seidiger Stoff von einem Meer aus Diamantsplittern bedeckt ist. Ich nehme die geschnürten Schuhe mit den halbhohen Absätzen an meinen Füßen wahr, die auch gut ins achtzehnte Jahrhundert gepasst hätten. In Zeitlupe kapiert mein Gehirn, dass das hier tatsächlich passiert. Dass das hier tatsächlich real ist.

Real. Es ist ein Traum, und doch ist es keiner.

Cajus und ich sind gemeinsam eingeschlafen und zusammen vor Noctaris' Toren wieder aufgewacht. Meine Finger fahren über mein Gesicht, tasten vorsichtig über meine Lippen und meine Wangen, fühlen meine Stirn. Sie suchen nach einem Beweis, einer Erklärung, vielleicht wollen sie sich auch einfach nur festhalten. Alles rutscht mir davon. Mein Wissen, meine Logik schrumpfen zusammen auf die Größe einer Erbse, die einfach wegrollt.

»Das darf nicht …«

»Wahr sein?«, fragt Conterville schlecht gelaunt. Er zieht eine silberne Taschenuhr mit antiken Zeigern aus seiner Manteltasche. »Stimmt, wir sind zu spät dran.«

Ich sage nichts.

Er wendet sich mir zu. »Du bist ja ganz blass vor Überraschung. Hast du wirklich geglaubt, dass ich dir nur Märchen erzähle?« Die Taschenuhr wandert zurück in seine Manteltasche.

»Wahrscheinlich«, antworte ich zögernd.

»Wieso sollte ich das tun?«

»Keine Ahnung. Es ist nur so ...« Mein Verstand sucht nach dem richtigen Wort. Eines ist zu wenig. *Anders. Überwältigend. Fantastisch.*

»Magisch«, beendet Conterville den Satz für mich. »Finde dich besser schnell damit ab. Das hier ist nicht die Matrix, bei der du die Wahl zwischen der roten und der blauen Pille hast, die wieder alles auf normal zurückstellt. Du hast die rote Pille längst geschluckt, Bennet. Ein *Zurück* gibt es nicht mehr.«

Ich blinzle. »Aber wie ist das möglich?«

»Nur weil dein Verstand es nicht hinkriegt, muss es nicht unmöglich sein. Denk daran, wie du als Kind die Welt gesehen hast, grenzenlos und voller Farben. Du hast instinktiv mit deiner Seele gesehen, nicht mit deiner Vernunft. Du hast deine Umgebung aufgesaugt, hast dich nicht von Regeln einschränken lassen, bist deiner Intuition gefolgt. Während der Großteil der Menschen irgendwann blind dafür wird, lernst du gerade wieder zu sehen. Der Zauber kehrt zu dir zurück.«

Seine Worte klingen schön. »Ich verstehe es trotzdem nicht.«

»Das musst du auch nicht«, erwidert er geheimnisvoll. »Denn es geht hier nicht ums Verstehen.«

Ich atme tief durch, blinzele noch einmal, doch alles bleibt unverändert. »Okay, ich versuche, mich darauf einzulassen. Aber du musst mir ein paar Dinge erklären. Warum diese Maskerade?« Ich deute auf unsere Kleidung und fahre in meine Haare, die hochgesteckt sind. Nur eine dunkelrote Haarsträhne hat sich daraus gelöst.

»Du meinst unsere Outfits? Die wechselnden Frisuren? Dazu

gibt es einige Thesen. Eins vorab: Du kannst nicht beeinflussen, wie du aussiehst, wenn du vor den Toren stehst.«

Wir rücken mit der Schlange auf, die sich unter dem vergitterten Glastunnel ein Stück nach vorn bewegt. Wie beim letzten Mal liegt eine erwartungsvolle Spannung in der Luft. Der Weg verläuft in mehreren sanften Kurven auf das schwarze Tor zu, durch das gerade eine Frau mit einem silbergrauen Fächer und einem blauen Ballkleid mit nachtschwarzem Korsett spaziert. Die Garderobe der anderen Wartenden ist nicht weniger vornehm. Die meisten Männer tragen wieder Zylinder, die Frauen schlichte oder üppige Kreationen in den verschiedensten Nuancen von Blau, Grau und Schwarz.

Nachdenklich hebe ich meinen Rock etwas an, als wir weitergehen. Bei jedem Schritt raschelt der dunkelgraue Chiffon meines mehrlagigen Unterrocks. Die Diamantsplitter des Oberstoffes fangen das spärliche Mondlicht ein und werfen es strahlend zurück.

»Noctaris besteht schon seit langer Zeit, niemand weiß genau wie lange«, erklärt Cajus leise. »Einige Gelehrte meinen, dass die Kleidung von Noctaris zu einer Zeit entworfen wurde, als Kreativität in der Mode keine Bedeutung hatte, weil sie nur praktisch sein musste. Die Besonderheit der Garderobe soll zeigen, dass Noctaris seiner Zeit schon immer voraus war. Andere behaupten, dass es sich lediglich um eine Renaissance der kreativsten Stücke handelt.«

»Und wer hat die Kleidung entworfen? Wer steckt hinter all dem?«

Er sieht mich unbewegt an. »Du tust es schon wieder.«

»Was?«

»Du versuchst, es mit deinem Verstand zu erklären. Noctaris lebt von Magie, von Inspiration und Fantasie. Von dem, was über den Verstand hinausgeht. Deswegen wird dein Gehirn es auch nie erfassen können.« Er lächelt. Offenbar gefällt es ihm, dass er mir überlegen ist. »Wenn es dir hilft, sieh die Kleidung, die Frisuren und die ausgewählten Farben als eine Spielerei der Stadt und der berauschenden Energie, von der sie gespeist wird.«

Ich schüttele den Kopf. »Danke, aber das hilft mir nicht.«

Er zuckt mit den Schultern. »Wenn du meinst.«

Wir kommen wieder ein paar Schritte voran.

»Und was ist mit diesem Tunnel? Wohin führt er?« Ich werfe einen Blick über die Schulter. Hinter uns setzt sich die Menschenschlange auf dem schwarz gepflasterten Pfad fort, dessen Ende von hier aus nicht zu sehen ist.

»Bisher hat es noch niemand geschafft, das Ende des Gangs zu erreichen«, antwortet Conterville. »Vielleicht ist er zu lang, um die gesamte Strecke in einer Nacht zu bewältigen. Vielleicht reicht er auch ins Unendliche.«

Ein Tunnel ohne Ende. Mein Verstand protestiert schon wieder, doch ich halte den Mund. Mein Blick fällt auf einen kleinen Riss im Glas des Tunnels, durch den lautlos etwas Nebel dringt. Ein verführerisches Glimmen lässt die hauchzarten Schwaden silbrig aufblitzen. Sie scheinen auf mich zu reagieren, denn sie wirbeln verspielt in meine Richtung. Je länger ich sie ansehe, desto faszinierender finde ich sie. Unter meinem Blick wird das Leuchten stärker, lockt mit sanfter Magie und unausgesprochenen Sehnsüchten. Meine Hand streckt sich aus, will den Nebel berühren.

»Bennet, was machst du denn da?« Conterville packt mich wütend am Oberarm und zieht mich von dem kleinen Riss in der Glasscheibe weg. Sein scharfer Ton zerreißt den betörenden Zauber. Beim Klang seiner Stimme verfärben sich die Dunstschwaden kurzzeitig tiefschwarz, bevor sie sich ruckartig zurückziehen, schneller als der Kopf einer Giftschlange.

»Verdammt.« Er hält mich noch immer am Arm fest. »Du darfst den Nebel nicht anfassen.«

Benommen schüttele ich den Kopf, um den leichten Schwindel loszuwerden. »Wieso nicht?«

»Weil er gefährlich ist.«

»Und weil er gar nicht hier sein dürfte«, fügt ein elegant gekleideter Herr hinzu, der hinter uns steht. Er trägt einen Zylinder mit einer mitternachtsblauen Borte und einen dazu passenden Frack. An seinem Gehstock funkelt ein geschliffener Saphir. Als der Mann Contervilles Gesicht erblickt, wird er kurz blass, findet aber schnell seine Fassung wieder.

»Im Nebel leben die Unbegabten ungezügelt ihre Träume aus, doch im Moment passiert etwas anderes. Der Schutz von Noctaris bricht, ich kann es spüren«, sagt der Mann mit dem grauen Vollbart. »Der Nebel der ungezähmten Träume wächst, man munkelt, dass sich die Legende von Unicus erfüllt.«

»Die Legende von was?« Es ist, als müsste ich eine neue Sprache lernen.

»Nur eine Legende«, erklärt Conterville knapp.

»Nur eine Legende? Noctaris ist aus Legenden gebaut. Und wenn diese eine wahr ist, wird sich der Nebel über die wache Welt ausbreiten und sie vernichten. Dann werden sich auch die anderen Städte mit ihren Elementen offenbaren, bis nur noch die träumende Welt existiert.«

Cajus zieht mich in dem Tunnel weiter, als wollte er mich vor einem Verrückten schützen. Der Mann beginnt stattdessen leise ein Gespräch mit einer älteren Frau, die hinter ihm steht.

»Andere Städte? Legenden?«, frage ich verwirrt.

»Fall nicht darauf rein, Bennet. Fantastereien in einer Welt voller Fantasie sind gefährlich. Es ranken sich unzählige Mythen um Noctaris, du musst versuchen, dich nicht von ihnen einnehmen zu lassen.«

Ich schnaube. »Also kommt jetzt doch wieder mein Verstand ins Spiel?«

»Eher deine Intuition.«

Mein Blick wandert zu den geometrischen schwarzen Verstrebungen des Tunnels. Das schimmernde Glas, das sich zwischen den dünnen Stäben spannt, scheint hier völlig unversehrt zu sein.

»Aber meine Intuition hätte mich fast dazu gebracht, den Nebel anzufassen.«

»Du musst eben noch an dir arbeiten«, erklärt er kalt. »Der Nebel könnte dich töten, jetzt wo du zu den Begabten gehörst.«

»Der Nebel kann mich töten? Findest du nicht, dass das ein wichtiger Hinweis gewesen wäre?« Meine Stimme ist lauter geworden. Ein paar Köpfe in der Schlange vor uns drehen sich zu uns um. Bei dem interessierten Gesichtsausdruck einer stark geschminkten Frau, die zwischen Cajus und mir hin und her sieht, wird mir ein wenig unbehaglich zumute. Cajus wirft nur einen knappen Blick in ihre Richtung. Sofort wenden sich alle Köpfe wieder nach vorne.

Conterville ist vielleicht reich und bekannt, aber die Reaktion ist trotzdem eigenartig. »Wieso sehen die dich so an? Die wirken, als hätten sie Angst vor dir.«

»Das bildest du dir ein.« Seelenruhig zupft er die Ärmel seines langen Mantels zurecht, während wir zwei Schritte weiterrücken. Dann wendet er mir sein Gesicht zu. Sein energisches Kinn kommt im fahlen Mondlicht noch stärker zur Geltung. »Ich lasse dich für zwei Sekunden aus den Augen und schon willst du den Nebel berühren, Bennet. Offenbar habe ich dein Talent, dich in Schwierigkeiten zu bringen, gründlich unterschätzt.«

»Offenbar habe ich dein Talent, mir die wichtigsten Informationen vorzuenthalten, ebenfalls gründlich unterschätzt.« Ich hole tief Luft und spüre ein hässliches Ziehen im Bauch. »Moment. Wenn Phoenix in dem Nebel gefangen ist …«

Er schüttelt den Kopf. »Spar dir den Gedanken. Hunt ist zwar im Nebel der ungezähmten Träume, wird aber an einem Ort festgehalten, an dem ihm der Nebel nichts tun kann.«

»Und wieso müssen wir in die Stadt und können nicht gleich zu Phoenix?«

»Weil wir einen Deal haben. Du hilfst mir, dann helfe ich dir.«

Bevor ich meine nächste Frage stellen kann, fasst Conterville in seine Manteltasche. Er zieht eine silberne Kette mit einem schwarzen Amulett daraus hervor, tritt von hinten an mich heran und hängt mir das Schmuckstück um den Hals. Es fühlt sich kalt an auf meiner Haut.

Meine Fingerspitzen berühren den dunklen Stein. »Was ist das?«

»Ein Schutzamulett. So wie es aussieht, wirst du es brauchen.«

Ich ignoriere die Beleidigung, die durch seine Worte atmet, während wir uns wieder in Bewegung setzen. Unsere Schritte hallen leise über die dunklen Pflastersteine, vermischen sich mit dem verhaltenen Geflüster der anderen Wartenden. Bis zu dem gewaltigen schwarzen Tor ist es nicht mehr weit. Obwohl die imposanten Flügeltüren mit den blau leuchtenden Runen weit geöffnet sind, ist es unmöglich, einen Blick in die dahinterliegende Stadt zu werfen. Noctaris versinkt in Unschärfe wie die Pinselstriche eines zerronnenen Aquarells.

»Du kannst nicht durch das Tor hindurchsehen. Der Schleier des Vergessens schützt Noctaris. Falls Unbegabte in ihren Träumen einen Blick auf die Stadt erhaschen, vergessen sie das Gesehene sofort wieder.«

»Das heißt, ich könnte die Stadt schon mal in meinen Träumen gesehen haben? Als ich noch eine Unbegabte war?«

»Exakt. Der Nebel ist für Unbegabte harmlos, aber nicht für uns.« Der Blick aus Cajus' klaren Augen ist so eindringlich, dass ich unmöglich wegsehen kann. Mit seinem Zylinder, den feinen Gesichtszügen und dem schwarzen Mantel sieht er aus wie jemand, der über dunkles Wissen verfügt. »Die Träume der normalen Menschen sind oft wild, brutal und völlig ungezähmt. Für sie sind es nur Träume, aber nicht für uns. Für Begabte sind die Trugbilder real, die Monster echt.«

»Aber es gibt doch auch schöne Träume.«

Er nickt auf eine geheimnisvolle Art. »Klar gibt es die. Aber eben nicht nur.«

Kapitel 11

»Name?« Die tiefe Bassstimme gehört zu einem der beiden Wächter, die vor dem geöffneten Tor stehen und mit ihren breiten Schultern den Eintritt in die Stadt verhindern. Der gläserne Tunnel endet hier, schließt mit dem geschwungenen Torbogen ab. Nach wie vor versinkt das Innere der Stadt in verwaschener Unschärfe, der Blick der Wachen hingegen ist klar. Sie tragen auch diesmal hochgeschlossene schwarze Uniformen mit steifen Krägen und matt im Mondlicht schimmernden Knöpfen. Ihre schweren ledernen Stiefel und Handschuhe erwecken einen militärischen Eindruck, ebenso wie die glatten silbernen Stäbe mit den onyxfarbenen Einkerbungen in ihren Händen. Zwischen den beiden Wachen befindet sich ein hüfthoher dunkler Steinklotz mit einer verwitterten Inschrift, die ich nicht entziffern kann.

»Name?«, wiederholt der Wächter ein zweites Mal. Auch sein Kollege mit der großporigen Haut sieht mich an. Skepsis liegt in seinem Blick.

»Entschuldigung. Harper Bennet.« Nervosität klingt aus meiner

Stimme. Ich will sie dort nicht haben. Der Röntgenblick der Wachen ist unangenehm, und ich stelle mir vor, dass sie alles sehen. Jede Unebenheit, jeden Fehler. Die Narbe an meinem rechten Knie, die mir vom Sprung aus Scotts Hochbett geblieben ist. Die Narbe an meinem Herzen, weil mich Phillip Andrews in der Junior High nach einer Party gegen Barbara Carter getauscht hat. Die ganzen Narben, wulstig, großflächig oder unscheinbar, die sich über meinen Körper erstrecken und ihn zu einem Schlachtfeld der Erinnerung machen.

»Vortreten«, sagt der Wächter mit der Bassstimme.

Ich trete zwei Schritte nach vorn. Jetzt kann ich sogar das Leder seiner Handschuhe riechen.

»Stillhalten.« Der Wächter bewegt seinen silbernen Stab langsam von oben bis unten über meinen Körper. Blaue Funken springen zischend über die schwarzen Rillen des Stabes. Ich komme mir vor wie am Flughafen beim Security-Check, wenn die Sicherheitskräfte überprüfen, ob man nicht doch ein Terrorist mit Sprengkörper ist.

»Was tun Sie da?« Meine Haut beginnt überall zu kribbeln, gleichzeitig vibriert der unterarmlange Stab des Wächters. Der Mann tauscht einen seltsamen Blick mit seinem Kollegen. Meine Handflächen fangen an zu schwitzen, ich fühle mich wie eine Schwerverbrecherin.

»Sind Sie zum ersten Mal hier?«

Nickend sehe ich zu Cajus. Er steht mit gerunzelter Stirn hinter mir und blickt ungerührt auf den verwitterten Steinsockel vor dem Tor, dessen Inschrift bläulich zu glühen begonnen hat.

Kein Zutritt für Inkubi, steht in antiken, gut sichtbaren Lettern darauf.

»Inkubi? Was bedeutet das?«

Der Wächter vor mir ignoriert meine Frage. »Haben Sie schon mal den Impuls verspürt, einem anderen Begabten sein Nox zu entwenden?«

»Wie bitte?«

Der zweite Wächter fährt meinen Körper nun auch mit seinem Stab ab, diesmal bleibt das Vibrieren jedoch aus. Die Schrift auf dem schwarzen Sockel verblasst.

»Scheint eine Fehlfunktion gewesen zu sein«, sagt Cajus kühl.

Der erste Wächter wiederholt die Prozedur, als würde er es nicht glauben wollen. Doch sein Stab schlägt nicht mehr aus. Noch ein langer misstrauischer Blick, dann tritt er schließlich zur Seite und macht den Weg frei.

Erleichtert gehe ich zwischen den Wachen hindurch und warte, bis Conterville mir folgt. Auch er wird mit dem Stab überprüft, doch bei ihm bleibt alles ruhig.

»Was ist Nox? Und was sind Inkubi?«, flüstere ich, als Cajus neben mir steht.

»Inkubi sind Abschaum«, erwidert er trocken. »Fantasielose Menschen, keine echten Begabten, sondern eine bestialische Sonderform. Sie sind in der Lage, Begabten ihr Nox – das Licht ihrer Fantasie – zu stehlen und ihnen damit den Zutritt nach Noctaris für immer zu nehmen. Aber das muss dich jetzt nicht beschäftigen.«

Gemeinsam treten wir unter den breiten steinernen Bogen,

dessen dunkle Torflügel ins verwaschene Innere der Stadt weisen. Vor uns prangt ein großer, silberfarbener Kreis auf dem nachtschwarzen Boden. In der Mitte befindet sich ein rätselhaftes Zeichen aus breiten Linien, die ineinander verschlungen sind. Es erinnert an die blauen Runen auf den Torflügeln, hat aber auch etwas von einem geschwungenen N, das dunkle Geheimnisse in sich trägt.

»Bevor Noctaris den Schleier für dich hebt, musst du deinen Tribut entrichten.«

»Welche Form von Tribut?«

»Du gibst etwas von deinem Nox, dem Licht deiner Fantasie«, erwidert Cajus ungerührt.

»Verarschst du mich?«

Er hebt eine Augenbraue. »Sehe ich so aus?«

»Jetzt machen Sie schon«, knurrt der Wächter mit der Bassstimme hinter uns. »Es gibt noch andere, die hineinwollen.«

»Es ist genau dosiert«, sagt Conterville. Mit dem Kopf nickt er in Richtung der silbernen Bodenmarkierung. »Stell dich in den Kreis. Dir wird nur eine geringe Menge genommen, du wirst kaum etwas merken.«

Es ist nur ein Schritt, und doch so viel mehr. Ich spüre den Druck der Wartenden, spüre den Anflug von Angst, spüre mein Herz pochen, als ich mich auf das Symbol in dem silbernen Kreis stelle. Die verschlungenen Linien unter meinen Schuhsohlen sind glatt wie Eisenbahnschienen. Und unglaublich matt, als hätten im Laufe der Zeit schon Millionen von Begabten auf diesem Zeichen gestanden. *Jetzt bin ich eine von ihnen*. Ich halte kurz die Luft an, warte ab, was passiert. Eins, zwei, bei drei ist es so weit. Der Boden unter meinen Füßen wird kälter, knirscht, als würde Wasser zufrieren. Die Kälte überzieht mich, legt sich wie eine wachsende Eisschicht über Füße, Waden und Oberschenkel. Wandert weiter zu meiner Hüfte, umschließt Oberkörper, Arme und Hals. Kriecht über meine Wangen bis in die Haarspitzen. Ich kann kaum atmen, bin komplett eingefroren. So fühlt es sich an, wenn dir jemand ein Stück deines Lichts nimmt, wenn ein Stück deiner Lebendigkeit entschwindet. Wenn ein Bruchteil ausgelöscht wird und alles plötzlich grauer erscheint. Nicht nur die Welt, die du siehst, sondern auch deine Gedanken, die mit einem Mal trostloser und matter wirken.

Ein dumpfer Schmerz fährt von meinem Herzen abwärts, dringt durch meine Schuhsohlen in das silberne Zeichen. Das verschlungene Symbol leuchtet auf. Knisternde blaue Funken springen in die Höhe, hauchdünne Linien zischen aus dem Kreis. Wie glühende Blitze verästeln sie sich auf dem dunklen Steinboden, rauschen über die schwarze Oberfläche, bis sie sich dort verlieren. Es ist schön anzusehen, dennoch habe ich das Gefühl, etwas Wichtiges verloren zu haben.

»Das war mein Nox?«, flüstere ich.

»Yep.« Cajus zuckt nicht mal mit der Wimper, als er sich in den silbernen Kreis stellt und das Symbol darin kurz aufleuchtet. Wie bei mir tanzen blaue Funken über das Zeichen, verzweigen sich zu netzartigen Blitzen, die den schwarzen Boden unter unseren Füßen wie Adern überziehen, bevor sie wieder verschwinden.

Und dann sehe ich es.

Der magische Schleier, der Noctaris bisher vor meinen Blicken geschützt hat, ist verschwunden. Die Sicht ist klar und überwältigend. Die dunkle Stadt liegt vor mir wie ein Gemälde, in dem Renoirs flüssiger, sinnlicher Malstil auf Goyas Düsternis trifft. Glänzende, gepflasterte Straßen führen an Geschäften mit vergitterten Schaufenstern vorbei, schwarze Speicherhäuser mit spitzen Dächern ragen dazwischen empor. Schmiedeeiserne Straßenlaternen erhellen in regelmäßigen Abständen die Fassaden. Aus ihrem Inneren dringt kein warmes Licht, sondern ein bläuliches Glühen.

Völlig fasziniert trete ich unter dem breiten Torbogen hindurch und bleibe neben dem gemauerten Torhäuschen stehen. Am Ende der breiten Straße vor mir sind die Umrisse eines schlanken Glockenturms zu erkennen. Die schimmernde Turmspitze funkelt im Sternenglanz wie flüssiges Silber, die gewaltigen Zeiger der antiken Turmuhr darunter strahlen in einem einnehmenden Blau. Mein Körper reagiert sofort. Der Anblick verursacht ein Vibrieren in meiner Brust, gefolgt von einer kühlen Gänsehaut. *Magie*. Ich spüre den Zauber der Stadt, der wie eine sanfte Berührung an ihr haftet, rieche den Duft des Geheimnisvollen. Trotz der dämmrigen Dunkelheit zwischen den Häusern ist Noctaris von einem eigenen Leuchten erfüllt. Es zeigt sich nicht nur im Mondschein auf den spitzen Dächern und den nassglänzenden Straßen, sondern auch im sanften Pulsieren der schlanken Straßenlaternen, die mit ihrem bläulichen Schein rätselhafte Schatten auf die Hauswände zaubern.

»Hier, vergessen Sie Ihre Bezahlung nicht.« Die Stimme gehört einem älteren Mann mit Nickelbrille und dringt aus dem Inneren des Torhäuschens. Er drückt mir einen Stapel Silbermünzen in die Hand.

»Wofür sind die Münzen?« Die silbernen Taler fühlen sich warm an. Sie schimmern so hell, als wären sie eben erst frisch geprägt worden. Eine Seite zeigt die Hälfte einer schwarzen Gesichtsmaske, wie man sie beim Karneval trägt, die andere Seite schmückt ein mystisches N, offenbar das Wappen der Stadt.

»Das Silber ist die Bezahlung für dein Nox«, erklärt Cajus. Auch er hat eine Handvoll Münzen bekommen, die er ohne jegliche Gefühlsregung in der Tasche seines Mantels verschwinden lässt. »Du kannst dich damit in Noctaris vergnügen.«

»Was meinst du damit?«

»Du wirst schon sehen. Sollte dir das Geld ausgehen, kannst du dir auch was dazuverdienen. Wie in der wachen Welt kann man auch hier einem Job nachgehen. Du kannst dich als Wache verpflichten oder in einem der unzähligen Läden arbeiten. Manche Noctarianer sparen ihre Münzen und kaufen sich nach einiger Zeit ihr eigenes Geschäft. Das hat den Vorteil, dass sie etwas früher Zugang zu Noctaris erhalten. Du hast aber auch die Möglichkeit, ein Haus zu erwerben – je nach Viertel fallen die Preise höher oder niedriger aus.« Er rattert die Worte herunter wie einen Text, den er auswendig gelernt hat.

»Man kann hier wohnen?«

»Nur in der Nacht, und nur bis die Turmuhr die zwölfte Stunde schlägt. Noctaris existiert nicht am Tag. Und jetzt komm, wir müssen noch etwas besorgen.«

»Und was?«

»Etwas, das deinen Erinnerungen auf die Sprünge helfen soll«, erklärt er vage.

Wir betreten die breite Straße. Reges Treiben herrscht zwischen den geziegelten schwarzen Häusern mit den hoch aufragenden spitzen Dächern. Ich kann mich nur schwer entscheiden, wo ich zuerst hinsehen soll. Vornehm gekleidete Menschen flanieren vergnügt an den Schaufenstern vorbei. Es gibt Junge und Alte, aber keine Kinder. Die meisten Frauen tragen ausladende Kleider aus schimmernden Stoffen mit gerüschten Tournüren oder kunstvollen Stickereien, dazu perlenbesetzte Fächer, glitzernde Schmuckstücke und aufwendige Frisuren. Die Zylinder der Herren passen zu den eleganten Anzügen. Noch nie zuvor habe ich so viele verschiedene Nuancen zwischen tiefdunklem Blau, edlem Grau und staubigem Schwarz gesehen. Über allem schwebt der Hauch des Anrüchigen, verbirgt sich hinter dem etwas zu lauten Lachen der Frauen und den gierigen Blicken der Männer. Blitzt hervor zwischen gerafften Unterröcken, rosigen Zungenspitzen und geflüsterten Versprechungen. Von irgendwoher weht leise Violinenmusik heran. Schwerer Rosenduft, vermischt mit einer Prise Zimt, betört die Sinne.

»Es ist unglaublich«, sage ich staunend.

Eine lachende Frau in einem tief ausgeschnittenen pfauenblauen Kleid läuft an uns vorbei. Zwei junge Männer folgen ihr. Alle drei haben gerötete Wangen und glänzende Augen, als kämen sie von einem rauschenden Fest, das sie nun auf ihre Weise zu Ende bringen. In ihrer Verspieltheit erinnert mich die Szene an ein Gemälde von Botticelli, in dem Liebe, Sehnsucht und Sinnlichkeit ineinanderfließen. Ihre Leichtigkeit umspielt mein Herz, am liebsten würde ich den dreien die gepflasterte Straße hinunter folgen.

»Vorsicht, verlier dich nicht in ihrem Zauber.«

»Welchem Zauber?« Ich starre der hübschen jungen Frau hinterher, deren goldblonde Locken sanft im Mondlicht wehen. Ihre glänzenden Haare scheinen sich in Zeitlupe zu bewegen, obwohl sie ziemlich schnell läuft. Ihr lachender, rot geschminkter Mund bildet einen starken Kontrast zu ihren weißen Zähnen und den schwarzen Fassaden der hohen Häuser.

»*Ihrem* Zauber«, sagt Cajus. Er stellt sich rasch vor mich und unterbricht den Blickkontakt zu der schönen Unbekannten. Sein Gesicht ist genauso ernst wie seine Stimme, als er mich dazu zwingt, ihn anzusehen. »Sie hat sich die Wangen mit Verführungsglanz gepudert. Du bist drauf und dran, ihr zu verfallen, Bennet.«

Seine Worte sind wie eine kalte Dusche. Sie reißen mich aus dem Bann, der gerade noch von der jungen Frau ausgegangen ist.

»Was? Blödsinn.« Ich fühle mich ertappt und leicht beschämt. Ich bin erschrocken, wie schnell mich Noctaris mit seiner spinnennetzartigen Magie gefangen hat, und versuche, das Erlebnis abzuschütteln wie einen schlechten Gedanken.

Cajus hebt die Augenbrauen. »Mach dir nichts vor. Aber dafür haben wir jetzt keine Zeit. Du kannst dich ein anderes Mal vergnügen.«

»Keine Sorge, ich erwarte nicht, mich mit dir zu amüsieren.«

»Gute Einstellung.« Es sieht fast aus, als würde er lächeln. Dann richtet er seinen Zylinder. »Die meisten Leute geben sich reuelos den Vergnügungen der Stadt hin. Ihr Status in der wachen Welt ist hier ohne Bedeutung. Es ist egal, ob du reich, wunderschön und erfolgreich bist, du lässt deinen Alltag ebenso dort wie deine Familie und deine Freunde. Du bist hier frei von jeglichen Pflichten, jeglicher Verantwortung. Du fängst komplett neu an.« Ein bitterer Zug umspielt seine Lippen. »Und jeder kann sein, was in der wachen Welt undenkbar erscheint.«

Kapitel 12

»Aber es gibt nur Erwachsene in Noctaris, oder?«

Cajus nickt. »Erst ab etwa achtzehn Jahren erhält man Zutritt. Für jüngere Personen wäre der Aufenthalt nicht nur verstörend, sondern auch zu gefährlich.« Er legt eine Hand auf meine Taille und führt mich entschlossen an der Einkaufpassage vorbei, die mit riesigen Schaufenstern und hübschen Terrassen lockt. Hinter uns quillt noch immer ein Strom an Besuchern nach Noctaris.

»Wofür wird das Nox verwendet, das wir abgeben mussten?«

»Es versorgt die Stadt mit Energie.« Er deutet auf die Straßenlaternen und weiter zu den teils geschwungenen Schriftzügen über den Läden, von denen ein unwirkliches Funkeln ausgeht. *Bäckerei der verbotenen Köstlichkeiten* steht mit silbernen Lettern auf einem dunkel getönten Schaufensterglas, hinter dem sich die verschiedensten Süßspeisen türmen. Im Vorbeilaufen sehe ich glasierte Kuchen, pudrig gezuckerte Kekse, mit dunklen Perlen verzierte Pralinen und schimmernde Macarons.

»Das alles hier lebt vom Nox – die Lichter, der Glanz, der ganze

Zauber, der über der Stadt liegt. Stell dir Nox als Energiequelle von Noctaris vor. Das Licht deiner Fantasie besteht aus Magie. Sie sorgt auch dafür, dass wir hier alle die gleiche Sprache sprechen, obwohl wir aus den unterschiedlichsten Ecken der Welt kommen.«

Endlich wird er etwas langsamer, sodass ich die Eindrücke der dunklen Promenade besser aufnehmen kann. Links von uns drängen sich zwei Frauen in ein Kleidergeschäft, das auf einem polierten Schild vor der Tür mit *Maßanfertigung in Sekunden* wirbt.

Ich starre in die Auslage. Das funkelnde schwarze Ballkleid darin scheint tatsächlich an der Taille etwas enger zu werden, als ich vorbeigehe. Staunend bleibe ich vor dem Schaufenster stehen. Augenblicklich passt sich das Kleid meinen Maßen weiter an. Der Rock wird ein paar Zentimeter länger, der Brustumfang etwas schmaler, als würde eine unsichtbare Schneiderin Hand anlegen. Ein paar Herzschläge später ist es wieder so wie zuvor.

»Ohne Nox wären die Träume aller Menschen auf der Welt völlig banal.« Cajus zieht mich weiter mit sich. Wir weichen einem gut gekleideten jungen Mann aus, der einen so schweren Geldbeutel an seinem Gürtel befestigt hat, dass die Münzen darin bei jedem Schritt hörbar klingeln.

»Sie würden im Schlaf nur die triste Verarbeitung ihres Alltags erleben. Die Fähigkeit, auch Dinge zu träumen, die in der wachen Welt nicht möglich sind, ist dem Licht der Begabten zu verdanken.«

»Aber hat es denn keine Auswirkungen, wenn die Stadt den Begabten einen Teil ihres Nox' abzapft? Kommt es nicht vor, dass

Begabte nach einigen Nächten in Noctaris völlig leer gebrannt aufwachen und ihnen dann jegliche Inspiration zum Leben fehlt?«

Conterville sieht mich einen Moment lang schweigend an und beschleunigt sein Tempo. »Ist das deine Sorge? Dass dir beim Schuheverkaufen die Inspiration fehlt?«

Ich schüttele den Kopf. »Du bist ein Idiot.«

Der Anflug eines Lächelns huscht über sein Gesicht. »Man kann sein Nox nicht verlieren, da man es in der wachen Welt wieder mit neuen Eindrücken auflädt.« Er deutet auf den schlanken Glockenturm, der sich ein Stück entfernt zwischen den spitzen Dächern der dunklen Häuser erhebt. Wie zuvor wird mein Blick von der silbernen Spitze und der gewaltigen Turmuhr mit den römischen Zahlen angezogen. Das Ziffernblatt ist so fahl wie Mondlicht, doch die leuchtend blauen Zeiger strahlen weithin über die düstere Stadt. Ihr Schein wird begleitet von dem Gefühl purer Magie und grenzenloser Möglichkeiten.

»Siehst du diesen Turm da?«

»Natürlich, ich habe Augen.«

»Der Glockenturm ist das Herz von Noctaris. Dort wird das Nox gesammelt, das jeder Begabte bei seinem Eintritt in die Stadt abgibt. Die blauen Funken, die vorhin über den Boden gesprungen sind, durchströmen die ganze Stadt, doch die meiste Energie fließt in den Glockenturm. Jede Nacht, wenn der zwölfte Glockenschlag ertönt, entlädt sich die Magie und speist den Nebel der ungezähmten Träume mit seiner Fantasie.« Conterville betrachtet den Glockenturm, sein Blick bleibt im Gehen an den riesigen Zeigern hängen. Etwas in seiner Miene wirkt plötzlich seltsam sorgenvoll. Er zieht kurz seine silberne Taschenuhr hervor, betrachtet die antiken Zeiger und steckt die Uhr dann wieder ein. Ich habe das Gefühl, dass er noch schneller wird.

»Mit dem zwölften Glockenschlag endet auch die Nacht und man erhält erst wieder in der nächsten Nacht Zutritt.«

»Aber die Nacht endet doch nicht um vierundzwanzig Uhr«, sage ich.

Conterville zieht mich zur Seite, damit ich nicht in eine silberfarbene Pfütze trete, die auf den dunklen Pflastersteinen schimmert.

»Hier schon. Noctaris hat seine eigenen Regeln.« Sein Gesicht mit dem dunklen Bart zeigt keinerlei Regung, als er mich ansieht. »Ich sagte dir doch, dass die Zeit hier anders läuft als in der wachen Welt, Bennet. Trotzdem ist unsere Aufenthaltsdauer begrenzt.«

»Ist das der Grund, warum du mich so durch die Stadt jagst?« Unwillig mache ich mich von ihm los und bleibe vor einem kleinen Schuhgeschäft stehen.

Auf einem sich langsam drehenden Podest, das mit unzähligen reflektierenden Glasplättchen besetzt ist, stehen hohe Schnürstiefel aus feinem, dunkelgrauem Wildleder. Das Preisschild darunter verrät, dass die Stiefel fünf Silberstücke kosten und dem Träger zu jeder Musik die passenden Tanzschritte vorgeben.

»Wow, wenn wir so etwas im Laden hätten, würden wir mit Sicherheit überrannt werden.«

Conterville mustert mich ungläubig. »Du scheinst deine Arbeit wirklich zu vermissen.«

Das ist so absurd, dass ich lachen muss. Eine Gruppe ausgelassener Männer und Frauen kommt uns entgegen. Manche tanzen, fast alle lächeln. Einige haben einen getriebenen Blick, als könnten sie das nächste Abenteuer kaum erwarten. Cajus nimmt meinen Arm und zieht mich an einem schmalen Brunnen vorbei.

»Lass dich nicht von unserem Ziel ablenken«, erklärt er ernst. »Man verliert sich schnell in den Verlockungen dieser Stadt.«

»Welche Art von Verlockungen meinst du genau?« Noch während ich die Frage stelle, entdecke ich rechts von uns ein hohes schwarzes Gebäude mit azurblau eingefassten Türen und Fenstern. Aus dem Inneren dringt mehrstimmiges Lachen und helles Münzenklimpern auf die Straße. *Casino der unbegrenzten Möglichkeiten* steht in einem geschwungenen Schriftzug in mattem Silber über dem Eingang.

»Jegliche Art von Verlockungen, Bennet.« Cajus sieht unbewegt zu, wie vier Männer, die wie die Wächter am Stadttor hochgeschlossene Uniformen tragen und silberne Stäbe bei sich haben, mit ernsten Mienen das Casino betreten. Etwas Bedrohliches geht von ihnen aus. Einer der Männer nickt Conterville zu, doch er grüßt nicht zurück.

»Wie schon gesagt, Noctaris bietet Vergnügen ohne Reue.« Conterville weist mit dem Kopf nach links zu einem Spirituosenladen, dessen große Schaufenster einen ungehinderten Blick auf die Regale dahinter ermöglichen. Hunderte Flaschen mit schimmernden Etiketten stapeln sich darin, alle von einem ätherischen blauen Licht angestrahlt, das auch aus den schmiedeeisernen Gaslaternen dringt. »Die Menschen können in Noctaris eine ganze

Nacht lang Kuchen essen und sich dazu mit dem edelsten Wein betrinken, ohne am nächsten Tag einen Kater zu haben oder drei Kilo mehr auf den Rippen.«

»Das heißt, hier ist wirklich alles erlaubt?«

»Nein, Bennet.« Conterville biegt mit mir von der Hauptstraße ab und führt mich in eine schmale Gasse, die nach Wasser und feuchten Steinen riecht. »Obwohl Noctaris eine gewisse Freiheit verspricht, ist nicht alles erlaubt. Es gibt Menschen, die auch hier Münzen stehlen oder sich für fremde Wünsche und Träume interessieren. Es gibt illegale Magie, um beim Glücksspiel zu gewinnen – und noch viel mehr. In diesen Fällen kommt die Schattenarmee zum Einsatz. Sie handelt im Auftrag der Gesichtslosen Familie. Die Soldaten führen Nacht für Nacht Razzien in zwielichtigen Läden und abgelegenen Parks durch, um sicherzustellen, dass die Gesetze der träumenden Stadt eingehalten werden.«

»Wer ist die *Gesichtslose Familie*? Und was ist das überhaupt für ein Name?«

Cajus' Mundwinkel zuckt für einen Moment nach oben. Dann nimmt er wie selbstverständlich meine Hand, während er mich an einer schmiedeeisernen Bank mit geschwungenen Standfüßen vorbeizieht und mit mir um die nächste Ecke biegt.

»Siehst du das?« Er deutet zwischen zwei schwarzen Häusern hindurch, bis ich schließlich hinter einigen hohen Giebeldächern die Silhouette eines weit entfernten Palastes mit mehreren Türmen und einer düsteren Kuppel erkenne.

»Was ist das?«

»Das ist der Palast ohne Türen, der Sitz der Gesichtslosen Familie, die über Noctaris herrscht. Keiner weiß, wie die Königsfamilie dort hinein- oder hinauskommt – oder ob sie den Palast überhaupt verlässt. Schließlich hat sie niemand je gesehen.«

»Wieso nicht?« Mit dem Finger reibe ich über eine der Silbermünzen in meiner Rocktasche. Die halbe Gesichtsmaske, die auf einer Seite abgebildet ist, muss sich auf die Familie beziehen.

»Es ist eine Schutzmaßnahme. In der Vergangenheit gab es vermehrt Anschläge auf die Königsfamilie, um die Quelle ihrer Macht zu stehlen, die Lumoire. Dieses alte Buch enthält magische Schriften, die es der Familie erlauben, besondere Zauber zu wirken und ihre Begabung an ihre Kinder weiterzuvererben. Das führt bei manchen zu großem Neid, und natürlich ist auch nicht jeder Begabte mit der Führungspolitik der Herrscherfamilie einverstanden. Zumal sie in früheren Zeiten Inkubi eingesetzt haben, um die Stadt zu säubern.«

»Wie zu säubern?«

»Sie haben Reinigungen durchgeführt, wenn es gefühlt zu viele Noctarianer gab, wenn die Straßen ihnen zu belebt erschienen oder auch aus anderen Gründen. Nur Inkubi und die Gesichtslose Familie sind in der Lage, Menschen aus Noctaris zu verbannen. Die Mitglieder der Königsfamilie sowie die von ihnen beauftragten Soldaten der Schattenarmee mit den Exitstäben können dies für eine Nacht tun, die Inkubi jedoch für immer.« Eine Mischung aus Hass und Schmerz gleitet über seine Züge. Mir ist klar, dass er etwas verheimlicht. Etwas, das tief in seiner Seele verborgen ist. »Aufgrund diverser Vorfälle hat die Gesichtslose Familie den Inkubi inzwischen den Zutritt zur Stadt verboten, auch wenn das nicht alle aufhält. Sie sind geschickt, es ist nicht leicht, sie zu entlarven. Außerdem können sie sich durch ihre Kraft selbst aus Noctaris werfen und damit jederzeit einfach verschwinden.«

Ich will noch etwas sagen, doch sein Gesichtsausdruck hält mich davon ab. Wir hetzen weiter durch das Geflecht aus verwinkelten Straßen, bis wir zwischen den hohen Häusern ein merkwürdiges, windschiefes Geschäft erreichen, das in der dunklen Gasse wie ein falsch eingeordnetes Requisit erscheint.

Cajus nickt mir zu. »Wir sind da.«

Kapitel 13

Abgestandene Luft schlägt uns entgegen, als wir den dunklen Laden betreten. Etwas Licht kommt nur von ein paar Kerzen, die ihren ärmlichen Schein über das vollgeräumte Geschäft werfen. Jeder Quadratzentimeter Wand ist von Bücherregalen bedeckt. Ich entdecke keine einzige Lücke, die ohne Buch auskommt. Auf den Tischen davor liegt allerlei Krimskrams, wie man ihn sonst nur in einem verschlissenen Antiquitätenladen findet. Alte Bilder, abgenutzte Spiegel und eine Menge Schmuck, der so lieblos hingeworfen scheint, als würde der Besitzer das Wort *Ordnung* nur aus dem Fremdwörterbuch kennen. Unzählige Schatullen, deren nachtschwarze Oberflächen unheilvoll glimmen, stapeln sich unter den Tischen, dicht gedrängt neben abgetragenen Schuhen, mottenzerfressenen Hüten und milchigen Flaschen. Im Laden verteilt stehen auch verzückt dreinblickende Statuen aus dunklem Marmor in den unterschiedlichsten Größen, die allesamt unbekleidet sind. Vor meinem Gesicht tanzt der Staub, was kein Wunder ist. Alles hier drin ist alt. Nichts ist neu, außer mir selbst vielleicht.

Du darfst hier nicht zu lange bleiben. Instinktiv spüre ich, dass mir dieser Ort gefährlich werden kann.

»Conterville!« Die kratzige Stimme gehört einem alten Mann, der mit einem silbernen Kerzenleuchter hinter einem der Tische hervorkriecht. Er trägt einen schwarzen Frack, der schon bessere Tage gesehen hat und zum Rest der Einrichtung passt. Die schwarze Kerze in seiner Hand zeichnet dunkle Schatten auf seine Wangen, was ihn mysteriös aussehen lässt. Doch am bemerkenswertesten ist sein imposanter weißer Schnurrbart. Er biegt sich nach oben, wie bei dem Maler Dalí, und verleiht dem weißhaarigen Mann eine unerwartete Eleganz.

»Ich dachte, du kommst mich nie mehr besuchen. Es sind unruhige Zeiten«, knarzt der Alte.

Cajus betrachtet ihn unbewegt. »Wann hat es denn jemals ruhige Zeiten gegeben, Ossiander? Noctaris ist nicht dafür gemacht, ruhig zu sein.«

Der Alte senkt die Stimme, die Flamme an seinem Gesicht bewegt sich, als wäre sie nervös. »Man munkelt, dass sich die Wesen aus den ungezähmten Träumen zusammenrotten. Und dass die Rebellen ihre Hände im Spiel haben.«

»Das ist doch Schwachsinn. Die Wesen aus dem Nebel sind nichts weiter als Traumgestalten, Produkte der menschlichen Fantasie, die nur für die Dauer einer einzigen Nacht existieren.«

»Pah. Ist Noctaris nicht auch bloß das Produkt menschlicher Fantasie? Das alles hier ist doch nichts weiter als ein großer Traum, oder?«, murrt Ossiander. Seine Augen verengen sich, dann schnaubt er. »Ich bin zu alt, um mich diesen verwegenen Fragen ohne Antwort hinzugeben. Aber sag, was passiert mit der Stadt? Ihre Kraft schwindet, der Nebel kommt näher. Die Gerüchte gedeihen, sie wachsen zwischen den schwarzen Pflastersteinen hervor wie dunkles Unkraut, schimmern im Licht des Mondes.«

Cajus atmet tief ein. »Du weißt es doch selbst. Noctaris ohne Gerüchte wäre nicht Noctaris. Nimm die Stimmen, die du hörst, nicht zu ernst, Ossiander.« Er macht eine kurze Pause. »Ich bin nicht hier, um Spekulationen mit dir auszutauschen. Ich bin hier, weil ich etwas von dir brauche.«

»Natürlich.« Der alte Ladenbesitzer reibt sich blinzelnd über das Kinn. »Die Leute kommen nur zu mir, wenn sie etwas brauchen. Sollte mich dieses Schicksal betrüben?« Er schüttelt den Kopf. »Ich denke nicht. Die Nachfrage ist gut und für meine Waren werden hübsche Sümmchen bezahlt. Sei dir dessen bewusst.«

Cajus hebt die Augenbrauen. »Du willst doch nur den Preis nach oben treiben.«

Ossiander gibt einen grunzenden Laut von sich und sieht zu mir, als hätte er mich erst jetzt bemerkt. »Das habe ich nicht nötig.« Er macht ein paar Schritte auf mich zu, bis er mir seine Kerze direkt ins Gesicht halten kann. Der warme Schein lässt meine Wangen erröten.

»Ah, sie ist neu«, sagt er und begutachtet mich wie ein Stück Ware. Seine kleinen Augen mustern mich, inspizieren jedes Detail meines Köpers. Das gefällt mir nicht.

»Ist sie zu verkaufen?«, fragt der Alte.

»Sicher nicht.« Meine Stimme klingt fest. *Menschenhandel*. Das hat mir gerade noch gefehlt. Nicht, dass ich Noctaris so etwas nicht zutrauen würde.

Die beiden schweigen, bevor sie sich einen kurzen Blick zuwerfen. Die Stille ist unangenehm, sie beunruhigt mich.

»Kommt auf den Preis an«, sagt Cajus schließlich.

»Sag mal, spinnst du?«

»Sie ist auch nicht teuer«, fügt er hinzu.

Am liebsten würde ich ihm eine verpassen. Aber da ist dieses Funkeln in seinen verdammten Augen. Er verarscht mich nur.

Ich streiche mir eine dunkelrote Haarsträhne hinters Ohr. »Sehr witzig.«

Der Alte nickt langsam. »Sie ist zu gutgläubig«, krächzt er. »Die Hübschen sind immer zu gutgläubig.«

Cajus zuckt mit den Schultern. »So hübsch ist sie gar nicht.«

Ich bin Beleidigungen von ihm gewohnt. Trotzdem trifft mich seine Bemerkung. Natürlich bin ich nicht so schön wie die Frauen, mit denen er sonst unterwegs ist. Ich bin garantiert kein Model, aber das muss er mir nicht unbedingt an den Kopf werfen.

Ossiander schüttelt den Kopf und zieht eine alte Leselupe aus seiner Fracktasche. »Wenn du dich da mal nicht irrst, Conterville.« Er beginnt, mit der Leselupe vor meinem Gesicht herumzufuchteln. Durch das dicke Glas nimmt sein rechtes Auge eine unnatürliche Größe an. »Sie ist schön, sogar sehr schön.«

»Deine Augen waren auch schon mal besser«, sagt Conterville trocken.

Mir liegt ein bissiger Spruch auf der Zunge, doch bevor ich ihn loswerden kann, erwidert Ossiander gereizt: »Das liegt nicht an meinen Augen. Sondern an deiner Blindheit.«

Im nächsten Moment schnappt er sich meine Hand und zieht mich in eine dunkle Ecke des Ladens. Vor einem vollgestopften Bücherregal bleiben wir neben einem alten, mit einem grauen Laken zugedeckten Spiegel stehen. Vielleicht bin ich wirklich zu gutgläubig. Ich verspüre keine Angst und habe auch nicht den Eindruck, dass mir Ossiander etwas Böses will.

Mit einem kräftigen Ruck zieht er das Laken von dem mannshohen Spiegel, dessen schmaler Rahmen mit schwarzen, efeuartigen Blütenranken verziert ist. Am oberen Bogen verflechten sie sich zu einem blühenden Baum, dessen Äste goldfarben glitzern.

»Als wir den Laden betreten haben, war der Spiegel noch nicht da«, sage ich.

»Oh, es ist dir aufgefallen. Alte magische Gegenstände, sogenannte Mutari, können in Noctaris ihre Form verändern. Sie zeigen sich erst, wenn sie es selbst wollen, wenn sie den Wunsch verspüren, sich preiszugeben.« Ossiander stellt seine Kerze auf einem der Tische ab, bevor er zufrieden seine rechte Bartspitze zwischen den Fingerspitzen zwirbelt. »Sehr gut. Du scheinst der Wirkung der Stadt widerstehen zu können. Gar nicht schlecht für deinen ersten Ausflug. Vielleicht bist du doch nicht so gutgläubig, wie ich dachte.«

»Vielleicht ist sie auch nicht so hübsch, wie du dachtest«, bemerkt Conterville ungeduldig, aber wir ignorieren ihn.

Ich konzentriere mich auf mein Spiegelbild, von dem eine immense Kraft und Liebe ausgeht. Ich kann gar nicht anders, als auf das trübe Glas zu starren. Doch es zeigt mir nicht das Mädchen mit der eleganten Hochsteckfrisur, nicht das Mädchen mit dem atemberaubenden Kleid und dem eng anliegenden Mieder. Ich sehe mich selbst mit offenen Haaren in einem fließenden, weißen Gewand, das sich von der Düsternis des Ladens abhebt. Mein Gesicht ist entspannt. Es wirkt unglaublich friedlich und zeugt von einer Weisheit, die ich bisher noch nie an mir wahrgenommen habe. Ein unnatürliches Licht geht von mir aus, das tief aus meinem Inneren zu kommen scheint. Alles in mir saugt diesen engelhaften Anblick auf. Meine Haut strahlt von innen, glüht förmlich auf eine wohltuende Art. Die Güte in meinen Augen rührt etwas in mir und ich spüre eine starke Verbundenheit, die über dieses Leben hinausgeht. Was ich sehe, ist wunderschön und nicht nach optischen Maßstäben zu bewerten. Es unterliegt keinen künstlichen Kriterien, sondern existiert für sich allein. Da ist dieses innere Leuchten, unendlich stark, unendlich groß, und es erhellt mein Herz.

»Was ist das?«, hauche ich.

»Das ist ein Seelenspiegel. Er ist sehr wertvoll und besitzt eine große Macht.« Ossiander hört mit dem Zwirbeln seines Schnurrbarts auf und dreht sich zu Cajus um. »Conterville, ein Blick hinein würde dir auch nicht schaden.«

»Kein Bedarf.«

»Und was macht der Seelenspiegel?«, frage ich.

»Er zeigt dir dein wahres Ich, das, was dir und anderen vielleicht verborgen bleibt. Die Menschen haben oft ein bestimmtes Bild von sich oder anderen, doch das muss nicht der Wahrheit entsprechen. Tut es meistens nicht.«

Ich blinzele. »Kein Wunder, dass Conterville keinen Blick hineinwerfen möchte. Ich will nicht wissen, welche dunkle Gestalt ihm daraus entgegenstarren würde.«

Schmunzelnd hebt der Alte die Augenbrauen. »Die Kleine gefällt mir.«

»Damit bist du wohl der Einzige. Können wir jetzt zum Geschäftlichen kommen?«

Ich werfe einen kurzen Blick über die Schulter. Cajus hat die Arme vor der Brust verschränkt und bemüht sich, nicht in meine Richtung zu sehen.

Ossiander beugt sich ein Stück weit zu mir, sodass nur ich ihn hören kann. »Er ist ein Rüpel, aber er trägt das Herz am rechten Fleck.«

»Ich wusste nicht mal, dass er eins hat.«

»Tja, manchmal zweifle ich auch daran, aber jeder scheint ein Herz zu haben.« Ossiander verhüllt den Spiegel mit dem Laken. Dann kramt er in seiner Fracktasche herum. Er zieht einen luxuriösen Handspiegel, einen Säbel, ein ledernes Buch und eine messingfarbene Stehlampe daraus hervor. Schließlich packt er einen kleinen, glänzenden Briefumschlag auf das hüfthohe runde Tischchen, auf dem die Kerze flackert.

»Faszinierend. Das ist ja wie bei Mary Poppins«, sage ich. Mich hat ihre Tasche, in die viel zu viel hineinpasst, schon immer beeindruckt.

Cajus nimmt seinen Zylinder ab. Mit den Fingerspitzen fährt er über die Hutkrempe. »Pamela Lynwood Travers war eine Begabte.«

Die Nüchternheit in seiner Stimme kollidiert mit meinen Gedanken. »Du meinst, die Autorin von Mary Poppins war in Noctaris unterwegs?«

Ossiander nickt bestätigend. »Einige Künstler waren und sind in Noctaris unterwegs. Zumindest die guten, die etwas verändern, die erwacht sind. Wir träumen zwar, aber in Wirklichkeit sind wir *erwacht.*« Er hebt einen Finger. »Das Nox ist eine großartige Sache. Es geht nicht bloß um den Besuch in Noctaris, wie so viele meinen. Das Licht der Fantasie hat schon viele in der wachen Welt zu Großem bewegt, zu Kunstwerken, die über den menschlichen Verstand, über die Zeit hinauswirken.«

Da ist sie wieder. Die Schuld. Ich habe es nicht verdient, hier zu sein. Es ist nicht mein Nox, das mich hierhergebracht hat. Es gehört Phoenix.

Ossiander betrachtet mich eindringlich. »Wenn der Funke einmal entfacht ist, kann er nur schwer wieder gelöscht werden. Manche sind der Meinung, dass die Gesichtslose Familie zu viel Nox abzweigt, um Noctaris am Leben zu erhalten. Aber sie vergessen, dass ein fragiles Gleichgewicht gewahrt werden muss – zwischen der Summe an Nox, das die Begabten aus der wachen Welt mitbringen, und der Menge, die sie davon an die Stadt und den Nebel abgegeben. Nimmt man den Besuchern von Noctaris zu viel, werden sie trostlos und haben Probleme, ihre Lichtspeicher in der wachen Welt aufzufüllen. Nimmt man umgekehrt zu wenig, leiden die Träume der normalen Menschen darunter. Sie verlieren ihren Zauber. Es ist eine Kunst, die richtige Balance zu treffen, und diese Kunst beherrscht die Gesichtslose Familie mithilfe der Lumoire.« Zärtlich betont er jede Silbe des letzten Wortes, wie ein Schatz leuchtet es unter den anderen Wörtern hervor.

Cajus reibt sich über seinen Backenbart. »Für diese Art von Gespräch haben wir jetzt keine Zeit, Ossiander. Ich bin hier, weil ich Loctusmagie benötige.«

»Einen Findezauber? Das wird teuer.«

»Das war mir klar.«

»Danach wird nur noch selten gefragt«, krächzt der Alte. »Früher wurde die Magie eingesetzt, um verlorene Gegenstände wiederzufinden, zu denen man eine starke emotionale Verbindung hatte. Oder Menschen, aber das war nicht immer erfreulich, wenn Geliebte in den Händen anderer entdeckt wurden. Bevor du den Zauber also verwendest, solltest du dir sicher sein, dass du wirklich finden möchtest, wonach du suchst. Die Menschen neigen dazu, zu suchen, was sie in Wahrheit gar nicht finden wollen.«

»Ich bin mir sicher.«

»Gut. Aber zuerst habe ich noch etwas für deine Begleiterin.« Seelenruhig nimmt Ossiander den Briefumschlag und reicht ihn mir.

»Was ist das?« Das Papier fühlt sich weich an, seltsam weich.

»Deine ganz eigene Mary-Poppins-Tasche. Jedes Mädchen sollte eine haben. Sie bewahrt das Offensichtliche und auch das, was nicht offensichtlich ist.«

»Und was bedeutet das?«

»Wir sind nicht zum Kaffeeklatsch hier«, unterbricht uns Cajus barsch. »Deinen Einkaufsbummel kannst du ein anderes Mal fortsetzen, Bennet.«

Der Umschlag passt gerade in meine Handfläche. Er ist so klein, dass ich mir eigentlich nicht vorstellen kann, dass man überhaupt etwas hineinstecken kann. Gleichzeitig versuche ich, Cajus einfach auszublenden. »Das ist wirklich sehr nett von Ihnen. Was bekommen Sie dafür?«

»Es ist ein Geschenk. Ein Gastgeschenk und eine Entschädigung dafür, dass du dich mit diesem Rüpel rumschlagen musst.« Ossianders kleine Augen blitzen. Mit dem Kinn deutet er vielsagend auf Cajus, der sich ungeduldig den Zylinder wieder aufsetzt und die Hände in die schwarzen Hosentaschen schiebt. »Mein Zauber, Ossiander.«

»Nur ruhig Blut.« Ossiander spaziert zur gegenüberliegenden Seite des Ladens. »Du weißt schon, dass die Loctusmagie, die du verlangst, verdammt wertvoll ist. Die Rebellen würden mir eine hübsche Summe dafür bezahlen.«

Cajus' Miene verhärtet sich. »Sag bloß, du würdest mit diesem Abschaum Geschäfte machen.«

»Ich mache Geschäfte, mit wem ich will«, zischt Ossiander. »Dein Glück, dass ich den Kerlen ebenso wenig abgewinnen kann wie der Spelunke der verzerrten Albträume.«

Bei seinen Worten beginnt Conterville zu schmunzeln. »Hab ich dir schon mal gesagt, dass ich deine Kundenpolitik schätze?«

Ossiander lacht. »Versuchst du gerade, den Preis zu drücken?«

»Klappt es denn?«

»Vielleicht bei den Damen aus den schwarzen Etablissements, aber nicht bei mir, Conterville.« Ossiander bleibt vor einem der Bücherregale stehen und zieht einen dicken Wälzer heraus. Als er das verstaubte Buch auf den Tisch legt und den Deckel anhebt, wird mir klar, dass es gar kein richtiges Buch ist. Der Ladenbesitzer holt ein samtiges Säckchen daraus hervor.

Conterville will danach greifen, doch Ossiander schüttelt nur den Kopf. »Zuerst die Bezahlung.«

»Natürlich.« Conterville holt einen Beutel Silbermünzen aus seinem Mantel und wirft ihn dem Alten hin, der ihn gekonnt mit einer Hand auffängt. Erst, als er jede einzelne Münze gezählt hat, erklärt er sich bereit, den Inhalt des Buchverstecks zu übergeben.

»Nach wem oder was sucht ihr denn?«, fragt der Alte dann interessiert.

»Nach meinem Freund«, sage ich. »Er liegt im Koma.«

»Oh, es geht um einen Komapatienten. Ihr wollt doch nicht etwa ins Labyrinth der Benommenheit? Hast du denn die Erlaubnis der Gesichtslosen Familie?«

»Das Labyrinth der Benommenheit? Ist das der Ort, an dem Phoenix ist?« Schon bei dem Namen befällt mich eine gewisse Unruhe.

Ossiander senkt seine Stimme. Im nächsten Moment klingt es, als würde er mir eines der vielen Geheimnisse von Noctaris anvertrauen. »Im Labyrinth der Benommenheit geistern jene herum, die es nicht mehr aus ihren Träumen schaffen. Der Irrgarten liegt im Nebel der ungezähmten Träume, weshalb es verboten ist, dorthin zu gehen. Es ist zu gefährlich, viel zu gefährlich. Zum Glück weiß niemand, wo das Labyrinth genau zu finden ist.«

Eine Gänsehaut breitet sich auf meinen Oberarmen aus und wandert von dort bis zu meinen Fingerspitzen. Die Temperatur im

Laden scheint plötzlich um einige Grad zu fallen. Ein Luftzug bringt die Kerzenflammen unnatürlich zum Flackern, mein Herzschlag beschleunigt sich.

»Aber mit der Erlaubnis der Gesichtslosen Familie darf man den Nebel der ungezähmten Träume aufsuchen?« Ich habe keine Lust, durch den Nebel zu stolpern. Aber ich bin bereit, alles zu unternehmen, um Phoenix zu retten.

Ossiander nickt ehrfürchtig. »Und deshalb hast du genau den Richtigen an deiner Seite, Mädchen.«

Ich runzle die Stirn. »Wieso den Richtigen?«

»Genug.« Cajus schüttelt unwillig den Kopf. »Uns läuft die Zeit davon. Ist es dieselbe Prozedur wie bei dem anderen Zauber?«

»So ist es«, bestätigt Ossiander, während Cajus das kleine Samtsäckchen öffnet. Er schüttet ein dunkles Pulver in seine flache Hand und kommt auf mich zu.

»Was wird das?«, frage ich überrascht.

»Halt still, Bennet.«

Ich weiche einen Schritt zurück. »Nicht, bevor du mir sagst, was das genau ist.«

»Das hilft deinen Erinnerungen auf die Sprünge«, erklärt er. Noch bevor ich etwas erwidern kann, pustet er mir das schwarze Pulver ins Gesicht, das funkelnd vor meinen Augen tanzt.

Kapitel 14

Cajus sieht mich voller Ungeduld an. »Und? Fühlst du schon etwas?«

Wir stehen vor Ossianders Laden. Es tut gut, in der frischen Nachtluft wieder etwas freier atmen zu können.

»Es passiert nicht schneller, auch wenn du mir diese Frage noch hundertmal stellst.« Meine Finger greifen nach dem Medaillon, das sich warm an meinen Hals schmiegt. Es soll mich beschützen. Die Frage ist nur, *wovor*.

»Es passiert dadurch auch nicht langsamer.« Cajus' Blick schweift unruhig über die einsame Gasse mit der kaputten Straßenlaterne. Eltern warnen ihre Kinder vor solchen Orten. Die finsteren Häuserfronten mit den hohen Türen und den verdunkelten Fenstern verströmen eine tiefe Düsternis, das Mondlicht zeichnet gefährliche Schatten auf die Fassaden. Hinter jeder Ecke könnte jemand mit schlechten Absichten lauern.

Cajus zieht seine silberne Taschenuhr aus der Manteltasche und klappt sie auf. Ich betrachte sein scharf geschnittenes Profil und bin mir nach wie vor unsicher, was seine Absichten sind. Offenbar würde er alles tun, um zu bekommen, was er möchte. Aber was möchte jemand wie Cajus Conterville? Was hat ihm Phoenix weggenommen?

Die letzten Stunden fühlen sich an wie mein persönliches Erdbeben, auf der Richterskala eine glatte Zehn. Absolute Katastrophe. Alles wurde durcheinandergerüttelt, kein Stein sitzt mehr auf dem anderen, die Erde vibriert noch heftig nach. Meine Weltanschauung liegt zerbrochen auf dem Boden und daneben die eine Frage, über die ich nicht einfach hinwegsteigen kann. *Wie gut kenne ich Phoenix*? Die Frage macht mir Angst, unwillkürlich fasse ich mir mit der Hand in mein Gesicht.

»Nicht.« Cajus steckt seine Uhr wieder weg und hält mich am Handgelenk fest. »Lass das. Du darfst das schwarze Pulver nicht verwischen, sonst wirkt die Loctusmagie nicht. Außerdem sieht man nichts davon, falls das deine Sorge ist.«

Ich atme geräuschvoll aus. »Ich merke auch nichts von dem Pulver.«

»Vielleicht konzentrierst du dich zu wenig.«

»Vielleicht hättest du es dir selbst ins Gesicht blasen sollen.«

Er sieht mich an, als hätte ich den dümmsten Satz aller Zeiten losgelassen. »Nur du kannst auf Hunts Erinnerungen zugreifen und damit die Orte finden, an denen er war«, erklärt er wie ein Vater, der während einer langen Autofahrt die quälenden Fragen eines Kleinkindes beantwortet. »Die Erinnerungen sind eine Nebenwirkung der Begabung.«

»Die ich weshalb genau erhalten habe?«

Cajus starrt mich düster an. »In seltenen Fällen kann es vorkommen, dass die Begabung auf jemand anderen überspringt, wenn man sich in Lebensgefahr befindet.«

»Aber Phoenix wurde bei dem Unfall kaum verletzt.«

»Trotzdem liegt er jetzt im Koma.«

Richtig. Ich schnaube leise und wünschte, alles würde mehr Sinn ergeben. »Und warum?«

Cajus' Blick verfinstert sich. »Woher soll ich das wissen? Keine Ahnung, was ihr auf der Party eingeworfen habt.«

»Wir haben nichts eingeworfen! Und warum brauchen wir diese verdammte Loctusmagie überhaupt? Wir wissen doch, dass Phoenix im Labyrinth der Benommenheit ist, wir könnten direkt dorthin aufbrechen.«

»Wir wissen aber nicht, wo genau es sich befindet. Der Nebel ist auch so schon gefährlich. Ohne Findezauber sind wir da drin verloren. Außerdem haben wir einen Deal, Bennet. Du hilfst mir, ich helfe dir. Exakt in dieser Reihenfolge.« Seine Worte fallen hart wie Fallbeile.

»Und wobei genau helfe ich dir?«, frage ich gereizt.

»Momentan hilfst du mir gar nicht. Verdammt, konzentriere dich einfach auf das Wesentliche.« Sein Brustkorb hebt sich, die dunkelblaue Weste unter seinem schwarzen Mantel glänzt im Mondlicht.

»Ich denke, dass wir eine unterschiedliche Auffassung vom Wesentlichen haben. Vielleicht sollte ich einfach zu Phoenix ins Krankenhaus gehen und neben ihm einschlafen. Womöglich komme ich direkt zu ihm ins Labyrinth, wenn ich seine Hand halte.«

»Was ist denn das für eine beschissene Idee? Glaubst du etwa, dass du dadurch einfach auch ins Koma fällst?« Er nimmt den Zylinder ab und fährt sich genervt durch seine dunklen Haare. »Ich kann dir sagen, was passieren würde: Du würdest irgendwann ganz allein vor den Toren von Noctaris aufwachen. Hör auf, nach Alternativen zu suchen, und richte den Blick nach innen. Spürst du jetzt was?«

Ich zucke mit den Schultern. »Nein, nichts, keine plötzliche Eingebung. Ich habe absolut keine Ahnung, wo Phoenix war. Oder was er gemacht hat.«

»Sicher?«

»Oh ... Moment.« Ich verharre. »Ich fühle doch etwas.«

Seine Miene hellt sich auf. »Und was?«

»Das Bedürfnis, dir eine zu verpassen, wenn du mir noch einmal diese Frage stellst.«

Seine grünen Augen blitzen mich wütend an, doch er atmet nur tief ein und setzt sich den Zylinder wieder auf.

Und dann ist es auf einmal da. So ähnlich wie ein leichtes Ziehen. Als hätte mir jemand ein unsichtbares Seil um den Bauch gebunden, an dem ganz sanft gerüttelt wird. Ich schließe kurz die Augen, dann nicke ich Cajus zu. Wortlos setzen wir uns in Bewegung, ganz vorsichtig, um meine Impulse nicht zu verschrecken.

Ich gebe die Richtung an. Ab und zu bleibe ich stehen, um in mich hineinzuhorchen. Um zu fühlen, ob es mich leicht nach links oder nach rechts treibt, ob die Loctusmagie mich nach vorn oder hinten zieht. Wir halten an dunklen Häuserecken, durchqueren finstere Gassen, passieren belebtere Straßen. Die meisten Leute amüsieren sich, lachen und wirken benebelt von den Möglichkeiten, die Noctaris ihnen zu bieten hat. Die Überschwänglichkeit lastet wie ein zu schweres Parfüm auf der Stadt, als würden die Noctarianer verdrängen wollen, dass es hier Dinge gibt, die nicht nach Plan laufen. Dinge, die der Stadt gefährlich werden können. Konzentriert versuche ich, mich nicht in Noctaris' Geheimnissen zu verlieren, um die Verbindung zu Phoenix nicht zu gefährden.

Irgendwann erreichen wir den Zugang zu einem kleinen Park, dessen Wege von schwarzen Laternen gespickt sind. Weitverzweigte Bäume recken ihre knorrigen Äste über gewundene Pfade aus schimmerndem Marmor, die von silberschwarzen Hecken gesäumt sind. Die Blätter erzeugen einen melodischen Klang, sobald der Wind hindurchfährt. Dunkle Brücken spannen sich über einen Fluss, der nach mehreren Windungen in einen Teich mündet. Wie ein schwarzes Netz verbinden die Brücken die verschiedenen Bereiche, die trotz aller Natürlichkeit über ein gewisses System zu verfügen scheinen.

Ein Lachen lässt mich innehalten. Mein Blick wandert zu einem Pärchen, das sich neben uns auf einer Parkbank vergnügt. Der Mann hat seinen Zylinder abgenommen, die Frau sitzt in einem freizügigen Korsettkleid auf seinem Schoß, ihre Hände sind in seinen zerzausten Haaren vergraben.

Cajus legt eine Hand auf meine Taille und führt mich an den beiden vorbei. »Was in Noctaris geschieht, bleibt in Noctaris«, bemerkt er nüchtern.

Die Aussage trifft genau ins Schwarze. Das hier ist kein realer Ort. Hier kann man sich amüsieren, kann seinen Partner betrügen, ohne irgendwelche Konsequenzen fürchten zu müssen. *Schließlich ist es nur ein Traum.*

Ein leichtes Wärmegefühl bleibt zurück, als Cajus seine Finger wieder von meiner Hüfte nimmt. Es ist neu, und ich mag es nicht, dass mein Körper auf seine Berührung reagiert. Das sanfte Zupfen des Findezaubers zieht mich weiter, bis zu einem kleinen See in der Mitte des Parks. Leute flanieren am Ufer vorbei. Andächtig betrachten sie den Teich, auf dem das Mondlicht das Spiel zarter Wasserpflanzen beleuchtet. Ihr Anblick erinnert an Monets Seerosengemälde, auch hier scheinen die üppigen Blüten beinahe poetisch arrangiert, während sie lautlos über die Oberfläche gleiten. Ich atme ihren schweren Duft ein, der das Herz mit Freude erfüllt und an tiefe Wünsche erinnert.

»Das ist wunderschön«, hauche ich.

Ein Mann mit Spazierstock und dunklem Mantel bleibt neben mir stehen. Er zückt eine Silbermünze und wirft sie in den Teich, direkt in die Blüte einer nachtschwarzen Seerose. Es sieht aus, als hätte die Pflanze nur auf das Silberstück gewartet. Friedvoll schließen sich die Blütenblätter um die Münze, bevor die Seerose langsam nach unten sinkt und von der Wasseroberfläche verschwindet. Ein leichtes Glitzern begleitet den Vorgang, der sich auch auf der anderen Seite des Teiches abspielt. Dort hat gerade eine Frau in einem ausladenden Barockkleid eine Münze geworfen. Ehrfürchtig beobachtet sie die dunkle Seerose, die mit dem Geldstück auf den Grund des Teiches sinkt.

Ich drehe mich zu Cajus. »Was passiert hier?«

»Das ist der Seerosenteich der Wünsche. Er ist vergleichbar mit dem Trevi-Brunnen in Rom, nur dass seine Erfolgsquote besser ausfällt.«

»Die Wünsche erfüllen sich alle?«

»Nicht alle«, korrigiert er mich. »Aber einige. Der Teich entscheidet selbst, ob ein Wunsch es wert ist, erfüllt zu werden oder nicht.«

»Und gelten die Wünsche nur für Noctaris?«

Cajus atmet tief ein. »Einige behaupten, dass die Wünsche auch für die wache Welt gelten, andere halten das für absoluten Schwachsinn.« Sein Blick ist starr auf die Wasseroberfläche gerichtet, auf der das Mondlicht schimmert. »Ich glaube, es ist Schwachsinn.«

»Etwas anderes hätte mich auch überrascht.« Meine Hand gleitet zu meinem Dekolleté, wo ich Ossianders Briefumschlag aufbewahre, um eine Silbermünze aus dem Kuvert zu fischen.

»Dafür haben wir keine Zeit, Bennet. Ich dachte, wir machen Fortschritte.«

»Machen wir doch auch.« Ich suche mir eine Seerose aus. *Phoenix soll endlich aus dem Koma aufwachen*, wünsche ich mir, als ich das Silberstück werfe. *Und dann soll er mir alles erzählen, damit ich ihm wieder nah sein kann.* Ich will verstehen, was zwischen ihm und Conterville passiert ist, sehne mich nach Erklärungen, die meine Befürchtungen wie Seifenblasen zerplatzen lassen.

Die Vorstellung, dass ich Phoenix gar nicht wirklich kenne, ist die dunkelste von allen. Bisher hatte ich immer geglaubt, eine gute

Menschenkenntnis zu besitzen. Doch der Gedanke, dass sich Phoenix in Noctaris ein zweites Leben aufgebaut hat, dass er hier alles ausgelebt hat, was in der wachen Welt nicht möglich wäre, gräbt sich hässlich in mein Inneres.

Wie in Zeitlupe – fast unwirklich – fliegt das Silberstück durch die Luft und wird von den schwarzen Blütenblättern empfangen. Sanft umschließt die Seerose das Geldstück, um wenig später nach unten zu tauchen. Mein Blick folgt dem wunderschönen Funkenregen, als mich plötzlich ein Ruck durchfährt und sich ein Bild über den Teich schiebt.

Ich stehe immer noch am Ufer, aber es sind andere Leute hier, Cajus ist verschwunden. Ich trage auch kein Kleid mehr, sondern einen feinen Anzug. Ich bin nicht mehr ich selbst. Die Hand des fremden Körpers streckt sich aus und wirft eine Münze in den Teich, die von einer der schwarzen Seerosen aufgefangen wird.

»Alles okay?«, höre ich Cajus fragen.

Schlagartig lande ich wieder in der Gegenwart.

»Phoenix war hier. Er hat eine Münze geworfen.«

»Weißt du, was er sich gewünscht hat?«, fragt Cajus gespannt.

Ich schüttele den Kopf.

Cajus atmet so tief ein, dass sich sein ganzer Brustkorb hebt. »Hast du sonst irgendetwas mitbekommen?«

»Nein, leider nicht.«

»Großartig. Hast du nicht irgendein Gefühl? Wie dringend dieser Wunsch war?«

»Es tut mir leid, aber mehr habe ich einfach nicht gesehen«, antworte ich leicht genervt.

Cajus schließt für einen Moment die Augen. Dann legt er den Kopf schief, als würde er lauschen. Ich spitze ebenfalls die Ohren, höre jedoch nichts außer dem leisen Klingeln der silberschwarzen Blätter aus dem Gebüsch.

»Was tust du da?«

»Nichts«, erwidert er schroff und stellt sich wieder gerade hin.

»Was bedeutet das jetzt?«, frage ich weiter. »Heißt es, dass Phoenix kurz vor unserem Unfall hier war?«

»Die Erinnerungen folgen keiner Reihenfolge. Er kann kurz vorher hier gewesen sein oder auch viel früher.«

»Ihr habt doch hier in der Nähe auch gekämpft, oder? Ich glaube, ich habe den Teich schon mal im Traum gesehen.«

Er nickt. »Zumindest wirkt die Loctusmagie. Sie hat dich an den richtigen Ort geführt, damit du eine von Hunts Erinnerungen empfangen konntest. Das ist doch schon mal was.« Sein eisiger Tonfall passt nicht zu dem, was er sagt, und wie er mich dabei ansieht. Wie einen alten Esel, der zu langsam ist, ganz egal wie sehr man nach ihm tritt.

»Du brauchst deine schlechte Laune nicht an mir auszulassen. Ich würde dir auch gerne mehr sagen.«

»Vielleicht bemühst du dich nicht genug«, ätzt er.

Der spinnt wohl. »Bist du schon mal für einen klitzekleinen Moment auf die Idee gekommen, dass es nicht an mir liegt? Sondern vielleicht an dem blöden Findezauber? Oder an meiner bescheuerten Begleitung?«

Er hebt die Augenbrauen. Seine grünen Augen funkeln im Mondschein. »Interessant. Willst du jetzt wirklich mir die Schuld geben? Bist du so ein Typ, Bennet? Machst du es dir einfach und schiebst es immer anderen in die Schuhe, wenn's mal nicht so läuft?«

»Wer hat mir denn vorgeworfen, dass ich mich nicht genug anstrenge?«, fauche ich ihn an.

Der Mann neben uns beginnt zu gucken. Er tritt ein paar Schritte zur Seite, als er Cajus bewusst wahrnimmt. Es ist mir egal, ebenso wie der Umstand, dass etwas an meiner Bauchmitte zupft.

»Das ist doch eine Tatsache«, braust Cajus auf. »Wir eiern hier schon die ganze Zeit herum, anstatt irgendwelche Ergebnisse zu erzielen!«

»Ergebnisse! Ich bin doch keine Maschine. Du hast mich hierhergebracht. Du willst etwas von mir!«

»Und du bist ganz uneigennützig hier?«, gibt er knurrend zurück. »Du bist nicht hier, um mir zu helfen. Du willst deinen beschissenen Freund wiederhaben, nur darum geht es dir.«

»Ja, darum geht es mir. Aber ich tue es nicht für mich, im Gegensatz zu dir!«

Er lacht bitter auf. »Du kennst mich nicht, Bennet. Sprich nicht über Dinge, von denen du keine Ahnung hast.«

Ich spüre, wie das Ziehen stärker wird. Abrupt wende ich mich nach rechts.

»Ah, du bist also auch noch der Typ, der einfach wegrennt, wenn es unangenehm wird«, ruft Cajus mir nach.

Im Gehen drehe ich mich um. »Nein, ich bin der Typ, der uns weiterbringt.«

Der Widerwille, mit dem er sich in Bewegung setzt, erfüllt mich mit Genugtuung. Aber noch besser gefällt mir, dass er endlich die Klappe hält.

Kapitel 15

Die nächsten Minuten verbringen wir schweigend. Nachdem wir den Park verlassen haben, folge ich meinem Gefühl durch ein Gewirr an Straßen in eine breite Seitengasse. Ein paar Meter entfernt befindet sich ein Lokal, vor dem zwei glatzköpfige Typen postiert sind. Sie sehen nicht so aus, als könnte man mit ihnen Scherze treiben, im Gegenteil. Ihre rechte Gesichtshälfte ist mit dunklen Symbolen tätowiert. Sie tragen vornehme schwarze Hosen und dunkelblaue Hemden mit feinen Westen. Der Stoff ist an den Hosenbeinen jedoch zerrissen, sodass ihre schwarzen Tätowierungen darunter hervorblitzen.

Die Typen stehen wie Bodyguards an der schwarz verkleideten Tür. Über dem Laden ist kein Schild zu erkennen, doch amüsiertes Stimmengewirr dringt dahinter hervor.

Mit dem Kinn nicke ich in Richtung Lokal. »Phoenix war da drin.«

Cajus schließt kurz die Augen, als hätte ich ihm eine unangenehme Botschaft überbracht. »Bist du dir sicher?«

»Ja, bin ich. Die Erinnerung fühlt sich irgendwie frischer an, mein Gefühl ist hier stärker.«

»Okay«, meint Cajus und reibt sich über den Backenbart, während er den Laden und die Typen davor fixiert. »Das Nachtmahr also. Das könnte kompliziert werden.« Er zieht seine Taschenuhr hervor und wirft einen Blick darauf. »Die gute Nachricht ist, dass uns noch zwei Stunden bleiben.«

»Zwei Stunden bis was?«

»Zwei Stunden bis der Glockenturm um Mitternacht schlägt und alle Menschen aus der Stadt wirft.«

Kaum hat er das gesagt, vibriert der Boden unter unseren Füßen, begleitet von einem gewaltigen Donnern. Es klingt wie ein tiefer Glockenschlag.

»Was ist das?« Ich stütze mich an der kalten Hausmauer neben mir ab.

Cajus presst die Lippen aufeinander. »Das kann nicht sein.« Fluchend dreht er sich um und blickt durch die breite Seitengasse zurück zu dem schlanken Glockenturm, der im Zentrum von Noctaris in die Höhe ragt. Feiner Nebel umgibt die sich verjüngende Spitze oberhalb der Turmuhr. Darunter spielen die blau leuchtenden Zeiger des fahlen Ziffernblattes völlig verrückt. Sie drehen sich in einem wahnsinnigen Tempo vorwärts, bleiben zitternd stehen und laufen wieder rückwärts. Weitere Glockenschläge erklingen, die mir durch Mark und Bein gehen.

»Das ist zu früh.« Cajus blickt gestresst auf seine Taschenuhr.

Kurz darauf spüre ich einen kräftigen Sog. Einen Sog, der an meinem Körper zerrt, als wüsste er, dass ich nicht hierhergehöre.

Der mich mit einer solchen Gewalt von hier wegbringt, dass ich nichts tun kann, als es geschehen zu lassen. Mir wird schwarz vor Augen.

Blinzelnd realisiere ich, dass ich nicht mehr in Noctaris bin. Meine Umgebung bekommt Konturen, stellt sich scharf wie ein Fernglas, das man richtig justiert. Ich liege wieder in meinem Bett. Ringsum ist es hell, jemand rüttelt an meiner Schulter. Dieser Jemand ist Scott.

»Harper, alles okay?«, höre ich ihn aufgewühlt fragen. Seine braunen Locken stehen ihm wirr vom Kopf ab, sein Atem riecht nach Bier.

Gähnend bemerke ich, wie sich auch Cajus neben mir regt.

»Alles okay, alles okay«, murmele ich müde. Es fühlt sich an, als wäre ich aus einem unendlich langen Traum geweckt worden. Meine Glieder sind schwer, jeder Körperteil muss erst noch aufwachen. Die Gedanken stolpern ungestüm durch meinen Kopf, wanken durch einen dichten Nebel aus Erinnerungen.

»Was hat der Arsch mit dir gemacht? Was tut er überhaupt hier?!«

Ich versuche, meine Zehen zu bewegen. »Es ist alles gut, Scott.«

»Wehe, wenn er dir auch nur ein Haar gekrümmt hat.«

Offenbar ist es egal, was ich sage. Scott ist im Schockzustand. Da ich nie ein gutes Wort über Cajus verloren habe, versteht er wahrscheinlich die Welt nicht mehr. Seine beste Freundin Harper im Bett mit dem verfluchten Conterville-Erben.

Cajus richtet sich neben mir auf. Im ersten Moment ist es ungewohnt, ihn wieder ohne den Backenbart zu sehen, den er in Noctaris getragen hat. Abgesehen davon scheint sein Körper unseren Traum besser wegzustecken als meiner, denn seine Bewegungen sind koordiniert und fließend.

»Sag deinem Hobbitfreund, dass er sich beruhigen soll. Wegen ihm ist die Nacht für uns gelaufen, wir müssen auf die nächste warten.«

Scott schnauft verärgert. »Wie bitte? Was ist denn mit dem los?«

Schwerfällig rappele ich mich auf. »Höflichkeit ist nicht so seins. Ich erkläre es dir gleich.« Ich wende mich Cajus zu. »Und du, schieb das jetzt nicht auf Scott. Ich hab doch mitgekriegt, dass der Glockenturm verrücktgespielt hat.«

Cajus steht mit finsterer Miene auf und macht einen Schritt auf Scott zu. Er ist einen Kopf größer, doch nicht nur deshalb wirkt er bedrohlich. Auch sein wutentbrannter Gesichtsausdruck zeigt, dass mit ihm nicht zu spaßen ist. »Trotzdem wären wir ohne sein Eingreifen wahrscheinlich nicht aufgewacht.«

»Das kannst du nicht wissen.«

Scott sieht irritiert von ihm zu mir. »Was redet ihr da?« Seine Augen verengen sich, als er Conterville wieder anstarrt. »Hey, was hast du mit ihr gemacht? Sie unter Drogen gesetzt?«

»Ach bitte, ich hab's nicht nötig, eine wie die unter Drogen zu setzen.«

»Eine wie *die*?« Scotts Brustkorb hebt und senkt sich schwer. Zornig macht er ebenfalls einen Schritt auf Cajus zu. »Harper ist an jedem kleinen Finger tausendmal mehr wert, als du es jemals sein wirst, du arrogantes Arschloch!«

Noch ein paar Worte, und ich habe eine waschechte Schlägerei in meinem Zimmer – in der Scott den Kürzeren ziehen würde. Trotz der Müdigkeit springe ich auf, um mich zwischen die beiden zu stellen.

»Genug!«, herrsche ich sie an. »Cajus, du verschwindest jetzt besser.«

Der Satz fällt mir nicht leicht. Es gibt so vieles, was ich ihn noch fragen möchte, aber jetzt ist nicht der richtige Zeitpunkt. Die Luft zwischen den beiden ist so angespannt, dass ich die Aggressivität beinahe schmecken kann.

»Wir sind noch nicht fertig«, erklärt Cajus und strafft die Schultern. »Sei um neunzehn Uhr abholbereit.«

»Ich habe Spätschicht.«

Cajus schüttelt den Kopf. »Nein, hast du nicht. Solange wir zusammenarbeiten, wirst du deine Energie in unser Projekt stecken. Die Ausflüge werden dich anfangs noch viel Kraft kosten.«

Zusammenarbeiten. Es ist seltsam, dieses Wort aus seinem Mund zu hören. »Aber was ist mit meinem Job?«

»Darum kümmere ich mich. Betrachte es als bezahlten Urlaub.« Er atmet tief ein. »Ein Wagen holt dich um neunzehn Uhr ab. Das nächste Treffen findet bei mir statt und nicht in dieser Hobbithöhle.«

Kapitel 16

»Ich glaub das alles nicht.«

Scott und ich sitzen in der Küche. Wir haben keinen Esstisch, nur das kleine schäbige Tischchen, das gegenüber der Spüle steht.

Cajus ist längst weg, dafür hat Scott in den letzten Stunden mit Fassung meinen Bericht ertragen. Jetzt klammert er sich mit einer Hand an der zerkratzten Tischplatte fest, als müsste er etwas Reales berühren, um sich zu versichern, dass die Wirklichkeit noch existiert.

»Und du denkst ernsthaft, dass du mit ihm in dieser Stadt warst?«

Auch wenn er mich ansieht, als wäre ich gerade aus der Psychiatrie ausgebrochen, war es richtig, ihm die Wahrheit anzuvertrauen. Ich wollte keine Notlüge aus dem Hut zaubern und Scott irgendeine verkorkste Geschichte über Cajus und mich auftischen. Eine lange Nacht, viel Alkohol. Scott hätte mir das sowieso nicht abgekauft. Außerdem hatte ich das Bedürfnis, ehrlich zu sein. Es gibt nicht viele Menschen in meinem Leben, die mir wirklich wichtig sind. Und die wenigen möchte ich nicht belügen. Wahrscheinlich habe ich Angst davor, was so ein Riss bedeutet. Was übrig bleibt, wenn die Ehrlichkeit einmal zerbricht.

Ich sehe Scott direkt in die Augen. »Du musst mir nicht glauben. Ich würde es an deiner Stelle vielleicht auch nicht tun.«

Scott lehnt sich auf dem Stuhl zurück und fährt sich kopfschüttelnd mit der Hand durch die Locken. »Verdammt, Harper. Ich will es ja glauben, es ist nur so verdammt …«

»Unvorstellbar?«

Er nickt. »Als wäre das nicht die Realität, sondern irgendein abgefahrenes Computerspiel.« Scott reibt sich mit beiden Händen über die Augen. »Okay. Lass uns einfach mal so tun, als hätte dieser Conterville dir nichts ins Essen gemischt. Und dass ihr tatsächlich in … dieser Stadt wart.«

»Noctaris.«

»Und der Arsch behauptet, dort regelmäßig zu sein?«

»Es hat auch so ausgesehen. Schließlich hat er sich dort gut zurechtgefunden und die Leute schienen ihn zu kennen. Also nicht nur Ossiander.«

»Wie meinst du das?«

»Als wir vor dem Tor standen, haben ihm die Wartenden seltsame Blicke zugeworfen. Sie schienen irgendwie Respekt vor ihm zu haben. Und vor einem Casino hat ihm ein Soldat der Schattenarmee zugenickt.«

Scott löst seine Hand von der Tischplatte. »Weil er Cajus Conterville ist.«

Ich schüttele den Kopf. »Nein, darum geht es nicht. Da war etwas anderes. Ich habe kurz überlegt, ob er ein Mitglied der Gesichtslosen Familie sein könnte, aber die sind ja eben … *gesichtslos*. Also unbekannt.«

»Mann, du redest wirklich so, als wäre das alles …«

»Was?«

»Real«, erklärt Scott. »Echt, wenn mir sonst irgendwer diese abgedrehte Scheiße erzählt hätte, würde ich ihm kein Wort glauben. Aber du, Harper? Ich meine, es passt zu deinen Albträumen, auch wenn es absolut verrückt klingt. Total verrückt und gegen alle Naturgesetze.«

»Ich weiß«, sage ich leise.

Verrückt. Vor nicht mal einem Tag hatte ich noch ein Leben mit einem Freund im Koma und einem bescheuerten Job im Schuhladen. Jetzt habe ich ein paar Stunden mit Cajus Conterville in einem Bett verbracht. Und ich weiß, dass Phoenix nachts in Noctaris unterwegs war, während ich glaubte, dass er einfach nur wie jeder normale Mensch schläft.

»Mein Verstand hinkt allem noch hinterher, wahrscheinlich wird er es nie fassen können. Weil Noctaris nicht mit dem Verstand zu begreifen ist.« Ich schließe die Augen. Die Erinnerungen an die üppigen Kleider, die Einkaufspassage und die schwarzen Seerosen kehren zu mir zurück und erfüllen mich mit einem inneren Glanz. »Aber es war … *besonders*.«

»Wow. So wie du das sagst, könnte ich beinahe neidisch werden.« Er rümpft die Nase. »Wenn nicht dieser Conterville die ganze Zeit dabei gewesen wäre.«

»Stimmt. Das ist der Schwachpunkt.«

Scotts Mundwinkel zuckt, zuerst belustigt, dann abfällig. »Dass du dich wirklich mit dem Arsch in ein Bett gelegt hast.«

»Was hätte ich denn tun sollen? Ich musste doch sehen, ob er die Wahrheit sagt.« Ich halte inne. »Was hast du überhaupt in meinem Zimmer zu suchen gehabt?«

»Ich habe mein Ladekabel nicht gefunden und wollte mir deins ausborgen. Da hat mich fast der Schlag getroffen. Zuerst dachte ich, ich hab mit den Jungs von der Uni ein Bierchen zu viel gekippt, aber dann wurde mir klar, dass ich mir das nicht nur einbilde. Conterville lag tatsächlich in deinem Bett, direkt neben dir.« Er schnauft. »Zum Glück wart ihr angezogen.«

»Etwas anderes wäre auch nicht infrage gekommen.« Ich greife nach Scotts Hand. »Hey, wenn ich Noctaris nicht mit eigenen Augen gesehen hätte, würde ich es auch nicht glauben.«

»Denkst du, dass dir Phoenix deshalb nichts davon erzählt hat?«

»Das wäre eine Möglichkeit. Immerhin hört sich Noctaris mehr nach einem Fall für den Psychiater als nach der Wahrheit an. Vielleicht wollte mich Phoenix auch bloß beschützen oder einfach aus allem raushalten. Das sind die positiven Varianten, die mir einfallen.«

»Und die negativen?«

»Dass Phoenix nicht der Typ ist, für den ich ihn gehalten habe. Du sagst doch selbst immer, dass ich ihn noch nicht lange kenne. Vielleicht hat die Sache mit dem Koma wirklich etwas mit Noctaris zu tun. Mir schwirrt echt der Kopf. Ich meine, zuerst taucht Cajus im Schuhladen auf und dann sind wir plötzlich in der träumenden Welt und nutzen einen Findezauber, um Phoenix' Erinnerungen aufzustöbern. Das ist doch echt schräg.«

Scott nickt langsam. »Glaubst du denn, dass sich Conterville an eure Abmachung hält?«

Ich stehe auf, um Tee zu kochen. Es ist schon drei Uhr morgens, doch ich fühle mich so aufgekratzt, dass an Schlaf überhaupt nicht zu denken ist. »Meinst du das Geld, den Job für meine Mom oder Phoenix?«

»Für den Versicherungsschaden und den Job hast du ja eine schriftliche Zusage. Garantiert kostet ihn das nur ein Fingerschnippen, so etwas zu veranlassen. Die Frage ist, ob er dich wirklich in dieses Labyrinth der Benommenheit führen wird. Traust du ihm denn?«

Ich schüttele den Kopf. »Nein, das tue ich nicht. Ich weiß ja nicht mal, wonach er sucht. Es könnte ein Mensch oder ein Gegenstand sein, vielleicht auch irgendeine magische Sache oder so. Vielleicht hängt es auch mit den seltsamen Dingen zusammen, die in der Stadt vor sich gehen. Keine Ahnung. Um das herauszufinden, bleibt mir wohl nichts anderes übrig, als mich heute Abend wieder mit ihm ins Bett zu legen.« Ich hole eine Tasse und einen Teebeutel aus dem Küchenschrank.

Scott schnaubt lautstark hinter mir. »Willst du das wirklich machen? Ehrlich? Was, wenn diese Gerüchte stimmen? Wenn der Nebel, vor dem dich Conterville gewarnt hat, in die Stadt eindringt? Oder dieser dunkle Glockenturm plötzlich zusammenbricht?«

Ich drehe mich zu ihm um. »Ich habe keine andere Wahl, Scott.

Noctaris existiert und ich glaube inzwischen fest daran, dass auch die Möglichkeit existiert, Phoenix zu retten. Ich kann mir diese Chance nicht entgehen lassen, egal was sonst noch in der Stadt vor sich geht.« Ich klinge energischer, als es meine Absicht war. »Sorry, ich ...«

»Schon gut.« Scott steht auf und kommt zu mir. Sanft streicht er mir eine Haarsträhne aus dem Gesicht. »Ganz schön viel, oder?«

»Das kannst du laut sagen.« Der Teekessel beginnt zu pfeifen. »Cajus hilft mir, an Phoenix' Erinnerungen zu gelangen. Wenn ich genug erfahre, kann ich mir vielleicht bald ein eigenes Bild machen.«

Scott legt mir beide Hände auf die Schultern und sieht mir tief in die Augen. »Du willst das wirklich mit Conterville durchziehen, oder?«

»Ich werde vorsichtig sein. Und wenn er sich danebenbenimmt, trete ich ihm in den Hintern.«

»Das würde mir gefallen.«

Ich grinse. »Mir auch.«

Er schließt mich in eine spontane Umarmung. »Ich kann gern mitkommen, wenn du möchtest.«

Lachend löse ich mich von ihm. »Um uns beim Schlafen zuzusehen? Ich denke, es gibt Aufregenderes.«

»Das stimmt. Aber ich könnte Conterville etwas Passendes auf die Stirn schreiben, während er schläft.«

Ich greife nach dem silbernen Teekessel und lasse das heiße Wasser in die Tasse laufen. »Das kann ich mir vorstellen.«

Wir philosophieren noch zwei Stunden über die träumende Welt, dann beschließen wir, ins Bett zu gehen. Ich fühle mich jedoch immer noch viel zu wach und starre an die Decke. Die Gedanken hämmern durch meinen Kopf, begleitet von den Erinnerungen an Noctaris. Irgendwann fallen mir dann doch die Augen zu. Ich schlafe ein paar Stunden, träume aber nichts. Zumindest kann ich mich an keinen Traum erinnern, als ich gegen Mittag wieder aufwache.

Die Sonne blinzelt durch die Vorhänge. Offenbar hatte Cajus recht. Es gelingt mir nicht noch einmal, Noctaris zu besuchen. Dafür habe ich drei verpasste Anrufe und einige Nachrichten von Molly auf meinem Handy, die heute Morgen eingetrudelt sind.

Sag mal, was geht denn bei dir ab? Es ist nur ein Gerücht, oder? Cajus Conterville war da, um dich zu sehen? Miss Mitchel ist immer noch total durch den Wind und Angela hört nicht auf, davon zu sprechen. Was ist los, Harper?

Dreißig Minuten später hat sie die nächste Nachricht geschrieben.

Jetzt spann mich nicht so auf die Folter! Was ist passiert? Ich brauche alle schmutzigen Details! Wieso kommt Cajus Conterville in den Laden, um dich zu sehen? Du kannst ihn doch nicht mal ausstehen! Und warum verdammt liege ich ausgerechnet dann mit einer bescheuerten Erkältung im Bett?

Danach folgen noch etliche Fragen nach allen Einzelheiten. Sie will sogar wissen, ob Cajus Conterville sein kolumbianisches Supermodel für mich abserviert hat. Und warum ich plötzlich beurlaubt bin. Mein Gehirn rattert. Es sucht nach einer vernünftigen Erklärung, die ich Molly geben kann. Aber es findet keine. Alles, was ich ihr erzählen könnte, klingt extrem durchgeknallt. Abgesehen von Scott kann ich mit niemandem über Noctaris reden, wenn ich nicht sofort eingewiesen werden möchte.

Deshalb lüge ich.

Ich schreibe, dass mich Cajus Conterville für ein Spezialprojekt ausgesucht hat. Er will eine Eigenmarke für Jugendliche entwerfen und bringt dafür Leute aus verschiedenen Unternehmensbereichen zusammen, um der Konkurrenz so richtig einzuheizen. Wie er auf mich gestoßen ist, weiß ich nicht, aber das Projekt ist topsecret. Ich verspreche Molly, sie auf dem Laufenden zu halten, und hoffe, dass sie sich damit abspeisen lässt.

Bei meiner Lüge wird mir so übel, dass ich erst am Nachmittag etwas Essbares zu mir nehmen kann. Scott ist längst weg. Er ist direkt aus dem Bett zur Haustür raus, weil er eine Veranstaltung an der Uni vergessen hat. Dafür hat er mir noch viel Glück für meinen Abendtermin gewünscht.

Glück. Keine Ahnung, ob ich das brauche. Aber bevor ich abgeholt werde, muss ich Phoenix noch einmal sehen.

Als ich an seinem Krankenbett sitze, zermartere ich mir das Hirn, was er wohl im Nachtmahr gewollt hat. Sein Zustand ist unverändert. Seine Augen sind geschlossen, die Geräusche der Maschinen um ihn herum vermischen sich mit seinen Atemzügen.

»Ich war dort«, flüstere ich ihm über das regelmäßige Piepsen und Schnaufen der lebenserhaltenden Geräte hinweg ins Ohr. »Ich habe Noctaris gesehen.«

Seine Lider zucken, die Augen darunter bewegen sich heftig von links nach rechts. Einen schmerzhaft schönen Moment bin ich überzeugt, dass er mich verstehen kann.

»Hörst du mich, Phoenix?« Ich bekomme nur ein aufgeregtes Wispern heraus, während ich mich kurz der Hoffnung hingebe, dass er mich verstehen kann. Seine Augenbewegungen werden jedoch wieder langsamer. Mit einem tiefen Seufzen lege ich meine Stirn auf seine. »Ich wünschte, du hättest mir davon erzählt. Ich wünschte, du hättest es zumindest versucht.«

Phoenix zeigt keine Reaktion.

»Was hast du bloß dort gemacht?«, flüstere ich. »Was verheimlichst du vor mir?«

In diesem Moment öffnet sich die Tür. Es ist seine Mutter, die mir einen Blick zuwirft, als wäre ich eine tollwütige Katze, die man nur noch einschläfern kann. Rasch löse ich mich von Phoenix und stehe auf. Seine Mom verharrt auf halbem Weg zum Bett und mustert mich stumm.

»Mrs Hunt.«

Die blonden Haare trägt sie heute offen, doch ihr Herz bleibt verschlossen. »Harper. Lassen Sie meinen Sohn in Ruhe!«

Ich will etwas erwidern, doch diesmal lasse ich es. Vielleicht bin ich zu aufgewühlt, vielleicht habe ich erkannt, dass es keinen Sinn hat, immer wieder in dieselbe Sackgasse zu fahren. Die Vorwürfe liegen bleischwer zwischen uns, über den Geräuschen der Maschinen, über Phoenix' regelmäßigen Atemzügen. Wortlos nehme ich meine Sachen und verschwinde.

Auf dem Weg nach Hause denke ich darüber nach, was mich heute Nacht wohl erwartet, und ob ich mich vor meinem Besuch bei Cajus noch umziehen sollte. Es passt mir nicht, dass ich überhaupt einen Gedanken an mein Outfit verschwende. Nur weil mich gleich Contervilles Wagen abholen und zu ihm fahren wird, muss ich mich noch lange nicht irgendwie anders anziehen oder verkleiden.

Meine Jeans ist bequem und ich mag den dünnen schwarzen Pullover, also beschließe ich, so zu bleiben, wie ich bin. Letztendlich ist es völlig egal, da ich im Traum sowieso wieder neu eingekleidet werde.

Punkt neunzehn Uhr klingelt ein unscheinbarer Mann mit Baskenmütze an unserer Tür. Er hält mir die Wagentür auf und ich setze mich auf die Rückbank des schicken schwarzen Geländewagens, der mich nach Downtown bringt. Am Steuer spricht der Chauffeur kein Wort. Ich habe auch keine Lust, mich mit ihm zu unterhalten. Stattdessen frage ich mich, ob die Fahrten immer so ablaufen. *Schweigend.* Weil man den Angestellten einfach nichts zu sagen hat.

Wir passieren eine helle Mauer, die keinen Blick auf das Anwesen dahinter erlaubt, und bleiben schließlich vor einem großen Tor stehen. Zwei Kameras, die links und rechts neben der Zufahrt angebracht sind, schwenken in unsere Richtung. Kurz darauf schiebt sich das schwere Metalltor zur Seite und lässt das schwarze Auto durch.

Ich versuche, nicht beeindruckt zu sein. Weder von der langen Auffahrt, die sich einen flachen Hügel hinaufschlängelt, noch von dem riesigen Grundstück, das sicher ein Vermögen gekostet hat, oder von dem dreistöckigen Gebäude, das sich in einiger Entfernung vor uns erhebt. Mir kommt sofort *Vom Winde verweht* in den Sinn, ein alter Film, den Mom so gerne guckt. Mit der hellen Fassade, den dekorativen Säulen und der umlaufenden Veranda entspricht die Villa nicht nur dem typischen Südstaatenstil. Eingebettet zwischen dem feuerroten Himmel und einem Streifen Pazifik im Hintergrund hätte das Anwesen auch gut in den Hintergrund eines Gemäldes von Camille Corot gepasst.

Der Wagen hält an und der Fahrer steigt aus, um mir die Tür zu öffnen. Stumm begleitet er mich zum Haus. Es sind nur wenige Schritte, die ich über den knirschenden Kies spaziere. Doch es sind Schritte in eine andere Welt.

Eine Welt, in der man sich um Geld keine Sorgen macht. In der Geld nur ein Mittel zum Zweck ist, weil man ohnehin viel zu viel davon hat.

Kapitel 17

Eine hochgewachsene Frau in einem dunkelblauen Kostüm öffnet die Tür. Mit ihren dunklen zurückgebundenen Haaren sieht sie aus wie eine Gouvernante, lächelt mir aber freundlich zu. »Miss Bennet? Willkommen bei den Contervilles.«

»Danke.« Mehr bringe ich nicht hervor.

Die Dame nickt mir zu. Es scheint sie nicht zu wundern, dass Cajus Conterville sich weiblichen Besuch nach Hause kutschieren lässt. Offenbar kommt das nicht zum ersten Mal vor.

»Ich bringe Sie zu Mr Conterville.« Sie lächelt noch einmal, dann folge ich ihr in die gigantische Eingangshalle.

Der Boden ist aus glänzendem schwarzem Stein, der perfekt zu dem nachtschwarzen Kronleuchter passt, der von der Decke hängt. Rechts von mir schwingt sich eine herrschaftliche weiße Treppe elegant in den zweiten Stock. Der untere Absatz wird von zwei schwarzen Steinsockeln flankiert, auf denen moderne weiße Skulpturen stehen, die verrenkte menschliche Körper darstellen.

Schwarz und weiß. Offenbar gibt es für die Contervilles kein Grau.

»Einen Moment bitte«, erklärt die Dame mit dem strengen Dutt. Sie steuert eine doppelflügelige Tür links von uns an, klopft und wartet, bis sie hereingebeten wird.

»Und haben die Journalisten dich gesehen?«, höre ich eine nervöse Frauenstimme fragen, als die Pseudo-Gouvernante die Türblätter auseinanderschiebt. Dahinter liegt ein riesiger Salon mit einem Klavier und einer beeindruckenden Couchlandschaft.

»Ja, das haben sie«, antwortet eine andere Frau, die ein wenig jünger klingt.

In diesem Moment sehe ich, wem die Stimmen gehören. Neben einem imposanten schwarzen Kamin rechts von mir stehen Laetitia Conterville und ihre Mutter. Laetitia ist Melinda Conterville wie aus dem Gesicht geschnitten. Sie tragen beide einen jugendlichen Kurzhaarschnitt, der ihre zarten Züge hervorhebt. Laetitia hat ihren Mund mit rotem Lippenstift betont. Sie trägt Jeans und ein raffiniert geschnittenes dunkelblaues Oberteil, das auf einer Seite schulterfrei ist. Wie alle Contervilles ist sie groß und schlank und entspricht dem Bild, das ich von ihr habe. Ihre Nase scheint jedoch einen Tick kleiner als auf den Fotos der Klatschmagazine, die Angela so gerne liest. Vielleicht war sie gar nicht in der Entzugsklinik, sondern hatte eine Schönheits-OP.

Stopp. So bin ich nicht. Ich bin kein Groupie, das im Haus eines Stars peinliche Theorien spinnt und vor Verzückung fast tot umfällt. Selbst wenn unser Wohnzimmer wahrscheinlich zehnmal in den phänomenalen Salon gepasst hätte, an dessen Stirnseite eine

Reihe hoher Rundbogenfenster den Blick auf die Terrasse und die Elliott Bay freigeben. Der Himmel ist immer noch in wunderschöne Rottöne gefärbt und verschmilzt mit dem spiegelglatten Wasser.

Mrs Conterville, die mit ihrem modischen Jumpsuit und den kurzen dunklen Haaren beinahe sportlich wirkt, wendet sich ihrer Angestellten zu. »Was ist denn, Linda?« Ihre Stimme klingt weich, viel weicher als die von Cajus. Laetitia schenkt mir nur einen kurzen Seitenblick, bevor sie sich dem goldenen Getränk in ihrer Hand widmet. Erst jetzt entdecke ich Cajus auf einem breiten Ledersessel in der Ecke schräg hinter ihr. Auf seinem Schoß liegt ein junger Labrador, dem er gerade den Nacken krault. Der Hund scheint Cajus' Nähe zu genießen, was für mich nicht ganz nachvollziehbar ist.

»Mr Conterville, Ihr Besuch ist da«, erklärt Linda höflich, bevor sie sich zurückzieht.

Cajus nickt mir zu. Er hebt den Welpen vorsichtig hoch und drückt ihn kurz darauf seiner Mutter in die Hand. Dabei tätschelt er ihn noch einmal sanft hinter dem Ohr. »Ich muss leider gehen.«

»Willst du uns denn deine Besucherin nicht vorstellen?«, fragt Melinda Conterville interessiert. Sie lächelt mich an. Keine Ahnung, ob Freundlichkeit oder nur Routine dahintersteckt.

Cajus schüttelt den Kopf. »Heute nicht, Mutter.«

Er gibt ihr einen kurzen Kuss auf die Wange, bevor er mit langen Schritten bei mir ist und die Tür hinter seinem Rücken schließt. »Bennet.«

»Conterville.«

Es hört sich an wie die Begrüßung zweier Kriegsgegner. Keiner von uns scheint sich sicher zu sein, auf welcher Seite der andere steht.

»Komm mit.«

Sein Befehlston weckt automatisch Widerstand in mir, doch auf fremdem Terrain und mit dem Wunsch, so schnell wie möglich nach Noctaris zu kommen, schlüpft nur ein freudloses »Natürlich« aus meinem Mund.

Cajus mustert mich kurz irritiert, dann folge ich ihm die herrschaftliche Treppe hinauf in den dritten Stock. Wir betreten ein Gewirr aus Korridoren, die problemlos in einem hochwertigen Kunstmagazin abgebildet werden könnten. Gemälde aus verschiedenen Epochen zieren in prunkvollen Rahmen die weißen Wände. Es fällt mir schwer, nicht stehen zu bleiben und sie einfach nur zu betrachten. Ich könnte Ewigkeiten hier verbringen.

Irgendwann öffnet Cajus eine doppelflügelige weiße Tür zu einem Zimmer, auf das die Beschreibung *Suite* wohl am besten zutrifft. Zu unserer Rechten befindet sich eine dunkle Couchlandschaft neben einem Billardtisch und einer Bar, deren Oberfläche goldfarben schimmert. Auf der linken Seite sind bequeme Lehnsessel vor einem in der Wand eingelassenen Flatscreen arrangiert. Von der Decke hängen stilvolle schwarze Lampen, die mich an Laternen aus dem Mittelalter erinnern.

Auch von hier aus hat man durch riesige Rundbogenfenster einen herrlichen, fast grenzenlosen Blick auf die Elliott Bay, der meinen Magen zusammenschrumpfen lässt. Cajus Conterville genießt jeden Tag diesen gigantischen Ausblick, der nicht nur seinen Reichtum, sondern auch sein Wesen symbolisiert. Conterville steht über den Dingen, erhebt sich über alltägliche Probleme, über die Belanglosigkeiten des Lebens, schaut von seiner Suite auf den Rest der Welt herab.

»Genug gestarrt?«

Abrupt drehe ich mich um. Es ist mir unangenehm, dass er mich irgendwie erwischt hat. Cajus hat die Hände hinter dem Rücken verschränkt, sein graues T-Shirt spannt über seiner Brust. Es scheint ihn offensichtlich zu langweilen, wenn sich jemand in seinem Ausblick verliert.

»Wo ist das Schlafzimmer?«, frage ich unvermittelt. Schließlich ist Angriff die beste Verteidigung. Mein Herz klopft nervös, aber davon ist meiner Stimme nichts anzuhören.

»Du gehst aber zur Sache, Bennet.«

»Ich will es nur schnell hinter mich bringen.«

Seine grünen Augen funkeln amüsiert. »Läuft es bei dir immer so ab? Dass du es nur schnell hinter dich bringen möchtest?«

Ich ignoriere die Anspielung und steuere lieber auf eine der Türen zu. Ich öffne sie ungefragt, aber dahinter kommt nicht sein Schlafzimmer zum Vorschein. An der Wand mir gegenüber steht ein dunkles Regal, das von indirekter Beleuchtung in Szene gesetzt wird. So ein Regal habe ich schon mal in einem Hochglanzmagazin gesehen, nur waren darin fein säuberlich Weinflaschen sortiert – keine Farbtuben. Ich staune. Noch nie in meinem Leben habe ich so viele Farbnuancen auf einem Fleck gesehen. Das hier ist wie die riesige Version eines Pantonefächers aus dem Baumarkt, wenn man nach dem richtigen Farbton fürs Wohnzimmer sucht. Schräg vor dem Regal steht ein massiver, mit Farbklecksen übersäter Tisch, der viel zu robust und fleckig für den Rest der sonst so perfekt gestylten Suite ist. Ich sehe nirgendwo einen Staubkrümel oder einen Fingerabdruck an den Fensterscheiben. Wahrscheinlich könnte man vom Boden essen, wenn es nicht unter der Würde der Contervilles wäre. Vor einem der Rundbogenfenster entdecke ich eine Staffelei. Sie ist mit einem Laken zugedeckt. Ich bin überrascht.

»Du malst?«

»Manchmal.« Cajus schließt vor meiner Nase die Tür. Es passt ihm offenbar nicht, dass ich einen Blick in das Atelier geworfen habe. Zu persönlich, zu intim. Was angesichts der Tatsache, dass wir uns gleich zusammen in sein Bett legen werden, irgendwie absurd wirkt.

»Das Schlafzimmer ist hier.« Er führt mich an der schimmernden Bar vorbei zu einem weiteren Raum, in dem ein gigantisches Bett steht. Es ist mit schwarzer Wäsche bezogen und bietet wahrscheinlich Platz für vier Personen, doch meine Aufmerksamkeit fällt auf etwas anderes. Am Kopfende hängt ein kleineres Gemälde, das an der riesigen weißen Wand beinahe verloren wirkt. Es zeigt ein wimpernloses, großes Auge mit einer totenschwarzen Pupille und einer Iris, die aus einem strahlend blauen Wolkenhimmel besteht.

»Hast du das gemalt?«

Cajus atmet tief ein und steckt seine Hände in die Jeanstaschen. »Wie kommst du denn da drauf?«

»Soweit ich weiß, hängt das Original im Museum of Modern Art in New York.«

Seine edelsteingrünen Augen flackern interessiert auf. Er zögert, bevor er etwas erwidert. »Magritte hat noch ein zweites gemalt. Es befindet sich in Privatbesitz.«

Ich nicke nachdenklich und betrachte das Gemälde *Der falsche Spiegel* ehrfürchtig. René Magritte ist für mich ein Phänomen unter den Surrealisten, denn seine Bilder werden immer von einer Art Logik begleitet.

»Beeindruckend«, sage ich schließlich.

»Was genau?«

Ich sauge die Wirkung jedes Details wie durch einen Strohhalm auf, entdecke, genieße. »Wie Magritte die Dinge auf den Punkt bringt. Kein Wunder, dass er immer von sich behauptet hat, kein Künstler zu sein, sondern lediglich ein denkender Mensch, der malt. Das Bild wirkt simpel und sachlich, aber seine Botschaft ist unmissverständlich.«

»Ach ja?«

»Er deutet auf die Grenzen des optischen Sehens hin. Unsere Wahrnehmung ist subjektiv und selektiv – wir blicken auf die Welt, wie wir sie definiert haben. Wir etikettieren sie mit Wörtern, doch es sind nicht mehr als konstruierte Bezeichnungen, die niemals wirklich das wiedergeben können, was sie zeigen.« Mein plötzlicher Redeschwall macht mich verlegen. Blinzelnd reiße ich mich von dem Kunstwerk los, das garantiert eine utopische Summe gekostet hat. »Sorry …«

»Schon gut.« Cajus lächelt kurz, beinahe freundlich. »Ein Objekt hat nie die gleiche Wirkung wie sein Name oder sein Abbild«, zitiert er im nächsten Moment Magritte. Sein Blick ist voller Leidenschaft auf das Gemälde gerichtet. Für den Bruchteil einer Sekunde ist Conterville nicht mehr der arrogante Snob, sondern einfach nur jemand, der sich für Kunst interessiert.

»Denkst du, dass Magritte auch ein Begabter war?«

»Ich weiß es nicht.« Cajus' Gesichtszüge verhärten sich, als würde ihm plötzlich wieder einfallen, weshalb wir hier sind. »Hast du dein Handy ausgeschaltet?« Er schließt die Tür zum Wohnbereich, bevor er einen Schlüssel aus der Hosentasche zieht.

»Ist das wirklich nötig?«

Er dreht sich zu mir um. »Wir werden uns nicht noch einmal stören lassen.« Er steckt den silbernen Schlüssel ins Schloss und dreht ihn um. »Die Wände sind übrigens schallisoliert.«

»Wie beruhigend.«

»Keine Angst, ich werde schon nicht über dich herfallen. Darüber musst du dir wirklich *niemals* Sorgen machen.«

Es gefällt mir nicht, wie er »niemals« betont. »Danke, das ist sehr liebenswürdig von dir.«

Ich glaube, seine Mundwinkel nach oben zucken zu sehen, als er sich auf das Bett setzt, um seine Schuhe auszuziehen.

»Was ist letzte Nacht eigentlich passiert?«, frage ich dann.

»Was meinst du?«

Ich ziehe eine Augenbraue hoch. »Tu nicht so. Du weißt genau, was ich meine.«

Cajus wirft mir einen überheblichen Blick zu. »Ich kann zwar vieles, aber Gedankenlesen gehört bisher nicht dazu, Bennet.«

»Ich rede vom Glockenturm«, erwidere ich genervt. »Kurz bevor Scott uns geweckt hat, ist die Zeit in Noctaris abgelaufen. Davor sagtest du aber, wir hätten noch zwei Stunden bis Mitternacht. Was ist da passiert?«

Cajus schwingt die Beine auf das Bett. »Ich habe mich wohl geirrt.«

»Blödsinn.« Kopfschüttelnd verschränke ich die Arme vor der Brust. »Du hast dich nicht einfach geirrt. Irgendetwas geht in Noctaris vor. Das hat nicht nur der Typ vor den Toren gesagt, sondern auch Ossiander.« Cajus reagiert nicht, also fahre ich fort. »Der Nebel, die Gerüchte, der Glockenturm ... das hat doch alles einen Grund.«

»Es gibt nicht immer einen Grund, Bennet.«

»Willst du mir etwa erklären, dass es nur Zufall ist? Dass du rein zufällig wie ein Getriebener nach irgendetwas suchst, während die Naturgesetze der träumenden Stadt rein zufällig verrücktspielen?« Ich kneife die Augen zusammen. »Genauso wie Phoenix rein zufällig in einem unerklärlichen Koma liegt und du rein zufällig alles dafür geben würdest, um ihm auf die Spur zu kommen?«

Conterville schnaubt leise. »Hör zu. Du scheinst zu glauben, du hättest ein Anrecht darauf, alles zu erfahren, was ich weiß. Aber das stimmt nicht.«

Ich starre ihn einen Moment lang perplex an. »Du kennst also die Antworten auf meine Fragen, sagst aber, das Ganze geht mich nichts an?«

»Richtig. Es geht dich nichts an.« Seine Stimme ist so kalt wie seine Miene. »Noctaris ist kein Spielplatz, Bennet. Und du hast noch längst nicht verstanden, wie sensibel manche Informationen sind. Ich kann das Risiko nicht eingehen, einem Neuling wie dir sämtliche Geheimnisse anzuvertrauen. Geheimnisse, die nicht nur die träumende Welt, sondern auch dich selbst in Gefahr bringen könnten.«

»Du lässt mich lieber am ausgestreckten Arm verhungern.«

»So würde ich das nicht nennen. Ich helfe dir, deinen Freund aus dem Koma zu holen.«

Seine Worte klingen endgültig. Es hat keinen Sinn, weiter mit ihm zu diskutieren. Dennoch halte ich seinem Blick stand. Nach ein paar Sekunden stelle ich mein Handy auf lautlos, marschiere zur anderen Seite des Bettes und schlüpfe aus meinen Sneakers, bevor ich wie Cajus die Decke zurückschlage und mich verärgert hinlege. Das Bett ist angenehm weich. Mein Körper versinkt in der Matratze, die sich perfekt meiner Statur und meinem Gewicht anpasst. Abgesehen davon ist sie riesig. Gefühlt sind Cajus und ich meilenweit voneinander entfernt. Die Distanz tut gut, führt aber nicht zum Ziel.

»Du musst schon näher kommen«, höre ich ihn sagen.

»Wieso ich? Du kannst doch auch zu mir rutschen.«

Er atmet geräuschvoll aus. »Was soll das? Ist das irgendeine beschissene Art von Machtkampf?«

»Beweis mir doch, dass es keiner ist, und beweg dich.«

Ich bin nicht bereit, ihm noch weiter entgegenzukommen. Wir sind auf seinem Anwesen, in seinem Bett und meine Fragen schmettert er ab wie lästige Tennisbälle.

»Du bist eine unglaubliche Zicke, weißt du das?«

»Und du bist ein unglaublicher Arsch, weißt du das?«

Murrend überwindet er den Abstand zwischen uns. Eine warme

Welle der Zufriedenheit erfasst mich. Cajus Conterville ist es bestimmt nicht gewohnt, sich nach anderen zu richten.

»Lass das zufriedene Grinsen, Bennet.«

Ich presse die Lippen aufeinander. »Ich grinse doch gar nicht.«

»Du grinst in dich hinein.«

»Das kannst du gar nicht sehen.«

»Doch, in deinen Augen.« Kopfschüttelnd hält er mir die Hand hin.

Widerwillig lege ich meine Finger in seine, die sich sofort miteinander verflechten, als hätten sie nie etwas anderes getan. Das gefällt mir überhaupt nicht. Es sollte sich falsch, abartig und widerlich anfühlen. Ich sollte den Drang verspüren, Conterville von mir wegzustoßen.

»Mach die Augen zu«, weist er mich an. Wir sind uns viel zu nah.

»Damit ich dich nicht mehr sehen kann?« Meine Reaktion ist kindisch, aber sein herrischer Tonfall fordert mich regelrecht dazu auf, ihm Konter zu geben.

Cajus seufzt. »Es hat viele Vorteile. Aber der wichtigste ist wohl, dass wir nur so schnell nach Noctaris kommen.«

Kapitel 18

Als das gewaltige düstere Stadttor vor uns auftaucht, atme ich tief durch. Langsam fühlt es sich vertraut an, nach dem Einschlafen in dem gläsernen Tunnel vor Noctaris zu stehen.

»Okay, wir sind da. Was denkst du, wie viel Zeit uns bleibt, bis der Glockenturm wieder verrücktspielt und uns aus der Stadt wirft?« Ich drehe mich zu Cajus um, der wie beim letzten Mal einen nachtschwarzen Zylinder trägt. Sein gebräuntes Gesicht ist heute jedoch glatt rasiert und auch der Ausdruck in seinen Augen hat sich verändert. Nahezu verblüfft sieht er mich an, sein Blick gleitet interessiert über meinen Körper.

»Was ist?«, frage ich verwundert, bis ich ebenfalls an mir hinunterblicke. »Scheiße, das kann ja wohl nicht wahr sein.«

»Also ich finde, das sieht ziemlich … wahr aus.« Cajus grinst mich schief an. Seine Augen wandern zum Ausschnitt meines Kleides, für den die Bezeichnung *gewagt* eine echte Untertreibung wäre.

»Kann man das noch ändern lassen?« Ich drehe mich in dem

freizügig geschnittenen dunkelblauen Taftkleid um die eigene Achse. Das verdammte Ding ist trägerlos und drückt meinen Busen so weit nach oben, dass mein Dekolleté beinahe überquillt. Nach vorn beugen ist in diesem Kleid definitiv nicht drin.

»Wieso willst du etwas ändern? Sieht doch okay aus.«

»Das nennst du *okay*?«

Er zuckt mit den Schultern. »Klar, ich hab schon größere gesehen, aber ...«

Genervt verpasse ich ihm einen Schlag gegen den Oberarm, den er mit einem Grinsen quittiert. Als sich auch der Typ vor uns umdreht und zu starren beginnt, löse ich kurzerhand meine Hochsteckfrisur. Meine hellbraunen Locken fallen nach vorne. Sie sind nur leider zu kurz, um alles zu verdecken.

»Wie lange werden wir zum Nachtmahr brauchen?«, frage ich, um von mir abzulenken.

»Nicht besonders lange«, antwortet Cajus. »Das Problem ist nicht die Zeit, sondern eher das Publikum, das uns dort erwartet.«

Meine Hand greift nach dem Schutzamulett, das mir Cajus geschenkt hat. Warm und beruhigend liegt es auf meiner Haut. Ossianders weicher Briefumschlag ist auch noch da. Er befindet sich in einer versteckt eingenähten Tasche meines nachtblauen Kleides, zusammen mit den Silbermünzen, die ich noch nicht ausgegeben habe. Man kehrt offenbar mit denselben Gegenständen zurück, mit denen man Noctaris verlassen hat.

»Und welches Publikum erwartet uns dort?«, hake ich nach. Die Schlange rückt ein Stück vor. Wir sind gleich dran.

»Ein zwielichtiges.« Cajus presst die Kieferknochen fest aufeinander. Ein Wangenmuskel zuckt. »Im Nachtmahr ist hauptsächlich Abschaum unterwegs. Spricht nicht gerade für Hunt, dass er sich dort rumgetrieben hat.«

»Wir haben doch keinen Schimmer, was Phoenix dort wollte.« Wahrscheinlich gibt es unzählige Möglichkeiten, warum er das Nachtmahr aufgesucht hat. Genauso gib es unzählige Fragen, deren Antwort ich vielleicht gar nicht hören möchte. Der Grund für seinen Besuch im Nachtmahr könnte eine davon sein.

»Was ist eigentlich mit der Loctusmagie?«, fällt mir plötzlich ein. »Wirkt der Zauber überhaupt noch?«

Cajus nickt. »Der Findezauber hält für mindestens drei Nächte. Wenn wir Glück haben, sogar vier.«

Wir sind die Nächsten am Tor. Diesmal stehen zwei andere Wachen davor. Mit konzentriertem Gesichtsausdruck lassen sie ihre silbernen Stäbe über meinen Körper wandern. Ich spüre ein leichtes Kribbeln auf der Haut wie eine gehauchte Warnung.

Inkubi.

Ich frage mich, was sie mit Leuten machen, die sie als Inkubi identifizieren. Werden sie gefoltert, dem Nebel zum Fraß vorgeworfen oder gleich getötet? Zum Glück schlägt der Stab diesmal nicht aus. Auch der Schriftzug auf dem verwitterten Steinsockel leuchtet nicht auf. Mit versteinerter Miene treten die Wachen zur Seite und lassen uns passieren.

Nachdem Cajus und ich einen Teil unseres Nox' abgegeben und im Austausch neue Silbermünzen bekommen haben, atme ich tief durch.

Conterville wirft einen beiläufigen Blick auf mein Kleid. »So tiefe Atemzüge würde ich an deiner Stelle sein lassen.«

»An deiner Stelle würde ich so blöde Bemerkungen sein lassen.«

Er hebt eine Augenbraue. »Es war nur ein Tipp, Bennet. Entspann dich. Es ist nur ein Kleid.«

Stimmt. Es ist nur ein Kleid, auch wenn am Stoff gespart wurde. Eine magische Änderung wäre eine Option, aber dafür fehlt die Zeit. Ein sanftes Zupfen in meiner Bauchmitte setzt meine Beine wie von selbst in Bewegung.

»Es geht wieder los«, sage ich.

Cajus folgt mir mit schnellen Schritten über die dunkle Vergnügungspromenade zu einer schmalen Gasse, die nach rechts abzweigt. Mir gefällt es, dass er mir folgen muss, nicht umgekehrt.

»Glaubst du, dass uns der Zauber wieder zum Nachtmahr führt?«, frage ich.

»Wir werden es sehen.«

In der engen Straße mit den kleinen Läden riecht es nach kräftigen Gewürzen. Eine Mischung aus Koriander und Rosmarin weht uns aus einem schwarzen Geschäft mit der Aufschrift *Heilkräuter und Weissagungen* entgegen. Eine kleine Chinesin, die gerade Kräuter in ein paar Kisten packt, spitzt die dunkelblau geschminkten Lippen, als sie uns sieht. Mit ihrem hochgeschlossenen schwarzen Kleid und den kunstvoll drapierten blonden Haaren könnte sie auch in einer Varietévorführung mitspielen.

»Es wird schlimmer«, flüstert sie uns zu. Ihr Atem formt kleine Wölkchen, die durch die Nachtluft tanzen.

Ich starre die Frau an. Ich kann einfach nicht anders. Sie hat etwas Faszinierendes und gleichzeitig Erschreckendes an sich wie eine optische Täuschung, an der man nicht vorbeigehen kann.

»Könnt ihr es hören?« Ihre wispernden Worte werden von leisen Erschütterungen begleitet, Dunkelheit dringt daraus hervor. »Es findet im Nebel statt, die Inkubi haben ihre Hände im Spiel. Schon seit langer Zeit wollen sie sich ihr Recht als Erstgeborene zurückerkämpfen. Die Prophezeiung besagt, dass es einem von ihnen gelingen wird, die Gesichtslose Familie mit ihren beiden Töchtern zu stürzen und eine neue Ära einzuleiten.« Sie beginnt zu lächeln, ihre hauchzarte Stimme wird fester. »Wollt ihr mehr hören? Für ein paar Silbermünzen sage ich euch, was das Schicksal für euch bereithält.«

»Nein, danke.« Cajus zieht mich weiter.

»Gerade für dich wäre es wichtig!«, schreit ihm die alte Chinesin hinterher. »Du hast doch schon jemanden durch ihre Hand verloren!«

Irritiert sehe ich zurück. »Was hat sie damit gemeint?«

»Sie will nur Geld verdienen.« Cajus' Schritte beschleunigen sich, sein Blick ist starr nach vorn gerichtet.

»Nein, sie hat dich getroffen. Hat sie etwa recht? Hast du jemanden durch einen Inkubus verloren?«

»Die Alte will nur ein Geschäft machen, Bennet.«

»Ich glaube dir kein Wort.«

»Dann glaubst du mir eben nicht!«, herrscht er mich an.

»Du bist gerade mal die zweite Nacht in der Stadt und vertraust jedem dahergelaufenen Noctarianer? Du musst lernen, nicht so gutgläubig zu sein.«

»Ich bin nicht gutgläubig und ich merke, wenn man mich anlügt.«

Er bleibt stehen. Eisige Kälte schlägt mir aus seinem Gesicht entgegen. »Ach, wirklich? Und wie kommt es dann, dass du bei Hunt nichts gemerkt hast?«

Seine Frage trifft mich wie ein Pfeil mitten ins Herz, schraubt sich brennend in mein Fleisch. Ich hasse meine eigene Sprachlosigkeit.

Für einen Augenblick starren wir uns an, dann schüttelt Cajus den Kopf. »Komm. Wir haben Wichtigeres zu erledigen.«

Ich nicke und wir gehen schweigend weiter. Meine Gedanken sind verschmiert von seinen Worten. Es kostet mich viel Anstrengung, mich nicht in Fragen zu verirren, auf die ich keine Antwort habe. Leise Tanzmusik erfüllt die schmale Häuserflucht. Sie lässt den glatten schwarzen Steinboden unter unseren Füßen sanft vibrieren. Unbeirrt bewegen wir uns durch die verschlungenen Gässchen, bis wir die einsame Seitenstraße erreichen, in der sich das Nachtmahr befindet. Die beiden glatzköpfigen Typen mit den tätowierten Gesichtshälften stehen wie gestern vor der schwarz verkleideten Tür.

Ich will direkt auf sie zugehen, doch Cajus hält mich am Arm zurück. »Warte«, murmelt er nachdrücklich. »Erst noch ein paar Regeln, bevor wir da reingehen.«

»Was für Regeln?«

Das Mondlicht hebt die Konturen seiner glatt rasierten Wangen stark hervor. Einen Sekundenbruchteil verliere ich mich in dem dunklen Grün seiner Augen, frage mich, wie viele Geheimnisse Cajus wohl in sich trägt.

»Wichtig ist, dass du keine Dummheiten machst.«

»Definiere Dummheiten.«

Cajus' Blick huscht für einen Moment über mein freizügiges Kleid, bevor er den Kopf wieder hebt. »Streit anfangen. Eine patzige Antwort geben. Irgendwelche Leute anstänkern. Dinge, die du eben gern tust.«

»Dinge, die ich gern tue? Sag mal, geht's noch?«

»Halt dich einfach bedeckt«, knurrt Cajus unbeeindruckt.

Als sich meine Hand unwillkürlich auf mein Dekolleté legt, blitzen seine Augen belustigt auf. »Nicht so bedeckt. Ich meinte emotional gesehen.«

»Ich soll einfach nur meine Persönlichkeit bedeckt halten, richtig?«

»Jetzt verstehen wir uns, Bennet.«

Bevor ich ihm tatsächlich eine patzige Antwort geben kann, greift er nach meiner Hand und zieht mich über die glänzenden dunklen Pflastersteine zum Eingang des Lokals.

»Losung?«, bellt einer der tätowierten Typen. Der Umfang seines Oberarms könnte es locker mit meinem Oberschenkel aufnehmen.

»Keine Ahnung.« Cajus greift in seine Manteltasche und holt einen Lederbeutel hervor. Dem Geräusch nach zu urteilen ist er mit jeder Menge Münzen gefüllt. »Vielleicht ist die Losung da drin?«

Die beiden Männer wechseln einen kurzen Blick. Ohne ein Wort zu sagen, nimmt der Glatzkopf schließlich den Beutel. Der andere öffnet die Tür. Blaugrauer Rauch quillt aus dem Inneren. Es riecht nach süßlicher Vanille und schwerem Opium, gemixt mit einem exotischen Aroma, das ich nicht kenne.

»Wenn ihr da drin Ärger macht, schmeißen wir euch raus«, warnt der Türsteher mit tiefer Stimme.

»Alles klar.« Cajus zieht mich über die Schwelle in den abgedunkelten Raum, wo uns Stimmengewirr, betrunkenes Gelächter und der laszive Gesang einer Frau empfangen. Die komplette hintere Wand des düsteren Lokals wird von einer wuchtigen Bar aus schwarzem Holz eingenommen. Albtraumhafte Fratzen prangen in dunklen Farben auf der breiten Front. Die androgynen, schädelförmigen Köpfe mit den aufgerissenen Augen und den eierförmigen Mündern erinnern mich an die angsterfüllte Figur aus Munchs Gemälde *Der Schrei*. Sie wirken jedoch noch bedrohlicher, noch eindringlicher, als würden sie mich vor diesem Ort warnen.

Ein ungesunder bläulicher Schimmer geht von der spiegelnden Rückwand der Bar aus, vor der unzählige Flaschen mit milchig fahlem Inhalt aufgereiht sind. Männer und Frauen sitzen an der Theke oder an runden Tischen, die wie schwarze Pilze im Raum verteilt sind. Rechts befindet sich eine kleine Bühne, auf der eine dunkelhaarige Sängerin steht. Ihr schwarzes Kleid ist noch freizügiger als meins, ihre rauchige Stimme weht durch den blauen Dunst und legt sich über das Gelächter und meine Gedanken.

Auf der anderen Seite der Bar führt ein dunkelblauer Samtvorhang mit silbernen Kordeln in einen abgetrennten Bereich. Unwiderstehlich zieht es mich in diese Richtung.

»Dort.« Ich rüttele an Cajus' Arm. »Wir müssen hinter den Vorhang.«

Cajus scannt den Raum, bevor er nickt und mit mir das Lokal durchquert. Als wir den Samtvorhang erreichen, schlüpft eine beleibte Frau in einem matronenhaften dunkelblauen Kleid dahinter hervor. Sie hat stark geschminkte Wangen, glänzende rote Lippen und hochgesteckte braune Haare. Ihre Augen leuchten interessiert auf.

»Guten Abend, ich bin Mathilda«, säuselt sie. »Seid ihr hier, um Träume zu erleben?« Ihre Stimme hat einen einnehmenden Singsang, bei dem man sich sofort willkommen fühlt.

»Genau«, erwidert Cajus kurz angebunden. »Deshalb sind wir hier.«

Leises Keuchen dringt gedämpft durch den Vorhang, gefolgt vom nervösen Lachen einer jungen Frau.

Mathilda lächelt geheimnisvoll. »Nun, deswegen sind alle hier, nicht wahr? Wir haben alle unsere Träume.« Sie versperrt uns noch immer den Zugang.

»Was müssen wir denn tun, damit Sie uns reinlassen?«, frage ich.

Cajus wirft mir einen mahnenden Blick zu, doch Mathilda lächelt so breit, dass sich ihr ganzes Gesicht in Falten legt.

»Kommt darauf an, was du erleben möchtest, Kleine.«

»Wir wollen nur zusehen«, sagt Cajus.

»Nur zusehen?« Jetzt wirkt sie enttäuscht. »Das ist doch langweilig.«

»Was genau gibt es denn zu sehen?«

Wieder dringt ein leises Seufzen durch den Vorhang, das ganz und gar nicht langweilig klingt.

Mathilda macht einen Schritt auf mich zu, bis mich ein Schwall ihres schweren Parfüms einhüllt. Die Rüschen ihres dunkelblauen Kleides rascheln leise, als sie sich vertraulich näher beugt. »Hinter diesem Vorhang könnt ihr einen Blick in die Träume fremder Menschen werfen. *Aber ihr könnt auch mehr tun als das.*«

Cajus schüttelt den Kopf. »Wir wollen nicht mehr tun.«

»Wie bedauerlich.« Mathilda begutachtet erst ihn und dann mich von oben bis unten. »So ein ansprechendes Paar wie euch hatten wir schon lange nicht mehr.«

Ich komme mir vor wie ein Kind, das zwischen zwei Erwachsenen steht und keinen blassen Schimmer hat, wovon die beiden reden. »Was kann man denn hinter dem Vorhang noch mehr tun?«

»Man kann in fremde Träume eintauchen. Du kannst sie selbst erleben, mit all deinen hübschen fünf Sinnen spüren«, flüstert sie mit einem kurzen Augenzwinkern. »Dann ist das Erlebnis ungleich intensiver.«

Ich wende mich an Cajus. »Ich dachte, im Traum eines Unbegabten kann man sterben?«

Mathilda klatscht lachend in die Hände. »Aber nicht doch, Kindchen. Im Nebel draußen kann man sterben, hier bei uns ist ein Abstecher in die Träume der anderen völlig sicher.«

Fragend sehe ich Cajus an, der schließlich nickt. »Was wollen Sie für den Zutritt?«, fragt er Mathilda.

Bei seinen Worten huscht ein kurzes Lächeln über ihr Gesicht. »Euch beiden Hübschen mache ich einen Sonderpreis. Ihr müsst nur im ersten Saal in einem Traum mitspielen, dann dürft ihr euch in den anderen Räumen frei bewegen.« Amüsiert zieht sie einen Mundwinkel hoch. »Na, was sagt ihr? Lust, in einen Traum einzutauchen?«

Kapitel 19

Cajus atmet tief ein. Dann greift er in seine Manteltasche, in der das leise Klingen von Silbermünzen zu hören ist. Offenbar verfügt er auch in Noctaris über eine Menge Geld. »Vielleicht können wir uns anders einigen.«

Mathilda stockt. »Bestechung?« Ein Lächeln überzieht ihr glänzendes Gesicht, das genauso unecht aussieht wie die aufgemalten Augenbrauen. »Tut mir leid, Junge. Im Nachtmahr zieht so etwas nicht. Wir sind keines *dieser* Etablissements.«

Ein trockenes Lachen entfährt Cajus. »Ernsthaft?«

»Macht mit oder bleibt draußen. Ich kann euch auch den nächsten Traum im mittleren Saal anbieten.«

»Wir machen mit«, sage ich schnell. Phoenix war hier und ich will wissen wieso.

»Abgemacht«, sagt Mathilda. Sie streckt mir ihre Hand entgegen, ich schlage ein. Die Berührung ist elektrisierend wie bei einem Stromschlag. Blaue Funken springen von unseren Händen in die Höhe.

Mit dem zufriedenen Lächeln einer Katze, die gerade eine Maus gefangen hat, zieht Mathilda ihre Hand zurück. Vereinzelte Funken tanzen über ihre silbergrau lackierten Fingernägel, als sie den dunkelblauen Samtvorhang zur Seite schiebt. »Wohlan, hereinspaziert. Und viel Vergnügen.«

Cajus flucht unterdrückt, legt seine Hand fest um meine Taille und tritt mit mir durch den Vorhang in einen Durchgang mit zerkratzten schwarzen Wänden, der von kristallförmigen blauen Deckenlampen erhellt wird. Wenige Schritte später gabelt sich der Korridor zusätzlich nach rechts und links.

»Der mittlere Saal ist geradeaus durch!«, ruft uns Mathilda hinterher. Leises Gelächter dringt aus dem linken Gang, während rechts undurchsichtiges Flüstern zu hören ist. Am Ende des Korridors verschwindet gerade ein breitschultriger Mann mit einer Frau hinter einem Vorhang.

»Wieso hast du das getan?«, zischt Cajus.

»Um weiterzukommen«, zische ich zurück. »Ich dachte, du willst Phoenix genauso dringend finden wie ich.«

»Es hätte auch noch andere Möglichkeiten gegeben, als dich mit ihr auf einen Handel einzulassen.«

»Ach ja? Dein Geld schien sie ja nicht zu wollen. Wieso bist du eigentlich so reich?«

Er schnaubt leise. »Glaub mir, das ist nicht der richtige Ort, um das zu besprechen.«

Wir haben das Ende des schmalen Flurs erreicht und stehen nun vor einem weiteren blauen Samtvorhang, hinter dem ein leises Keuchen zu hören ist.

»Was ist das?«

»Die Geräusche aus einem Traum. Im nächsten wirst du gleich mitspielen«, knurrt Cajus.

»Moment, ich dachte, wir müssen beide …«

»Ich habe nicht eingeschlagen, Bennet.« Mit einem Ruck zieht Cajus den samtigen Stoff zur Seite. Seine Worte hängen mir nach wie ein Versprechen, das zu schnell ausgesprochen wurde.

Nacheinander betreten wir den großen Saal. Er ist von schummrigem Licht erfüllt und erinnert mich an ein altes Theater, das eine Renovierung bitter nötig hätte.

Die nachtschwarzen Wände sind von Rissen durchzogen. Ebenso der dunkle Boden und die Decke. Ein abgestandener Geruch liegt in der Luft, eine Mischung aus süßlichem Parfüm und staubigen Polstermöbeln. Am gegenüberliegenden Ende des Saals steht eine erhöhte Bühne mit zwei schwarzen Holzstreben, die bis zur Decke reichen. Die dunkelblauen Vorhänge sind ringsum hochgezogen. An der Seite führt eine dreistufige Treppe auf die Bühne, in deren Mitte ein breites Sofa aufgebaut ist, das von Deckenspots beleuchtet wird. Darauf sitzen eng umschlungen ein Mann und eine Frau, die sich leidenschaftlich küssen. Vor der Bühne stehen einige Reihen zerschlissener Polstersessel. Irgendwann hatten sie vermutlich dieselbe Farbe wie der Samtvorhang, durch den wir gekommen sind. Inzwischen gleicht der Stoff eher einem schmutzigen Grau.

Einige Männer und zwei Frauen haben es sich auf den abgenutzten Sesseln bequem gemacht. Sie tragen die unverwechselbare Kleidung der träumenden Stadt. In der gedämpften Beleuchtung sind ihre Gesichter kaum zu erkennen, doch sie scheinen gebannt das Paar auf dem Sofa zu beobachten. Die Szene auf der schwarzen Bühne sieht verdammt echt aus. Mir wird klar, dass ich einen gewaltigen Fehler gemacht habe.

»In so einem Traum muss ich mitspielen?«, flüstere ich.

»Gefällt es dir nicht?«, erwidert Cajus trocken. »Vorhin hat es noch so ausgesehen, als könntest du es kaum erwarten.«

»Ich wusste doch nicht, dass es sich dabei um ... so etwas handelt.«

»Genau das ist dein Problem«, knurrt Cajus. »In Noctaris schlägt man nicht ein, wenn man sich nicht hundertprozentig über die Konsequenzen im Klaren ist.«

Seine Belehrung geht an mir vorbei. Zu stark ist das ungute Gefühl in meinem Magen, wenn ich an meinen Auftritt denke. »Erklär mir, wie das hier funktioniert.«

Schnaubend deutet Cajus mit dem Kinn zum Sofa, auf dem der Mann gerade den Hals der Frau küsst, die auf seinem Schoß sitzt. »Läden wie das Nachtmahr machen sich eine eigene Magie zunutze, um auf die Träume Unbegabter zuzugreifen und eine Projektion davon auf ihre schwarzen Bühnen zu bringen. Stell es dir wie ein Kino vor, nur eben realistischer. Begabte haben hier die Möglichkeit, in fremde Träume zu schlüpfen, neue Gefühle und Eindrücke zu erleben, und das ohne Konsequenzen. Es ist wie die Rolle in einem Theaterstück, nur viel intensiver. Du bleibst zwar du selbst, mit deinen eigenen Gedanken, aber du kannst genau fühlen, was der Träumende fühlt, von Freude bis Schmerz, es ist alles dabei – was für viele sehr reizvoll ist. Endet der Traum, endet auch deine Rolle. Egal, was du auf der Bühne erlebt hast, sogar Verletzungen oder der Tod, nichts davon ist real. Die Träume hier sind lediglich Projektionen, nicht vergleichbar mit den echten Gefahren, die man im Nebel der ungezähmten Träume erlebt. Sie verpuffen wieder, zurück bleibt nur deine Erinnerung.« Er hält kurz inne. »Meistens sind die Säle unterschiedlichen Kategorien zugeordnet. Es gibt spannungsgeladene Träume mit Nervenkitzel, in denen man irgendwelchen Gefahren entkommen muss, Albträume für die Spinner, die sich gern gruseln, oder fantastische Träume, in denen man zum Beispiel fliegen kann. Und eben noch andere.«

Ich schlucke. »Wie zum Beispiel erotische Träume?«

»Yep. Zielsicher hast du dich genau auf diesen Raum eingelassen.«

»Du weißt, dass das keine Absicht war.«

Cajus fegt ein Staubkorn vom Revers seines dunklen Mantels. Er sieht nicht aus, als würde ihn das interessieren.

»Kann ich die Kategorie vielleicht tauschen?«

»Du kannst nicht tauschen.«

»Wieso bist du dir da so sicher?«

»Weil du einen magischen Handel eingegangen bist, Bennet. Du kannst auch nicht einfach fliehen, sollte das deine nächste Frage sein.«

»Kann ich mir zumindest aussuchen, in welchem Traum ich mitspiele?«

Er schüttelt den Kopf. »Die Träume an sich werden zufällig wie beim Roulette ausgewählt, aber wenn du dran bist, bist du dran.«

Ein blauer Vorhang auf der linken Seite des Saals bewegt sich kurz. Eine dünne Frau mit einer langen Perlenkette und einem etwas zu kleinen Mund wirft einen kurzen Blick in den Raum, bevor sie den Kopf wieder zurückzieht. Insgesamt gibt es drei blaue Vorhänge an den Wänden. Offenbar führt jeder zu einem anderen Durchgang und weiteren Sälen.

Bei dem Paar auf dem Sofa geht es inzwischen immer mehr zur Sache.

»Wie viele Leute passen in so einen Traum eigentlich hinein?«, frage ich flüsternd, um mich von meiner Nervosität abzulenken.

Cajus wirft mir einen knappen Blick von der Seite zu. »Das hängt vom Traum ab. Der Erste, der den Traum betritt, schlüpft in die Rolle des Träumenden. Der Nächste besetzt die Rolle der Person, mit der die meiste Interaktion stattfindet, und so weiter.«

»Und wenn man ganz allein hineingeht?«

»Dann interagiert man mit den Traumgestalten, die da sind.«

»Aber ist es für die Zuschauer dann nicht egal, ob jemand in eine Rolle schlüpft oder nicht?«

Sein Mundwinkel zuckt nach oben. »Grundsätzlich schon. Immerhin besteht ihr Kick darin, sich einen echten Traum anzusehen. Irgendwo in der wachen Welt träumt gerade jemand das, was sie auf der Bühne sehen. Das hat einen voyeuristischen Touch, selbst wenn man die Leute nicht kennt. Stammt der Traum jedoch von einem weniger attraktiven Unbegabten, ist es für das Publikum reizvoller, wenn jemand die Rolle übernimmt, der optisch … ansprechender ist.«

»Aber könnte sich ein unattraktiver Unbegabter nicht auch schön träumen?«

Cajus verschränkt die Arme vor der Brust und starrt düster das Pärchen auf der Bühne an. »Natürlich. Das tun aber die wenigsten. Der Fokus bei erotischen Träumen liegt meist mehr auf dem Gegenüber.«

»Kann man im Traum wenigstens noch frei entscheiden, was man tun will und was nicht?« Ich lote mein Spielfeld aus, denn mir ist klar, dass ich aus der Sache nicht mehr rauskomme.

Cajus schüttelt den Kopf. »Wie gesagt, du schlüpfst in eine Rolle, Bennet. Bei einem Theaterstück kann der Schauspieler das Skript ja auch nicht einfach umschreiben, nur weil es ihm nicht gefällt. Du musst das tun, was der Unbegabte träumt.«

»Scheiße.«

»Jetzt hast du es endlich kapiert.«

Mit einem Mal endet der Traum auf der Bühne. Das Sofa löst sich auf, der Mann und die Frau, die einander gerade noch hingebungsvoll geküsst haben, fallen auf den Boden und fahren auseinander. Sie tragen wieder die eleganten Kleider von Noctaris, ihre zerwühlten Haare sitzen, als wären sie eben frisch frisiert worden. Dennoch ist es eindeutig dasselbe Pärchen. Kichernd rappelt sich die Frau in ihren gerüschten schwarzen Spitzenunterröcken hoch und stolpert die kleine Treppe hinunter. Ohne nach links oder rechts zu sehen, verschwindet sie hinter dem nächsten Vorhang. Ihr Begleiter verbirgt sein Gesicht unter der breiten Krempe seines Zylinders und folgt ihr, ohne auch nur einem Menschen im Saal in die Augen zu sehen. Gleichzeitig werden rund um die Bühne die schweren blauen Samtvorhänge heruntergelassen.

»Spielt ihr mit oder seht ihr nur zu?« Die Frage kommt von einer dunkelhaarigen Zuschauerin in einem schlichten hochgeschlossenen Kleid, die rechts in einem der Sessel sitzt. Der Großteil ihres Gesichts liegt im Schatten, nur ihre dunkel geschminkten Lippen sind gut zu erkennen. Sie hat die Beine übereinandergeschlagen und wippt erwartungsvoll mit der Spitze ihres geschnürten Stiefels.

»Ich fürchte, ich spiele mit«, erwidere ich mit trockenem Mund.

»Fantastisch. Und du?« Die dunkelhaarige Frau mustert Cajus einmal von oben bis unten. Ihr geheimnisvolles Lächeln gleicht dem der Mona Lisa auf Leonardo da Vincis Porträt.

Neben ihr räuspert sich ein junger Mann mit langen blonden Haaren. Auch er lächelt, aber anders. »Also ich würde für den männlichen Part im nächsten Traum einspringen.«

Ich starre den blonden Kerl in dem glänzenden Frack an, der ungeniert zurückstarrt. Hitze breitet sich in meinem Brustkorb aus, kriecht mir siedend heiß vom Dekolleté bis ins Gesicht. Ich möchte auf dem Absatz kehrtmachen, doch meine Beine bewegen sich nicht von der Stelle. Meine Schuhsohlen scheinen magnetisch an dem schwarzen Boden zu haften. Mit einem Mal zieht die Schwerkraft so stark an mir, dass ich Probleme habe, aufrecht zu stehen. *Ich kann tatsächlich nicht fliehen.*

»Ich brauche keinen Partner«, presse ich trotz bleischwerer Beine hervor.

»Zu zweit macht es aber viel mehr Spaß«, erwidert der blonde Typ mit einem dreckigen Grinsen.

Mein Wunsch, zu verschwinden, nimmt zu. Ebenso wie die Kraft, die mich hier festhält.

»Kein Bedarf.« Für die Dauer eines Herzschlags huscht mein Blick zu Conterville, auch wenn ich es nicht will.

»Ich würde auch mit dir träumen, Süße«, ruft ein vollbärtiger Mann in einem anzüglichen Ton.

Cajus lächelt mich überlegen an. Dann beugt er sich zu mir. »Du musst nur bitte sagen.« Sein Atem streicht über meine Haut.

»Wie bitte?«

Er schüttelt leicht den Kopf. »So war es nicht gemeint.«

Bei der Vorstellung, mich gleich mit einem der Typen auf dem Podest amüsieren zu müssen, wird mir kotzübel.

»Lass dir ruhig Zeit«, wispert Cajus in mein Ohr. »Du scheinst sehr beliebt zu sein.«

Mein Blick huscht zu dem blonden Kerl im glänzenden Frack, sein Blick ist gierig und hässlich. Ich nicke schnell. »Gut. Wenn du dich derart anbietest.«

Cajus schnalzt mit der Zunge. »Du brauchst meine Hilfe, Bennet. Nicht umgekehrt.«

Ich atme tief durch und schlucke meinen Stolz bitter herunter. »Okay. Könntest du vielleicht in dem Traum mitspielen?«

Er hebt ungerührt die Augenbrauen.

»Bitte …«, füge ich noch hinzu.

Er nickt. Und schiebt überraschenderweise keine Bemerkung hinterher, obwohl er den Moment innerlich garantiert auskostet.

Kapitel 20

»Und? Hast du dich entschieden?« Die Frage kommt von dem Typen mit dem Vollbart.

»Sie hat schon einen Partner«, erwidert Cajus kühl.

Die Männer wirken enttäuscht, das Lächeln der dunkelhaarigen Frau wird jedoch breiter. »Wie schön.« Sie drückt einen unscheinbaren Knopf auf der Armstütze ihres Polstersessels. Im nächsten Moment hebt sich der Bühnenvorhang. Mit angehaltenem Atem warte ich darauf, was dahinter zum Vorschein kommt. Zuerst nehme ich die Klänge rhythmischer House-Musik wahr. Dann erkenne ich, dass sich der Traum auf einer belebten Tanzfläche abspielt. Es ist, als würde man direkt in das Innere eines teuren Clubs blicken. Tiefe Bässe wummern durch den ganzen Saal, etwa zwanzig junge Leute bewegen sich ausgelassen zur Musik. Hinter ihnen befindet sich eine stylische Bar mit verspiegelten Regalen, auf denen unzählige Flaschen Alkohol stehen. Ein gewaltiger Kronleuchter wirft sein irisierendes Licht auf die Tanzenden, neonfarbene Laserstrahlen blitzen auf.

»Hereinspaziert.« Die dunkelhaarige Frau nickt uns zu.

Meine Eingeweide ziehen sich zusammen, aber meine Füße setzen sich wie ferngesteuert in Bewegung. Mit schweren Beinen stolpere ich die Treppe hinauf. Die Bühnenspots sind auf eine junge Frau in der Mitte gerichtet. Ihr kurzes schwarzes Kleid schmiegt sich eng an ihren Körper. Ihre Bewegungen sind sexy, ihr Blick ist auf einen schlanken blonden Mann gerichtet. Er tanzt am anderen Ende der Bühne mit einer Rothaarigen.

»Wie lange müssen wir mitmachen?«, flüstere ich Cajus zu.

»Hast du mir nicht zugehört? Bis der Traum zu Ende ist«, erwidert er nüchtern.

Ich kann seine Wärme in meinem Rücken fühlen, als ich unbeholfen die Tanzfläche mit den umherschweifenden Laserstrahlen betrete. Sofort verschwindet der schwarze Saal mit unserem Publikum. Übrig bleibt nur das Gefühl, in meinem Lieblingsclub zu sein. Die Stimmung ist aufgekratzt, ich schmecke Rum und Limette und spüre eine leichte Benommenheit, wahrscheinlich von den Cocktails, die ich schon intus habe. Ich fühle mich lebendig und frei. Meine Hände gleiten über mein enges schwarzes Kleid, während ich mich rhythmisch zu den Bässen bewege. Es ist heiß und laut. Überall um mich herum sind Menschen. Ein attraktiver dunkelhäutiger Typ tanzt mich von der Seite an. Seine Hände streifen kurz über meine Hüfte. Ein paar Sekunden lang spüre ich seine verschwitzte Nähe auf meiner Haut. Doch er ist es nicht, den ich heute Nacht will.

Der Typ zieht sich zurück. Mein Blick wird wie magisch von der anderen Seite der schiefergrauen Tanzfläche angezogen.

Dort, wo *er* ist.

Er ist ganz in Schwarz gekleidet und hat die Arme um die Rothaarige gelegt, die sich mit geschlossenen Augen an ihn schmiegt. Als er den Kopf hebt und mich ansieht, flackert das Bild kurz auf. Mit einem Mal ist er nicht mehr blond, sondern dunkelhaarig und ein Stück größer als vorher. Seine Schultern in dem hochgekrempelten schwarzen Hemd sind breiter geworden, sein Gesicht hat Cajus' Züge angenommen.

Erst jetzt wird mir die Macht des Traums bewusst. Sie reißt mich mit sich, in einen Strudel fremder Gefühle, sodass ich die Situation erlebe, als wäre ich die Träumende in dem schwarzen Minikleid. Ich bin aufgeregt, beinahe elektrisiert. Fasziniert von jeder geschmeidigen Bewegung, mit der Cajus seine Hüfte kreisen lässt.

Unsere Blicke verschmelzen, bis ich kaum noch atmen kann. Ihm geht es nicht anders. Er lässt die Rothaarige los und kommt quer über die Tanzfläche auf mich zu. Der dunkle Boden vibriert im Takt meiner schnellen Pulsschläge.

Mein Mund will einen spöttischen Kommentar abgeben, doch die Magie des Traums verhindert das. Ich bin gefangen in meiner Rolle und kann nur auf Cajus zutanzen. Nichts wünsche ich mir mehr, als seine Hände auf meiner Haut zu spüren.

Seine dunkelgrünen Augen gleiten über mein Kleid, das ein Stück hinaufgerutscht ist. Mit einem Ruck zieht Cajus mich an sich. Ich spüre seine straffen Muskeln durch die dunkle Kleidung. Die Berührung löst einen kribbelnden Wärmeschauer aus, der sich bis in die letzte Faser meines Körpers ausbreitet.

Es ist verrückt und verwirrend und ich komme mir total schizophren vor. Mein Körper macht, was der Traum verlangt. Mein Verstand redet mir ein, dass ich es nicht genieße. Doch mein Gefühl will mehr davon. *Viel mehr.*

Cajus greift nach meinen Fingern. Er dreht mich langsam um, bis ich mit dem Rücken an seiner Brust lehne. Eine Hand legt er auf meinen Bauch, die zweite etwas höher. Ich lasse den Kopf rückwärts gegen seine Schulter sinken. Dann schließe ich die Augen. Mir ist bewusst, dass wir nicht wir selbst sind. Dass wir im wahren Leben so etwas nie tun würden. Aber hier im Traum tanzen wir eng aneinandergeschmiegt zu den Klängen der House-Musik. Durch meine geschlossenen Lider blitzen die Laserstrahlen, durch mein dünnes Kleid fühle ich jeden berauschenden Hüftschwung. Ich bin wie hypnotisiert, vergesse alles um mich herum. Es gibt nur noch Cajus und mich.

Als er sich langsam nach vorn beugt und mit den Lippen von meinem Ohr abwärts über meinen Hals fährt, drehe ich den Kopf mit einem leisen Seufzen zur Seite. Das Geräusch geht im Dröhnen der Musik unter, doch mein Herz schlägt trotzdem schneller.

Verdammt. So etwas würde ich nicht tun. Niemals würde ich mich freiwillig von Cajus auf den Hals küssen lassen, und erst recht würde es mir nicht gefallen. Mein Verstand verfällt in Panik, während mein verräterischer Körper weitertanzt und sich nach einer weiteren Berührung der weichen Lippen sehnt. Hektisch versuche ich, die Kontrolle über die Situation zu gewinnen. Doch ich habe keine Chance. Es ist, als würde ich gegen eine zu starke Strömung paddeln. Meine Emotionen sind wild und unbändig, sie reißen mich mit wie einen hilflosen Zweig. Ich bin ihnen voll und ganz ausgeliefert und treibe hilflos auf den Wasserfall zu. Es ist nur ein Traum, versuche ich, mich zu beruhigen. *Ein Traum in einem Traum.*

Erneut streifen Cajus' Lippen sanft über meine Haut. Mir wird schwindelig. Seine Hände gleiten über meinen Körper, seine Lippen reizen meine Haut und bringen mich dazu, innerlich zu zerfließen.

Im nächsten Moment wirbelt er mich herum und zieht mich von der Tanzfläche. Die Lichter gleiten über unsere Köpfe, die Musik vibriert durch meinen Körper. Neben der verspiegelten Bar ist eine abgeschiedene Ecke. Sekunden später drückt mich Cajus gegen die dunkle Wand. Die anderen Tanzenden verschmelzen mit den Lichtern hinter seinen breiten Schultern.

Atemlos starre ich ihn an. Kippe haltlos in die Tiefe seiner unergründlich grünen Augen. Alles andere rückt in den Hintergrund. Die zuckenden Scheinwerfer, das leise Wummern der Bässe, mein inneres Wissen, dass nichts davon wahr ist.

Cajus beugt sich zu mir, langsam, viel zu langsam, und doch ganz schnell. Er küsst mich. Die Berührung seiner Lippen ist wundervoll, aber nicht genug. Ich vergrabe meine Finger in seinem dunklen Haar, ziehe ihn näher an mich heran. Unser Atem vermischt sich. Seine Hände gleiten über meinen Rücken und verstärken die Wärme in mir, die von meinem Bauch bis in meine Fingerspitzen und Zehen wandert. Ich schließe die Augen und lasse mich vom Strom der Leidenschaft mitreißen, der jeden Widerstand wegspült. Mein ganzer Körper bäumt sich Cajus entgegen. Gemeinsam stürzen wir von einer winzigen Unendlichkeit in die nächste. Seine Hand wandert von meinem Hals abwärts, meine Nervenzellen ziehen sich zusammen, überfluten meinen Körper mit sengender Hitze. Atemlos klammere ich mich an Cajus fest. Die Wand in meinem Rücken scheint irgendwie kälter zu werden, aber das kümmert mich nicht. Die Musik ist längst nur noch ein Nachhall in meinen rauschenden Ohren, aber auch das kümmert mich nicht. Ich denke nur noch an diesen Kuss, der mich von Sekunde zu Sekunde mehr um den Verstand bringt.

Entrückt lasse ich meine Hände von seinem Gesicht zu seiner Brust wandern. Sie fühlt sich plötzlich anders an. Statt eines verschwitzten Hemds trägt Cajus wieder eine Weste und einen feinen Mantel darüber.

Ein Schwall eisiger Kälte rauscht durch mich hindurch, als mein Gehirn kapiert, warum das so ist. Erschrocken reiße ich die Augen auf. Bis zuletzt hoffe ich, dass über uns der Kronleuchter des coolen Nachtclubs hängt, doch ich sehe nur die mit Rissen überzogene nachtschwarze Decke des Saals im Nachtmahr. Die dunkelhaarige Frau wirft uns von ihrem Sessel vor der Bühne aus ein amüsiertes Lächeln zu.

Oh, nein. Bitte nicht.

Hektisch stoße ich Cajus von mir.

Das Grinsen der glotzenden Typen vor uns macht die Sache noch schlimmer. Mein Atem geht noch immer viel zu schnell, mein Gesicht brennt wie Feuer.

Cajus hingegen wirkt von unserem Kuss völlig unbeeindruckt.

Ohne Eile richtet er seinen Mantel. Dann tritt er einen Schritt zurück. »Brauchst du noch einen Moment?«

»Mit Sicherheit nicht«, presse ich hervor und wende mich der kleinen seitlichen Treppe zu, die von der Bühne hinunterführt. Meine Beine gehorchen mir wieder, aber mir ist immer noch ein wenig schwindelig.

Verdammte Scheiße. Wie konnte das passieren? Ohne es zu merken, habe ich Cajus weitergeküsst, obwohl der Traum schon längst zu Ende war.

»Sicher, dass alles in Ordnung ist? Du wirkst ein wenig atemlos.« Der leise Spott in Cajus' Stimme kratzt an meinem Ego. Selbst Cajus' Augen grinsen. »Du scheinst wirklich etwas durch den Wind zu sein, Bennet.«

»Mir geht es gut.« Ich raffe den Saum meines Kleides und stürme noch schneller aus dem dunklen Saal als das Pärchen vor uns.

Kapitel 21

Ich will einfach nur weg von ihm.

Weg von Cajus Conterville, dessen Selbstherrlichkeit zum Himmel schreit. Ohne zurückzublicken, schlage ich den nächstbesten Samtvorhang zur Seite und rausche durch den dahinterliegenden Gang. Vielstimmiges, weit entferntes Gelächter weht aus dem verzweigten Korridor, wird immer lauter, lacht mich aus. Die zerkratzten dunklen Wände rücken näher, erdrücken mich mit ihrer stickigen Enge, genau wie das schlechte Gewissen, das mein Herz zusammenpresst.

Du hast Cajus Conterville geküsst.

Nicht nur im Traum.

Und es hat dir gefallen.

»Bennet!« Beim Klang seiner tiefen Stimme hinter mir beschleunige ich meine Schritte. Natürlich hat es keinen Sinn, vor ihm davonzulaufen, trotzdem werde ich immer schneller.

»Bennet, jetzt warte doch.« Cajus greift nach meinem Handgelenk.

Die Berührung seiner Finger ist wie ein Stromschlag, der sich kribbelnd auf meiner Haut ausbreitet.

Ich will das nicht. Genervt schüttle ich seine Hand ab. Wir sind hier, um Phoenix zu finden. Nur darauf sollte ich mich konzentrieren. Das Zupfen des unsichtbaren Bandes führt mich in einen nach rechts abzweigenden Gang, der nach etwa zwanzig Metern zu einem weiteren blauen Vorhang führt.

Cajus folgt mir wie ein Schatten. »Es war nur ein Kuss.« Er macht eine Pause. »Du bist doch schon mal geküsst worden, oder?«

»Natürlich bin ich schon mal geküsst worden«, fauche ich über die Schulter.

»Okay. Dann war es nur noch nie so gut?«

Wütend wirbele ich zu ihm herum. »Mein Gott, ich wünschte, ich hätte das Angebot des blonden Idioten angenommen.«

Cajus grinst. »Das kannst du ja beim nächsten Mal nachholen.«

»Es wird kein nächstes Mal geben.«

Sein Gesicht ist so nah, dass ich unwillkürlich an den Moment denken muss, als er seine weichen Lippen auf meine gepresst hat. Mit Gewalt verdränge ich das Bild.

»Es war nur ein Kuss«, wiederhole ich seine Worte. »Wenn du so ein Riesending daraus machst, war es wohl für *dich* noch nie so gut.«

Conterville zieht eine Augenbraue und den dazu passenden Mundwinkel hoch. »Das glaubst du doch selbst nicht.«

Kopfschüttelnd wende ich mich ab. Knapp vor dem Ende des Durchgangs bleibe ich stehen. Noch bevor ich mich überwinden kann, weiterzugehen, bewegt sich der Vorhang zur Seite. Ein sichtlich aufgewühltes Paar stolpert in den schmalen Gang, begleitet von einer schweren Parfümwolke aus Lavendel. Die beiden scheinen es so eilig zu haben, dass sie mich beinahe über den Haufen rennen. Sofort zieht mich Cajus zu sich. Er handelt nur aus Reflex, aber selbst das ist mir zu viel. Hastig mache ich mich von ihm los.

»Krieg dich wieder ein. Ich werde sicher nicht über dich herfallen.«

»Da bin ich aber beruhigt«, sage ich, auch wenn sich etwas in meinem Bauch zusammenzieht. Manchmal ist dein Körper einfach nur dazu gemacht, dir zu gehören, nicht dir zu gehorchen. Rasch schlage ich den Vorhang zurück und trete in den Raum dahinter, der sich in Größe und Optik kaum von dem letzten Saal unterscheidet. Die Wände, der Boden und die Decke sind mattschwarz, an der Rückseite ist eine breite Bühne aufgebaut. Doch es riecht anders, weniger nach Voyeurismus und versteckten Begierden, sondern nach Angst.

In den verschlissenen Sitzreihen haben nur ein paar Leute Platz gefunden. Auf der Bühne hastet gerade eine ältere Frau durch einen verlassenen Park. Sie trägt einen zerrissenen Morgenmantel und nur noch einen Pantoffel. Der einsame Schrei eines Uhus dringt durch die mondhelle Nacht, gefolgt von dem weit entfernten Kreischen einer Kettensäge. Wimmernd kauert sich die Frau unter die Zweige eines Gebüschs. Ihre Fingernägel graben sich in die dunkle Erde, die überall auf dem Bühnenboden verstreut liegt. In dem Moment tritt ein Mann mit einer weißen Hockeymaske zwischen einer Gruppe mondbeschienener Bäume an der rückseitigen Wand der Bühne hervor. In den Händen hält er eine schwere Kettensäge. Bedrohlich lässt er sie aufheulen.

»Da hat sich wohl jemand zu viele Horrorfilme reingezogen«, murmelt Cajus leise hinter mir. Eigentlich bin ich noch zu durcheinander, um eine Antwort zu geben. Die Frau auf der Bühne ist mir egal. Genauso wie der Typ mit der Kettensäge. Aber Phoenix ist es nicht. Und damit das hier funktioniert, muss ich wieder auf Betriebstemperatur zurückfinden. Die Rückspultaste gibt es nicht, mein Verhalten macht den Kuss nur größer, als er war.

»Hier lang«, sage ich deshalb. Meine Intuition führt uns zum nächsten Vorhang, der sich an der Seite der Bühne befindet. Wir gehen durch weitere dunkle Korridore mit flackerndem Licht. Mit jedem Schritt dringen wir tiefer ins Nachtmahr ein, das über unzählige Gänge und Möglichkeiten zu verfügen scheint. Irgendwann bleibe ich wieder vor einem Vorhang stehen. Er ist dunkelblau, glänzt aber silberfarben, Rauch dringt unter seinem Saum hervor.

»Sicher, dass du da reinwillst?«, fragt Cajus.

»Sicher, dass du zu Phoenix' Erinnerung geführt werden willst?«

Er sieht mir direkt in die Augen. Möglicherweise spürt er, dass ich nicht so tough bin, wie ich tue. Mein trägerloses dunkelblaues Kleid klebt inzwischen wie eine zweite Haut an meinem Körper, der enge Taft schnürt mich ein.

Cajus' Blick wird noch intensiver. »Sieh zu, dass du Hunts Spur folgst, ohne dich ablenken zu lassen.«

»Was ist denn das für ein Rat?«

Er fasst mich am Oberarm, seine plötzliche Ernsthaftigkeit

macht mich stutzig. »Das ist kein Spaß, Harper. Im Nachtmahr kann man nicht nur in fremde Träume schlüpfen. Es ist ein beliebter Umschlagplatz für illegale Geschäfte.«

»Was meinst du?«

»Ich meine den illegalen Handel mit Nox oder Substanzen, die die Gesichtslose Familie verboten hat«, erklärt er gedämpft.

»Man kann mit Nox handeln?«

Cajus nickt. »Es gab in der Vergangenheit immer wieder Inkubi, die gestohlenes Nox zum Kauf angeboten haben. Du würdest dich wundern, welche Preise die Übertragung von fremdem Nox auf dem Schwarzmarkt erzielen kann.«

»Aber was bringt das denn?«

»Mehr Inspiration in der wachen Welt. Mehr Kreativität. Und nicht selten mehr Erfolg.«

Ich schiele auf den glänzenden Vorhang. »Und da drin wird gerade mit Nox gehandelt?«

Er schüttelt den Kopf. »Nicht unbedingt. Im Nachtmahr werden oft nur erste Kontakte geknüpft. Aber die Leute da drin sind bereit, Risiken einzugehen und außerhalb der Regeln zu spielen.« Cajus richtet seinen Zylinder.

In der Sekunde wird der Vorhang von der anderen Seite zurückgeschlagen. Ein sichtlich benebelter Mann in einem fleckigen Dreiteiler stolpert in den Gang. Schweiß glänzt auf seiner Stirn. Sein Atem kriecht glitzernd aus seinem Mund, er riecht nach Ingwer und Schnaps. Instinktiv halte ich die Luft an und mache einen Schritt zurück. Dabei stoße ich gegen Cajus.

»Das Leben«, raunt der Mann. »Das Leben in der wachen Welt

ist trostlos wie ein Schwarz-Weiß-Fernseher. Nur hier sehen wir die Farben, und ich sehe sie alle. Sie erwarten uns am Ende des Tunnels.«

»Sei vorsichtig«, murmelt Cajus nah an meinem Ohr. »Das liegt an dem Zeug, das er inhaliert hat. Atme so wenig wie möglich.« Er nimmt meine Hand und zieht mich in den Raum, der anders aussieht als die Säle davor. Statt einer Bühne gibt es mehrere runde Tische, an denen wie in einem Casino Karten gespielt wird. Das Licht ist gedämpft, genau wie die Stimmen. Feiner Rauch wallt über den Boden, kringelt elegant die Stuhllehnen empor, streicht verführerisch über die Wangen der Spieler.

Auf den dunklen Spieltischen stapeln sich eine Menge Silbermünzen und kleine Beutel, die dem Samtsäckchen ähneln, in dem sich Ossianders Findezauber befand. Alkoholdünste und der Duft des Verbotenen liegen in der Luft, eine unausgesprochene Versuchung, Grenzen zu überschreiten. Konzentriert sehen die Anwesenden auf ihre Karten. Ab und zu tauschen sie Blicke wie eine Sprache, die ich nicht verstehe. Die Damen nippen an flötenartigen Champagnergläsern, die Herren trinken silbrige Flüssigkeiten, in denen Eiswürfel klirren. Eine Frau mit einer weißen Perücke und schwarzen Lippen steckt ihrem Sitznachbarn unter dem Tisch unauffällig ein graues Säckchen zu, das der Mann mit dem Ziegenbart schnell entgegennimmt und in seinem Frack verschwinden lässt.

Im nächsten Moment schiebt sich ein beleibter Mann in einem dreiteiligen Anzug in mein Sichtfeld. Er kommt wankend auf mich zu, trägt eine gepunktete Fliege sowie eine Melone, die schief auf seinem Kopf sitzt. »Willst du einen Geistesöffner kosten, Süße? Kostet nur ein paar Silbermünzen.«

»Nein, danke«, sage ich schnell.

Er zieht die buschigen Augenbrauen zusammen. »Wirklich nicht? Du kannst dich damit aus dem starren Käfig deines Denkens befreien. Mit dem Geistesöffner sprengst du Grenzen, entkommst geistigen Sackgassen. Wie oft hast du eine Situation für aussichtslos gehalten? Doch es gibt immer einen Weg hinaus.«

Cajus verschränkt die Arme hinter seinem Rücken. »Du hast sie gehört. Und jetzt verschwinde.«

Schulterzuckend lüpft der Typ seine Melone, bevor er durch den Vorhang nach draußen taumelt.

»Und jetzt?«, frage ich leise.

»Jetzt musst du in dich hineinfühlen«, gibt Cajus ebenso leise zurück. »Was wollte Hunt hier?«

Ich atme tief ein, suche nach irgendeinem Gefühl in meinem Inneren, hoffe auf eine Erinnerung. Leider hat die Loctusmagie keinen Schalter, den ich einfach drücken kann. *Ich brauche eine Erinnerung.* Der silbrige Rauch wabert über meine Schuhspitzen, ich suche, horche in mich hinein, grabe so tief ich kann, doch ohne Erfolg. Dafür bemerke ich, wie sich Cajus neben mir verspannt, als sein Blick auf einen hochgewachsenen dunkelhaarigen Mann auf der gegenüberliegenden Seite des Raums fällt. Der Mann trägt einen schwarzen Umhang und einen Zylinder. Mit seinen kalten Augen scannt er die Spieler, bevor er den Samtvorhang neben sich zurückschlägt und in den dahinterliegenden Durchgang verschwindet.

Cajus sieht ihm stirnrunzelnd nach. »Verdammt«, flucht er leise.

»Was ist?«

»Wir müssen hier weg.« Hastig zieht er mich weiter. »Schnell, Bennet.«

Sein Griff ist unbarmherzig. Im Eilschritt zerrt er mich zum nächsten Vorhang.

»Was ist denn los?«, keuche ich.

In diesem Moment wird es plötzlich eiskalt.

Kapitel 22

»Schattenarmee. Keine Bewegung!«, befiehlt eine tiefe Stimme.

Hektisch werfe ich einen Blick über die Schulter. Sieben Männer strömen in den Raum und verteilen sich. Sie tragen dunkle Uniformen und silberne Exitstäbe. Mehrere Frauen beginnen zu schreien. Der Spieler mit dem Ziegenbart springt auf und hetzt zum hinteren Ausgang. Er ist noch keine zwei Schritte gekommen, als der vorderste Schattensoldat, ein muskulöser Kerl mit einem Muttermal auf der Wange, seinen Exitstab auf ihn richtet und einen silbernen Lichtstrahl abschießt. Ein zischendes Geräusch ertönt. Was danach passiert, sehe ich nicht, denn Cajus hat mich bereits durch den Vorhang gezerrt.

»Schneller«, befielt er, während wir den Gang entlanglaufen. Hinter uns sind noch immer die Rufe der Soldaten und die hässlichen Zischgeräusche der Exitstäbe zu hören. Erst vier Abzweigungen weiter bleibt Cajus endlich stehen.

Keuchend sacke ich mit dem Rücken gegen die kalte Wand. »Was war das?«

»Eine Razzia der Schattenarmee.« Cajus ist auch außer Atem, allerdings nicht so sehr wie ich. »Wir haben nicht viel Zeit. Sie werden auch den Rest der Säle überprüfen. Spürst du, wohin wir müssen?«

Ich konzentriere mich auf das Zupfen in meinem Bauchraum. Mit dem Kopf deute ich den Korridor entlang.

»Wir müssen da lang.«

Wir biegen in einen feuchten Gang ab, an dessen Ende ein weiterer Vorhang zu sehen ist. Doch dieser ist nicht dunkelblau wie die anderen, sondern tintenschwarz. Als wir darauf zugehen wollen, schält sich ein riesiger Mann aus der Dunkelheit. Er hat einen buschigen Bart, der ihm bis zur Brust reicht, sein Gesicht ist von Narben entstellt. Die Nase muss schon mehrfach gebrochen gewesen sein und über sein linkes Auge zieht sich eine Brandverletzung, als hätte ihm jemand einen Topf mit kochendem Wasser ins Gesicht geschüttet.

»Halt«, erklingt seine tiefe Stimme. Der Typ ist so riesig, dass sogar Cajus zu ihm aufsehen muss.

»Gibt es ein Problem?«

»Dieser Raum ist privat«, sagt der Mann.

»Ich weiß«, erwidert Cajus ruhig. »Wir haben eine persönliche Einladung.«

Einige Sekunden lang mustert der Riese uns stumm, dann springt er nach vorn, um Cajus zu packen. Die Bewegung ist überraschend gewandt, doch Cajus ist schneller. Mit übermenschlicher Geschmeidigkeit weicht er zur Seite aus, greift sich in einer fließenden Bewegung den Kopf des Riesen und donnert ihn gegen sein Knie. Ein Ächzen dringt aus der Brust des Narbenmannes, das zu einem schmerzerfüllten Stöhnen wird, als Cajus ihn gegen die Wand schleudert. Schwarze Bröckchen und Staub rieseln von der Decke auf uns herab.

Fassungslos starre ich Cajus an. Ich weiß, dass er kämpfen kann, aber mir war nicht klar, wie schnell er ist. Und wie stark. Obwohl sein Gegner einige Kilo mehr auf die Waage bringt, hat ihn Cajus mit Leichtigkeit gegen die Wand geworfen.

Stöhnend fährt der bärtige Muskelprotz herum. Von seiner verbrühten Schläfe tropft Blut, seine schwarzen Augen funkeln voller Hass. Grunzend holt er zu einem wütenden Schwinger aus, unter dem sich Cajus mit derselben Geschmeidigkeit wegduckt. Seine Bewegungen in dem dunklen Mantel verschwimmen vor meinen Augen, während er seinen Schwung nutzt, um hinter dem Riesen wieder hochzukommen und ihm in die Kniekehlen zu treten. Der Mann stürzt mit der Schwerfälligkeit eines Baumstamms auf den steinernen Boden. Instinktiv weiche ich an die feuchte Wand des Korridors zurück. Cajus reißt den Kopf seines Gegners nach hinten und zieht ein glänzendes schwarzes Messer mit lederumwickeltem Griff, das er ihm an die Kehle hält.

»Noch so eine Aktion und du bist tot«, zischt er ihm ins Ohr.

Der bärtige Mann reißt panisch die Augen auf. Sein Adamsapfel bewegt sich heftig, die schimmernde schwarze Klinge des dunklen Messers bohrt sich in seine Haut. Dann zieht Cajus sich mit einem Ruck zurück und versetzt dem Typen einen festen Faustschlag gegen die Schläfe, der ihn endgültig zusammensacken lässt.

Völlig fassungslos starre ich erst auf den gefällten Kerl und dann auf Cajus.

»Wer bist du?«, flüstere ich.

»Ein arroganter Arsch«, erwidert er schwer atmend. »Ich dachte, das weißt du?«

Langsam schüttele ich den Kopf. »Kein Mensch ist so schnell. Oder so stark.«

»Wir sind in Noctaris. Jeder hat hier seine Tricks und Möglichkeiten.« Er streckt die Hand aus und hilft mir, über den bewusstlosen Muskelprotz zu steigen, der mit seinem massigen Körper den ganzen Gang versperrt. Als wir uns dem Vorhang nähern, legt Cajus einen Finger auf seine Lippen und bedeutet mir, still zu sein.

Mit hämmerndem Herzen folge ich ihm. Wer auch immer Cajus in Noctaris sein mag, es steckt mehr dahinter, als er zugeben möchte. Seine versierte Art zu kämpfen, die eigenartigen Blicke der Menschen vor den Toren und seine Beziehung zur Schattenarmee sind da nur weitere Fragezeichen.

»Sag mir, wenn du dich an etwas erinnerst. Du musst schnell sein.« Cajus zieht den nachtschwarzen Vorhang einen winzigen Spalt zur Seite.

In einem etwas kleineren Raum schwebt bläulicher Zigarrenrauch zwischen sechs Männern mit Pokerkarten empor. Sie sitzen im Kreis um einen Tisch aus schwarzem Marmor. Ihre ernsten Mienen erinnern an die Bilderreihe *Dogs Playing Poker* von C. M. Coolidge, doch hier spielen keine Hunde, sondern Typen, denen ich im Dunklen nicht begegnen möchte.

Ein Berg schimmernder Silbermünzen türmt sich in der Mitte

der Tischplatte. Cajus wirft einen unruhigen Blick über die Schulter, bevor er seine Lippen ganz nah an mein Ohr bringt. »Bemerkst du etwas? Uns läuft die Zeit davon.«

Schnell lasse ich meinen Blick durch den Raum gleiten. An der gegenüberliegenden Wand befindet sich ein offener silberner Käfig, in dem sich eine schlanke Tänzerin in einem knappen Body räkelt. Ihr biegsamer Körper wird von einem Spot angestrahlt, ihre Haut ist mit glitzernden dunkelblauen Schuppen bemalt. Unwillkürlich muss ich an eine Schlange denken. Sie scheint jedoch nicht das einzige Raubtier im Raum zu sein. Einer der Spieler sticht aus der Pokerrunde hervor. Er trägt einen maßgeschneiderten Anzug aus dunkelgrauer Seide mit einem silberfarbenen Einstecktuch. Alles an ihm wirkt elegant und kostspielig.. An seiner Hand steckt ein silberner Ring mit einem großen schwarzen Juwel. Der Stein bildet einen starken Kontrast zu seiner fast schon wächsern wirkenden Haut und den platinblonden zurückgegelten Haaren. Das Gesicht des Mannes ist glatt, der Blick so durchdringend wie der eines Panthers. Als ich seine Züge studiere, macht mein Herz einen Ruck. Ich habe diese kalten schwarzen Augen schon einmal gesehen.

Plötzlich stehe ich direkt vor ihm, seine Augen funkeln mich intensiv an. Wir befinden uns in demselben Raum, doch ohne Pokerrunde. Der dunkle Marmortisch ist ebenso leer wie der Käfig der Schlangenfrau. Es herrscht eine lauernde Stille.

»Was kann ich für dich tun, Hunt?«, fragt der platinblonde Mann kühl.

»Ich brauche einen antiken Schriftenzauber, Lazar.« Ich höre

mich mit Phoenix' Stimme sprechen. Sie klingt kalt, distanziert. Ganz anders, als ich sie kenne.

Ein schmales Lächeln huscht über das Gesicht meines Gegenübers. Seine Fingernägel glänzen unnatürlich, als er einen ledernen schwarzen Aktenkoffer auf den Tisch hebt. Sanft fährt er über die silbernen Schnallen. »Der Zauber hat seinen Preis.« Auf seinem Handrücken leuchtet ein blasses Brandmal in Form eines filigranen Schlüssels auf.

»Ich kann bezahlen.« Meine Hand fährt in das Jackett und holt einen schweren Beutel Münzen hervor.

Lazar hebt eine platinblonde Augenbraue. »Das ist alles, was du mitgebracht hast?«

»Das ist genug.«

»Du irrst. Antike Schriftenzauber sind teuer.« Seine düsteren Augen bohren sich in meine. »Diese Art von Magie kostet dich mindestens das Doppelte. Du kannst gern woanders danach Ausschau halten, aber ich bezweifle, dass sich der alte Ossiander bereit erklärt, dir diese Magie zu liefern.«

Ich spüre, wie die Wut in mir hochkocht. »So viel Silber trage ich nicht bei mir.«

»Bedauerlich«, sagt Lazar ungerührt. »Dann kommen wir wohl nicht ins Geschäft.«

»Oh, doch. In meinem Haus ist noch mehr Silber. Ich hole es und komme wieder.«

»Tu das.« Lazar legt bedächtig die Fingerspitzen aneinander. »Aber hüte dich davor, noch einmal meine Zeit zu verschwenden.«

Mit einem Ruck bin ich wieder in der Gegenwart. Aufgewühlt von der Erinnerung greife ich nach Cajus' Arm. In dem Moment hebt Lazar am Pokertisch langsam seinen Blick, als könnte er meine Anwesenheit spüren. Unsere Augen begegnen sich, die Grausamkeit in seinen stechenden Pupillen lässt mich einen Schritt zurückweichen.

Lazar lächelt. »Wir haben Besuch.«

In der nächsten Sekunde wird der Vorhang zur Seite gerissen. Vier bullige Leibwächter in schwarzen Anzügen kommen dahinter zum Vorschein. Sie tragen dasselbe Brandmal in Schlüsselform auf dem Handrücken wie ihr blonder Boss.

Sofort baut sich Cajus schützend vor mir auf. Einer der Typen will ihn packen, doch er duckt sich unter seinen Armen weg und versetzt ihm einen Stoß. Sofort sind die anderen zur Stelle. Zu zweit stürzen sie sich auf Cajus, greifen rechts und links nach seinen Armen. Er reißt sich keuchend los, wirbelt herum und rammt dem rechten Angreifer sein Knie in den Unterleib. Stöhnend krümmt sich der Mann zusammen, wird jedoch gleich wieder vom ersten Leibwächter ersetzt. Mit Mühe gelingt es ihnen, Cajus zu zweit in den Raum zu zerren. Der vierte packt mich am Arm und schleift mich ebenfalls in den Raum.

»Ich fürchte, ich muss unsere Partie verschieben, meine Herren«, erklärt Lazar.

Ich kämpfe gegen den unbarmherzigen Griff des Leibwächters, jedoch ohne Erfolg. Seine drei Kollegen sind schwer damit beschäftigt, Cajus unter Kontrolle zu halten. Schweigend stehen die Männer aus der Pokerrunde auf. Ihre Stühle kratzen über den schwarzen Boden, die Silbermünzen lassen sie auf dem dunklen Tisch liegen. Nacheinander verlassen sie wortlos den Raum. Auch die Schlangenfrau beendet ihren Tanz und huscht durch den hinteren Vorhang.

Als alle gegangen sind, gibt Lazar seinen Leibwächtern mit dem Kopf ein Zeichen. Augenblicklich lassen uns die Männer los und postieren sich vor den beiden Ausgängen des Raumes. Zwei hinter uns, zwei vor uns neben dem Durchgang hinter dem Käfig. Ihren düsteren Mienen nach zu urteilen haben sie nicht vor, uns jemals wieder gehen zu lassen.

Flach atmend sehe ich in Cajus' unversöhnliches Gesicht. Seine Kieferknochen sind zusammengepresst und aus seinen dunkelgrünen Augen sprüht der pure Hass.

Unauffällig wische ich meine schweißnassen Finger an meinem Kleid ab. Mein Herz schlägt mir bis zum Hals. Ohne Zweifel stecken wir in Schwierigkeiten. Trotz Cajus' überragender Kampftechnik kann ich mir nicht vorstellen, dass er mit fünf Männern gleichzeitig fertigwird. Und ich bin in diesem engen Kleid auch keine große Hilfe.

»Sieh an.« Lazar lehnt sich langsam in seinem Polstersessel zurück und verschränkt die manikürten Finger vor der Brust. »Die Schwarze Hand der Gesichtslosen Familie höchstpersönlich. Was verschafft uns die Ehre?«

Verwirrt starre ich Cajus an. *Schwarze Hand?* Gesichtslose Familie?

»Sag mir, wo sie ist«, presst Cajus aggressiv hervor. Er macht einen Schritt auf den runden Tisch mit den zurückgelassenen Spielkarten zu, die zwischen dampfenden Whiskeygläsern liegen. Sofort folgt ihm einer der Leibwächter. Als er neben Cajus steht, hebt sein Boss nachlässig die Hand. Der schwarze Juwel an seinem Ring fängt funkelnd das spärliche Licht ein.

»Ich habe keine Ahnung, wovon du sprichst.«

»Du mieses Arschloch weißt sehr genau, wovon ich –«

Weiter kommt er nicht. Lazars Leibwächter schlägt ihm unvermittelt in den Bauch. Mit einem Stöhnen krümmt sich Cajus zusammen.

Erschrocken ziehe ich die Luft ein. »Aufhören!«

Lazar richtet seine grausamen Augen auf mich. »Und wer ist das?«, fragt er Cajus, der sich mit zusammengebissenen Zähnen aufrichtet. »Es heißt, die beiden Gören der Gesichtslosen Familie sollen reizlose Geschöpfe sein. Hast du dir deshalb ansehnlichere Gesellschaft gesucht?«

»Sie ist niemand«, knurrt Cajus, ohne mich anzusehen. »Nur ein Mädchen, das ein wenig Aufmerksamkeit mit echtem Interesse verwechselt. Werft sie raus, dann können wir uns unterhalten.«

Lazars Mundwinkel zuckt humorlos in die Höhe. »Du scheinst mich für außerordentlich naiv zu halten, Schwarze Hand.«

Irgendwo hinter uns, tief im Bauch des Nachtmahrs, rückt die Schattenarmee näher. Ich höre Fußgetrappel, spitze Schreie und tiefe Stimmen, die Befehle bellen.

»Eine Razzia, Boss«, sagt der bullige Kerl mit dem Stiernacken, der Cajus vorhin in den Bauch geboxt hat.

»Wie bedauerlich.« Ohne Eile hebt Lazar seinen schwarzen Lederkoffer auf den Tisch und lässt die silbernen Schnallen aufschnappen. »Die Gesichtslose Familie hatte noch nie ein Gefühl für Timing.«

»Sag mir endlich, wo sie ist, du dreckiger Abschaum!«, brüllt Cajus.

Unbeeindruckt streicht Lazar die Münzen auf dem Tisch mit einer routinierten Geste in seinen Aktenkoffer, bevor er die Schnallen wieder zuschnappen lässt. Dann steht er auf, knöpft den mittleren Knopf seines dunkelgrauen Anzugs zu und wendet sich an seine Leibwächter.

»Erledigt ihn.« Ohne noch einmal zurückzublicken, strebt er den hinteren Durchgang an, den auch die Schlangenfrau genommen hat.

Mit einem wütenden Knurren stürzt Cajus ihm hinterher, wird jedoch sofort von den vier Leibwächtern umringt. Gemeinsam gehen sie auf ihn los.

»Nein!«, schreie ich und renne zu Cajus. Drei von ihnen halten ihn fest, einer verpasst ihm einen Kinnhaken, bei dem sein Kopf nach hinten geschleudert wird. Ein blutiger Sprühregen spritzt durch die Luft und benetzt den Tisch mit feinen roten Tropfen.

»Lasst ihn in Ruhe!« Ich stürze mich auf den Schläger und versuche, ihn aus dem Gleichgewicht zu bringen. In normalen Klamotten hätte es vielleicht funktioniert, aber in diesem Kleid ernte ich nur eine Ohrfeige, die mich benommen zu Boden stürzen lässt. Mein ganzer Kopf dröhnt, Blut sammelt sich in meinem Mund, meine Arme und Beine zittern.

»Du verdammtes Arschloch«, keucht Cajus. Obwohl sie ihn zu dritt festhalten, schafft er es, einen Arm loszubekommen und dem Typen rechts seinen Ellbogen ins Gesicht zu rammen. Ein hässliches Knacken ertönt, als seine Nase bricht. Gurgelnd vor Schmerz taumelt der Mann zurück. Ohne zu zögern, stürzt sich Cajus auf den Leibwächter, der mich geschlagen hat, wird jedoch sofort wieder von den anderen beiden geschnappt.

»Verschwinde, Bennet!«, ruft Cajus über die Schulter. Zu dritt gehen sie auf ihn los. Zwei halten ihn fest, der dritte rammt ihm die Faust in den Bauch. Stöhnend krümmt sich Cajus zusammen und kassiert gleich noch einen Schlag gegen die Niere. Ich sehe, wie er gequält in die Knie geht.

Mit rasenden Kopfschmerzen stemme ich mich in die Höhe. Meine Beine zittern immer noch, trotzdem mache ich einen Schritt auf die kämpfenden Männer zu. Immer wieder gelingt es Cajus, sich zu befreien, aber sie sind in der Überzahl. Voller Wut verpasst ihm einer der Leibwächter einen brutalen Faustschlag ins Gesicht. Mein Schrei vermischt sich mit Cajus' wütendem Knurren, als er sich nach vorn beugt und den linken Unterarm seines Angreifers packt, um ihn gegen den rechten Typen zu schleudern, der ihn festhält. Sie stoßen mit den Köpfen zusammen und kommen ins Wanken. Cajus kämpft sich zurück auf die Beine, duckt sich unter einem Schwinger hinweg, wirbelt herum und versetzt dem Kerl einen Handkantenschlag gegen die Kehle, bevor er sich den anderen zuwendet.

»Verschwinde endlich!«, schreit er erneut, als sich der Mann mit der gebrochenen Nase wieder in den Kampf einmischt. Brüllend vor Zorn stürmt er mit gesenktem Kopf auf Cajus zu, um ihn von der Seite zu rammen. Trotz meines dröhnenden Schädels springe ich den muskulösen Mann mit dem Backenbart von hinten an. Sein Angriff gerät ins Stocken. Er lässt von Cajus ab und schwenkt mit mir auf dem Rücken herum. Wir werfen erst einen dunkelblauen Polstersessel um und stoßen dann gegen den runden Marmortisch. Ein scharfer Schmerz schießt mir durch die Hüfte, als sich die Tischplatte in meine Haut bohrt. Cajus versucht fluchend, zu mir zu kommen, doch die restlichen drei Angreifer verhindern das. Ich nehme aus den Augenwinkeln wahr, wie Cajus in übermenschlicher Geschwindigkeit herumwirbelt und einen Treffer nach dem anderen platziert. Doch die Kerle sind es offenbar gewohnt, Schläge einzustecken.

Im Gegensatz zu mir. Ich schreie auf, als mein Gegner mit Schwung ein paar Schritte nach hinten macht. Immer noch an seinen Rücken geklammert krache ich gegen die schwarze Wand neben dem verschlissenen Vorhang. Bei dem Aufprall wird mir die Luft aus den Lungen gedrückt. Bedrohliche Schatten gleiten von beiden Seiten in mein Gesichtsfeld.

Grunzend schüttelt mich der bullige Typ ab und fährt zu mir herum. Zuerst reißt er mir die Kette mit dem Medaillon vom Hals. Dann legen sich seine Hände wie ein Schraubstock um meine Kehle. Röchelnd wehre ich mich gegen seinen Griff. Ich spüre, wie ich den Boden unter den Füßen verliere.

Luft. Ich brauche Luft. Aus dem Augenwinkel sehe ich, wie Cajus noch immer mit den anderen Leibwächtern kämpft. Obwohl er wie ein Berserker herumwirbelt, sich duckt, blockt und zuschlägt, merke ich, wie seine Kräfte nachlassen. Seine Bewegungen werden langsamer, die Attacken ungenauer. Irgendwo hinter uns sind die Rufe der Schattensoldaten zu hören, aber die Stimmen sind noch zu weit weg. Wir sind auf uns allein gestellt.

Der breitschultrige Kerl vor mir hat eindeutig die Absicht, mich zu töten. Die Erkenntnis rauscht mit erschreckender Klarheit durch meine Synapsen, Panik und Schmerz lassen mich alles andere vergessen. Ein dunkler Schleier überzieht meine Welt. Strampelnd schlage ich gegen die unnachgiebige Hand, die mir erbarmungslos die Kehle zusammendrückt.

Mit einem Mal bäumt sich etwas in mir auf. Es ist kalt und heiß zugleich, verzweifelt und stark, hässlich und wunderschön. Vor allem aber ist es mächtig. Instinktiv presse ich meine Hand auf die Stirn des Mannes. Er grunzt überrascht. Ich spüre, wie er zurückzuckt, doch es ist zu spät. Silbriges Licht blitzt hinter meiner Netzhaut auf. Es gehört zu der sich aufbäumenden Kraft in meinem Inneren, einer hungrigen Macht. Ohne genau zu wissen, was ich eigentlich tue, lasse ich dem Verlangen freien Lauf. Hitze und Kälte durchströmen mich aus der Tiefe meines Selbst – durch meine rechte Schulter, meinen rechten Arm, bis in meine rechte Hand, die noch immer auf der Stirn des schwitzenden Bodyguards liegt. Wie ein eisiger Lavastrom fließt die Kraft durch mich hindurch, bis sie in seinem Kopf auf eine pochende blaue Energiequelle stößt. Eine Energie, die ich besitzen möchte, die mir gehören sollte. Aus reinem Instinkt wächst in mir der Drang, ein Stück des fremden Nox in mir aufzunehmen.

Es sieht noch viel schöner aus, als ich es mir jemals hätte vorstellen können. So einzigartig wie ein funkelnder blauer Schneekristall, eine Quelle der Fantasie und Grenzenlosigkeit. Sein Licht strahlt hell über alles andere hinaus. Inspiriert, beflügelt und befreit. Es baut Welten und Möglichkeiten, sprengt Ketten und die verdammte Leere, schafft Raum. Seine Macht ist berauschend und ich fühle, wie ich mich daran festkralle, wie ich seine Lebendigkeit in meine glühende Handfläche aufnehme.

Der riesige Kerl mit dem Backenbart beginnt zu schreien. Sein Griff um meine Kehle erschlafft. Schmerz und Panik verzerren seine Züge, während sein Nox zu mir fließt. Zu wissen, dass er meinetwegen leidet, sollte sich falsch anfühlen. Doch die berauschende Macht, die mich durchströmt, spült jegliche Skrupel weg.

Er hat versucht, mich zu töten.

Er hat es nicht anders verdient.

Kapitel 23

Endlich kann ich wieder atmen. Endlich fühle ich mich wieder lebendig. Funkensprühend rauscht die blaue Kraft direkt aus der Stirn des Leibwächters in meine Handfläche und von dort durch meinen ganzen Körper. Bilder blitzen vor meinem inneren Auge auf.

Ich sehe den Typen in einem feuchten Kellergewölbe stehen. Er unterhält sich mit einem anderen Mann, der ebenfalls das Brandzeichen des Schlüssels auf dem Handrücken trägt.

»Die Gesichtslosen werden fallen. Nicht mehr lange«, murrt sein Kollege. »Uns werden die Traumsklaven verboten, aber selbst lassen sie die Unbegabten Nacht für Nacht für sich schuften. Verdammte Doppelmoral.«

Mein Angreifer nickt. »Diese Arschlöcher sind schon viel zu lange an der Macht. Immerhin haben wir jetzt das Mädchen.«

Der andere lächelt. »Ja, immerhin.«

Gleich darauf bin ich wieder in der Gegenwart. Der Leibwächter stolpert stöhnend zurück. Meine Hand liegt nicht mehr auf seiner Stirn, ein Teil seines Nox' pulsiert jedoch durch meine Adern.

»Bennet!«, brüllt Cajus mir plötzlich von der Seite ins Ohr. »Was zum Teufel hast du gemacht?« Seine Stimme ist ein einziger Vorwurf.

Ich fahre zu ihm herum. Von den drei Männern, mit denen er gekämpft hat, liegen zwei bewusstlos auf dem Boden, der dritte scheint getürmt zu sein.

»Wir müssen hier weg!«, knurrt Cajus. Er greift nach meinem Arm. Seine schwarzen Haare hängen ihm verschwitzt ins Gesicht, als er mich an meinem geschwächten Angreifer und dem umgestürzten Stuhl vorbei zum zweiten Ausgang zieht. Hinter uns sind schwere Schritte zu hören, gefolgt von gebrüllten Befehlen.

Hastig stolpere ich Cajus nach. Sein Griff um meinen Oberarm ist genauso erbarmungslos wie sein Blick.

»Schnell«, presst er hervor. Er zieht mich durch die verzweigten feuchten Korridore. Unsere Schritte hallen unangenehm laut von den schwarzen Wänden wider, doch die Stimmen hinter uns werden immer leiser. Ein frischer Luftstrom verscheucht den leicht modrigen Geruch der nassen Mauersteine. Als wir schließlich eine abschüssige Abzweigung nehmen, an deren Ende sich eine windschiefe Holztür befindet, lässt Cajus mich endlich los.

»Verdammt, wieso hast du das gemacht?«, herrscht er mich an. Mit einer wütenden Bewegung stößt er die Tür auf.

Dahinter schimmert das helle Mondlicht von Noctaris auf den glänzenden Pflastersteinen einer verlassenen Seitengasse.

»Wovon zur Hölle redest du?«

»Wieso bist du nicht abgehauen, als ich es dir gesagt habe?!« Mit einer heftigen Bewegung schließt er die Tür hinter uns.

Rechts erhebt sich eine efeubewachsene Mauer aus schwarzen Ziegelsteinen, links wird die Gasse durch eine Reihe dunkler Hauseingänge begrenzt.

Perplex starre ich ihn an. »Wieso ich nicht abgehauen bin? Weil die Typen drauf und dran waren, dich auseinanderzunehmen!«

»Ich wäre auch allein mit ihnen fertiggeworden!«

»Ach ja? So hat es aber nicht ausgesehen!« Erschrocken von meiner eigenen Lautstärke fahre ich zu dem geheimen Ausgang des Nachtmahrs herum.

»Sie sind uns nicht gefolgt«, schnappt Cajus. Er geht zur Ziegelsteinmauer und lässt sich mit dem Rücken dagegensacken. Sein dunkler Mantel ist am Revers zerrissen, die Fingerknöchel blutverschmiert. Seine Lippe ist aufgeplatzt, die Schrammen in seinem Gesicht lassen ihn noch düsterer aussehen.

»Und das weißt du, weil …«

»Weil ich sie gehört hätte.«

»Natürlich. Sag, wie viel verheimlichst du mir noch?« Ich schnaube verärgert, mein Herz klopft immer noch viel zu schnell. »Verdammt noch mal, ich habe es so satt! Du kannst mich nicht aus allem raushalten! Wir wären da drin fast umgekommen!«

»So schnell stirbt man nicht in Noctaris«, erklärt er hart. Seine Züge werden finster. Da ist etwas, eine Wunde, die tief in seiner Seele sitzt. »Dazu braucht es schon eine Menge magischer Verletzungen.« Seine Stimme wird noch härter. »Oder einen verdammten *Inkubus*.« Er hebt den Kopf und starrt mich an.

So hat mich Cajus noch nie angesehen – mit einer abgrundtiefen Abscheu, die direkt aus seinem Herzen kommt. Ich bin für ihn nicht mehr Harper Bennet, ich bin das, was er zu bekämpfen geschworen hat.

Inkubus. Inkubus. Inkubus.

Mit ausgetrockneter Kehle weiche ich einen halben Schritt zurück. Bis jetzt habe ich nicht darüber nachgedacht, was da drin passiert ist. Der Zugriff auf das Nox des Leibwächters, das Gefühl grenzenloser Macht. Die Schuld setzt erst jetzt ein. Mir wird schwindelig. Benommen starre ich auf meine Hand, mit der ich die funkensprühende blaue Energie aus dem Kopf meines Angreifers gezogen habe.

Ich schüttele den Kopf. »Das kann nicht …«

Cajus' verachtender Blick ist noch immer starr auf mich gerichtet. »Doch, es ist wahr.«

»Aber wieso bin ich ein … *Inkubus?*« Es ist nicht leicht, das Wort auszusprechen. Bislang hatte ich angenommen, mir meinen Platz in Noctaris durch den Unfall erschlichen zu haben. Eine Begabte geworden zu sein, obwohl es mir nicht zusteht. Aber es ist viel schlimmer.

»Weil Hunt ein Inkubus ist und die verdammte Kraft sich lieber einen neuen Wirt sucht, bevor sie untergeht«, stößt Cajus hervor. Er steht auf und kommt langsam auf mich zu. Jeder Schritt ist eine Bedrohung, ein dunkler Angriff. »Ja, so gut kennst du deinen beschissenen Freund, Bennet! Er ist nicht nur ein Lügner und Betrüger, er berauscht sich auch daran, anderen ihr Nox zu nehmen.« Seine Miene spiegelt eine Härte wider, die Stein zerbrechen könnte. »Inkubi stürzen sich auf ihre Opfer und saugen ihnen ihre Kraft aus wie Vampire. Du hast dich in einen Parasiten verliebt, der anderen rücksichtslos das Leben nimmt! So einen hast du dir ausgesucht!«

»Ich wusste doch nichts davon«, gebe ich gereizt zurück. »Im Gegensatz zu dir! Du hast es gewusst und mir nichts gesagt. Du bist nicht besser als Phoenix, du hast mich heute ins Messer laufen lassen, ohne mich in irgendeiner Weise vorzuwarnen!«

Verärgert presst er die Lippen aufeinander. »Wenn du einfach auf mich gehört und dich zurückgezogen hättest, wäre nichts davon passiert.«

Ich lache auf. »Das ist deine Entschuldigung? Hörst du dir eigentlich selbst zu? Ich wollte dem Typen nicht sein Nox nehmen. Du hast mir wichtige Informationen vorenthalten!« Ich überwinde den letzten Abstand zwischen uns. Die Wut rauscht durch mein Blut. »Egal, was es mit dir und den Inkubi auf sich hat, wen auch immer du durch sie verloren hast, das gibt dir noch lange nicht das Recht, mich derart ahnungslos durch die Gegend laufen zu lassen!«

Cajus funkelt mich an. Ich rechne mit dem nächsten Angriff, doch er schließt für einen Moment die Augen. Als er die Lider wieder öffnet, atmet er tief ein. Einmal, zweimal, als bräuchte er den gesamten Sauerstoff. Dann nickt er. »Du hast recht. Es war verantwortungslos, es für mich zu behalten.«

Ich bin kurz sprachlos. Es muss ihn große Überwindung gekostet haben, über seinen Schatten zu springen und das zuzugeben.

»Warum hast du mir nichts gesagt?«

Er stöhnt. »Bennet, ich …« Weiter kommt er nicht. Da ist so viel Widerstand.

»Sag es mir doch einfach.«

Noch ein tiefer Atemzug. Sein verletztes Gesicht bleibt starr, doch er ringt mit sich, während er mir in die Augen sieht. Unser Blickkontakt ist intensiv und ich erwarte, dass er gleich zurückweicht, dass er gleich wieder innerlich abhaut und dichtmacht.

»Ich habe einen Freund durch die Inkubi verloren«, sagt er schließlich langsam. Jede Silbe kämpft sich aus seinem Mund. »Zac war Mitglied der Schattenarmee und einem besonders gefährlichen Inkubus auf der Spur.« Er stockt. »Ein Inkubus, der die Vorherrschaft der Erstgeborenen anstrebte und dabei über Leichen ging. Er hat Zac ausgesaugt, bis nur noch seine leere Hülle übrig war. Aber dafür kannst du nichts, du hast Hunts Fähigkeit nicht freiwillig übernommen.«

Nach seinen Worten stehen wir uns schweigend gegenüber wie zwei Fremde, die in einem Aufzug feststecken und plötzlich Gefühle miteinander teilen, die nicht für den anderen bestimmt sind. Es ist uns beiden bewusst und wir starren einander an, verloren im Dunst aus spontaner Nähe und Scham, das Funkeln der Sterne über unseren Köpfen, die Finsternis der Gasse um uns herum.

»Es tut mir leid«, sage ich.

Müde reibt sich Cajus über die Augen. »Dass du Hunts Fähigkeit übernommen hast?«

»Nein, die Sache mit deinem Freund. Mir war nicht bewusst, dass Inkubi dazu überhaupt in der Lage sind. Dass sie anderen das Leben nehmen können.«

Cajus macht ein paar Schritte zur Seite, als müsste er Abstand zwischen uns bringen. Im Mondlicht wirkt sein Gesicht wie gemeißelt. »Besonders starke Inkubi haben diese Fähigkeit. Der Legende nach waren sie die ersten Bewohner von Noctaris, ausgestattet mit der größten Kraft und befähigt, ihre Gabe ganz natürlich an ihre Nachkommen weiterzugeben. Die Gesichtslose Familie bezieht ihre Macht aus der Lumoire, die Inkubi aus sich selbst. Sie sehen sich als die überlegene Rasse, dazu bestimmt, über die träumende Welt zu herrschen.«

»Und als Schwarze Hand ist es deine Aufgabe, sie in Schach zu halten?«

Er sieht mich wieder an. »Unter anderem. Mein Job ist es, die Gesichtslose Familie zu beschützen. Dafür tue ich alles, was notwendig ist.«

»Heißt das, du bringst auch Leute für sie um?«

»Wenn es nötig ist.«

»Wirst du Phoenix etwas antun?«

Er zuckt mit den Schultern. »Wenn es nötig ist.«

»Das kannst du doch nicht machen«, stoße ich hervor. Ich kenne Cajus' Seite der Geschichte, aber ich muss auch Phoenix' Version hören.

Er stößt geräuschvoll die Luft aus. »Beruhige dich, Bennet. Wir haben einen Deal und daran werde ich mich halten.«

Etwas in mir will ihm glauben. »Und wonach suchst du? Gehört es der Gesichtslosen Familie? Ist es für die beunruhigenden Veränderungen in Noctaris verantwortlich?«

Cajus schüttelt nur den Kopf, als wäre das Antwort genug.

»Ich dachte, du wolltest offener sein«, sage ich.

Spöttisch hebt er eine Augenbraue. »Das habe ich nie behauptet. Mein Auftrag ist streng vertraulich, Bennet.«

Da ist es wieder, dieses Misstrauen. Das Misstrauen, das mich auch davor warnt, Cajus alles zu glauben, was er mit mir teilt. Nichts von dem, was er sagt, muss wahr sein.

»Dann erzähl mir wenigstens, wer dieser Lazar ist. Ich brauche ein paar Informationen.«

Unwillig nickt er. »Also gut. Lazar ist einer der Rebellenanführer. Sie nennen sich die *Befreier* und tragen den Petrusschlüssel als Brandmal auf der Haut, der die Tür zum Himmel öffnen soll. Ihrer Ansicht nach geschieht das, sobald die Gesichtslose Familie getötet und die Lumoire für alle frei zugänglich gemacht wurde. Die Rebellen sind jedoch nicht christlich orientiert, sondern folgen ihrer ganz eigenen Religion.«

»Also ist Anarchie ihr Ziel?«

»Etwas komplexer, aber ja.«

Die Gedanken verflechten sich in meinem Kopf. »Und wer ist dieses Mädchen, das sie entführt haben?«

Cajus macht einen Schritt auf mich zu. Seine Augen leuchten unheilvoll, sein Gesicht verschließt sich. »Woher weißt du davon?«

»Da war ein Gespräch in der Erinnerung meines Angreifers. Er hat gesagt, dass es gut ist, dass sie das Mädchen haben. Also … wer ist sie? Ein Mitglied der Gesichtslosen Familie?«

»Das geht dich nichts an.« Jede Silbe ist in Eis gehüllt. Ein Schritt vorwärts, zwei Schritte zurück.

In dem Moment nehme ich eine schattenhafte Bewegung am

anderen Ende der Seitengasse wahr. Mit klopfendem Herzen fahre ich herum. Ein junger Soldat der Schattenarmee baut sich vor uns auf. Das gegerbte Leder seiner dunklen Uniform knarrt leise, als er sein Gewicht verlagert. Den schimmernden Exitstab hält er einsatzbereit in seiner Hand. Bei unserem Anblick legt sich ein düsterer Ausdruck über sein Gesicht.

»Sieh an. Ihr habt wohl den Hinterausgang genommen.«

Cajus mustert ihn kalt von oben bis unten. »Wie heißt du?«

Der Mann schnaubt abfällig und richtet den Exitstab auf uns. »Falsche Frage. Die richtige Frage lautet, wieso ihr aus dem Nachtmahr geflohen seid. Anscheinend habt ihr etwas zu verbergen.«

Cajus hebt ungläubig beide Augenbrauen. »Sag mal, weißt du eigentlich, wer ich bin?«

»Nein«, erwidert dieser. »Aber ich weiß, *wo* du bald nicht mehr bist.«

Im nächsten Augenblick höre ich ein zischendes Geräusch. Ein starker Sog reißt mich aus Noctaris fort. Dann spüre ich nichts mehr.

Kapitel 24

Blinzelnd öffne ich die Augen. Für einen Moment weiß ich nicht, wo ich bin. Die Erinnerungen an Noctaris vermischen sich mit dem Hier und Jetzt, dann erst kann ich mich orientieren. Das riesige Bett, der atemberaubende Blick durch die Rundbogenfenster, hinter denen gerade die Sonne aufgeht und einen neuen Tag ankündigt. Mein Körper ist noch volltrunken vom Schlaf. Er fühlt sich schwer an, doch dann prasseln die letzten Eindrücke auf mich ein und erfüllen mich mit einer seltsamen Energie.

»Dieser verdammte Idiot«, stößt Cajus neben mir hervor.

»Was ist passiert?«

»Der Anfänger hat uns aus Noctaris rausgeworfen, das ist passiert.« Cajus streift mich mit einem vorwurfsvollen Blick, von seinen Verletzungen ist nichts mehr zu sehen. »Wir hätten nicht so lange in der verdammten Gasse bleiben dürfen, dieses ganze Gequatsche hat uns unvorsichtig gemacht.«

»Jetzt ist es also meine Schuld?« Ich setze mich abrupt auf und bringe so viel Abstand wie möglich zwischen uns.

»Das habe ich nicht gesagt.«

»Es gibt viele Dinge, die du nicht sagst.« Genervt schwinge ich die Beine aus dem Bett. Dieser ständige Fall von oben nach unten, von heiß auf kalt, ist mir echt zu viel. Wenn du nicht mehr weißt, wo Norden und Süden ist, weil der Himmel überall gleich aussieht, und du keinen verdammten Kompass hast, nur eine Nadel, die sich einmal kurz dreht, um dann mit ihrer beschissenen Verschlossenheit wieder zuzustechen.

Die Nacht war lang. Der Kuss, das Nachtmahr. Ich streife mir die Sneakers über, brauche Luft zum Atmen, will nur noch hier raus. Ich stehe auf, drehe den Schlüssel um und öffne die Tür.

»Der Wagen holt dich heute Abend um sieben Uhr ab«, ruft mir Conterville nach.

Diesmal bin ich diejenige, die keine Antwort gibt. Mit geradem Rücken marschiere ich durch den schicken Wohnbereich mit der goldschimmernden Bar, vorbei an dem Billardtisch und den Sitzgelegenheiten für viel zu viele Freunde. Ich steuere einen der Korridore an, die alle gleich aussehen. Angestrengt versuche ich mich zu erinnern, welchen Weg wir gestern Abend eingeschlagen haben. Aber mein Hirn ist mit so vielen Bildern aus Noctaris gefüllt, dass es aussichtslos ist. Alle Gänge haben dieselben edlen Böden und blank geputzte Kronleuchter, die von der Decke baumeln. Ich komme mir vor wie in einem Gemälde von M. C. Escher, eine einzige Illusion, in der ich jegliche Perspektive verloren habe. Auch wenn die Treppen hier nicht gleichzeitig auf- und abführen und die Schwerkraft noch funktioniert, bin ich dennoch verloren. Planlos gehe ich weiter, einmal nach rechts, dann nach links.

Irgendwann lande ich vor einer schwarzen Tür. Ein Gefühl sagt mir, dass wir hier nicht durchgekommen sind. Trotzdem rüttele ich am Türknopf.

»Was machen Sie hier?«, höre ich eine tiefe Stimme fragen.

Ruckartig drehe ich mich um. Vor mir steht ein dunkelhaariger Mann mit grau melierten Schläfen, den ich aus Motivationsvideos, etlichen Werbebroschüren und von einer riesigen Firmenveranstaltung der Footastic Shoecompany kenne. Er ist etwas kleiner als sein Sohn, hat aber die gleiche sportliche Figur. Offenbar kommt er vom Laufen, denn sein grauer Jogginganzug ist verschwitzt, der Duft eines teuren Parfüms weht mir entgegen. Mein Dad benutzt so etwas nur zum Ausgehen.

»Ich habe mich verlaufen.« Es klingt blöd, es ist blöd. Aber mir fällt nichts Besseres ein.

»Das Haus ist groß.«

»Sie sagen es.«

»Bennet. Da bist du.« Hinter uns taucht Cajus auf. In seinem zerknitterten grauen Shirt, der blauen Jeans und den verstrubbelten Haaren wirkt er noch ganz verschlafen. Als er mich vor der dunklen Tür sieht, versteift sich sein ganzer Körper.

»Deine Bekanntschaft hat sich *verlaufen*«, bemerkt sein Vater ruhig. Mit dem Handtuch, das um seinen Hals hängt, wischt er sich den Schweiß von der Stirn. Vater und Sohn tauschen einen kurzen Blick, den ich nicht deuten kann. Cajus wirkt nicht begeistert, dass ich mich ausgerechnet in diesen Teil des Hauses verlaufen habe.

»Dann werde ich meine Bekanntschaft wohl wieder auf den richtigen Weg bringen müssen«, erklärt er knapp.

Sein Vater nickt zustimmend. »Es hat mich gefreut, Sie kennenzulernen …« Quirin Conterville hebt auffordernd die Augenbrauen. Er wartet.

»Harper«, sage ich schnell.

Er lächelt charmant wie in den Imagebroschüren der Footastic Shoecompany. Ich kann nicht beurteilen, ob es ehrlich ist.

»Es hat mich sehr gefreut, Sie kennenzulernen, Harper«, wiederholt er. »Ich hoffe, Sie verirren sich in Zukunft nicht mehr und finden Ihren Weg. Cajus ist Ihnen dabei sicherlich gern behilflich.« Er nickt seinem Sohn zu. »Wir sprechen uns später.« Mit diesen Worten biegt er in den rechten Gang ab und verschwindet aus unserem Sichtfeld.

»Was machst du hier?«, herrscht mich Cajus an.

»Ich versuche, aus diesem Labyrinth zu entkommen.«

Offensichtlich glaubt er mir kein Wort. »Ich wiederhole die Frage noch einmal: *Was machst du hier?*« Der drohende Unterton in seiner Stimme irritiert mich, es muss mit der abgeschlossenen Tür zusammenhängen.

»Hey, ich habe mich nur verlaufen. Mehr nicht. Ich bin nicht hier, um dich auszuspionieren.«

»Tu nicht so, als wärst du die Unschuld vom Lande. Ich wäre fast darauf reingefallen. Du verheimlichst etwas vor mir und solltest schleunigst mit der Wahrheit rausrücken. Was willst du hier?«

Mein Puls schießt nach oben. »Ich verheimliche etwas vor dir? Ich bin viel ehrlicher zu dir, als du es verdienst!«

»Das glaube ich dir nicht!« Der Zorn sprüht aus seinem Gesicht.

»Es ist mir egal, was du glaubst!« Ich presse die Lippen zusammen. »Ich bereue es so sehr, dass ich …«

»Was? Dass du mich geküsst hast? Es war nur ein alberner Kuss, der nichts zu bedeuten hatte!«

Das sitzt. Ich hasse es, dass er jetzt ausgerechnet damit um die Ecke kommt.

»Ich bereue es so sehr, dass ich dir auch nur für eine Sekunde vertraut habe – das wollte ich sagen«, erwidere ich bissig. »Du bist es vielleicht gewohnt, dass alle nach deiner Pfeife tanzen und sich damit abfinden, wenn du ihnen nur mal einen Brocken zuwirfst. Aber ich gehöre nicht zu den Menschen, die sich dir einfach unterordnen und dein Wort als Gesetz betrachten!«

Cajus baut sich vor mir auf. Seine Kinnpartie ist angespannt. »Oh, da ist sie wieder. Die Schublade, in die du mich steckst. Du hältst dich für so weltoffen, Bennet. Aber in Wirklichkeit hast du ein ganzes System aus Schubladen, an dem du dich festkrallst. Dort kannst du jeden einfach hineinstopfen, wie es dir gefällt. Natürlich bin ich nur der verzogene Unternehmerarsch, der mit Freude irgendwelche langjährigen Mitarbeiterinnen rauswirft, damit er noch mehr Kohle für seine verdammte Jacht hat!«

Seine Worte treffen mich wie Hagelkörner.

»Die Welt ist vielleicht nicht immer fair, aber du bist es auch nicht, Bennet. Es ist wirklich kein großer Spaß, sich mit dir und deiner verdammten Scheinheiligkeit herumzuschlagen.«

»Dann tu's doch nicht«, sage ich, ohne über die Konsequenzen nachzudenken. Da ist so viel Zorn und Betroffenheit in mir, dass ich keinen klaren Gedanken fassen kann. Der Zorn treibt mich vorwärts, setzt meine Beine in Bewegung, die immer schneller werden. Die Betroffenheit schlucke ich hinunter, während ich Cajus hinter mir brüllen höre, dass ich zuerst nach links und dann die Treppe nach unten nehmen muss und dass sein Chauffeur die Order hat, mich in meine verdammte Hobbithöhle zu fahren.

»Ich kann nicht fassen, dass du den Typen küssen musstest. Der Kerl ist wirklich ein verdammtes Arschloch«, sagt Scott, als wir ein paar Stunden später in unserer Lieblingspizzeria sitzen. Aus purem Stolz war ich nicht in Cajus' Wagen gestiegen, sondern wutentbrannt mit Bus und U-Bahn nach Hause gefahren. Auch wenn das die dreifache Zeit bedeutete. Zumindest konnte ich die Stunden nutzen, um ein paar Nachrichten von Molly zu beantworten, in denen ich ihr vorgaukelte, dass dieses neue Eigenmarkenprojekt der Contervilles längst nicht so spannend ist, wie es klingt.

»Yep. Er ist ein Arsch«, stimme ich Scott zu und nippe an meiner Cola. »Aber vielleicht ist er ein Arsch, der recht hat.«

Wir sitzen in einer Ecknische, weit genug entfernt von den anderen Gästen. Ein italienischer Schlager knistert leise aus den schwarzen Boxen, die an der Decke befestigt sind. Das kleine Lokal ist rustikal eingerichtet, mit den typischen rot-weiß karierten Tischdecken und Servietten, Kerzen auf den Tischen und Schwarz-Weiß-Fotografien an den Wänden, auf denen längst verstorbene italienische Schauspieler um die Wette lächeln.

Scott verschluckt sich beinahe an seiner Pizza Hawaii. »Inwiefern sollte Conterville recht haben?«

»Ich habe ihn tatsächlich in eine Schublade gestopft.«

»Und das ist gut so. Der gehört auch in eine Schublade. Und die sollte man am besten gut verschließen.«

Ich hebe die Augenbrauen. »Scott.«

Kurz ist es still zwischen uns. Dann stößt er hörbar die Luft aus. Seine braunen Locken fallen ihm wirr in die Stirn. »Okay. Aber hör bitte auf, so hart mit dir ins Gericht zu gehen. Wir haben alle unsere Schubladen, weil sie uns den Alltag erleichtern. Das Leben ist komplex genug, wir sind gezwungen, es zu ordnen. Wir stellen Kategorien auf und bilden Raster. Das ist ganz natürlich.«

Nachdenklich zeichne ich mit der Fingerspitze das Muster meiner Serviette nach. »Ich möchte nicht so sein.«

»Wir alle sind so. Schon die Tatsache, dass wir Wörter verwenden, dass wir Dingen einen Namen geben, ist nichts anderes als eine Vereinfachung. Denk doch nur an Magritte, ist das nicht eine seiner Aussagen? In dieses Fach gehört auch, dass die Gesellschaft sich zum Beispiel auf Kategorien wie verheiratet, geschieden und Single geeinigt hat. Und siehst du? Ich mache gerade nichts anderes. Ich zähle dir verschiedene Anwendungsmöglichkeiten auf, die ich gerade ebenfalls in eine Schublade schiebe.«

»Aber das Leben ist doch freier und vielfältiger«, halte ich dagegen.

Scott sieht mich eindringlich an. »Du bist in Gedanken bei diesem Nox, nicht wahr?«

Mein Kopf nickt wie von allein. »Es war unglaublich. So grenzenlos und mächtig. Einfach berauschend. Und doch war es absolut falsch, es dem Typen zu entziehen.«

»Du hast ihm ja nicht alles weggenommen«, erwidert Scott mit vollem Mund. »Außerdem war es keine Absicht. Es wäre bestimmt ganz anders gelaufen, wenn Conterville dich früher eingeweiht hätte. Zumindest hat er dir die Sache mit seinem Freund erzählt – wenn das überhaupt stimmt.«

»Du glaubst, dass er mich anlügt?«

»Ich traue dem Typen nicht über den Weg, dafür hält er viel zu viel zurück. Ich meine: Schwarze Hand, Rebellen und mordende Inkubi? Da hat er echt eine Menge unter den Tisch fallen lassen.«

»Die Sache mit seinem Auftrag und dem Mädchen nicht zu vergessen«, füge ich hinzu und spüre einen Stich in der Brust. »Vielleicht ist das Mädchen sein Auftrag? Gehört sie etwa zur Gesichtslosen Familie? Auf alle Fälle scheint Cajus emotional tief drinzuhängen.«

Scott nimmt einen Schluck von seiner Cola. »Eins verstehe ich nicht ganz. Wenn diese *Befreier* in Noctaris ein Mädchen entführt haben, müsste das dann nicht auch im realen Leben irgendwie entführt worden sein?«

»Gut möglich.«

Er greift nach seinem Handy, das neben der Tischkerze liegt, und beginnt, das Internet zu durchforsten. »Also über eine Entführung kann ich nichts finden. Und wenn ich *Entführung* und *Mädchen* eingebe, kommen nur ältere Beiträge, was wahrscheinlich kein Wunder ist. Bei einer Entführung halten doch immer alle dicht, bis es vorbei ist. Vielleicht wurde seine Kolumbianerin entführt?« Während er die Frage stellt, tippt er etwas in sein Smartphone ein. Schließlich schüttelt er den Kopf. »Okay, das kann nicht sein. Die wurde erst vor ein paar Stunden in einem Club in Mailand gesichtet.«

»Ich kapier auch nicht, was es mit dieser Tür in Cajus' Villa auf sich hat. Was könnten die Contervilles dahinter verstecken? Immerhin hat auch sein Vater seltsam reagiert. Und dann ist da noch Phoenix, ein Inkubus, der Geschäfte mit den Rebellen macht. Ich weiß echt nicht, was ich von alldem halten soll.«

Scott wischt sich die Hände an einer Serviette ab. Sein Blick ruht auf mir. »Willst du Phoenix denn immer noch aus dem Koma befreien?«

»Natürlich. Ich muss seine Version der Geschichte hören. Außerdem soll er seine verdammte Fähigkeit wieder zurücknehmen.«

»Du glaubst, das geht?«

»Wahrscheinlich. In Noctaris ist doch alles möglich.« Es hört sich trotzig an, und das ist es auch. Ich habe niemanden gebeten, in diese ganze Geschichte hineingezogen zu werden, und doch habe ich jetzt mein eigenes Kapitel.

Scott beugt sich vor und berührt mitfühlend meine Hand. »Hey. Und wie fühlst du dich dabei?«

»Beschissen.« Ich atme tief durch, spüre das Gewicht auf meiner Brust. »Meine Menschenkenntnis ist einfach beschissen. Entweder lügt mich Cajus die ganze Zeit an oder Phoenix ist der Lügner.«

Scott drückt meine Hand. »Du kannst keine beschissene Menschenkenntnis haben. Immerhin hast du dir den besten Freund der Welt ausgesucht.«

Meine Mundwinkel zucken nach oben. »Du weißt von ihm?«

»Sehr witzig.« Scott zieht grinsend seine Hand wieder weg. »Wenn du solche Scherze machst, kann es dir gar nicht so schlecht gehen. Außerdem hast du Zugang zu einer Welt, von der andere nur träumen können. Was für ein Wortspiel.« Er prostet sich selbst zu. »Ganz ehrlich: Trotz allem ist Noctaris total aufregend. Magisch. Wie eine Welt aus einem meiner Computerspiele. Nur dass man sich dort nicht mit irgendwelchen pickeligen Dreizehnjährigen rumschlagen muss.«

»Aber dafür mit Rebellen, der Schattenarmee und der Schwarzen Hand«, erwidere ich.

Während der nächsten Stunde sprechen wir über meine Idee, Noctaris ohne Conterville aufzusuchen. Scott ist davon nicht ganz so begeistert, aber ich möchte es gern darauf ankommen lassen. Immerhin wurde ich bislang nicht als Inkubus enttarnt. Die Frage ist nur, wie schnell ich es allein in die träumende Welt schaffe.

Den Rest des Tages verbringt Scott mit Lernen. Ich telefoniere mit meinen Eltern. Mom ist glücklich über das Jobangebot, das ganz unvermittelt von der Footastic Shoecompany kam, und Dad ist glücklich, weil Mom glücklich ist. Ihre Freude zaubert mir sogar ein Lächeln ins Gesicht, als ich wenig später mit meinem Zeichenblock auf meinem Bett sitze. Da ist ein unbändiges Bedürfnis, meine Eindrücke aus Noctaris auf Papier zu bringen. Ich habe mich nie als Künstlerin empfunden, das Wort ist viel zu groß für mich. Heute ist es anders. Eine wilde Leidenschaft pocht in meinen Händen, während der Bleistift in schnellen Bewegungen über das Blatt kratzt. Eine Mischung aus klassischer und moderner Musik erfüllt den Raum und ich fühle mich regelrecht beflügelt. Wie besessen fülle ich ein Blatt nach dem anderen mit einer Fertigkeit und Schönheit, dass ich es selbst kaum glauben kann. Meine Hände existieren nicht mehr, sie verschmelzen mit Stift und Papier. Alles wird eins. Das Licht rauscht durch mich hindurch, Stunde um Stunde, bis ich irgendwann erschöpft im Bett zurücksinke. Um mich herum liegen meine Zeichnungen wie die kostbaren Früchte eines ganzen Jahrzehnts.

Mein Atem geht stoßweise. Mein Gehirn kapiert nicht, dass *ich* diese Bilder erschaffen habe. Das zusätzliche Nox des Leibwächters ist eine Erklärung, trotzdem fehlt meinem Verstand das *wie*. Wie ist so etwas nur möglich?

Weil ich nach dem Zeichnen immer noch ganz aufgekratzt bin, vertreibe ich mir etwas Zeit im Internet. Irgendwann suche ich nach Magrittes *Der falsche Spiegel*. Wie Cajus gesagt hat, gibt es tatsächlich zwei Originale. Eines davon befindet sich in Privatbesitz. Ich kann es nicht fassen, dass ich unter diesem Bild geschlafen habe.

Daran denke ich, als ich mich eine Stunde später in mein Bett kuschele. Es ist früher Abend und ich versuche einzuschlafen, um allein vor Noctaris' Tor zu treten. Tatsächlich nicke ich weg, doch nicht lange, da Scott an meine Tür klopft und den Kopf in mein Zimmer streckt.

»Sorry, ich wusste nicht, dass du jetzt schon schläfst.«

Ich rapple mich gähnend auf. »Ich konnte einfach nicht warten.«

»Und?«

»Fehlanzeige. Ich habe geschlafen, aber nicht geträumt. Vielleicht war ich einfach nicht lange genug weg.«

»Vielleicht ist das ganz gut so. Das hier wurde übrigens gerade für dich abgegeben.« Scott hält mir eine Versandrolle hin.

Ich bekomme selten Post und wenn, sind es hauptsächlich Rechnungen. Vorsichtig öffne ich den weißen Deckel und ziehe ein eingerolltes Bild daraus hervor. »*Die große Familie*«, hauche ich und betrachte überrascht die Lithografie von Magritte, die eine überdimensionale Taube vor einem trüben Himmel und einem rauschenden Meer zeigt. Der Körper des Vogels besteht aus einem strahlend blauen Himmel mit weißen Wolken, die einen starken Kontrast zu ihrer bedrückenden Umgebung bilden.

»Ist das etwa ein Original?«

Ich schüttele den Kopf. »Es ist ein Druck, aber ein limitierter.«

»Und was ist der wert?«

»Keine Ahnung. Vielleicht ein paar Hundert oder Tausend Dollar.«

»Ganz schön geizig von ihm«, bemerkt Scott schnippisch. »Der kann sich doch mehr leisten. Was, glaubst du, will er dir damit sagen?«

»Es ist ein Friedensangebot.«

Scott hebt ein schwarzes Kuvert vom Boden auf und reicht es mir. »Das war auch noch dabei.«

Ich öffne den Umschlag, in dem eine dunkle Karte steckt. Darauf steht in silberfarbener Schrift:

Bennet, in Wahrheit wollen wir doch beide keine Zeit verlieren.
Ein Wagen holt dich in einer halben Stunde ab. Und dann
träumen wir gemeinsam.

Kapitel 25

Die großen Fackeln, die in regelmäßigen Abständen postiert sind, verleihen der Auffahrt zum Anwesen der Contervilles etwas Festliches. Offenbar findet heute Abend eine Party statt. Auf dem Platz links neben der Vom-Winde-verweht-Villa parken eine Menge teurer Autos, deren Besitzer sich wahrscheinlich im Inneren des Hauses amüsieren.

Cajus steht vor dem Hauseingang. Mit seinem schwarzen Anzug, dem weißen Hemd und den zurückgegelten Haaren erinnert er an den Bachelor aus dem Fernsehen, der nacheinander seine Damen empfängt. Ich sehe nicht aus wie eine von ihnen, im Gegenteil. Ich trage eine schwarze Jeans, ein dunkles Top und eine Lederjacke. Meine Haare sind zu einem lockeren Knoten gebunden, nichts an mir scheint besonders elegant zu sein. Nichts an mir passt hierher.

Der Geländewagen hält und Cajus öffnet mir die Tür. »Schön, dass du es geschafft hast.«

Es klingt ehrlich. Und wenn ich auch ehrlich bin, muss ich zugeben, dass mich seine Geste mit der Magritte-Lithografie beeindruckt hat.

»Du hattest ein überzeugendes Argument.« Ich steige aus.

Cajus schließt die Tür. Gleich darauf setzt sich das Auto wieder in Bewegung, um den hauseigenen Parkplatz anzusteuern.

Er hebt eine Augenbraue. »Wusste ich doch, dass du bestechlich bist, Bennet.«

»Wusste ich doch, dass du noch immer ein Arsch bist, Conterville.«

Ein belustigter Ausdruck huscht über sein Gesicht. Doch da ist noch etwas anderes. Eine Spur Erleichterung, weil ich ihn nicht sitzenlasse. Welches Mädchen er auch in Noctaris suchen mag, sie muss ihm wirklich wichtig sein.

»Ich hatte auch überlegt, dir eine Putzfrau zu schicken. Aber damit hätte ich riskiert, dass du nicht auftauchst«, erklärt er trocken, bevor er mir zunickt. »Lass uns reingehen.«

Gemeinsam betreten wir die riesige Eingangshalle. Ein Musikstück von Yann Tiersen weht uns aus dem Salon entgegen. Es wird live am Klavier gespielt. Die wunderschönen Klänge erfüllen mich mit einer inneren Wärme. Schon als Kind mochte ich dieses Stück. Mit seiner Mischung aus lebendigen, frischen und melancholischen Passagen berührt es mich noch immer.

»Einen Moment.« Cajus geht in den Salon.

Aus den Augenwinkeln sehe ich schick gekleidete Leute. In den Händen halten sie Champagnergläser, während sie andächtig der Musik lauschen. Ich sollte hier warten. Doch die Musik zieht mich magisch an.

Cajus' Vater sitzt in einem schwarzen Anzug am Flügel. Seine Finger gleiten mühelos über die Tasten, seine Augen sind geschlossen. Es ist, als würde er in diesem Moment nur für die Musik leben, die ihn vollends einnimmt. Er gibt sich dem Stück hin, lässt die Kraft der Komposition durch sich hindurchfließen. Sein Anblick zieht mich in seinen Bann. So geht es auch den anderen Gästen. Mir ist egal, dass ich in meinen Klamotten zwischen ihnen hervorsteche. Dass ich auch ohne Klamotten anders bin als sie, wie eine Fälschung unter lauter Originalen. In diesem Augenblick spielt das keine Rolle. Sämtliche Oberflächlichkeiten fallen in sich zusammen, verblassen angesichts der Schönheit der Klavierklänge, die alle Herzen berühren.

Erst als Quirin Conterville die letzten Töne gespielt hat, kann ich mich von ihm und dem glänzenden Flügel losreißen. Erst dann sehe ich die vereinzelten Blicke, die mich irritiert mustern. Erst dann sehe ich Cajus, wie er neben seiner Mutter am Kamin steht und sanft ihre Hand drückt. Wie sie sich verstohlen eine Träne aus den Augen wischt und versucht, in ihrem eleganten dunkelgrünen Abendkleid Haltung zu bewahren. Die Leute beginnen zu klatschen.

»Später können wir über eine Zugabe verhandeln, meine Konditionen sind leicht zu erfüllen«, erklärt Cajus' Vater charmant. Ein paar Gäste lachen, bevor sie ihre Gespräche fortsetzen und der Geräuschpegel anschwillt. Kellner mit Frack und Fliege servieren auf silbernen Tabletts Champagner und kleine Häppchen, während sich Cajus einen Weg zu mir bahnt. Eine hübsche Blondine in einem dunkelroten Abendkleid nutzt den Moment, um ihn anzusprechen. Ich kann nicht hören, worüber sie reden, aber ich erkenne an seinem Gesicht, dass er sie schnell loswerden will, um zu mir zu kommen. Was ihr gar nicht zu gefallen scheint. Es ist das erste Mal, dass ich einen derartigen Blick ernte. Neid und Unverständnis, das ist neu.

»Musst du nicht hierbleiben?«, frage ich.

Cajus schüttelt den Kopf. »Nein, das hier ist wichtiger. Lass uns nach oben gehen.«

Wenig später sind wir in seinem Schlafzimmer mit dem riesigen Bett und dem Gemälde von Magritte. Es fühlt sich komisch an, hier zu sein. Nach einer Wiederholung. Ich kenne das Zimmer, ich weiß, wie sich die Matratze anfühlt und wie die Sonne aussieht, wenn sie hinter den Rundbogenfenstern aufgeht. Ich weiß, wie es ist, neben Cajus im Bett zu liegen, kenne seine Atemgeräusche, wenn er einschläft. Das alles suggeriert eine Vertrautheit, aber sie ist nicht echt.

Cajus öffnet den ersten Knopf seines weißen Hemds, bevor er sich auf das Bett setzt. Er schlüpft aus seinen schwarzen Schuhen, ich streife meine Sneakers ab.

»Du musst heute eine halbe Stunde später einschlafen als ich.«

»Wieso?«, frage ich.

»Weil der Typ im Nachtmahr dir das Medaillon abgenommen hat. Ich muss dir ein neues besorgen, damit du in die Stadt kannst.«

Die Informationen schieben sich in meinem Gehirn zusammen. »Moment … was genau war das für ein Medaillon?«

»Es hat dafür gesorgt, dass die Exitstäbe der Wächter nicht auf deine Inkubus-Fähigkeit reagieren.«

»Du hast doch gesagt, dass es ein Schutzmedaillon ist.«

»Es hat dich doch auch beschützt.« Seine grünen Augen betrachten mich unbewegt. »Und du willst garantiert nicht in den Nebel der ungezähmten Träume verbannt werden. Das passiert nämlich mit Inkubi. Oder Schlimmeres.«

»Wie beruhigend.« Ich halte inne. »Wie willst du mir denn so schnell ein neues Medaillon besorgen? Und kommst du dann überhaupt wieder aus der Stadt raus?«

»Das lass mal meine Sorge sein«, erklärt er trocken und schlägt die Bettdecke auf. »Wichtig ist, dass du erst dreißig Minuten nach mir einschläfst.«

»Wie soll ich das bitte schön so genau timen? Ich kann doch nicht auf Befehl einschlafen.«

»Achte bloß darauf, dass du nicht früher einnickst. Und dass du nach meiner Hand greifst. Das ist entscheidend.«

Ich atme tief ein. »Und was soll ich die ganze Zeit machen? Dich anstarren?«

Cajus' Mundwinkel zuckt nach oben. »Ich dachte mir schon, dass dir etwas Schönes einfallen wird.«

»Sehr witzig.« Ich streiche mir eine Haarsträhne hinter das Ohr. »Da bräuchte ich schon eher einen Filzstift.«

Cajus legt sich ins Bett und richtet sich auf. »Einen Filzstift? Was willst du damit? Während ich schlafe mein Gesicht anmalen?«

»Verschönern«, korrigiere ich.

Cajus lacht auf. »Bennet, da gibt es nichts zu verschönern.«

Seine Selbstverliebtheit ist echt nicht auszuhalten.

»Das werden wir ja sehen.«

Für ein paar Sekunden mustert mich Cajus schweigend, dann lässt er seinen Kopf auf das Kissen fallen. »Wenn es dir Spaß macht. Hast du dein Handy ausgeschaltet?«

»Es ist auf lautlos gestellt.«

Die nächsten Minuten verbringen wir schweigend. Tatsächlich dauert es nicht lange, bis Cajus einschläft. Offenbar hat er schon Übung darin. Es hat fast etwas Intimes, ihn beim Schlafen zu beobachten. Seinen Brustkorb zu betrachten, der sich leise hebt und senkt, sein ebenmäßiges Gesicht, das mit den perfekten Proportionen Leonardo da Vinci glücklich gemacht hätte.

Dreißig Minuten.

Ich blicke auf die Uhr und überlege, wie ich die Zeit sinnvoll nutzen kann. Kurz kommt mir der Gedanke, der dunklen Tür von gestern einen Besuch abzustatten, doch ich lasse ihn gleich wieder fallen. Die Tür ist garantiert abgeschlossen – eine andere aber nicht.

Ich bin etwas aufgeregt, als ich den Schlüssel umdrehe, leise durch die Schlafzimmertür nach draußen schlüpfe und an der Bar und der Sitzlandschaft vorbeischleiche. Vielleicht ist es ein Vertrauensbruch, aber Cajus hat nicht gesagt, dass ich das Zimmer nicht verlassen darf, kein Wort ging in diese Richtung. Wie schnell die Logik das Gewissen überlistet.

Die Tür, auf die ich es abgesehen habe, bringt mich in Cajus' Atelier. Es riecht nach getrockneter Farbe. Ich mag den Geruch. Ich schlendere zu dem Regal mit den beleuchteten Farbtuben.

Meine Fingerspitzen streifen sanft über die verschiedenen Nuancen. Ich kann mir gut vorstellen, wie herrlich es sein muss, in diesem riesigen Raum zu malen. Ganz für sich allein zu sein und den Farben ihr Spiel zu lassen. Dann richtet sich meine Aufmerksamkeit auf die zugedeckte Staffelei. Etwas in mir zieht mich dorthin, flüstert mir zu, dass sich unter dem Laken eins von Cajus' Geheimnissen befinden könnte. Vielleicht hat er auf der Leinwand festgehalten, wonach er sucht. *Das entführte Mädchen.*

Die Versuchung ist größer als das schlechte Gewissen. Ich greife nach dem Laken, ziehe daran und enthülle das angefangene Porträt eines Mädchens. Sein Stil erinnert mich an die großen Impressionisten, aber es ist nicht die Malkunst, die mich erstarren lässt.

Es ist das Mädchen.

Das Mädchen mit den hochgesteckten, dunkelroten Haaren, in dem eleganten Kleid, das sich im Spiegel betrachtet. Der Pinselstrich ist weich, zärtlich, wirkt auf den ersten Blick beinahe flüchtig. Doch als ich genauer hinsehe, erkenne ich, dass ihr Gesicht Schicht für Schicht und voller Hingabe in mehreren Arbeitsgängen entstanden sein muss. Ich bin sprachlos. Das hier bin ich, wie ich vor Ossianders Seelenspiegel stehe. Mein Spiegelbild ist nicht zu sehen, nur ein Leuchten geht davon aus, das den ganzen Raum erhellt. Ein paar Minuten lang verliere ich mich in dem Anblick. Was hat das zu bedeuten?

Schließlich decke ich die Staffelei wieder ab und schleiche ins Schlafzimmer zurück, als wäre nichts gewesen. Ich bin ziemlich sicher, dass Cajus die Malerei als Ventil nutzt, um die Erlebnisse aus Noctaris zu verarbeiten. Mehr steckt bestimmt nicht dahinter.

Entschlossen schlüpfe ich zu Cajus ins Bett. Sein Atem geht ruhig und gleichmäßig, ich schiele auf die Uhr. Mir bleiben noch fünf Minuten, bis ich einschlafen darf.

Vorsichtig lege ich meine Hand in die von Cajus. Dann schließe ich die Augen. Ich atme ein, ich atme aus, bis ich irgendwann in einen Traum versinke.

Als ich die Augen öffne, stehe ich im gläsernen Tunnel. Ein Pärchen vor mir unterhält sich flüsternd. Sie trägt ein üppiges Barockkleid mit dunkelblauen Schleifen, er einen hellgrauen Mantel mit silberfarbenen Ornamenten. Mein Blick wandert über die gut gekleidete Menschenmenge, von Cajus fehlt jede Spur. Mein Herz flattert aufgeregt in meiner Brust. Ich wollte es zwar allein schaffen, aber eigentlich habe ich keinen Plan, was ich tun soll, wenn ich vor den Wachen stehe und ihre silbernen Stäbe anschlagen. Ich könnte mich nicht mal zum Aufwachen zwingen.

Von draußen drückt der weiße Nebel gegen das schmiedeeiserne Gittergeflecht aus Rauten und Dreiecken, als wollte er das Glas dazwischen zum Bersten bringen. Der dichte Dunst macht mich nervös, ebenso wie die unermüdlich weiterrückende Schlange. Heute scheint es besonders schnell zu gehen. Angespannt linse ich nach vorn zum geöffneten Stadttor und den Wachen mit dem unnachgiebigen Gesichtsausdruck. Mich einfach immer wieder hinten anzustellen, kommt mir unsinnig und auffällig vor. Doch ich habe keine bessere Idee. Ich lasse ein paar Leute vor und tue so, als müsste ich mir meine schwarzen Stiefel binden. Sie passen zu meinem schlichten schwarzen Kleid mit dem silbergrauen Korsett und den langen, nachtschwarzen Ärmeln. Meine Haare fallen in großen Wellen über die Schultern, sie sind dunkelbraun und ähneln meiner echten Haarfarbe.

»Sie können ruhig vorrücken«, sage ich freundlich zu einem älteren Mann mit Zylinder und Schnauzbart, als sich eine Hand um meinen Oberarm schließt. Sie gehört zu einem groß gewachsenen Typen mit schwarzen Haaren und Vollbart. Er trägt einen dunklen Mantel über einem dunklen Hemd zu einer dunklen Hose. Ich brauche einen Moment, bis mir klar wird, dass es sich um Cajus handelt. Er wirkt abgehetzt.

»Da bist du ja«, hauche ich erleichtert.

Er nickt steif, hebt meine Hand und steckt mir einen silbernen Ring mit einem dunkelblauen Stein an den Finger. Der schraffierte Edelstein funkelt im Nachtlicht wunderschön.

»Warst du etwa in der Stadt und bist schon wieder zurück?« Falls ja, muss Cajus unglaublich schnell gewesen sein.

Doch als Antwort schüttelt er nur den Kopf. Sein Brustkorb bewegt sich heftig, als hätte er gerade einen Marathon hinter sich. Als wir schließlich vor den Wachen stehen, hat er sich wieder gefangen, doch in mir spielt vor Aufregung alles verrückt. Bisher habe ich mich nur für eine Begabte gehalten. Jetzt bin ich ein Inkubus.

Glücklicherweise lassen uns die Wachen vorbei. Wir bezahlen unseren Tribut und passieren das Stadttor. Von dem Mann im Torhäuschen kassieren wir unsere Silbermünzen, danach zieht mich Cajus am Ellbogen weiter.

»Wir gehen gleich zu Hunts Stadthaus, um nach weiteren Anhaltspunkten zu suchen«, erklärt er mir.

»Phoenix hatte hier ein Haus?«

»Er hat mit dem Nox fremder Leute offenbar gute Geschäfte gemacht«, erwidert Cajus knapp.

»Und du warst schon mal dort?«

Er nickt. »Nachdem Hunt von der Bildfläche verschwunden ist, habe ich in seinem Haus nach Hinweisen gesucht. Bisher ohne Erfolg, aber damals hatte ich ja auch noch nicht dich.«

Nachdenklich folge ich Cajus zu einer Seitenstraße. An der Ecke kommen wir an einem Café vorbei, das mich mit seiner silbergrauen Markise und der Terrasse an van Goghs Gemälde *Café bei Nacht* erinnert. Van Gogh hat für seinen Nachthimmel jedoch nur Blau- und Violetttöne verwendet, kein Schwarz. Das Bild zeigt Menschen, mit sich beschäftigt, in Gespräche vertieft oder über die Straße flanierend. Menschen, die dem spektakulären Sternenhimmel über ihnen keine Beachtung schenken. Auch die Noctarianer unterhalten sich an runden Tischchen, schlürfen dunkle Cocktails oder lauschen selbstvergessen der Musik des Cafés. Nur ich sehe nach oben und betrachte die Schönheit der Gestirne, die würdevoll in der nächtlichen Dunkelheit leuchten. Alles existiert gleichzeitig, der menschliche Alltag und die Unendlichkeit des Universums, egal, ob du hinsiehst oder nicht.

Mir ist bewusst, dass ich auch nicht hingesehen habe, weil ich es vielleicht gar nicht konnte. Während ich geschlafen habe, hatte Phoenix ein Leben in Noctaris, nicht nur flüchtig, sondern mit einem richtigen Zuhause.

Cajus führt mich durch die verwinkelten Straßen, genau in die Richtung, in die mich auch das unsichtbare Band zieht. Es dauert nicht lange, bis wir ein glänzendes schwarzes Stadthaus mit stuckverzierter Fassade und hohen Fenstern erreichen. Es sieht nicht ansatzweise so aus wie das spartanisch eingerichtete kleine Apartment, in dem Phoenix in der wachen Welt wohnt.

»Komm, wir sollten hier besser nicht rumstehen«, erklärt Cajus. Er geht die Treppe zum Eingang hinauf und lässt seine Hand über den Türknopf gleiten. Es sieht aus, als würden seine Finger in der Luft einen unsichtbaren Code eingeben.

»Was machst du da?«, flüstere ich.

In diesem Moment springt die matte schwarze Eingangstür auf. Wortlos schiebt mich Cajus über die Schwelle und schließt die Tür hinter sich.

Im Inneren des Hauses ist es um einige Grad wärmer. Ich hatte eine Art Hausflur erwartet, doch wir stehen in einem gewaltigen Loft mit Stahlverstrebungen, indirekter Beleuchtung und einer offenen Glastreppe, die zu einer Galerie nach oben führt. In der Ecke befindet sich ein gemauerter Kamin, die großzügige Ledersitzlandschaft und der lange Stahltisch mit den schlichten Stühlen wirken sehr modern. Ein leichter Chlorgeruch liegt in der Luft. Ich drehe den Kopf und entdecke eine Glastür, hinter der ein Pool zu sehen ist. Am beeindruckendsten ist jedoch die breite Fensterfront an der Stirnseite des Lofts. Die grauen Vorhänge sind aufgezogen und dahinter liegt das Meer. Ein Meer, das gar nicht da sein dürfte. Sanft werden die Wellen an einen kleinen Strandstreifen gespült, der vom Mondlicht zart erhellt wird.

Ich drehe mich einmal um die eigene Achse. »Das ist verrückt«, sage ich. »Das Innere sieht ganz anderes aus als das Äußere.«

»Das ist Noctaris. Nichts ist, wie es scheint. Sobald du dir ein Haus leisten kannst, ist im Innenbereich alles möglich.«

Ich versuche, mir Phoenix in diesem Loft vorzustellen, doch es gelingt mir nicht. Die Bilder passen einfach nicht zusammen.

Cajus macht einen Schritt auf mich zu. »Du musst dich konzentrieren, Bennet.« Sein Blick ist unruhig, er wartet auf meine Erinnerung. Er ist noch ungeduldiger als sonst. Ich will auch endlich Antworten.

Ich nicke. »Okay.«

Und dann passiert es. Noch bevor ich einatmen kann, schiebt sich ein neues Bild über meine Wirklichkeit.

Ich befinde mich noch immer in Phoenix' Haus, aber Cajus ist verschwunden. Stattdessen stehen zwei große Männer neben dem brennenden Kamin. Die zuckenden Flammen werfen tanzende Schatten in den Raum.

»Nun, Hunt. Wo ist es?«, fragt Lazar.

»Wovon redest du?«, höre ich mich mit Phoenix' Stimme fragen. Gleichzeitig springt mein Puls in die Höhe.

»Lass die Spielchen.« Lazar macht einen Schritt auf mich zu. »Du brauchst einen antiken Schriftenzauber und ich bin mir sicher, dass du ihn für die Lumoire benötigst. Gib sie mir und ich lasse dich vielleicht am Leben.«

Natürlich meint er die Drohung ernst. Meine Gedanken rasen, und da ist Angst. Gleichzeitig spüre ich eine schmale Hand auf meinem Arm. Eine Hand, die zu einem etwa zwanzigjährigen Mädchen in einem blassblauen Kleid gehört. Sie schmiegt sich an mich, während ich das Gefühl habe, etwas tun zu müssen. Sonst tun sie mir etwas.

Lazars Augen werden noch dunkler, als sie ohnehin schon sind. »Das ist deine letzte Chance, Hunt.« Auch der glatzköpfige Kerl neben ihm kommt näher.

»Hey, nur ruhig Blut«, sage ich, auf der gedanklichen Suche nach einem Notausgang. »Ich habe die Lumoire nicht.«

»Wie bedauerlich«, entgegnet Lazar aalglatt. Mit dem Kopf gibt er seinem Begleiter ein Zeichen.

»Aber ich habe etwas Besseres, etwas viel Besseres für euch«, fahre ich hastig fort. Adrenalin strömt durch meine Adern. »Ich habe eine Tochter der Gesichtslosen Familie.« Mit diesen Worten stoße ich das blonde Mädchen von mir, direkt vor die Füße der beiden Männer. Panisch versucht sie, von ihnen wegzukommen, wird im nächsten Moment aber von dem Glatzkopf auf die Beine gerissen. Ihr erschrockener Ausdruck, eine Mischung aus Ungläubigkeit, Enttäuschung und Panik, brennt sich in mein Gehirn.

»Was hast du gesehen?«, höre ich Cajus fragen, als ich in die Gegenwart zurückkehre. Phoenix' Erinnerung liegt tonnenschwer auf mir, eine bleierne Last, die es mir unmöglich macht, zu atmen.

»Was hast du gesehen, Bennet?«, wiederholt Conterville angespannt. Er packt mich an den Schultern.

»Ein Mädchen. Ich habe ein blondes Mädchen gesehen. Die Tochter der Gesichtslosen Familie«, presse ich hervor, während sich die Szene in meine Synapsen beißt. Ich kann nicht glauben, dass Phoenix zu so etwas in der Lage ist. Der Phoenix, mit dem ich zärtliche Küsse, geflüsterte Versprechungen und noch mehr getauscht habe.

»Und was ist mit dem Mädchen?« Cajus wird lauter, wirkt mit

dem schwarzen Vollbart und der dunklen Kleidung beinahe bedrohlich. »Was ist mit ihr passiert?!«

»Phoenix hat sie Lazar zugeworfen wie etwas, das er nicht mehr braucht.«

»Hast du sonst noch irgendetwas gesehen?«

Ich schüttele den Kopf. Eine einzelne Träne läuft mir über die Wange. »Das war alles.«

Cajus rüttelt an meinen Schultern, seine grünen Augen betrachten mich eindringlich, gehetzt. »Bist du sicher?«

»Ja, ich bin sicher«, fauche ich gereizt und reiße mich von ihm los. »Phoenix hat sie verschachert, um seinen eigenen Kopf aus der Schlinge zu ziehen. Einfach weggestoßen hat er sie! Das ist nicht der Phoenix, den ich kenne. Wenn ich also mehr wüsste, würde ich es dir sagen, ich würde dir alles sagen, damit du ihn in die Finger bekommst!« Meine Stimme ist tränenerstickt.

»Schon gut.« Conterville wirkt erschöpft. »Schon gut, ich glaube dir.« Plötzlich versteift er sich und legt den Kopf leicht schief, wie er es im Nachtmahr vor der Razzia getan hat. Mit schnellen Schritten eilt er zur Fensterfront.

Erst jetzt sehe ich den Schatten, der sich hinter dem Vorhang löst und mit einem bestialischen Schrei auf Cajus zujagt.

Kapitel 26

Meine Füße sind wie festgenagelt. Mein Herz macht einen schmerzhaften Sprung. Geschockt starre ich auf den Angreifer, es ist Lazars Begleiter aus Phoenix' Erinnerung.

Cajus reagiert blitzschnell. Er weicht zur Seite aus und stellt dem heranstürmenden Mann ein Bein. Mit rudernden Armen verliert der Glatzkopf das Gleichgewicht und segelt durch die Luft, direkt auf die gewaltige Ledercouch zu.

Mit zwei schnellen Schritten ist Cajus bei ihm und packt den Typen fest am Kragen. Der fadenscheinige Frack des Mannes reißt. Mit voller Wucht donnert Cajus den Kopf des Kerls auf den Stahltisch, drückt ihn mit dem Rücken auf die Tischplatte und boxt ihm brutal ins Gesicht. Schweißperlen und Speicheltropfen regnen auf die schimmernde Tischplatte.

»Wo ist sie?«, faucht Cajus voller Hass. Mit der linken Hand hält er seinen Gegner am Hemdkragen, die rechte hat er drohend erhoben.

Der Glatzkopf hustet, bevor er langsam den Kopf wendet und

Cajus mit blutverschmierten Zähnen angrinst. »Ich habe keine Ahnung, Schwarze Hand.«

Cajus boxt ihm ein zweites Mal ins Gesicht. »Sag mir, wo sie ist! Wo haltet ihr sie gefangen?«

Der Glatzkopf beginnt leise zu lachen. Ein grollendes Beben löst sich aus seinem Brustkorb, als er erneut den Kopf wendet und Cajus aus seinen schmalen Augen anfunkelt. »Glaubst du, ich habe hier Nacht für Nacht auf Hunt gewartet, um dir das zu verraten? Du wirst sie niemals finden.«

Cajus ist drauf und dran, ihn erneut zu schlagen.

»Nicht! So kommen wir doch nicht weiter«, sage ich.

Cajus' Brust hebt und senkt sich schnell. Von der Seite wirft er mir einen wütenden Blick zu. »Und wie lautet dein Vorschlag? Hast du vor, ihm die passende Erinnerung einfach mit seinem Nox zu entreißen? Vielleicht beginnt der Arsch ja dann zu reden.«

Bei Cajus' Worten schluckt der glatzköpfige Mann in dem zerrissenen Frack. Nervös gleitet sein Blick zu mir. »Ist sie etwa ein ...«

Cajus hält ihn noch immer erbarmungslos auf die Tischplatte gedrückt.

»Ist sie etwa ein *Inkubus*?«, stammelt der Glatzkopf, die blassblauen Augen voller Entsetzen aufgerissen. Verständnislos richtet er den Blick auf Cajus. »Das macht keinen Sinn. Jeder weiß, dass die Schwarze Hand geschworen hat, jeden Inkubus zu ...«

Knurrend donnert Cajus den Hinterkopf des Mannes gegen die Tischplatte. »Du redest ganz schön viel. Nur leider über die falschen Themen. Das wird sich gleich ändern.«

Unsicherheit blitzt in den schmalen Augen des Rebellen auf, während Cajus die Hand hebt und sie ihm direkt vor das Gesicht hält. Ich blinzele mehrmals, aber das, was ich sehe, passiert wirklich. Zuerst kommt nur ein schwarzer Funke aus Cajus' Hand. Er beginnt, im Kreis herumzuwirbeln, wächst immer weiter an. Wird zu einem Strudel aus dunklem Licht, das knapp über dem Gesicht des Mannes einen funkenschlagenden Mahlstrom bildet.

»Was tust du … nein!«, keucht der Kerl entsetzt. Seine Augen weiten sich, das strahlende Schwarz des Energiewirbels spiegelt sich in seinen glänzenden Pupillen.

»Sag mir, wo sie ist!«

Der Typ beginnt zu schreien. Sein Körper zuckt auf der metallenen Tischplatte, als würde er unter Strom stehen, dicke Schweißtropfen perlen von der zerfurchten Stirn. Die grauenvollen Schreie steigern sich zu einem panischen Brüllen.

In der nächsten Sekunde beginnt der Strudel aus Licht zu flackern. Dann erlischt er. Wimmernd schließt der Rebell die Augen. Tränen rinnen rechts und links über seine Wangen. Cajus flucht unterdrückt. Er ballt die Hand zur Faust, als hätte er nicht geplant, dass das passiert.

»Letzte Chance. Sag mir, wo sie ist, oder ich quäle dich so lange mit deinen schlimmsten Albträumen, bis du vergessen hast, wer du bist.«

Der Mann schüttelt den Kopf.

»Rede!«, herrscht Cajus ihn an.

Erneut streckt er die Hand aus, knisternde Funken seiner

schwarzen Energie springen bedrohlich über seine Haut. Als sich ein neuer Wirbel aus dunklem Licht zu bilden beginnt, stöhnt der Rebell gequält auf.

»Bitte nicht! Ich verrate es. Ich verrate es!«, stößt er hervor. »Ein Bluteid hindert mich daran, euch das Versteck zu nennen, aber ich kann euch hinführen.«

»Wage es nicht, mich zu hintergehen.« Mit einem Ruck zerrt Cajus den Mann in die Höhe. Dann zieht er ein dünnes schwarzes Seil aus seiner Manteltasche und fesselt dem Rebellen die Hände hinter dem Rücken. Widerstandslos lässt er es geschehen. Sein ganzer Körper bebt. Wahrscheinlich sollte sich das nach einem Sieg anfühlen. Tut es aber nicht. Der Mann wirkt gebrochen. Seine Augen sind gerötet und stumpf ins Leere gerichtet. Fast als würde sich der Albtraum, den er beim Anblick des schwarzen Energiestrudels erleben musste, noch immer vor seinem inneren Auge abspielen.

»Was hast du mit ihm gemacht?«, flüstere ich.

»Ich habe ihm gezeigt, wovor er sich am meisten fürchtet.« Die Gleichgültigkeit in Cajus' Stimme ist erschreckend.

»Offenbar bin ich nicht die Einzige mit einer dämonischen Kraft. Wieso kannst du das überhaupt?«

Er schnaubt leise. »Ich arbeite für die Gesichtslose Familie, das ist der Grund.«

»Du beziehst deine Kraft auch aus der Lumoire?«

»So in etwa.« Er gibt dem Mann einen Stoß zwischen die Schulterblätter. »Lass uns aufbrechen.«

Der Typ lotst uns in ein Viertel von Noctaris, das ich noch nicht kenne. Es ist jedoch keine zwielichtige Gegend mit heruntergekommenen Etablissements und dunklen Gassen, wie ich erwartet hatte. Stattdessen ragen prachtvolle Häuser weit in den wolkenverhangenen Nachthimmel. Glänzende Statuen aus schimmerndem Obsidian zieren die breiten Straßen, die Pflastersteine sind aus dunklem Silber und klingen melodisch bei jedem Schritt. Selbst der Duft, der zwischen den reich verzierten Hausfassaden und den leise plätschernden Springbrunnen aus Basalt über die Straße weht, schreit nach Luxus. Es riecht nach kostbaren Ölen, teuren Parfüms und dunklen Sehnsüchten.

Für die Menschen hier ist Reichtum eine Alltäglichkeit. Die Frauen tragen glitzernde Diamantcolliers, dunkle Juwelen und Ohrringe, die das Sternenlicht einfangen. Die Männer zeigen sich mit prächtigen Spazierstöcken, edlen Manschettenknöpfen und auffälligen Anstecknadeln.

Cajus' wunderschöner Ring ist das Einzige an mir, das in dieses Viertel passt, selbst mein schwarzes Kleid mit dem silbergrauen Korsett ist viel zu schlicht.

»Wie weit noch?«, fragt Cajus angespannt.

»Nicht mehr weit.« Die Stimme des Glatzkopfs klingt schleppend, ein schwarzer Umhang aus Phoenix' Schrank kaschiert die gefesselten Hände.

»Wir brauchen einen Plan«, wispere ich Cajus zu. »Falls er uns in eine Falle locken will.«

»Das wird er nicht, denn das wäre sein Todesurteil.«

Der Mann schnauft leise. »Ich bin nicht euer Problem. Das Problem sind die Wachen. Sie haben die Anweisung, niemanden zu der Gefangenen zu lassen.«

Das glockenhelle Lachen einer Frau in einem silbernen Kleid lenkt uns kurz ab. Sie läuft zu einem der schwarzen Springbrunnen in der Straßenmitte.

»Vielleicht hast du recht«, sagt Cajus leise, als wir an der Frau und dem Springbrunnen vorbei sind. »Vielleicht brauchen wir tatsächlich einen Plan.« Knapp vor unserem Ziel bleibt Cajus im Schatten einer imposanten Statue stehen, die eine Häuserfront ziert.

»Hier.« Er drückt mir etwas Kaltes, Glattes in die Hand. »Falls er versucht, abzuhauen oder uns reinzulegen.«

Ungläubig starre ich auf das glänzende schwarze Messer, das er schon im Nachtmahr gezogen hat. Das Mondlicht spiegelt sich auf der beidseitig geschliffenen dunklen Klinge, die in einem lederumwickelten schwarzen Griff endet.

»Erwartest du von mir, dass ich ihn dann absteche?«

»Ich erwarte, dass du mir hilfst, meine ...« Er unterbricht sich. »Das Mädchen zu finden.«

»Sie ist deine Freundin, richtig?« Eigentlich geht es mich nichts an. Es tut auch nichts zur Sache. Dennoch rutscht mir der Satz heraus und hängt einen Moment zwischen uns in der sternenhellen Nacht.

»Wir sollten uns beeilen. Sie hat vielleicht nicht mehr viel Zeit.« Das ist Cajus' Antwort, mehr bekomme ich nicht.

Nickend verberge ich die schimmernde schwarze Klinge zwischen den Falten meines langen Kleides.

»Wir geben vor, dass wir deine Gefangenen sind«, wendet sich Cajus an den Glatzkopf und löst seine Fesseln. »Wenn du ihnen die Schwarze Hand bringst, vergessen sie vielleicht ihre Anweisungen.«

Der Mann sagt nichts. Das Grauen liegt noch in seinen Augen. Wahrscheinlich würde er alles tun, was ihm die Schwarze Hand befiehlt. Trotzdem habe ich ein ungutes Gefühl. Unser Plan ist zu spontan und das ist ein Fehler. Pläne sollten ausgereift und durchdacht sein, und nicht mitten auf der Straße gebastelt werden wie bunte Luftballonfiguren. Dem Rebellen ist nicht zu trauen, das spüre ich. Und mit dem Messer werde ich nicht viel anfangen können. Doch da ist auch das verängstigte Gesicht des blonden Mädchens. Sie braucht unsere Hilfe, mit oder ohne Plan.

Schweigend gehen wir auf der klingenden Straße weiter, bis wir ein Haus erreichen, das der Rebell mit einem stummen Kopfnicken zu unserem Ziel erklärt. Eine kurze Treppe mit schmiedeeisernem Ziergeländer führt zu einer wuchtigen Holztür. Ein silberner Löwenkopf dient als Anklopfer.

»Dreimal kurz, dreimal lang«, murmelt der Glatzkopf hinter uns.

Cajus wirft ihm einen warnenden Blick über die Schulter zu.

»Ich habe keine Ambition, dich zu betrügen, Schwarze Hand.«

»Das solltest du auch nicht«, bemerkt Cajus, bevor er im angegebenen Rhythmus klopft. Meine rechte Hand, die das Messer hält, ist schweißnass. Mein Herz klopft aufgeregt. Jede Sekunde wird zur Qual.

»Wie lange dauert das?«, presst Cajus hervor.

»Nur Geduld«, zischt der Glatzkopf.

In dem Moment schwingt die Tür lautlos auf. Meine Schultern verkrampfen sich, ich rechne mit allem – nur nicht mit einem leeren Flur.

»Rein da«, gibt der Rebell mit lauter Stimme von sich. Dann verpasst er uns beiden einen Stoß in den Rücken. Mit hängendem Kopf stolpern Cajus und ich über die Schwelle, bis wir im Vorraum stehen. Augenblicklich fällt die Tür hinter uns wieder leise ins Schloss.

Angespannt sehe ich mich um. Das Haus sieht unbewohnt aus. Der mit luxuriösen Marmorplatten ausgelegte Flur führt in einen weitläufigen, schwarz-weiß gekachelten Salon. Kein einziges Möbelstück befindet sich darin. Die hohen Räume werfen jedes Geräusch als unangenehm hallendes Echo zurück.

»Nach links«, befiehlt der Rebell. Er deutet auf eine schmale Tür, die mir erst jetzt auffällt. Er spielt seine Rolle gut, vielleicht zu gut. Hinter der Tür kommt eine enge Kellertreppe zum Vorschein. Flackernde Öllampen an schwarzen Wänden beleuchten die Stufen. Cajus geht ohne zu zögern voran, ich folge ihm etwas langsamer. Schon nach den ersten Schritten auf den glatten Steinstufen wird es deutlich kälter. Hellgraue Atemwolken bilden sich vor meinen Lippen, eine unangenehme Mischung aus Moder und Feuchtigkeit, die von den dunklen Steinwänden zu kommen scheint, steigt mir in die Nase.

»Was für ein Drecksloch«, murmelt Cajus.

»Klappe halten«, sagt der Mann hinter uns.

Je tiefer wir kommen, desto ungemütlicher wird es. Eiskalte

Wassertropfen sammeln sich an der gewölbten Decke und fallen auf uns hinunter. Ich zucke jedes Mal zusammen, wenn sie meinen Kopf treffen. Irgendwann wehen die Stimmen von zwei Männern zu uns herauf. Einer klingt ziemlich nasal und hat einen starken britischen Akzent. Der andere hört sich deutlich jünger und weniger gebildet an.

»Wenn sie wenigstens hübsch wäre«, höre ich den Jüngeren sagen. »Ich meine, da wird man jahrelang mit Gerüchten über die verwöhnten Gören der Gesichtslosen Familie gefüttert, und dann das. Ich hab echt mehr erwartet.«

»Das Aussehen der Gefangenen spielt keine Rolle«, erwidert der Ältere tadelnd. »Die Kleine soll nur einen Zweck erfüllen. Und der liegt nicht darin, dein Wohlgefallen zu wecken.«

»Nee, mit dem Gesicht sicher nicht«, murrt der Jüngere. »Wenn ihre Schwester auch so aussieht, dann gute Nacht.«

Der Ältere gibt ein missgünstiges Schnauben von sich. »Du solltest deine Prioritäten überdenken. Es geht um die Lumoire, nicht um die Optik der Gefangenen.«

Wir haben das Ende der schmalen Treppe erreicht. Im Schein der zuckenden Öllampen sehe ich Cajus' verkrampfte Schultern. Seine Muskeln sind gespannt, als er das Kellergewölbe betritt.

Jede Menge Fässer stehen zwischen den Säulen der gemauerten Rundbögen. Sie bilden lange Reihen mit schmalen Gängen, die sich wie im Spalier in den rückwärtigen Bereich des Gewölbes erstrecken. Der Geruch nach Eichenholz und Schnaps ist allgegenwärtig, ebenso die tropfende Feuchtigkeit, die den schwarzen Holzplanken der bauchigen Behältnisse zusetzt. Auf umgeworfenen Fässern sitzen die zwei Männer im Lichtkreis einer einzelnen Lampe, der Rest des länglichen Gewölbes versinkt in der Dunkelheit. Der jüngere hat dunkle Haare, leicht abstehende Ohren und eine kernige Figur. Der ältere ist größer und schlanker. Mit seinen grau melierten Schläfen und dem feinen grauen Anzug macht er einen fast schon eleganten Eindruck. Verwundert sehen sie uns an.

»Hank«, sagt der Jüngere alarmiert und steht auf. »Was machst du hier? Und wer zum Teufel sind die beiden? Du weißt, dass wir niemanden herbringen dürfen.«

»Das ist die Schwarze Hand und seine Begleiterin«, erwidert der Glatzkopf mit belegter Stimme. »Ich sollte doch ein Auge auf Hunt haben. Hab die beiden überwältigt, als sie bei ihm rumgeschnüffelt haben.« Er hat je eine Hand auf meine und Cajus' Schulter gelegt, der mit gesenktem Kopf vor den Männern stehen geblieben ist.

»Du hast sie überwältigt?« Der Ältere steht nun ebenfalls auf. Er ist größer, als ich erwartet habe, und er wirkt misstrauisch. Mein Magen zieht sich zusammen.

»Dachte, das wird den Bossen gefallen.« Hanks Stimme klingt fest, doch der ältere Wachmann bleibt skeptisch.

»Passwort?«, fragt er unvermittelt.

Ich tausche einen schnellen Blick mit Cajus. Automatisch schließen sich meine Finger fester um das Messer.

»Glockenturm«, antwortet Hank, ohne zu zögern.

Im nächsten Moment bricht im Keller ein schriller Alarm aus.

»Fuck«, stößt der jüngere Rebell hervor, während die Hand des älteren in seine graue Fracktasche gleitet. Bevor ich reagieren kann, gibt Hank Cajus einen Stoß, der ihn dem Jüngeren in die Arme taumeln lässt. Die beiden beginnen sofort zu kämpfen, während ich zu Hank herumwirbele. Der an- und abschwellende Alarmton füllt das ganze Gewölbe mit einer nervenzerreißenden Lautstärke. Hanks Augen funkeln triumphierend, er kostet es aus, uns mit dem falschen Passwort in die Falle gelockt zu haben.

»In zwei Minuten wimmelt es hier von unseren Leuten«, zischt er gehässig.

Instinktiv hebe ich das Messer, bereit, mich zu verteidigen. Aber das muss ich gar nicht, denn Cajus gleitet wie ein schwarzer Schatten vor mich. Er hat den jungen Mann niedergeschlagen, nun ist sein Fokus auf Hank gerichtet.

»Du verdammtes Arschloch«, presst er hervor. Mit übermenschlicher Geschwindigkeit packt er Hank an den Schultern und schleudert ihn gegen den älteren Rebellen. Hinter mir höre ich den Jüngeren stöhnen, vor mir prallen Hank und der alte Rebell gegeneinander. Flach atmend weiche ich zurück. Der junge Mann rappelt sich auf und stürzt sich verbissen auf Cajus. Hank stößt sich von dem Alten ab und schaltet sich ebenfalls ein. Zu zweit gehen sie auf Cajus los, der sich in einem Wirbel aus Tritten und Schlägen gegen die Rebellen verteidigt. In diesem Moment bemerke ich aus dem Augenwinkel, wie der Ältere hastig etwas aus seinem Frack zieht. Es ist eine handgroße schwarze Kugel mit einer silbernen Schlangenverzierung. Ein unheilvolles Glimmen geht von den verschlungenen dünnen Linien aus. Das ist höchstwahrscheinlich eine magische Waffe. Sofort springe ich nach vorn, um zu verhindern, dass der alte Mann die Kugel wirft. Er schreit auf, als ich ihn knapp mit dem Messer verfehle. Irgendwie gelingt es mir, die Kugel aufzufangen, die er vor Schreck fallen lässt. Kurz darauf brechen die Kampfgeräusche hinter mir ab und Cajus' warmer Atem streift meinen Nacken. Er schiebt mich zur Seite. Dann packt er den Alten am Revers.

Ich sehe über die Schulter. Hank und der Jüngere liegen bewusstlos zwischen den Fässern. Das Hemd des jüngeren Rebellen ist aus dem Hosenbund gerutscht, auf Hanks Schläfe blutet eine Platzwunde.

»Wo ist das Mädchen?«, faucht Cajus den älteren Mann über das hässliche Pfeifen des Alarms an.

»Welches Mädchen?« Ungebrochener Kampfeswille funkelt aus den Augen des alten Rebellen.

Cajus' nächste Bewegung ist so schnell, dass ich sie nur verschwommen wahrnehme. Seine Faust zuckt nach vorn, der Alte stöhnt auf. Aus seiner Nase tropft Blut, das in den Kragen seines grauen Hemds fließt.

»Wo ist das Mädchen?«, wiederholt Cajus gepresst.

Abgrundtiefer Hass strahlt aus den schwarzen Pupillen des alten Mannes. »Ihr werdet nicht weit kommen. In weniger als sechzig Sekunden …«

Cajus schlägt erneut zu. »Sag mir sofort, wo sie ist, oder ich breche dir auch noch den Kiefer.«

Das Gesicht des Rebellen ist schmerzverzerrt, als er schließlich mit dem Kopf in Richtung des rückseitigen Gewölbes nickt. Grob schleift Cajus ihn zwischen den hohen Fässern hindurch in die angegebene Richtung. Nach wie vor hallt der Alarm von den feuchten Kellerwänden wider. Gehetzt blicke ich mich um. Wenn die Rebellen nicht lügen, haben wir in Kürze eine ganze Horde von ihnen am Hals.

Am anderen Ende des Gewölbes biegen wir nach rechts in einen schmalen Gang, in dem vereinzelt grob gezimmerte Kisten stehen. Schwarze Fackeln beleuchten den engen Korridor, an dessen Ende sich eine gemauerte Zelle befindet. Ein schwaches blaues Glimmen geht von den dicken Gitterstäben aus. Dahinter lehnt das blasse Mädchen, das ich aus Phoenix' Erinnerung kenne, kraftlos an der feuchten Wand. Als wir zu ihr stoßen, öffnet sie blinzelnd die Augen. Ihr Blick gleitet von dem Rebellen kurz zu mir und bleibt schließlich auf Cajus liegen.

»Du kommst spät«, flüstert sie dann mit einem erschöpften Lächeln.

Kapitel 27

»Aufmachen!«, blafft Cajus den hochgewachsenen Rebellen an. Unbarmherzig stößt er ihn in Richtung der blau schimmernden Gitterstäbe. Das quadratische Gefängnis ist so eng, dass sich ein Erwachsener kaum auf dem nackten Steinboden ausstrecken kann. Die schmale Zellentür ist mit einer Eisenkette versehen, die von einem rostigen Vorhängeschloss zusammengehalten wird.

Nur widerwillig zieht der alte Mann einen Schlüsselbund aus seinem Frack. »Das wird euch nichts bringen«, erklärt er über den schrillen Alarm hinweg.

»Halt den Mund!«

Sollte Cajus nervös sein, lässt er es sich zumindest nicht anmerken. Ich werfe einen unruhigen Blick über die Schulter. Mein Nacken kribbelt, mein Herz trommelt wie verrückt. Ich habe keine Ahnung, wie wir es aus dem Keller schaffen sollen. Jede Sekunde rechne ich mit den Rebellen.

»Jetzt mach schon«, faucht Cajus, während der Alte mit dem Schlüsselbund hantiert. Kaum hat er den angelaufenen silbernen

Schlüssel ins Schloss gesteckt, drängt ihn Cajus zur Seite. Kurz darauf fällt das geöffnete Vorhängeschloss mitsamt der rasselnden Kette zu Boden. Cajus reißt die leuchtende blaue Gittertür auf. Mit einem schnellen Schritt ist er in der Zelle, wo er das dünne Mädchen in seine Arme zieht.

»Ich dachte, ich sehe dich nie wieder«, höre ich ihn flüstern.

»Das habe ich zwischendurch auch befürchtet«, antwortet sie. »Du hast dir ganz schön Zeit gelassen. Ist dein Bart deswegen so lang? Ziemlich sexy.«

Cajus' Lippen streifen kurz über ihre Schläfe, dann lässt er sie los. »Was beschwerst du dich? Du hast es dir hier doch schön eingerichtet.«

Sie lächelt kurz. Ihre blonden Haare sind strähnig, das blassblaue Kleid mit den Puffärmeln verdreckt. Tiefe Schatten liegen unter ihren Augen, als hätte sie nächtelang nicht geschlafen. Ihre Lippen sind ausgetrocknet, die sommersprossige Haut wirkt fahl. Äußerlich wirkt sie wie eine Gefangene. Innerlich scheint ihr Wille ungebrochen zu sein. Zumindest liegt ein starkes, überlegenes Funkeln in ihren Augen.

»Wir sollten uns beeilen«, erinnere ich die beiden.

Der durchdringende Alarm ist nicht leiser geworden und die Körperhaltung des alten Rebellen gefällt mir nicht. Sein Kopf ist zu erhoben, sein Blick zu selbstgefällig. Meine Finger klammern sich fester um den Griff des Messers. Ich richte die Klinge auf den Mann, in der anderen Hand halte ich immer noch die schwarze Kugel mit der Schlangenverzierung.

Cajus nickt und führt das Mädchen aus der Zelle. Ihr Gang ist ein wenig unsicher und ihr Gesicht erinnert mich an Vermeers Gemälde *Das Mädchen mit dem Perlenohrring*. Es ist eins dieser unscheinbaren Gesichter, nach denen man sich auf der Straße nicht umdrehen würde. Ich mag mich für den Gedanken selbst nicht, aber ich habe mir Cajus' Freundin irgendwie anders vorgestellt.

Cajus zieht hastig einen schimmernden Flakon aus seiner Manteltasche, der aus Rauchquarz gefertigt ist. Er schüttelt ihn kurz, sodass funkelnde silberne Flocken darin aufwirbeln. »Trink das, Aurora.«

Als sie den Arm danach ausstreckt, verändert sich für den Bruchteil einer Sekunde ihr Aussehen. Ihre von Sommersprossen übersäte Haut wird sahnig weiß und glatt. Ihr ganzer Arm wirkt kräftiger, die Muskeln straffer, ihr Handgelenk weniger knochig. Auch ihre Finger sehen mit einem Mal länger aus, als gehörten sie zu einer anderen Frau. Die stumpfen Fingernägel glänzen plötzlich. Doch schon im nächsten Moment ist ihr Arm wieder sommersprossig und dünn.

Blinzelnd starre ich darauf. Das alles ging so schnell, dass ich mir nicht sicher bin, ob ich es mir nur eingebildet habe. Cajus scheint nichts bemerkt zu haben. Er beobachtet nur ungeduldig, wie sie den Flakon an ihre rissigen Lippen hält und den Inhalt mit einer schnellen Bewegung hinunterstürzt.

Dann verzieht sie das Gesicht. »Ekelhaft.«

»Hauptsache, es wirkt.«

Kaum hat Cajus das gesagt, verblassen die Schatten unter ihren hellblauen Augen. Lippen und Wangen bekommen einen rosigen Schimmer. Aurora atmet tief ein. »Besser.«

»Gut.« Cajus wirkt erleichtert.

»Lasst uns verschwinden«, presse ich hervor.

Der Alarm scheint immer lauter zu werden, zumindest hier unten. Wir werden jeden Moment umzingelt sein.

»Du kommst mit.« Cajus packt den alten Mann und schiebt ihn durch den schmalen Gang mit den schwarzen Fackeln in Richtung Gewölbe. »Wenn die Rebellen hier aufkreuzen, bist du ein guter Schutzschild.«

Mit hämmerndem Herzen folge ich ihnen. Das Messer und die schwarze Kugel liegen schwer in meinen Händen.

»Das ist euer Tod«, schnauft der alte Mann, den Cajus wie eine Geisel vor sich hertreibt.

»Mund halten«, erwidert er hart.

Das Mädchen hastet mit mir an den grob gezimmerten Kisten vorbei und wirft mir dabei einen kurzen Blick zu. »Hi, ich bin Aurora.«

»Harper«, erwidere ich.

»Kannst du kämpfen?«

»Ein wenig.«

»Nur ein wenig?« Im Laufen wendet sie sich an Cajus. »Wieso hast du sie dann mitgenommen?«

»Sie ist Hunts Freundin«, erklärt Cajus über die Schulter. »Sie hat Zugriff auf seine Erinnerungen.«

Auroras Wangen werden wieder etwas blasser. »Du bist Phoenix' … Freundin?«

Ich nicke knapp. Das hier ist nun wirklich nicht der richtige Zeitpunkt für diese Unterhaltung.

»Woher kennt ihr euch? Aus Noctaris?«

»Nein, aus der wachen Welt.«

»Wo ist Phoenix jetzt?«, fragt sie weiter.

Wir haben das Gewölbe inzwischen fast erreicht, durch das immer noch der ohrenbetäubende Alarm schrillt. Bei dem Krach bin ich mir nicht sicher, ob wir die Rebellen überhaupt hören würden.

»Er ist im Labyrinth der Benommenheit. Cajus hilft mir, ihn dort zu finden.«

Ein heiseres Lachen kommt aus dem Mund des alten Rebellen, der vor uns durch den Gang stolpert. »Niemand findet den Weg ins Labyrinth der Benommenheit, ohne das Geheimnis zu kennen.«

Seine Worte klingen so spöttisch, dass mir ein Kälteschauer über den Rücken läuft.

»Welches Geheimnis?«, fragt Aurora scharf, ihre Stimme wird von den hohen Wänden zurückgeworfen. In diesem Moment bricht der Alarm ab. Die plötzliche Stille ist unheimlicher als das schrille Pfeifen zuvor.

»Das wüsstest du wohl gern, nicht wahr?«, erwidert der Rebell überheblich. Sein Gesicht ist voller getrocknetem Blut, dennoch scheint er überzeugt zu sein, von uns allen die besten Karten zu haben. Auf einmal poltert es im oberen Teil des Hauses. Türen knallen, pure Angst schießt durch meinen Körper.

»Scheiße«, flucht Cajus und bleibt nach ein paar Schritten durch das Gewölbe stehen. »Gibt es noch einen anderen Ausgang?«

»Halt ihn fest, dann finde ich es heraus«, sagt Aurora. »Auch was er über das Labyrinth weiß, wir werden jede Information brauchen.«

Sie drängt sich an mir vorbei zu Cajus und dem alten Mann. Ich habe keine Ahnung, was sie vorhat, finde es aber Wahnsinn, hier zu stoppen. Mit jeder Sekunde wird das Poltern von oben lauter, ich kann sogar schon tiefe Stimmen hören. Cajus stößt den alten Mann hinter eines der Fässer und zwingt ihn in die Knie. Aurora tritt knapp vor den Rebellen, dann legt sie ihre rechte Hand auf seine Stirn.

»Nein!«, gurgelt er.

Aurora beginnt leise zu flüstern, ihre Worte klingen alt und fremd in meinen Ohren, als stammten sie aus einer lang vergessenen Sprache. Ein dunkles Licht bricht unter ihren Fingerspitzen hervor und strahlt von dort über die Stirn des Rebellen. Es erinnert an den funkensprühenden Mahlstrom, mit dem Cajus die Albtraumbilder in Hanks Hirn gepflanzt hat.

»Es soll einen geheimen Ausgang geben«, stammelt der Alte. »Irgendwo in dem Gang, durch den wir gerade gekommen sind. Ich habe ihn selbst noch nicht gefunden.«

Fluchend wechselt Aurora einen schnellen Blick mit Cajus. »Und wie kommt man in das Labyrinth der Benommenheit?«, fährt sie hastig fort.

Keuchend windet sich der alte Rebell unter Cajus' Griff. Seine Wangen röten sich vor Anstrengung. »Ich kenne nur Gerüchte.«

»Was für Gerüchte?«

Von der Treppe ist jetzt Fußgetrappel zu hören. Noch kann ich die Rebellen nicht sehen, aber sie sind eindeutig auf dem Weg zu uns. Panisch werfe ich Cajus einen Blick zu.

»Alte Geschichten, die man sich erzählt, und deren Wahrheitsgehalt …«

»Hör auf zu faseln und sag mir, was ich wissen will!«, herrscht sie ihn leise an. Das dunkle Licht unter ihrer Handfläche beginnt noch schneller im Kreis zu wirbeln, während die Geräusche auf der Treppe immer lauter werden.

Instinktiv gehe ich hinter einem Fass in Deckung und linse flach atmend daran vorbei. Die ersten Männer tauchen am unteren Ende der Treppe auf. Sie sind muskulös, tragen dunkle Bärte und hohe Zylinder. Mein Herz klopft schmerzhaft schnell gegen meine Rippen.

»Es soll einen sicheren Weg ins Labyrinth geben«, schnauft der alte Mann leise. »Doch keiner hat ihn je entdeckt. Er verläuft unterirdisch, über ein Tunnelsystem.«

Cajus sieht von seinem Platz hinter dem Fass aus durch die langen Reihen nach vorn. Die Männer haben ihre bewusstlosen Kameraden entdeckt und teilen sich lautstark im Kellergewölbe auf. Ich presse den Rücken gegen das feuchte Fass hinter mir. Meine Knie zittern, was nicht nur an der hockenden Position liegt.

»Seht weiter hinten nach«, ruft einer der Rebellen und deutet quer durch den Keller in unsere Richtung.

Verdammt. Wir haben keine Zeit mehr.

Gehetzt starre ich zu Cajus hinüber. Sein Gesicht hat einen sorgenvollen Ausdruck angenommen, der mir nicht gefällt.

Aus Auroras Handfläche dringt noch immer das schwarze Licht.

»Wie findet man durch die Tunnel den Weg ins Labyrinth?«, wispert sie.

»Es soll Markierungen geben«, flüstert der alte Mann zurück. »Der Überlieferung nach wurden sie in der alten Sprache verfasst. Es heißt, sie seien wankelmütig und folgen ihrem eigenen Willen. Nicht jeder kann sie finden, und selbst wenn man sie findet, muss man sie erst entschlüsseln.«

In diesem Augenblick beginnt der dunkle Lichtstrudel zu flackern und bricht schließlich ab. Mit zusammengepressten Lippen schüttelt Aurora ihre Hand. Die Schritte und Rufe der alarmierten Rebellen kommen währenddessen immer näher. Die Männer sind zu sechst, ihre hohen Zylinder werfen bedrohliche Schatten auf den steinernen Boden. Cajus sieht mich an und legt einen Finger auf die Lippen. Der Gang, der unsere beiden Fässer trennt, ist etwa zwei Meter breit. Aurora drückt dem Rebellen ihre Hand auf den Mund. Ich erkenne die Erschöpfung in seinen Augen, die mit seinem Kampfeswillen ringt.

Cajus versetzt ihm einen Schlag gegen die Schläfe, der ihm die Besinnung raubt. Dann deutet er auf das Messer in meiner Hand. Ich zwinge mich, meinen Griff darum zu lockern, und nicke ihm zu. Die Männer sind uns nun schon ganz nah. Ihre Schritte donnern über den Boden, sie können nur noch wenige Meter entfernt sein.

Langsam lässt Cajus den alten Rebellen los, der lautlos zur Seite kippt. Sein Gesicht ist hochkonzentriert, als er auffordernd die Hand ausstreckt. Mein Mund ist trocken vor Aufregung. Ich atme tief durch und werfe ihm das Messer zu. Die nachtschwarze Klinge schimmert im Licht der Öllampen und beschreibt einen glänzenden Halbkreis. Einer der Männer stößt einen tiefen Warnschrei aus. Cajus fängt das Messer im Flug, gleitet blitzschnell hinter dem Fass hervor und stürzt sich sofort auf den ersten Gegner. Der schwarze Dolch fährt seitlich in den Körper des Mannes. Stöhnend sinkt er auf die Knie. Augenblicklich gehen die anderen Rebellen brüllend auf Cajus los. Geschlossen stürmen sie vorwärts, in ihren Augen leuchtet blinder Zorn. Cajus weicht dem ersten Schlag aus, pariert einen zweiten und duckt sich unter einem dritten weg. Als ihn drei Männer gleichzeitig attackieren, lässt er sich zu Boden fallen und rollt sich geschmeidig aus ihrer Reichweite.

Doch es sind zu viele. Schon ist ein vierter Rebell zur Stelle, der Cajus an den Schultern packt und grob in die Höhe reißt. Sein wutverzerrtes Gesicht wird halb von den flackernden Öllampen beleuchtet, die andere Hälfte liegt im Schatten. Ein weiterer muskulöser Mann schlägt Cajus das Messer aus der Hand und hilft, ihn festzuhalten, während die restlichen drei damit beginnen, ihm brutal in den Bauch zu boxen. Schon nach dem ersten Schlag krümmt sich Cajus stöhnend zusammen.

Wir müssen etwas unternehmen. Hektisch sehe ich zu Aurora. Doch die Tochter der Gesichtslosen Familie ist verschwunden. Nur der alte Rebell liegt besinnungslos hinter dem Fass, von Aurora fehlt jede Spur. Fluchend springe ich auf. Ich habe keinen richtigen Plan, ich weiß nur, dass ich handeln muss.

»Hey!«, rufe ich, um die Aufmerksamkeit der Männer zu erregen. Einen winzigen Moment lang wirken sie irritiert, als sie mich sehen, ein Mädchen mit gewellten dunkelbraunen Haaren in einem schwarzen Kleid. Diesen Moment nutze ich, um ihnen die schwarze Kugel mit der Schlangenverzierung direkt vor die Füße zu werfen. Mit dem sanften Geräusch einer brechenden Eierschale zerplatzt sie. Dunkelgrauer Rauch quillt daraus hervor, der die Männer zum Husten bringt. Doch der Rauch ist nicht alles. Auch ein leises Zischen erklingt. Im nächsten Moment erkenne ich schuppige schwarze Leiber, die sich in beängstigender Geschwindigkeit in verschiedene Richtungen über den Boden bewegen.

Schlangen.

Mein Puls schießt in die Höhe. Deshalb die Markierung. Um keine Zeit zu verlieren, renne ich durch den Rauch direkt zu Cajus. Einer der hustenden Rebellen greift nach mir und erwischt mich am Arm. Keuchend schüttele ich ihn ab, wirbele herum und versetze ihm einen Tritt gegen das Schienbein. Er will mich gerade erneut packen, als sich eine Schlange von der Dicke meines Oberarmes rasend schnell um seinen Knöchel windet und nach oben kriecht. Entsetzt und erleichtert zugleich fahre ich zu Cajus herum, der sich den Rauch und die Verwirrung zunutze gemacht hat, um sich aus dem Griff der beiden Männer zu befreien und sein Messer wieder an sich zu nehmen.

»Gutes Timing«, presst er hervor, nachdem er einem der Rebellen seinen Ellbogen in die Nase gerammt hat. Dann greift er nach meiner Hand.

»Hierher!«, schreit Aurora in dieser Sekunde und winkt uns zu sich. Sie hat eine der grob gezimmerten Kisten in dem schmalen Gang zur Seite geschoben. Dahinter ist der nachtschwarze Eingang zu einem schmalen Tunnel zu sehen. Das muss der Geheimgang sein, von dem der alte Rebell gesprochen hat. Aurora ist also doch nicht einfach abgehauen.

»Los«, stößt Cajus hervor. »Die Schlangen werden sie nicht lange aufhalten.«

Wir hetzen durch die Rauchschwaden, weichen den zupackenden Händen der Männer aus und schlüpfen hinter Aurora in den schmalen schwarzen Tunnel. Er führt stetig bergauf, in Richtung eines schwachen Lichts. Nach etwa hundert Metern wird die Luft kälter, der Wind trägt den Geruch von Patschuli, wilden Pfingstrosen und einem Hauch Jasmin mit sich.

Aurora dreht sich zu uns um und nickt erleichtert. »Es ist nicht mehr weit.«

Kapitel 28

Vor uns sind die Geräusche der Stadt zu hören. Das entspannte Lachen mehrerer Frauen. Das Klimpern von Silbermünzen, die Spitze eines Gehstocks, die in einem stetigen Rhythmus auf die Pflastersteine trifft. Der hüfthohe Durchgang des heruntergekommenen Fachwerkhauses, durch den wir in die finstere Seitengasse gelangen, ist mit einem rostigen Wellblech verstellt. Cajus schiebt es wieder an seinen Platz zurück und bedeutet uns mit dem Kinn, schnell weiterzugehen. Die Nacht ist kälter als zuvor, zumindest fühlt es sich so an. Beunruhigt werfe ich einen Blick zurück.

»Hier lang«, sagt Cajus. Er biegt mit uns um die Ecke auf eine breite Einkaufsstraße. Im Gehen zieht er seinen Mantel aus und hängt ihn Aurora um die Schultern, damit ihr blassblaues Kleid nicht aus der Masse an dunklen Gewändern hervorsticht.

Frauen und Männer mit schwarzen Einkaufstüten werden von blumenhaften Düften begleitet – Rosen, Orchideen, Lilien. Betörend wie eine Einladung schweben sie über den Bürgersteig. Die

Männer tragen dunkle Blüten im Knopfloch ihres Revers, im Haar der Frauen finden sich verspielte Blumenblätter wieder. In den riesigen Schaufenstern leuchten modische Kreationen aus Tüll und Seide sowie hübsche Blumenarrangements und Schmuck, der auf schwarzem Samt präsentiert wird.

Am Ende der Straße erhebt sich der schwarze Glockenturm von Noctaris, noch nie war ich ihm so nah. Die schlanke Konstruktion reicht weit in den wolkenbedeckten Himmel, der Turm ist glatt und makellos, als würde er aus einem einzigen Marmorblock bestehen. Ein Tor ist zu erkennen, vor dem zwei Wachen postiert sind. Mein Blick wandert zu dem riesigen mondblassen Ziffernblatt. Direkt unter der versilberten Spitze strahlen die beiden Zeiger in leuchtend blauem Nox und zeigen an, dass es kurz vor elf Uhr ist. Je länger ich sie betrachte, desto stärker fühle ich mich von dem Glockenturm angezogen. Die machtvolle Energie kribbelt bis in meine Fingerspitzen.

»Kommt, wir müssen weiter.« Cajus steuert einen verdunkelten Blumenladen auf der linken Straßenseite an, vor dem mehrere hüfthohe schwarze Porzellanvasen stehen. Dichte Sträuße aus silbernen Glockenblumen stecken darin. Sie klingeln leise, als wir an ihnen vorübergehen. Cajus wirft noch einen hastigen Blick über die Schulter, dann scheucht er Aurora und mich in eine verwinkelte Seitenstraße. Nach wenigen Schritten macht das schmale Gässchen einen Knick und führt unter einem mit dunkelblauem Flieder bewachsenen Bogen in einen winzigen steinernen Innenhof. In der Mitte steht die zerbröckelnde Statue einer lebensgroßen Ballerina. Sie ist aus dunkelgrauem Marmor gefertigt und balanciert auf einem Bein, das zweite hat sie anmutig von sich gestreckt. Ihre Arme sind an den Ellbogen abgebrochen und liegen zerschmettert auf dem Boden. Silberne Rosen wachsen zwischen den Ritzen der schwarzen Pflastersteine rund um die Tänzerin. Auf den Blütenblättern glänzen Tautropfen, die Dornen besitzen dunkelblaue Spitzen.

»Sind sie uns gefolgt?«, fragt Aurora außer Atem.

»Nein. Sie haben unsere Spur verloren«, erwidert Cajus überzeugt.

Ich bin erleichtert. Erschöpft. Meine Knie drohen nachzugeben. Ich lasse mich gegen die dunklen Mauersteine der nächstgelegenen Wand sinken und atme durch, einmal, zweimal. Cajus mustert mich besorgt. Als er einen Schritt in meine Richtung macht, verstellt ihm Aurora den Weg.

»Okay, wir sind draußen, jetzt rede mit mir«, verlangt sie entschieden und verschränkt die Arme vor der Brust. Cajus' Mantel hängt wie ein Paar schlaffer Fledermausflügel an ihr herunter. »Phoenix hatte eine Freundin?«

»Er *hat* eine Freundin.« Cajus zieht jede Silbe schmerzvoll in die Länge. »Hast du nach allem wirklich geglaubt, dass du die Einzige für ihn bist?«

»Rede nicht so mit mir.«

Er baut sich vor ihr auf. Trotz des schwarzen Vollbarts sieht man deutlich, wie sehr er den Kiefer anspannt. »Wieso? Du hast es doch nicht anders verdient, Aurora! Du bist auf ihn hereingefallen wie ein dummes, kleines Mädchen.« Der Vorwurf schießt in ihre Richtung, trifft aber auch mich. Die Zeit mit Phoenix verschwimmt im Meer seiner Lügen. Jeder Kuss, jede Berührung, jedes Lächeln – eine dicke, fette Lüge, die ich leichtgläubig hingenommen habe.

Auroras Augen blitzen Cajus wütend an, er starrt mit der gleichen Leidenschaft zurück. Eine unerwartete Spannung liegt in der Luft. Sie knistert, vibriert, scheint blaue Funken im Innenhof zu sprühen.

»Erzähl mir, was genau passiert ist«, verlangt Aurora. »Warum liegt er im Koma?«

»Er hatte einen Autounfall.«

»*Wir* hatten einen Autounfall«, korrigiere ich Cajus.

Aurora verengt die Augen, ignoriert mich jedoch weiterhin wie jemanden, der nicht dazugehört und auch nicht dazugehören soll. »Denkst du, dass er sie immer noch bei sich hat? Ich kann spüren, dass sie verschwunden ist. Nicht nur die Zeit verändert sich. Es wird schlimmer.«

»Ich weiß nicht, ob er sie hat. Es wäre möglich.«

Ich stoße mich von der Wand ab. Ich bin nicht bereit, die unsichtbare Figur zu sein, die nicht versteht, was hier abläuft. »Wovon redet ihr?«

Die beiden schweigen in die Stille der Nacht hinein. Mir gefällt es nicht, dass sie stumm bleiben und ein Geheimnis teilen. Dass sie womöglich noch mehr miteinander geteilt haben. Ich will gerade etwas sagen, da atmet Aurora geräuschvoll aus, sieht mich endlich an.

»Es geht um die Lumoire. Dein verdammter Freund hat mich offenbar dazu benutzt, sich mithilfe meiner Erinnerungen Zugang zum Blauen Salon unseres Palastes zu verschaffen und unser Eigentum zu stehlen. Mit so jemandem verkehrst du, so jemanden nennst du deinen Freund!«

Ihre Worte sollten mich treffen. Tun sie aber nicht. Meine Dosis Vorwürfe injiziere ich mir schon selbst Tag für Tag. Ich brauche keine weitere, die nur so vor Scheinheiligkeit trieft. Es wundert mich nicht einmal mehr, dass Phoenix die Lumoire geklaut hat. Wenn der Damm erst gebrochen ist, traut man jemandem alles zu, Grenzen verschwinden.

»Ist das dein Ernst?«, fauche ich sie an. »Offenbar bin ich nicht die Einzige, die mit ihm verkehrt hat. Wer im Glashaus sitzt, sollte nicht mit Steinen werfen!«

Aurora mustert mich kalt. Ein harter Zug schleicht sich in ihr Gesicht. »Wenn schon, dann sitze ich in einem Glaspalast.« Der Kommentar hat etwas Abstruses, fast Erbärmliches.

»Genug«, geht Cajus dazwischen und wirft einen Blick auf seine Taschenuhr, die er sofort wieder in seiner Jacketttasche verschwinden lässt. »Aurora, du solltest aufwachen und deinen Eltern sagen, dass es dir gut geht. Die beiden haben in den letzten Wochen einiges durchgemacht.«

»Aufwachen? Jetzt?« Sie schüttelt den Kopf. »Sicher nicht. Wir müssen ins Labyrinth. Wenn Phoenix die Lumoire bei sich hat, holen wir sie uns zurück. Ansonsten bringen wir den verdammten Mistkerl dazu, uns zu sagen, wo sie steckt. Du weißt, was passiert, wenn alles noch weiter außer Kontrolle gerät. Die Gesichtslose Familie braucht die Lumoire. Ohne ihre Kraft wird Noctaris den Kampf gegen den Nebel verlieren.«

Wie ein Puzzle fügen sich die Bilder in meinem Kopf zusammen. »Der Zerfall der Stadt hängt mit dem Diebstahl der Lumoire zusammen?«

»Die Lumoire braucht eine starke Hand. Nur die Gesichtslose Familie ist dafür mächtig genug«, bemerkt Aurora arrogant.

»Aber offenbar nicht ganz so mächtig ohne die Lumoire«, entgegne ich spitz.

Sofort verengen sich Auroras Augen.

»Stopp!«, herrscht uns Cajus zum zweiten Mal an. »Mir ist bewusst, dass wir die Lumoire finden müssen. Bennet und ich werden trotzdem ohne dich aufbrechen, Aurora. Die Magie deines Gefängnisses hat dich wochenlang daran gehindert, aufzuwachen. Dein Körper in der wachen Welt ist geschwächt. Ohne künstliche Ernährung wärst du schon lange tot. Du musst zurück.«

Ich finde das gut, aber Aurora ist anderer Meinung.

»Auf ein paar Stunden mehr oder weniger kommt es jetzt auch nicht an. Außerdem fühle ich mich dank deines Trankes fantastisch.«

»Dieser Trank wird nicht ewig wirken, Aurora.«

»Aber lange genug.«

Er seufzt. »Kannst du nicht ein Mal auf mich hören? Nur ein einziges Mal?«

Ihr Blick wird etwas weicher. »Ich weiß, dass du dir Sorgen machst. Aber ich werde dich ganz bestimmt nicht mit ihr allein ins Labyrinth der Benommenheit aufbrechen lassen.«

»Und warum nicht?«, hake ich nach.

Aurora verdreht die Augen. »Weil du ein Neuling bist und keinen Schimmer davon hast, was euch dort erwarten kann.«

»Woher willst du das wissen?«

»Nur Anfänger starren den Glockenturm mit so einer Ehrfurcht an.« Sie lächelt spöttisch.

»Sie ist mehr als nur ein Neuling«, sagt Cajus.

»Ach ja? Was ist sie denn noch? Eine Geliebte, die ihren treulosen Freund retten will?«

Mir liegt eine passende Bemerkung auf der Zunge, doch Cajus ist schneller. »Sie ist ein Inkubus.«

Damit hat Aurora nicht gerechnet. Ungläubig starrt sie mich an. »Ein Inkubus? Wie … Phoenix?«

Cajus mustert sie stirnrunzelnd. »Seit wann weißt du davon?«

»Ich habe das bei den Rebellen aufgeschnappt. Hätte ich früher davon gewusst, hätte ich mich nie auf ihn eingelassen.«

Cajus nickt. »Harper hat durch den Autounfall seine Fähigkeiten übernommen. Deshalb kann sie auch seine Erinnerungen sehen.«

»Dann ist er jetzt kein Inkubus mehr«, sagt Aurora nachdenklich, ihre Augen glimmen unheilvoll. »Das ist ja mal eine gute Neuigkeit.«

Kapitel 29

Weil wir die kostbare Zeit nicht mit ewigen Diskussionen verschwenden wollen, brechen wir schließlich doch zu dritt auf. Als Mitglied der Gesichtslosen Familie kennt Aurora den Eingang zu den unterirdischen Tunneln, von denen der Rebell gesprochen hat. Nur von den Markierungen wusste sie nichts. Es ist seltsam, mit der Tochter der Herrscherfamilie unterwegs zu sein. Mit ihr mehr zu teilen, als mir lieb ist. Sie war Phoenix' Geliebte bei Nacht, ich bei Tag. Ich wünschte, das alles wäre nur ein Traum. Ein einfacher, stinknormaler Traum, wie man ihn unzählige Male erlebt, jeder von uns. Vielleicht schreckst du zwischendurch kurz hoch, weil dein Gehirn nicht kapiert, was echt und was unecht ist. Realität und Illusion verschwimmen ineinander, aber dein Verstand gewinnt immer. Verdrängt den fantastischen Traum, der sich in lose Erinnerungen auflöst, bis er vollkommen zerfällt.

Aber das hier ist kein Traum. Es ist meine geschundene Realität, in der ich nur noch ein Ziel habe. Ich will Phoenix gegenüberstehen, will in sein verdammtes Gesicht sehen, will es aus seinem

Mund hören. Vielleicht ist da auch die bescheuerte Hoffnung, eine ganz andere Geschichte serviert zu bekommen, eine die besser schmeckt. Die nach einigem Nicken und Mhms gut verdaulich ist und mein Menschenbild wieder zurechtrückt.

Unser Weg führt uns durch eine Reihe weniger belebter Gassen vom Glockenturm weg zur anderen Seite der Stadt. Direkt zum Palast ohne Türen, hinter dem sich die düstere Stadtmauer von Noctaris erhebt, die den Nebel der ungezähmten Träume aussperrt. Irgendwann gehen wir zwischen zwei hohen Speicherhäusern hindurch, deren Dachgiebel sich über unseren Köpfen beinahe berühren, bis wir auf eine schmale Promenade aus glänzenden schwarzen Pflastersteinen treten. Sie wird von einem verschnörkelten schmiedeeisernen Geländer begrenzt, dessen elegante Spitzen Funken aus leuchtendem Nox in die Nacht sprühen. Es sieht aus, als würde die eiserne Absperrung mit den massiven Verzierungen im selben Rhythmus pulsieren wie das Herz der dunklen Stadt.

Hinter dem funkensprühenden Geländer erhebt sich der riesige Palast der Gesichtslosen Familie in die sternenklare Nacht. Es ist ein überwältigender Prunkbau aus schwarz schimmerndem Glas. Einsam thront er auf einer gewaltigen Insel aus scharfzackigem Felsgestein, umgeben von einem nachtschwarzen Burggraben, in dem das Wasser tief unter unseren Füßen bedrohlich gurgelt und schäumt. Die hoch aufragenden schlanken Türme und Kuppeln glitzern geheimnisvoll im Sternenlicht. Am höchsten Turm weht die dunkle Fahne von Noctaris im sanften Wind. Sie trägt dasselbe silberne Zeichen, das ich auch am Stadttor und auf den Münzen schon mehrfach gesehen habe. Ich hielt es die ganze Zeit für ein verschlungenes N, doch jetzt bin ich mir nicht mehr so sicher. Die zarten Linien strahlen pure Magie aus, als handelte es sich um eine uralte Rune mit verborgenen Kräften.

Ich starre den Palast an. Keine Zugbrücke führt über den Graben, kein Tor durchbricht die glatten Mauern, kein einziges Fenster ist zu sehen. Nur die blauen Lichter der Stadt spiegeln sich auf der schwarzen Fassade.

»Muss ziemlich dunkel sein da drin.«

Aurora schnaubt. »Der Eindruck täuscht.«

»Lasst uns weitergehen.« Cajus schaut schon wieder auf seine silberne Taschenuhr. »Wir haben nur noch eine Dreiviertelstunde, bis wir aus Noctaris geworfen werden. Wenn überhaupt.«

Ich nicke. Zwei Herzschläge lang bleibe ich noch stehen und lasse das monumentale Bauwerk auf der Felseninsel auf mich wirken, während ich die feuchte Nachtluft einatme. Außer uns ist niemand auf der windumtosten Promenade. Die Verlockungen von Noctaris scheinen interessanter zu sein als die Aussicht auf den uneinnehmbaren Palast. Doch als ich mich abwenden möchte, flackert das Bild vor meinen Augen.

Im nächsten Moment stehe ich ein wenig weiter rechts auf der schmalen Promenade und habe die Arme von hinten um ein schlankes blondes Mädchen geschlungen. Aurora lehnt sich mit dem Rücken gegen meine breite Brust, während sie mir von irgendeinem unbedeutenden Erlebnis erzählt. Es geht um einen neuen Tanz, den sie im Pfauenblau *gelernt hat. Sie ist so begeistert, dass sie zuerst nicht merkt, wie meine Gedanken abdriften.*

»Phoenix? Hörst du mir überhaupt zu?« Sie dreht sich in meinen Armen halb um. Vor mir ragen die schwarzen Türme des Palasts ohne Türen wie scharfe Scherenschnitte in den nebelverhangenen Himmel. Mühevoll reiße ich meinen Blick von der harten spiegelglatten Fassade los. Ich bin nicht hier, um neue Tänze auszuprobieren. Ich möchte endlich wissen, wie sie Nacht für Nacht in diese Gemäuer kommt.

»Natürlich höre ich dir zu.« Lächelnd greife ich nach ihren Fingern. »Ich hoffe, du nimmst mich das nächste Mal mit zum Tanzen.«

»Sicher, dass du das willst?« Sie lächelt mich so spitzbübisch und vertrauensvoll an, dass es mir kurz leidtut, sie bloß als Mittel zum Zweck zu benutzen.

»Ich kann damit umgehen, wenn meine Freundin besser tanzt als ich.« Ich ziehe sie ganz zu mir herum. Ein wenig atemlos legt sie ihre Arme um meinen Hals. Sanft streiche ich ihr eine blonde Haarsträhne aus der Stirn. Mit einem Seufzen schließt sie die Augen. Auf diesen Moment habe ich gewartet.

Verstohlen bewege ich meine Hand über ihre Schläfe, lasse meine silbrige Kraft sanft in ihren Kopf eintauchen. Durch meine Fingerspitzen fließt die heißkalte Macht, sucht mit dem Geschick eines Chirurgen nach der Information, die ich so dringend brauche – wie sie Zugang zum Palast und zum Blauen Salon erhält. Auroras Lider flattern. Ich beginne zu schwitzen. Wenn sie jetzt die Augen aufschlägt, weiß sie, was ich tue. Dann weiß sie, wer ich bin. In diesem Moment finde ich, wonach ich suche. Sanft entwinde ich ihr das blau leuchtende Fragment, schnell und lautlos wie ein Taschendieb. Die ge-

stohlene Erinnerung wird mich zu meinem Ziel führen. Hastig lasse ich meine Fähigkeit erlöschen. Nur einen Herzschlag später öffnet sie die Augen.

»Was ist los? Ich dachte, du willst mich küssen«, flüstert sie.

Ich erwidere ihr Lächeln. Jetzt, wo sie mir endlich gegeben hat, worauf ich so lange gewartet habe, will ich sie tatsächlich küssen.

Keuchend komme ich auf der Promenade wieder zu mir. Kalter Wind bläst mir ins Gesicht. Durch den plötzlichen Wechsel von einer Realität in die andere wird mir ganz schwindelig. Gerade war ich noch Phoenix, jetzt bin ich wieder Harper. Mein Rücken prallt gegen eine warme Brust. Ich spüre Hände, die mich von hinten umfangen, atme Cajus' beruhigenden Geruch nach kühler Dunkelheit und wilder Bergamotte ein. Zitternd schließe ich die Augen. Es fühlt sich gut an, von ihm gehalten zu werden, fast zu gut.

»Alles in Ordnung?«

Nickend mache ich mich von ihm los. Meine Haut prickelt, wo er mich berührt hat. Hastig schiebe ich das verwirrende Gefühl zur Seite. In die Ecke, wo auch der Kuss aus dem Nachtmahr liegt.

»Ich hatte eine von Phoenix' Erinnerungen.«

Aurora zieht sich Cajus' Mantel enger um die Schultern. Ihr Blick ist kühl und abwartend.

»Ihr standet hier, ein paar Meter entfernt«, sage ich zu ihr und deute mit der Hand auf die Stelle. »Ihr habt über irgendeinen Tanz im Pfauenblau gesprochen, aber es hat Phoenix nicht wirklich interessiert. Er hat nur auf eine Möglichkeit gewartet, dir eine bestimmte Erinnerung zu nehmen, den Weg in den Palast und in den Blauen Salon. Er ist so extrem geschickt und schnell vorgegangen, dass ich das alles gar nicht richtig wahrnehmen konnte. Es war nur ein Flimmern mit einer unglaublich hohen Bildfrequenz, als hätte jemand die Vorspultaste gedrückt.«

»Dieses Arschloch. Er hat gewartet, bis ich ihm vollends vertraut habe. An diesem Abend habe ich mich ihm so verbunden gefühlt.«

Ich stocke. »Du kannst dich erinnern?«

»Natürlich kann ich das. Als Mitglied der Gesichtslosen Familie konnte er mir die Erinnerung nicht stehlen, er konnte mich nur dazu bringen, sie mit ihm zu teilen. Er hat mir nur ein kleines Stück von meinem Nox genommen, und das so unauffällig, dass ich nichts mitbekommen habe.« Sie schnaubt. »Es gibt nur wenige Sicherheitsvorkehrungen im Palast, da es niemand schafft, hineinzukommen. Sobald Phoenix einmal den Zugang kannte, war es für ihn leicht, an den Traumsklaven vorbei in den Blauen Salon zu kommen.«

»Lasst uns weitergehen«, sagt Cajus. »Was passiert ist, können wir nicht ändern, nur was noch passieren wird.«

Wir eilen über die sanft gebogene Promenade. Sie schließt mit dem schmiedeeisernen Geländer direkt an der hoch aufragenden Stadtmauer ab, links von uns befindet sich der tiefe Burggraben und dahinter die felsige Insel mit dem Palast, rechts führen schmale Gassen zwischen eng stehenden Häusern hindurch zurück ins Zentrum von Noctaris. Immer wieder wird die Dunkelheit von ätherisch schimmernden blauen Straßenlaternen unterbrochen. Leise

Musik und das Vibrieren rhythmischer Trommelschläge wehen aus der Stadt heran.

»Warum heißt es Blauer Salon?«, frage ich.

»Die Lumoire wird in einer Säule aus Wasser aufbewahrt. Es gibt einige besondere Räume im Palast ohne Türen«, erwidert Aurora beinahe offenherzig, als eine plötzliche Erschütterung durch die schimmernden dunklen Pflastersteine fährt. Alarmiert bleiben wir stehen. Ein tiefes Rumpeln ist zu hören, es klingt, als würde die Stadt von unten auseinanderfallen.

»Was ist das?«, frage ich.

Das Beben lässt nach, die Musik im Inneren der Stadt ist verstummt.

»Ein Zeichen, dass wir keine Zeit verlieren sollten«, sagt Aurora.

Cajus nickt und wir gehen rasch weiter. Ein paar Meter vor dem Ende der Promenade biegt Aurora in eine kleine Gasse ab. Sie führt zu einem verlassenen Torhäuschen. Die windschiefen Schindeln und die bröckelnden Mauern erzählen von einer längst vergangenen Zeit, in der dieses Haus noch eine Aufgabe hatte. Daneben ist ein düsteres Tor in die wuchtige Stadtmauer eingelassen, die Torflügel wurden jedoch von innen verbarrikadiert, die Runen auf dem glänzenden schwarzen Stein sind allesamt erloschen.

»Ich wusste gar nicht, dass es noch ein Tor in die Stadt gibt«, sage ich.

»Gibt es auch nicht. Der Zugang wurde vor vielen Jahren stillgelegt«, erklärt Cajus, der neben mir stehen geblieben ist.

»Und wieso?«

»Es wurde nicht mehr gebraucht«, erwidert Aurora knapp. »Außerdem ist ein Tor übersichtlicher.« Sie wendet sich an Cajus. »Siehst oder hörst du jemanden?« Cajus zieht die dunklen Augenbrauen zusammen und blickt sich aufmerksam in der verlassenen Straße um. Schließlich schüttelt er den Kopf.

»Gut.« Auroras lange blonde Haare leuchten im Sternenlicht, als sie das Torhäuschen öffnet. Nacheinander betreten wir einen düsteren Raum voller Spinnweben, dessen Boden vom Staub vergangener Jahrzehnte bedeckt ist. An einer Fensterluke befindet sich ein schmaler Tisch mit einem dazu passenden schwarzen Holzstuhl, eine geöffnete leere Truhe steht daneben in der Ecke. Aurora verliert keine Zeit. Ohne auf den Schmutz und die Spinnweben zu achten, durchquert sie den winzigen Raum bis zur hinteren Wand.

»Es ist ein Tarnzauber. Der verwahrloste Zustand regeneriert sich sofort, deshalb sieht es aus, als wäre hier ewig niemand drin gewesen«, sagt sie über die Schulter. Tatsächlich ist kein einziger Schuhabdruck auf dem Boden zu sehen, nicht einmal unsere eigenen. Die Wand vor Aurora ist mit blauen Schmierereien bedeckt, von denen ich nur einige entziffern kann. *Tod den Gesichtslosen*, steht dort neben anderen Parolen wie *Inkubi raus* oder *Ende der Traumsklaverei*. Mit den Fingerspitzen berührt sie nacheinander sieben Parolen, die kurz silbern aufleuchten, bevor ein Teil der bröckeligen Wand mit einem leisen Knirschen nach innen aufschwingt.

»Schick«, flüstere ich. »Das nenne ich mal einen gut versteckten Geheimgang.«

Aurora nickt. »Wir geben uns Mühe.« Sie zwinkert Cajus zu. Er erwidert ihr Lächeln. Beim Aufblitzen seiner weißen Zähne reagiert mein Bauch mit einem flauen Gefühl, das kindisch, unangebracht und verwirrend ist.

»Nach dir, Bennet.« Einladend streckt Cajus den Arm aus. Aurora ist schon in dem dunklen Gang verschwunden.

»Du kannst auch gerne vorgehen.«

»Hast du etwa Angst? Das wäre ein schlechter Zeitpunkt dafür.«

»Ich wollte nur höflich sein.«

Er hebt die Augenbrauen. »Das ist ja eine ganze neue Seite an dir.«

»Zum Glück bleibst du der Alte, charmant wie eh und je«, gebe ich schnippisch zurück.

»Schön, dass es dir aufgefallen ist.« Wortlos dränge ich mich an Cajus vorbei. Er sieht mich eindringlich an, und ich könnte schwören, dass an seinem Kiefer ein Muskel zuckt.

Der leicht modrig riechende Durchgang ist winzig. Entgegen meiner Erwartung sind die Wände nicht aus Stein, sondern aus dunkelbrauner Erde. Eine dunkle Wendeltreppe mit einem hüfthohen Handlauf schraubt sich in die Tiefe, die Stufen sind nicht miteinander verbunden. Tief unten flackert ein silbriges Licht, dessen Quelle ich nicht ausmachen kann.

Sobald wir den Durchgang betreten haben, bewegt sich die Mauer hinter uns zurück an ihre Ursprungsposition. Dank des silbernen Leuchtens von unten ist es aber trotzdem hell genug, um etwas zu erkennen.

»Wir sollten uns beeilen«, erklärt Cajus. »Es dauert nicht mehr lange, bis der Glockenturm zwölf schlägt. Die Zeit scheint heute nicht verrücktzuspielen. Befinden wir uns aber um Mitternacht noch im Tunnelnetzwerk, wachen wir wieder auf. Nur das Labyrinth schützt uns davor, in die wache Welt zurückzukehren. Wir müssen es also so schnell wie möglich erreichen.«

Ich möchte keine weitere Nacht darauf warten, Phoenix gegenüberzutreten. Hastig eile ich hinter Cajus und Aurora die enge gewundene Treppe hinunter. In schier endlosen Spiralen dringt sie immer tiefer in die Erde, bis sie schließlich auf dem Boden eines gewölbten Tunnels endet. Auf der einen Seite führt dieser in einen befestigten, geraden Korridor, auf der anderen in einen gewundenen, roh ausgehöhlten Stollen, aus dem ein leises Flüstern zu hören ist. Jetzt sehe ich auch, woher das silberne Leuchten kommt. Mindestens ein Dutzend schwarze Fackeln mit silbernen Flammen stecken in mehreren Halterungen an den Wänden.

»Lasst mich raten. Wir nehmen nicht den befestigten Weg«, sage ich.

»Natürlich nicht«, sagt Cajus. »Oder würdest du gern den leichteren Weg gehen, Bennet?«

»Nein, ich liebe natürlich die Herausforderung. Jedes einzelne Mal.«

Cajus quittiert meine Antwort mit einem intensiven Blick, bevor er nach einer Fackel greift und sie mir in die Hand drückt. Aus dem Augenwinkel sehe ich, wie Aurora ihre Augen verengt.

»Wir befinden uns direkt unter der Grenze der Stadtmauer«, erklärt Cajus dann. »Das ganze Tunnelnetzwerk verzweigt sich unterhalb des Nebels der ungezähmten Träume. Manchmal dringt er durch kleine Löcher oder Ritzen in die Stollen. Sollten wir seiner Macht unterliegen, könnten wir sterben. Seid also vorsichtig.«

Hastig setzen wir uns in Bewegung. Die silbernen Flammen unserer Fackeln werfen zitternde Schatten an die Wände. Schon nach wenigen Schritten auf der feuchten Erde wird es deutlich kälter. Die Decke über unseren Köpfen vibriert unter mehreren heftigen Erschütterungen. Durchdringende Schreie von Männern, Frauen und Kindern dringen an mein Ohr.

»Das sind alles Albträume?«, flüstere ich.

»Die Menschen träumen oft schreckliche Dinge«, erwidert Cajus gedämpft, der ein paar Schritte vor uns geht.

»Die Menschen tun auch oft schreckliche Dinge«, sagt Aurora neben mir düster. »Wie dein beschissener Freund.«

Ich bleibe abrupt stehen. »Hör endlich auf damit. Phoenix hat uns beide verarscht. Du bist nicht die Einzige, die darunter leidet!«

Aurora atmet tief ein. »Aber dich hat er nicht nur benutzt!«, donnert sie mir entgegen.

»Und geht es mir deshalb besser? Ich denke nicht!«

Aurora will etwas erwidern, doch ein leises, boshaftes Kichern aus dem Gang vor uns lässt sie verstummen. Bei dem Geräusch läuft mir ein hässlicher Schauer über den Rücken.

»Was war das?«, frage ich.

»Der Nebel.« Cajus hält seine Fackel etwas höher. »Er hat unsere Anwesenheit bemerkt. Großartig. Es wäre toll, wenn ihr euch mit euren Zickereien zurückhalten könntet.«

Aurora streift sich mit dem Handrücken eine Haarsträhne aus dem Gesicht. Sie beschleunigt ihre Schritte. »Versuch, ihn zu ignorieren.«

Ich sehe sie an. »Wen? Den Nebel oder Cajus?«

»Den Nebel«, bemerkt sie mit einem leichten Schmunzeln.

Doch das ist leichter gesagt als getan. Immer wieder nehme ich wispernde Stimmen wahr, ihr Klang hat etwas Unheilvolles. Ich möchte ihnen nicht zuhören, doch sie wollen in meinen Kopf eindringen.

Aurora sieht mich von der Seite an. »Du hast recht. Phoenix hat uns beide verarscht.«

Ich nicke nachdenklich, während ich mich bemühe, das auf- und abschwellende Geflüster auszublenden, mich auf den erdigen Boden unter meinen Füßen und die Fackel in meiner Hand zu konzentrieren. Ich brauche irgendetwas Festes, das nicht aus hässlich geflüsterten Worten besteht.

»Erzähl mir etwas, um mich abzulenken«, bitte ich Aurora.

»Okay«, sagt sie nach einer Pause. »Der Nebel ist für Anfänger noch schwieriger zu ertragen, aber wir müssen hier durch. Die Lumoire ist von großer Bedeutung, nicht nur für die Gesichtslose Familie. Sie ist für die Stabilität von Noctaris unerlässlich. Das magische Buch wurde zu einer Zeit erschaffen, als die Menschen in der wachen Welt noch an dunkle Mächte und Zauberei glaubten. Die Seiten sind voller blauer Runen mit unvorstellbaren magischen Kräften. Runen, die in den falschen Händen nicht nur in der Lage sind, meine Familie zu stürzen, sondern auch das Gleichgewicht zwischen Noctaris und der wachen Welt zu zerstören.«

»Wieso sollte das jemand wollen?«

Trotz unserer Fackeln scheint es in den Tunneln immer dunkler zu werden. Wieder erzittert die Decke über uns, sodass Erde und kleine Gesteinsbröckchen auf unsere Köpfe und Schultern rieseln.

»Aus Neid, Habgier, Rache. Oder einfach nur aus der puren Gier nach Macht«, antwortet Aurora, während sie einen beklommenen Blick zurückwirft. »Es gibt viele Motive. Die Lumoire enthält nicht nur Zaubersprüche, die über unser Vorstellungsvermögen hinausgehen, sondern auch Sagen über andere Welten. Über eine magische Gefühlswelt zum Beispiel, in die manche Menschen nach ihrem Tod gelangen sollen. Es ist auch von einer Legende die Rede, in der die wache Welt verschwinden wird und die träumende als einzige Welt übrig bleibt.«

»Von so etwas Ähnlichem habe ich auch schon gehört, die Legende von Unica oder so.«

»Unicus«, korrigiert sie mich.

»Aber ist das denn wirklich möglich?« Es ist inzwischen so kalt, dass sich Atemwölkchen vor meinen Lippen bilden. »Wie soll die wache Welt denn verschwinden?«

»Unterschätze die Macht der Lumoire nicht«, erwidert Aurora mit einem Seitenblick. Aus ihren hellen Augen leuchtet ein Feuer, das ihr Unabhängigkeit und Biss verleiht.

Vor uns bleibt Cajus stehen. Eine Weggabelung teilt den Erdstollen in zwei unterschiedliche Richtungen.

»Wie spät ist es?«, frage ich, als er in die Hocke geht und mit dem Licht seiner Fackel über die kalten dunklen Wände leuchtet.

Cajus hält inne und wirft einen Blick auf seine silberne Taschenuhr. »Verdammt spät«, murmelt er gepresst. Im nächsten Moment beugt er sich näher zur Wand und wischt mit den Fingern ein paarmal über die Erde. Ein schwach funkelndes blaues Zeichen wird darunter sichtbar. Es erinnert mich an die schimmernden Runen am Stadttor. Allerdings geht von den harten Strichen und scharfen Kanten dieses Zeichens eine spürbare Bedrohung aus. Fast als wollte uns das gezackte Symbol davor warnen, weiterzugehen.

»Wofür steht dieses Zeichen?« Aus dem Erdtunnel vor uns weht ein leiser Singsang. Es klingt wie aus einem verfluchten Horrorfilm.

»Für ewigen Schlaf«, antwortet Cajus, während er sich aufrichtet und den Staub von seiner Hose klopft. Dann geht er mit schnellen Schritten weiter.

Hastig folge ich ihm. »Du meinst … den Tod?«

»Nein.« Aurora sieht sich unbehaglich um. Sie muss die Stimmen auch hören. »Ewiger Schlaf bezieht sich auf das Labyrinth der Benommenheit. Wenn du dort einschläfst, wachst du nicht mehr auf. Weder hier noch in der anderen Welt.«

»Das heißt, wenn wir dort einschlafen, war's das? Dann fallen wir alle ins Koma?«

»Nicht, wenn dich jemand weckt, der noch wach ist. Das Problem ist, dass es für uns sehr schwer werden wird, wach zu bleiben.«

»Wieso?«

Sie zuckt mit den Schultern. »Ich fürchte, das finden wir erst heraus, wenn wir dort sind.«

»Kommt. Schneller.« Cajus ist vorgelaufen und hat bei der nächsten Gabelung noch eine der gezackten Runen entdeckt. »Ich glaube, es ist nicht mehr weit. Nehmt euch vor dem Nebel in Acht.«

In dem Moment sehe ich ihn. Einige Meter vor uns wallt undurchdringlicher weißer Dunst in den schmalen Korridor. Er dringt seitlich durch eine mannshohe schmale Öffnung in der Wand und tastet sich über den Boden langsam in unsere Richtung.

»Verdammt.« Schwer atmend starrt Aurora auf die dunstigen Schwaden. Der zuckende Widerschein unserer silbernen Flammen ist die einzige Lichtquelle in diesem Abschnitt des Tunnels, eine unheimliche Stimmung breitet sich aus.

Cajus geht ein paar Schritte zurück und stellt sich zwischen Aurora und mich. »Lasst euch vom Nebel nicht durch den Spalt ins Freie locken. Denn genau das wird er versuchen.« Er atmet tief durch und greift nach meiner Hand, mein Herz klopft mir bis zum Hals. Die weißen Schwaden scheinen uns regelrecht spüren zu können. Lange, dünne Finger bilden sich aus dem gefährlichen Dunst. Ein leises Lachen weht uns entgegen. Immer näher und näher wabert der Nebel durch den dunklen Tunnel auf uns zu.

»Wenn ich *jetzt* sage, rennen wir alle gleichzeitig los«, zischt Cajus. »Und egal, was euch der Nebel verspricht, glaubt ihm kein Wort.«

Wieder höre ich ein Flüstern, es klingt nach meiner Mom. *Harper? Liebling, ich hab dich so vermisst.* Ihre vertraute Stimme weckt ein unbändiges Gefühl der Sehnsucht in mir, gleichzeitig streckt der weiße Dunst seine geisterhaften Finger nach mir aus.

»Jetzt!«, ruft Cajus und rennt los.

Etwas in mir möchte stehen bleiben, doch er reißt mich mit sich. Die feuchtkalten Nebelfinger gleiten gierig über mein Gesicht, verfangen sich in meinen Haaren.

»Weiter!«, spornt Cajus uns an. Seine Stimme hilft mir, mich daran zu erinnern, warum wir hier sind. Entschlossen zieht er mich an dem Durchbruch in der Tunnelwand vorbei. Wir hetzen durch den düsteren Erdtunnel, bis vor uns eine schwarze Wendeltreppe aus Metall in Sicht kommt. Sie sieht genauso aus wie die Treppe, durch die wir in das Tunnelnetzwerk gelangt sind.

»Schnell, es ist nicht mehr weit.«

Mit rasendem Herzen werfe ich einen Blick über die Schulter. Der Nebel wallt hinter uns durch den dunklen Stollen, scheint aber langsamer zu werden. Wir können es schaffen. Doch plötzlich läuft eine tiefe Erschütterung durch den unterirdischen Gang, ein dunkles Vibrieren, das meinen ganzen Körper in Schwingung versetzt.

»Fuck!«, stößt Cajus hervor. Wir haben fast das untere Ende der Treppe erreicht.

»Was war das?«, keuche ich.

Conterville lässt meine Hand los und schubst mich in Richtung der schwarzen Stufen. »Lauf!«

»Wieso?«

»Das ist die Turmuhr«, keucht Aurora. »Nach dem zwölften Schlag wachen wir auf!«

Oh, nein. Ich haste die gewundene Wendeltreppe hinauf, mein Herz hämmert schmerzhaft in meiner Brust, jeder Atemzug brennt wie Feuer. Weitere tiefe Glockenschläge bringen den Boden unter unseren Füßen zum Beben.

Bisher waren es fünf.

Wir können es immer noch schaffen.

Beim neunten Schlag habe ich das obere Ende der Treppe erreicht und taumele hinaus auf eine weite Ebene.

Panik schnürt mir die Kehle zu, als ich meine Umgebung richtig wahrnehme. Wir befinden uns mitten im ungezähmten Nebel. Weißer Dunst schwebt über den elfenbeinfarbenen Boden, der von tiefen Rissen durchzogen ist, als würden wir uns inmitten eines gigantischen Flussbettes befinden. Kein Stein, kein Strauch und keine einzige Blume unterbrechen das karge Landschaftsbild. Nur der Nebel zieht gefährlich umher. Etwas weiter entfernt scheint die Umgebung in eine Steppe überzugehen, aber die Grenzen sind durch den alles umfassenden Dunst nur schwer zu erkennen.

»Nicht stehen bleiben!«, brüllt Cajus.

Ich spüre, wie er nach meiner Hand greift und mich und Aurora weiterzieht – direkt auf ein silbernes Tor zu, das erst jetzt in den dichten Schwaden sichtbar wird.

Der zehnte Glockenschlag.

Ich recke den Hals, um das Tor besser sehen zu können. Das muss der Eingang zum Labyrinth sein. Aber mehr als himmelhohe schwarze Hecken kann ich nicht erkennen.

»Wir schaffen es nicht«, höre ich Aurora keuchen.

Der elfte Glockenschlag.

Das dunkle Tor kommt immer näher. Es fehlen nur noch ein paar Schritte.

Der letzte Glockenschlag hallt donnernd über die weite Ebene. Er rollt als sanftes Ziehen heran und endet mit einem heftigen Ruck.

»Nein!«, höre ich mich brüllen.

Dann reißt mich die Dunkelheit mit sich fort.

Kapitel 30

Keuchend setze ich mich in Cajus' Bett auf. Mein Herz klopft noch immer so schnell, als wäre ich tatsächlich gerannt. Meine Haut ist schweißnass, die Enttäuschung wiegt tonnenschwer. Wenn wir nur ein paar Sekunden schneller gewesen wären, hätten wir es geschafft.

Hinter den Rundbogenfenstern des Schlafzimmers ist bereits die Sonne aufgegangen. Strahlendes Morgenrot glitzert auf den Wellen der Elliott Bay. Beinahe verhöhnt es mich mit seiner rosigen Schönheit. Es ist, als hätte man Conterville und mich aus einem dunklen Rembrandt-Gemälde in die farbenfrohe Welt von August Macke katapultiert. Als hätte es unser Vorher gar nicht gegeben. Als wäre alles bunt und unbeschwert. Aber das ist es nicht.

Cajus atmet neben mir lange aus. Dann schwingt er die Beine aus dem Bett und steht auf. »Zumindest kennen wir jetzt den Weg.«

Ungläubig starre ich ihn an. »Das ist alles, was du dazu zu sagen hast?«

Ja, wir kennen jetzt den Weg. Und ja, in ungefähr zwölf Stunden beginnt eine neue Nacht. Aber dazwischen liegt ein ganzer Tag in der wachen Welt. Ein ganzer Tag, an dem ich mich unweigerlich frage, wie Phoenix' Antworten ausfallen werden. Wie sein Gesicht reagiert, wenn er mich plötzlich in der träumenden Welt sieht. Mich und Aurora. Vorausgesetzt, wir finden ihn überhaupt.

»Was erwartest du denn?« Cajus fährt sich durch die zerzausten dunklen Haare und umrundet das Bett. »Wir haben es versucht und sind gescheitert.« Zwei Sekunden später hat er mir meine Sneakers in die Hand gedrückt und zieht mich an den Ellbogen in die Höhe. »Jetzt heißt es warten, ob es uns gefällt oder nicht.«

»Du willst mich wohl loswerden.« Es ist ein Scherz, zumindest zur Hälfte.

»Hör zu, ich habe heute noch einiges vor.«

»Alles klar.« Schnell mache ich mich los und ziehe mir die Schuhe an. Ich bin genervt. Von Cajus und mir selbst. Wie konnte ich nur so blöd sein zu glauben, dass unsere Erlebnisse in Noctaris irgendetwas verändert hätten?

»Sorry. Ich dachte nur, dass dir das alles nicht am Arsch vorbeigeht. Dass du genauso frustriert bist wie ich. Immerhin konnten wir den Eingang des Labyrinths praktisch schon sehen.«

»Natürlich bin ich frustriert, Bennet.« Er presst die Lippen zusammen, gleichzeitig wandert sein Blick Richtung Tür.

»Aber nicht so wie ich, oder?«

»Ich habe keine Ahnung, wie sehr es dich frustriert.«

Dieses Gespräch wird immer bescheuerter. Ich sollte tatsächlich schnell verschwinden.

Cajus geht zur Tür, schließt auf und öffnet sie für mich. Er macht Anstalten, mich nach draußen zu begleiten.

»Danke, ich finde allein hinaus.«

»Gut.« Er trommelt mit den Fingern seiner rechten Hand gegen seinen Oberschenkel.

Wenn ich es nicht besser wüsste, würde ich sagen, dass er nervös ist. Nicht wegen mir, sondern aus einem anderen Grund.

Er sieht auf die Uhr. »Wir sehen uns heute Abend«, sagt er.

»Vielleicht«, erwidere ich und verlasse das Zimmer.

Auf dem Weg nach unten trifft mich die Enttäuschung wie ein Bumerang. Nur ein paar Sekunden, mehr hätten wir nicht gebraucht. Ich kann an nichts anderes denken, als ich die geschwungene weiße Treppe nach unten gehe und die riesige Eingangshalle mit den weißen Skulpturen und dem schwarzen Steinboden betrete. Die Selbstverständlichkeit, mit der ich mich durch Contervilles Villa bewege, ist befremdlich. Genauso befremdlich fühlt es sich an, mich auf die Rückbank des schwarzen Geländewagens zu setzen, der für mich bereitsteht. Als hätte ich nie etwas anderes gemacht. Ich nenne dem Fahrer zur Sicherheit meine Adresse, lasse den Kopf gegen die Lehne sinken und blicke aus dem streifenfrei geputzten Fenster. Ein neuer Tag entfaltet sich glitzernd über der Stadt. Die Sonne begrüßt Seattle und die Menschen, die letzte Nacht bloß geschlafen haben. Wie gern würde ich zu ihnen gehören, wie gern wäre ich wieder an dem Punkt, an dem *normal* noch existiert hat. Wenigstens hat sich mein Körper an die nächtlichen Ausflüge gewöhnt. Ich fühle mich wach.

Meine Gedanken entführen mich zu meinem Dad und meiner

Mom, die Teile ihrer Nacht im Nebel der ungezähmten Träume verbracht haben, ohne etwas davon zu ahnen. Ich denke an Phoenix, der in diesem Moment in einem Labyrinth herumirrt, aus dem nur die wenigsten ohne Hilfe entkommen. Kurz überlege ich, den Fahrer zu bitten, mich ins Krankenhaus zu bringen. Doch etwas in mir wehrt sich dagegen. Lieber will ich nach Hause, zu Scott.

Beim Aufschließen schlägt mir der Geruch nach abgestandener Luft aus der Wohnung entgegen. Scott liegt schnarchend auf dem Sofa. Der Controller seiner Playstation hebt und senkt sich auf seinem Bauch.

Als die Tür ins Schloss fällt, wacht er mit einem Grunzen auf. Er schießt in die Höhe, der Controller fällt auf den Boden und rutscht unter die Couch.

»Harper! Gott sei Dank.« Scotts Haare stehen wüst von seinem Kopf ab.

»Hey.«

»Wie war's in Noctaris?« Er bückt sich verschlafen und tastet nach dem Controller.

Ich gehe zum Fenster, um frische Luft hereinzulassen. »Wir sind weitergekommen. Zumindest ein Stück.«

»Ja? Inwiefern?« Scott richtet sich wieder auf.

»Wir haben das entführte Mädchen gefunden.«

»Echt?« Er starrt mich mit offenem Mund an. »Und wer ist sie?«

»Ein Mitglied der Gesichtslosen Familie. Und sie war Phoenix' Freundin in Noctaris, bevor er sie an die Rebellen verraten hat.«

»Ohne Scheiß?«

»Ohne Scheiß.«

Ein paar Sekunden lang dringen nur die Geräusche der Stadt herein. Das Klingeln eines Fahrradfahrers vermischt sich mit dem Rattern eines Trucks. Irgendwo pfeift jemand nach einem Taxi.

»Was für ein Arsch. Er ist doch ein Arsch, oder?« Scott legt den Controller auf den Couchtisch neben eine geöffnete Bierdose und steht auf.

»Mit ziemlicher Sicherheit.«

»Also hast du noch Zweifel?«

Ich zucke mit den Schultern, mein Herz zuckt mit. »Ich will es einfach von ihm selbst hören. Vielleicht brauche ich das, nach allem, was passiert ist. Nach den ganzen Vorwürfen, die ich mir gemacht habe. Außerdem will ich verstehen, was genau bei dem Unfall geschehen ist. Ich glaube, dass Phoenix die Antwort darauf kennt.« Ich mache ein paar Schritte zum Sofa, schiebe Scotts alten Baseballschläger zur Seite und lasse mich zwischen die Kissen fallen.

Scott geht in die Küche und holt mir ein Glas Wasser. »Okay. Das kann ich verstehen. Du willst Klarheit.« Mit gerunzelter Stirn setzt er sich neben mich. »Und Phoenix hatte echt noch eine andere am Start? Wie ist die so?«

Dankbar nehme ich das Wasser an. »Ich kann Aurora nur schwer einschätzen.« Langsam lege ich den Kopf in den Nacken und betrachte die zarten Risse an der Zimmerdecke. So sieht es auch in meinem Inneren aus, nur verlaufen meine Risse tiefer.

»Wusste sie von dir?«

Ich schüttele den Kopf. »Nein. Phoenix hat uns beide verarscht.

Mich hatte er am Tag, Aurora in der Nacht. Die beiden scheinen sich nur in Noctaris begegnet zu sein.«

»Scheißkerl. Aber kein übles System.«

»Hey!« Ich werfe Scott ein Kissen ins Gesicht, das er gerade noch abfängt. Er grinst. »Denkst du, dass die beiden auch Sex hatten?«

»Keine Ahnung. Wahrscheinlich. Können wir bitte das Thema wechseln?«

Während der nächsten halben Stunde bringe ich Scott auf den neuesten Stand. Da meine Hände Beschäftigung brauchen, beginne ich parallel dazu, die Wohnung aufzuräumen. Es tut gut, zumindest etwas Kontrolle über mein Leben zu haben.

»Diese Aurora … glaubst du, sie hatte auch was mit Conterville?«, fragt Scott, als ich gerade dabei bin, zwei Pizzaschachteln in einen großen Müllsack zu stopfen.

»Ich weiß es nicht.« Ich drücke die Pizzaschachteln mit etwas mehr Kraft als nötig zusammen. »Auf alle Fälle gehen sie sehr vertraut miteinander um.«

»Es könnte zumindest ein Grund dafür sein, warum ihm Phoenix so ein Dorn im Auge ist.« Scott schnappt sich den feuchten Schwamm, den ich ihm hingeworfen habe, und wischt damit den Couchtisch ab.

»Ich meine, das würde doch Sinn ergeben«, fährt er fort. »Conterville fängt als Schwarze Hand der Gesichtslosen Familie etwas mit einer der beiden Töchter an. Die Eltern sehen das nicht gern und unterbinden die Beziehung. Die Tochter lässt sich aber nicht einsperren, schleicht sich aus dem Palast in die Stadt und wird von

Phoenix angemacht, der sie kurz darauf an die Rebellen verrät. Da wäre ich an Contervilles Stelle auch ziemlich angepisst.«

»Vielleicht war es tatsächlich so.« Nachdenklich sammle ich das dreckige Geschirr ein und trage es in die Küche. »Wobei ich nicht gedacht hätte, dass er sich für sie interessieren könnte. Es klingt fies, aber nach den ganzen Models, die Conterville in der wachen Welt abschleppt, wundert es mich, dass Aurora in sein Beuteschema fällt.«

Scott hebt beide Augenbrauen, sagt aber nichts.

»Vielleicht liegt es an ihrem Charakter«, schiebe ich hinterher, auch wenn es lahm klingt. »Sie ist stark und unabhängig. Zumindest weiß sie, was sie will. Wahrscheinlich hat er sie heute früh gleich besucht.«

»Ich dachte, er datet dieses kolumbianische Model?« Scott schrubbt mit dem Putzschwamm über einen besonders hartnäckigen eingetrockneten Fleck.

»Keine Ahnung. Die Beziehung zu Aurora scheint irgendwie … tiefer zu sein.«

»Tiefer.« Scott schnaubt leise. »So besonders tiefgründig hätte ich Conterville jetzt nicht eingeschätzt.«

»Ich glaube, er ist gar nicht so oberflächlich, wie man im ersten Moment vermutet«, sage ich und denke an das Bild in seinem Atelier.

Scott dreht sich zu mir um und sieht mich ungläubig an. »Hast du ihn gerade in Schutz genommen?«

»Was? Nein.«

»Du magst ihn doch nicht etwa?«

»Natürlich nicht.« Das kam zu schnell. Ich mache eine kurze Pause, atme tief durch. »Wir haben nur schon einiges miteinander durchgemacht.«

»Ja, weil er dich braucht, Harper.« Scott geht um den Küchentisch herum und lehnt sich an die Tischkante. »Denk doch mal nach. Der Typ tut nichts aus purer Selbstlosigkeit. Sein Angebot, dich ins Labyrinth der Benommenheit zu begleiten? Damit wollte er nur an diese Aurora und die Lumoire herankommen. Er benutzt dich, weil du Zugriff auf Phoenix' Erinnerungen hast.«

Stumm klappe ich den Geschirrspüler zu. Seine Worte ergeben Sinn, trotzdem fühlen sie sich falsch und hässlich an.

Scott pustet sich eine Haarlocke aus dem Gesicht. »Das mit dem Labyrinth der Benommenheit gefällt mir nicht, Harper. Ich verstehe, dass du Phoenix sehen willst, aber die Sache klingt echt gefährlich.«

»Mir wird schon nichts passieren. Immerhin bin ich mit der Schwarzen Hand der Gesichtslosen Familie unterwegs.« Ich betone die Worte mit möglichst viel Nachdruck, um etwas Leichtigkeit in unser Gespräch zu bekommen. Es scheint zu funktionieren, denn Scott beginnt zu grinsen.

»Die Schwarze Hand … Ehrlich, das klingt wie ein ziemlich abgefahrenes Computerspiel. Ich präsentiere …«, er senkt seine Stimme. »*Das Vermächtnis der Schwarzen Hand.*«

Ich schmunzle. »Der zweite Teil könnte lauten: *Die Rache der Schwarzen Hand.*«

Scott grinst breit. »Und das große Finale: *Der Untergang der Schwarzen Hand.*«

»Das würde Cajus sicher nicht gefallen.«

»Garantiert nicht. Sein Ego verkraftet doch keine Niederlage. Aber wie kommt Conterville bloß dazu, sich die Schwarze Hand zu nennen?«

»Vielleicht stammt der Name überhaupt nicht von ihm. Vielleicht ist es ein ganz normaler Job, den die Gesichtslose Familie samt Namen vergibt.«

»Ein ganz normaler Job? Du hast schon zu viel Zeit in Noctaris verbracht.« Scott seufzt. »Wahrscheinlich verpasst ihm dieser Job genau den Kick, den er in der wachen Welt nicht mehr bekommt.«

»Weil er hier schon alles hat?«

Er nickt. »Weil er hier schon alles hat.«

Kapitel 31

Während des restlichen Vormittags bringen Scott und ich die Wohnung auf Vordermann, bis nur noch das scharfe Aroma des Fensterreinigers wahrzunehmen ist. Scott ist einkaufen gegangen und nachdem ich mein Bett frisch bezogen habe, suche ich im Internet nach Tipps, wie man am besten aus einem Labyrinth findet.

Es ist schon früher Abend, als ich meinen Laptop zuklappe und in die Küche gehe, um mir etwas zu essen zu machen.

»Hunger?«, fragt Scott, der in einer grün gestreiften Schürze vor dem Herd steht. Eine seiner Exfreundinnen hat ihm die vor Urzeiten geschenkt. Auf der Kochplatte vor ihm blubbert Wasser in einem großen Topf.

»Was machst du?«

»Spaghetti mit Pesto.«

Ich ziehe mir einen Küchenstuhl zurück. »Bin dabei.«

Scott nickt und schüttet eine ganze Packung Nudeln ins kochende Wasser. Nebenbei summt er den Song *Dreamer* von Ozzy Osbourne mit, der gerade im Radio läuft.

»Alles okay?« Scott rührt mit dem Kochlöffel im Topf.

»Ich habe versucht, aus der Not eine Tugend zu machen.«

»Inwiefern?«

»Zuerst war ich nur enttäuscht, weil wir es nicht ins Labyrinth geschafft haben. Aber dann ist mir eingefallen, dass das auch ein Vorteil sein könnte. Im Internet habe ich mir Lösungsalgorithmen für Irrgärten angesehen und ein paar davon sogar kapiert.«

Scott legt den Kochlöffel beiseite und wischt sich die Hände an der Schürze ab. »Lass hören.«

»Okay. Erster Algorithmus: Bieg einfach immer irgendwo ab, irgendwann wirst du schon rausfinden.«

»Klingt nach einem Scheißalgorithmus.«

Grinsend deute ich auf den Topf hinter ihm. »Achtung, die Nudeln kochen über.«

Scott flucht leise und dreht die Temperatur herunter. Trotzdem läuft das Wasser zischend über. »Und der nächste Ansatz?«, fragt er abgelenkt.

»Man soll mit einer Hand nie die Mauer loslassen. Wenn alle Wände zusammenhängen, findet man angeblich garantiert einen Ausgang oder wieder zurück zum Eingang. Allerdings habe ich woanders gelesen, dass man mit dieser Methode auch stundenlang im Kreis laufen könnte.«

»Kannst du also auch vergessen.« Scott wirft sich das benutzte Geschirrtuch über die Schulter. »Was noch?«

»Man kann auch mit Markierungen arbeiten. Indem man jeden Gang, den man schon betreten hat, mit *Stopp* beschriften. Diese Gänge darf man dann nicht mehr nehmen. Allerdings habe ich keine Ahnung, ob diese Regeln im Labyrinth der Benommenheit Sinn machen. Immerhin befinden wir uns dort nicht in der Realität.«

Scott sieht mich ernst an. »Ich habe nach wie vor kein gutes Gefühl bei der Sache, Harper.«

Noch bevor ich etwas erwidern kann, klingelt es an der Tür.

»Erwartest du jemanden?«, frage ich überrascht.

Scott schüttelt den Kopf. »Du etwa?«

Die Türglocke schrillt ein zweites Mal. Unser Besucher ist ungeduldig. Da Scott mit den Nudeln beschäftigt ist, gehe ich öffnen.

»Conterville«, sage ich ein paar Sekunden später.

»Bennet.« Ein ungewohntes Lächeln liegt auf seinem ebenmäßigen Gesicht. Seine positive Stimmung ist irritierend, er wirkt fast schon enthusiastisch.

»Was willst du hier?« Mein Blick wandert an ihm herab. Obwohl ihm die dunklen Anzüge in Noctaris ausgezeichnet stehen, sieht er in Jeans und Hemd fast noch besser aus.

Cajus hebt eine dunkle Braue. »An deiner Begrüßung musst du noch arbeiten.«

»Genau wie du an deiner Verabschiedung.«

Er runzelt kurz die Stirn, bevor er sich an mir vorbei ins Wohnzimmer drängt. Der unerwartete Körperkontakt führt zu einem seltsamen Flattern in meinem Bauch. Cajus riecht nach Duschgel, dazu kommt ein Hauch seines vertrauten Dufts nach kühlen Nächten. Ich muss an unseren Kuss im Nachtmahr denken, und wie gut er sich angefühlt hat. Mit einem tiefen Atemzug schiebe ich die Erinnerung beiseite.

»Jemand hat geputzt.« Cajus bleibt neben dem Sofa stehen und dreht sich einmal im Kreis.

»Du klingst überrascht.«

»Er glaubt wahrscheinlich, dass wir sonst nie putzen.« Scott steht in der Küchentür und funkelt Cajus unfreundlich an.

»Als ich das letzte Mal hier war, hat auch nichts darauf hingedeutet, dass ihr das schon jemals getan habt.«

»Bist du nur hier, um über den Reinheitsgrad unserer Wohnung zu reden?«, unterbreche ich die beiden, bevor ein handfester Streit entsteht.

Cajus runzelt erneut die Stirn. »Was ist los, Bennet? Bist du noch genervt, weil ich heute Morgen keine Zeit für dich hatte?«

»Ich bin nicht genervt.«

Scott geht zurück zum Herd und klatscht mit versteinerter Miene eine Schöpfkelle voll Nudeln auf einen Teller, den er mir schweigend reicht.

Cajus ist uns in die Küche gefolgt. »Dann habt ihr immer so ausfallend gute Laune?«, fragt er trocken. Er zieht sein Handy aus der Hosentasche und wirft einen kurzen Blick auf das Display. In dem Moment vibriert auch mein Handy, das auf dem Küchentisch liegt. Es ist meine Mom.

»Da solltest du rangehen«, bemerkt Cajus.

Verwundert nehme ich den Anruf an. Meine Mom ist total aus dem Häuschen. Das Personalbüro der Footastic Shoecompany hat sich bei ihr gemeldet. Sie bekommt nicht nur den Job in dem Laden an der Beacon Avenue, sondern soll für ein höheres Gehalt auch die Filialleitung übernehmen. Sie kann es gar nicht fassen. Ich freue mich mit ihr, Cajus lässt mich dabei nicht aus den Augen.

»Warum hast du das gemacht?«, frage ich ihn, nachdem ich das Gespräch beendet habe. »Das musstest du nicht tun.«

»Ich weiß. Aber ich wollte es.« Er steckt die Hände in die Hosentaschen.

Für einen Augenblick sehen wir uns einfach nur an. Ich habe keine Ahnung, was ich von seiner Geste halten soll, oder von dem Funkeln in seinen viel zu grünen Augen.

Scott schnaubt. »Echt raffiniert, wie du das anstellst. Benutzt ihre Mom, um Harper um den Finger zu wickeln und sie heute Nacht wieder ordentlich in Lebensgefahr zu bringen.«

»Scott. Nicht.«

Cajus' Miene verfinstert sich. »Ist das dein Ernst?«

»Siehst du mich etwa lachen?« Scott zieht sich die gestreifte Schürze über den Kopf und pfeffert sie in eine Ecke.

»Ich würde niemals zulassen, dass ihr etwas passiert«, presst Cajus hervor.

»Ach ja? Und wieso lässt du sie dann nicht einfach in Ruhe?« Scott stemmt die Hände in die Hüften. »Du tauchst hier unangekündigt auf und tust so, als wärt ihr Freunde. Dabei nutzt du sie doch nur aus, um das zu bekommen, was du willst.«

Cajus macht einen aggressiven Schritt auf Scott zu. »Pass auf, was du sagst.«

»Sonst was? Verpasst du mir eine?« Scott wirkt kein bisschen eingeschüchtert.

»Könnte sein.«

»Könnte sein, dass du dir dabei ein blaues Auge holst, Conterville.«

»Hört auf«, sage ich scharf. Mir ist der Appetit vergangen. Ich sehe Scott an. »Ich gehe freiwillig mit. Es ist meine Entscheidung.«

»Exakt«, stimmt mir Cajus nachdrücklich zu.

»Allerdings fahre ich nicht wieder mit zu dir«, nehme ich ihm gleich den Wind aus den Segeln, damit er nicht auf seiner Selbstgefälligkeit davonsurfen kann.

»Aber bei mir können wir sicherstellen, dass wir nicht vorzeitig geweckt werden.«

»Blödsinn«, blafft Scott. »Außerdem kannst du froh sein, dass Harper sich überhaupt darauf einlässt.«

»Jetzt mach dir deswegen nicht ins Hemd«, kontert Cajus. »Ich werde schon auf sie aufpassen.«

Scott ignoriert ihn und wendet sich an mich. »Überleg es dir noch mal, Harper. Er hat doch jetzt dieses Mädchen, das ihn begleitet.«

»Du erzählst ihm wohl alles, was?«, knurrt Cajus.

»Er ist mein bester Freund«, antworte ich knapp. Ich muss mich nicht rechtfertigen, außerdem gibt es Wichtigeres als diesen absurden Hahnenkampf. »Hast du Aurora heute in der wachen Welt gesehen? Geht es ihr gut?«

Cajus zögert einen Moment. »Ja, sie ist aufgewacht.«

Er hat offenbar keinen Bock, über Aurora zu reden. Es scheint ihm fast unangenehm zu sein.

»Das freut mich«, erwidere ich in demselben Tonfall. Die ganze

Situation wirkt plötzlich steif. Unsere Haltung, unsere Stimmen, selbst die Sätze, die wir wechseln.

Cajus überwindet sich zu einem Nicken. »Wir haben vereinbart, uns heute Nacht direkt im Tunnel zu treffen.« Sein Blick gleitet zu dem Teller mit den Nudeln. »Du solltest noch etwas essen, du wirst deine Kraft brauchen. Sowohl für das Labyrinth als auch für Hunt.«

Kapitel 32

Aurora erwartet uns am Fuße der gusseisernen schwarzen Wendeltreppe direkt in dem unterirdischen Tunnelsystem. Ihre blonden Haare sind in einer komplizierten Flechtfrisur hochgesteckt. Ihr sommersprossiges Gesicht drückt Entschlossenheit aus, ebenso wie die gerade Haltung und das erhobene Kinn. »Gut. Ihr seid pünktlich.«

»Hallo«, erwidere ich.

Cajus nickt ihr schweigend zu. Auf dem Weg hierher haben wir nur das Nötigste geredet. Auch die Zeit vor dem Einschlafen war ziemlich wortkarg. Scott und Cajus haben sich hauptsächlich ignoriert, das Raumklima war angespannt wie vor einer Zahn-OP.

»Wow, ihr bringt ja eine super Stimmung mit.« Aurora zieht eine Augenbraue hoch. Im selben Moment passiert etwas Seltsames mit ihrem Hals. Ich starre auf ihre Haut, die eben noch blass und durchscheinend war. Nun ist sie sahnig glatt, als gehörte sie zu einer anderen Frau. Auch ihre Körpergröße scheint sich zu verändern. Der fließende Stoff ihres nachtblauen Umhangs, der gerade noch fast den Boden berührt hat, reicht ihr plötzlich nur noch bis zu den Knöcheln, als wäre sie einige Zentimeter gewachsen. Kurz darauf ist alles wieder so wie vorher. Diese Stadt macht mich langsam verrückt.

Cajus hat offenbar nichts bemerkt. »Du hast dich vorbereitet.«

»Natürlich.«

Statt eines unpraktischen Kleides trägt Aurora hohe Stiefel, eine eng anliegende schwarze Hose, ein dunkelgraues Reitmieder mit Spitzenbesatz und einen nachtblauen Umhang. Da ich in Noctaris bisher noch keine Frau in Hosen gesehen habe, wird sie sich im Palast umgezogen haben. Cajus, dessen Haare heute im Nacken etwas länger sind und der mit einem Dreitagebart vor dem Tor aufgetaucht ist, trägt wieder einen Dreiteiler mit Mantel. Diesmal ist die Weste mitternachtsblau, Hemd, Hose und Jackett sind hingegen nebelgrau. Ich habe es mit meinem Kleid und meiner Frisur ebenfalls ganz gut getroffen. Meine dunklen Strähnen sind zu einem französischen Zopf geflochten, das schwarze Kleid ist hinten länger und reicht mir vorn nur bis zur Mitte meiner Waden. Es erinnert mich ein wenig an die Kleider der Saloon-Mädchen aus dem Wilden Westen. Die blau gerüschten Spitzenunterröcke passen farblich zu dem Ring, den Cajus mir letzte Nacht gegeben hat, dazu trage ich schwarze Strümpfe und schwarze Schnürstiefel. Sie sind bequem genug, um darin zu rennen, zumindest hoffe ich das.

»Unser Palastheiler hat mir ein Elixier mitgegeben, das stark genug riecht, um selbst Tote aufzuwecken.« Aurora greift in ihre Hosentasche und zieht ein kleines, silbernes Fläschchen hervor.

»Es ist nicht viel, aber es sollte reichen, um Phoenix aus seinem Komazustand zu wecken.«

Cajus wirkt skeptisch. »Denkst du, dass das Fläschchen nötig ist? Ich hätte ihm lieber eine verpasst.«

»Du darfst es gern auch auf diese Art versuchen. Mit größtem Vergnügen helfe ich dir dabei.«

»Bennet darf natürlich zuerst«, erwidert Cajus trocken und wirft mir einen kurzen Seitenblick zu. Ich verstehe, dass sie wütend auf Phoenix sind, wirklich. Ich bin es auch, aber darum geht es im Moment nicht.

»Ich möchte zuerst mit ihm reden«, sage ich.

Cajus verkrampft sich. »Ehrlich? Nach allem, was er getan hat, willst du ihm nicht am liebsten eine reinhauen?« Er wirkt wütend, beinahe enttäuscht.

»Stehst du etwa noch auf ihn?«

Die Frage kommt von Aurora, aber sie liegt auch in Cajus' Blick. Ich habe jedoch nicht vor, mich von den beiden in die Enge treiben zu lassen.

»Ich will einfach nur die Wahrheit, okay? Und ich will, dass ihr die Lumoire zurückbekommt, damit Noctaris nicht zerfällt. Der Rest wird sich zeigen.«

Cajus wendet sich ab. »Lasst uns losgehen. Wir vergeuden nur kostbare Zeit.«

Ich nehme eine der silbernen Fackeln aus der Wandhalterung und nicke. Der Glockenschlag der Turmuhr ist noch weit entfernt, doch wir wissen nicht, ob die Zeit wie gestern hält oder wieder verrücktspielt. Deshalb schlagen wir sicherheitshalber ein strammes Tempo an. Unsere Schritte hallen dumpf über den festgetrampelten Boden des Erdtunnels, vermischen sich mit den geflüsterten Worten des Nebels. Immer wieder höre ich meinen Namen in dem leisen Wispern, mal langgezogen und klagend, dann wieder scharf und fordernd.

»Was wisst ihr über das Labyrinth?«, frage ich, um mich von dem Gewisper abzulenken.

Auroras Blick irrt durch den dunklen Erdstollen, sie wirkt durcheinander. »Tut mir leid, dieses ewige Flüstern macht mich ganz konfus.«

»Rufen sie auch nach dir?«

Sie presst die Lippen zusammen und schüttelt den Kopf.

»Der Nebel lässt uns immer das hören, was für uns am verstörendsten ist«, erklärt Cajus. »Oder am verlockendsten. Ignoriert ihn, auch wenn es schwerfällt.«

Aurora strafft die Schultern. Im Gehen sieht sie mich an. »Ich weiß nicht viel über das Labyrinth, aber weil ich Noctaris als Mitglied der Gesichtslosen Familie früher betreten kann als andere, habe ich die Zeit genutzt und mich in der Palastbibliothek umgesehen. Dabei bin ich auf den Bericht eines Begabten namens Mortimer J. Simmons gestoßen, der es im achtzehnten Jahrhundert geschafft hat, dem Labyrinth der Benommenheit zu widerstehen.«

»Und wie?«

»Er schreibt, man müsse sich vor den Hecken in Acht nehmen. Sie seien nicht nur die Wegbegrenzungen, sondern hätten ein eigenes Bewusstsein. Ihr einziges Ziel sei es, dich in das Herz des Labyrinths zu locken, wo der ewige Schlaf auf dich wartet.«

»Das heißt, wir dürfen die Hecken nicht berühren.«

»Wahrscheinlich.« Aurora sieht nach oben. Das silberne Licht ihrer Fackel lässt ihre hellblauen Augen fast weiß erscheinen. Wir spüren eine Reihe von Erschütterungen über uns, einzelne Steinchen lösen sich aus der gewölbten Decke des Stollens.

»Hast du sonst noch etwas herausgefunden?«, will Cajus wissen.

»Nicht wirklich. Mortimer hat es irgendwie geschafft, in dem Labyrinth sechs Tage wach zu bleiben, bevor er den Ausgang fand. Auf dem Weg zurück nach Noctaris hat ihn der Schlafmangel aber beinahe verrückt werden lassen. Er halluzinierte auf dem ganzen Weg durch das Tunnelsystem und schrieb später über den unendlichen Durst der Wachsamkeit und die Gehässigkeit der Pflanzen. Es ist ein Wunder, dass er nicht in den Nebel der ungezähmten Träume gestolpert ist. Sobald er das Labyrinth verlassen hatte, konnte sein Körper wieder ganz normal aufwachen. Beim zwölften Glockenschlag erwachte er aus dem Koma und hielt seine Erlebnisse schriftlich fest.«

»Das Labyrinth blockiert also mittels seiner Kraft den Rauswurf aus der träumenden Welt?«

Cajus nickt. »So ist es. Solange du in dem Irrgarten steckst, bist du in der träumenden Welt gefangen. Du kannst nirgendwo anders hin. Die wache Welt ist unerreichbar.«

»Und das würde auch mit uns passieren, wenn wir dort einschlafen?«

»Wenn«, betont Aurora.

Ein paar Herzschläge lang gebe ich mich der hässlichen Vorstellung hin, wie Cajus und ich in meinem Bett ins Koma fallen. Wie Scott vergeblich versucht, uns zu wecken. Wie ihm schließlich nichts anderes übrig bleibt, als den Rettungsdienst zu rufen. Und meinen Eltern zu sagen, dass ihre Tochter nicht wieder aufwacht.

Ein leises Flüstern holt mich aus meinen Gedanken. *Harper … wo bist du? Ich vermisse dich.*

Es ist Phoenix' Stimme, die durch die verzweigten Stollen zu mir dringt. Es tut unerwartet weh, sie zu hören.

»Was ist los?« Cajus blickt mich von der Seite an. Sein ganzer Körper ist angespannt, als könnte er spüren, dass etwas in mir aus dem Takt geraten ist.

»Nichts.« Ich atme tief ein. »Es ist nur …« Meine Augen streifen durch den dunklen Tunnel. »Es ist nur dieser Nebel. Er spielt mit mir.«

Unerwartet greift Cajus nach meiner Hand. »Streck die Finger aus.« Er bleibt stehen und wartet, bis ich widerstrebend seiner Anweisung gehorche.

»Drück etwa zehn Sekunden lang auf diesen Punkt hier«, sagt er dann und berührt sanft das weiche Gewebe an der Stelle zwischen meinem Daumen und meinem Zeigefinger.

»Und das hilft gegen die Stimmen?«

»Es hilft dir zumindest, dich zu konzentrieren.« Der leichte Druck seiner Finger ist so angenehm, dass ich mich ein paar Sekunden lang in seinen Augen verliere. Sie sind von einem faszinierenden Grün, das alle anderen Farben in den Schatten stellt.

Erst, als sich Aurora neben uns räuspert, ziehe ich meine Hand rasch zurück. Hitze flammt über mein Gesicht. Es ist, als wäre ich bei etwas Verbotenem erwischt worden.

Wir gehen weiter, jeder Schritt entfernt mich von dem Gefühl, zum Glück. Das Flüstern des Nebels wird tatsächlich leiser, zumindest in meinem Kopf.

»Wie lange existieren diese Tunnel eigentlich schon?«, frage ich.

Aurora wirft mir einen prüfenden Blick zu. »Seit mehreren Hundert Jahren. Die Zugänge waren immer schon geheim. Sie wurden ursprünglich angelegt, damit sich die herrschende Familie unterhalb der Stadt bewegen konnte – und um im Notfall aus dem Palast zu flüchten.« Die silberne Flamme ihrer Fackel zittert. »Irgendwann sah sich einer meiner Ahnen jedoch gezwungen, die gesamte Festung zu verschließen. So ist der Palast ohne Türen entstanden.«

»Wieso? Was ist passiert?«

Was ist passiert?, erklingt ein vielstimmiges Echo aus dem Tunnel. Das boshafte Wispern erzeugt eine Gänsehaut auf meinen Armen.

»Es gab ein Attentat«, antwortet Cajus. Seine tiefe Stimme übertönt das leise Geflüster. »In einer einzigen Nacht wurden alle Mitglieder der herrschenden Familie von Aufständischen niedergemetzelt oder in den Nebel der ungezähmten Träume geworfen. Nur einer überlebte – Auroras Vorfahre Tiberius, der damals selbst noch ein junger Mann war. Er rettete sich mit der Lumoire in die Tunnel und sorgte mithilfe der in dem Buch enthaltenen Magie dafür, dass so etwas nie wieder passieren würde.«

»Aber was waren die Motive der Aufständischen?«, frage ich.

Aurora presst die schmalen Lippen zusammen. »Machthunger, doch das war noch nicht alles. Der Herrscherfamilie wurde schon immer unterstellt, dass sie die Kräfte der Lumoire zu ihrem eigenen Vorteil missbraucht. Zu verführerisch ist die grenzenlose Kraft, die sie in sich trägt. Nur den wenigsten gelingt es, dieser Verlockung zu widerstehen. Man muss sich nur die Geschichte der Menschheit ansehen, selbst ohne die Lumoire: Wie viele Politiker handeln wirklich uneigennützig, aus reinen Motiven?«

Ihre kritische Frage hängt in der Luft und wird von einem Wispern zurückgeworfen. *Reine Motive? Reine Motive?*

»Selbstverständlich haben meine Vorfahren Gesetze erlassen, die nicht immer auf Zuspruch gestoßen sind. Mit den Reinigungen haben sie tief in die Abgründe ihrer Seele blicken lassen, genauso wie mit ihrem verschwenderischen Lebensstil, der Haltung von Traumsklaven und dem Einsatz von Nox, das für eigene Zwecke missbraucht wurde.«

Ich kann verstehen, warum die Aufständischen den Palast gestürmt haben. »Was sind Traumsklaven?«

Cajus schnippt sich im Gehen einen kleinen Erdklumpen von seinem Mantel. »Es wird dir nicht gefallen.«

»Wie so vieles«, sage ich bloß und ignoriere das leise Flüstern, das an meinem Ohr kitzelt.

»Traumsklaven sind normale Menschen – also Unbegabte –, die von uns aus ihren Träumen geholt werden, damit sie in Noctaris bestimmte Aufgaben erfüllen«, beantwortet Aurora meine Frage. »Sie arbeiten als Köche, Dienstboten, Gärtner, Zofen …«

»Heißt das, ihr lasst Nacht für Nacht Unbegabte für euch arbeiten?«

»Es sind immer andere«, erwidert sie rasch.

»Und das macht die Sache besser?«

»Ja, irgendwie schon.« Bei meinem Gesichtsausdruck huscht ein Schmunzeln über ihr Gesicht. »Die Unbegabten erinnern sich nicht an ihren Dienst bei uns. Außerdem leben wir sehr viel bescheidener als unsere Vorfahren. Dennoch können wir nicht auf die Traumsklaven verzichten. Um unsere Familie vor einem weiteren Angriff zu schützen, hat Tiberius damals den Palast hermetisch abriegeln lassen. Keiner durfte sich fortan als Mitglied der königlichen Familie zu erkennen geben. Wenn ich in der Stadt unterwegs bin, weiß niemand, wer ich bin. Das ist auch der Grund, warum wir keine Begabten aus Noctaris bitten können, im Palast zu arbeiten. Du kannst schließlich nur gesichtslos bleiben, wenn niemand dein Gesicht sieht – zumindest niemand, der sich danach noch daran erinnern kann.«

Wir haben nun beinahe den Tunnel erreicht, in dem Cajus gestern die erste schimmernde blaue Rune gefunden hat.

»Aber ihr könntet doch die Gesetze ändern. Als herrschende Familie habt ihr die Macht dazu«, gebe ich kritisch zu bedenken.

»Das wäre eine Möglichkeit. Aber sieh, was mit mir passiert ist. Kannst du dir vorstellen, was die Rebellen erst tun, wenn sie die Identität meiner Familie kennen?« Sie blickt sorgenvoll zu Cajus, bevor sie weiterspricht. »Die sogenannten *Befreier* sind Abschaum. Sie glauben, dass Gleichberechtigung und Freiheit für alle nur möglich ist, wenn sie uns stürzen. Aber schau dir nur die Länder in der wachen Welt an. Wie oft funktioniert das denn wirklich? Außerdem ist es eine verlogene Gleichberechtigung, von der sie sprechen.«

»Wieso?«

»Nur Inkubi und Mitglieder der Königsfamilie können ihre Begabung an ihre Nachkommen weitergeben. Den Inkubi ist das von Natur aus gegeben, die Herrscherfamilie nutzt dafür die Kraft der Lumoire. Die Rebellen vertreten die Ansicht, dass alle die Möglichkeit haben sollten, die Begabung an ihre Söhne und Töchter weiterzuvererben. Sie tun so, als ginge es ihnen um Gleichberechtigung. Von wegen! Alle sind gleich, nur in Wahrheit sind die Begabten eben doch gleicher. Sie verdammen die Elite, fühlen sich aber gleichzeitig den Unbegabten gegenüber überlegen.«

Das angepasste Zitat von George Orwell ist noch in meinem Kopf, als wir nach wenigen Schritten stehen bleiben.

Vor uns befindet sich der Erdtunnel, durch dessen klaffende Öffnung in der Seite dicker weißer Nebel quillt.

Harper ... ich hab mich verirrt. Hilf mir. Phoenix' flüsternde Stimme wird immer lauter, vermischt mit abgehackten Atemzügen.

Cajus sieht uns mit erhobener Fackel eindringlich an. »Wir machen es wie beim letzten Mal. Lauft schnell vorbei und hört nicht auf das, was euch der Nebel ins Ohr flüstert.«

Aurora und ich nicken entschlossen. Trotzdem steigt meine Nervosität sprunghaft an. Ich starre in den dunklen Tunnel, weiße Dunstschleier schweben träge in unsere Richtung, formen sich zu langen klauenhaften Fingern, die uns packen wollen.

»Lauft!«, befiehlt Cajus.

Ohne zu zögern, renne ich los. Feuchtkalte Nebelschwaden klatschen mir ins Gesicht. Ich spüre eine enorme Sehnsucht, mich ihnen hinzugeben, mich von den geflüsterten Worten durch den Spalt in der Tunnelwand nach draußen ziehen zu lassen. Doch ich werde nicht langsamer. Mein Blick heftet sich auf die nachtschwarze Wendeltreppe, die zwischen den Dunstschleiern am anderen Ende des düsteren Ganges sichtbar wird. Unbeirrt steuere ich darauf zu, will einfach nur noch dorthin.

Harper! Diesmal ist es Scotts Stimme. Er klingt verzweifelt, als bräuchte er meine Hilfe. Automatisch werfe ich einen Blick zurück und glaube, seine Silhouette zwischen den Schwaden zu erkennen.

»Nach vorne sehen!« Cajus packt mich am Arm und zerrt mich weiter.

Ich schüttele jeden Gedanken an Scott ab, mache Platz für das einzige Ziel, das zählt: Ich muss die Treppe erreichen.

Wenige Sekunden später sind wir an den glatten Stufen. Hastig stolpern wir nach oben. Die metallene Treppe endet diesmal nicht in der Mitte eines ausgetrockneten Flussbettes, sondern in einer Wüste aus Eis und Schnee, in der sich das sanfte Mondlicht spiegelt. Die weiße Fläche reicht weiter, als ich sehen kann. Etwa dreißig Meter vor uns befindet sich der imposante Eingang des Labyrinths – ein silbernes Tor, das von gewaltigen schwarzen Hecken flankiert wird. Sie sind mindestens acht Meter hoch, vielleicht sogar noch höher. Blaue Lichtfunken springen mit einem leisen Zischen über die unzähligen kleinen schwarzen Blätter. Das Geräusch hat Ähnlichkeit mit dem Summen eines elektrischen Zaunes, klingt aber boshafter.

Eine abweisende Kälte geht von dem Ort aus. Sein eisiger Atem strömt mir ins Gesicht, als wollte er uns warnen, sich ihm nicht zu nähern. Das silberne Tor ist so hoch, dass die oberen Kanten mit der undurchdringlichen Dunkelheit der Nacht verschmelzen. Schwach leuchtende blaue Runen bedecken die silbernen Türblätter. Ihr düsteres Funkeln verursacht Gänsehaut. Das Labyrinth scheint wie eine Festung zu sein, die dich hinein-, aber nicht wieder hinauslässt.

Das weit entfernte Brüllen eines Bären erinnert mich daran, dass wir uns im Nebel der ungezähmten Träume befinden. Hastig laufe ich hinter Cajus und Aurora über den dunstverhangenen Pulverschnee in Richtung des riesigen Tors. Je näher wir kommen, desto durchdringender wird die Kälte. Auroras schmaler Körper bebt unter dem nachtblauen Umhang, ihr keuchender Atem wird als weißer Dampf vor ihren Lippen sichtbar.

Cajus erreicht das Tor als Erster und drückt mit beiden Händen dagegen. Es hat keinen Griff, schwingt unter seiner Berührung jedoch lautlos nach innen auf.

Das geht unerwartet leicht. Fast zu leicht.

Ein kalter Wind weht uns aus dem Inneren entgegen. Er wird von einem leisen Flüstern begleitet, bei dem ich am liebsten auf der Stelle kehrtgemacht hätte.

Willkommen, Harper … tritt ein.

Kapitel 33

Ich stehe neben Cajus auf der Schwelle des geöffneten Tors. Mein Herz überschlägt sich fast. Drei breite Korridore aus schwarzen hohen Hecken glotzen uns entgegen. Sie werden durch den Schein dunkler Fackeln erhellt, die in regelmäßigen Abständen aus den finsteren Pflanzenfluren ragen. Die Gänge erstrecken sich von hier aus nach links, rechts und geradeaus in das Labyrinth. Über festgetrampelte, aschgraue Erde scheinen sie in die Unendlichkeit zu führen oder geradewegs in die tiefste Hölle. Die nachtschwarzen Hecken sind von silberfarbenem Efeu überwuchert, der im zuckenden Feuerschein beinahe metallisch funkelt. Er begrüßt uns bedrohlich mit einem leisen Rascheln.

»Spürt ihr das auch?«, flüstert Aurora. Die Fackel neben ihr zeichnet unregelmäßige Schatten auf ihr Gesicht. »Diese … Intelligenz?«

»Haltet euch wie besprochen von den Hecken fern«, sagt Cajus nachdrücklich. Behutsam zieht er einen angeschlagenen kupferfarbenen Kompass und seinen schwarzen Dolch aus der Manteltasche.

»In welche Richtung sollen wir?«, frage ich.

»Lasst uns nach Norden gehen«, erwidert Cajus mit einem Blick auf den alten Kompass. Das kupferfarbene Gehäuse ist an den meisten Stellen dunkel angelaufen. Die zitternde dünne Nadel zeigt eindeutig in den mittleren Gang direkt vor uns.

»In Ordnung.« Vorsichtig trete ich in den Korridor. Der Boden unter meinen Füßen knirscht leise, doch die Hecken bleiben ungerührt. Ein zarter Lavendelgeruch liegt in der Luft. Er hat etwas Beruhigendes und gibt mir das Gefühl, keine Angst haben zu müssen.

»Es ist friedlich hier«, sagt Aurora.

»Falsch.« Cajus lässt den metallisch funkelnden Efeu nicht aus den Augen. »Das Labyrinth gaukelt dir nur vor, friedlich zu sein. Das ist ein großer Unterschied.«

Er hat recht. Es ist ein großer Unterschied, ob etwas tatsächlich so ist oder nur vorgibt, irgendwie zu sein. *Friedlich. Harmlos. Ungefährlich.* Ich wische die feuchten Hände an meinem Kleid ab und betrachte die Hecken. Ich spüre, dass sie ganz anders sind. *Abwartend. Lauernd. Gefährlich.* Sie warten nur darauf, dass wir einen Fehler machen.

»Bleibt direkt hinter mir«, sagt Cajus und stellt sich vor mich in den breiten Gang. Um nicht mit den Blättern der Hecken und des Efeus in Berührung zu kommen, gehen wir im Gänsemarsch. Jeder Schritt führt uns tiefer in den Irrgarten hinein, der von berückender Schönheit und Stille ist. Eine dunkle Würde geht von den gerade angelegten Korridoren aus, sie wirken so unantastbar und ewig wie der kalt funkelnde Sternenhimmel über uns.

Unsere Atemzüge verschmelzen mit dem Geräusch der knirschenden Erde unter unseren Sohlen und dem klingenden Rascheln des Efeus.

»Wieso ist hier niemand? Wo sind die Leute, die ins Koma gefallen sind?«, hauche ich.

»Wahrscheinlich sind sie im Herzen des Labyrinths«, sagt Aurora hinter mir. »Dort, wo dich laut Mortimer J. Simmons der ewige Schlaf erwartet.«

»Die Frage ist nur, wie weit es bis zu diesem verfluchten Herzen ist«, gibt Cajus über die Schulter zurück. »Wenn wir Pech haben, dauert es Stunden, bis wir auch nur in seine Nähe kommen.«

Die schwarz abschließenden Heckenmauern sind tatsächlich zu hoch, um die Dimensionen des Labyrinths zu erahnen. Ich habe das Gefühl, dass wir schon eine Ewigkeit unterwegs sind. Eine Ewigkeit, in der der sanfte Duft des Lavendels eine unangenehme Süße angenommen hat, die meine Glieder ganz schwer werden lässt. Das leise Knirschen der Schritte auf dem erdigen Boden verblasst nach und nach, genauso wie das silbrige Rascheln der Hecken. Die Geräusche werden durch eine dumpfe Stille verdrängt, die wie ein zusätzliches Gewicht auf meinen Ohren lastet. Alles um mich herum ist seltsam surreal. Wie in Watte gepackt. Nicht nur mein Körper, auch meine Sinne.

Cajus' breite Schultern verschwimmen vor meinen Augen. Ich kämpfe gegen die Müdigkeit an, stemme mich mit Gewalt dagegen. Doch sie wächst, wird mit jedem Atemzug stärker. Ein leises Flüstern tränkt meine inneren Organe mit eisiger Kälte, ist mir viel zu nah. *Harper*, haucht eine Stimme in mein Ohr. *Bist du müde?*

»Habt ihr das auch gehört?« Erschrocken drehe ich mich im Kreis. Außer dem breiten Korridor und den funkelnden Hecken ist nichts zu sehen.

»Was gehört?«, fragt Cajus alarmiert.

»Das Labyrinth«, sagt Aurora. »Es spielt mit uns, noch schlimmer als der Nebel.« Ihre Stimme klingt fremd vor Anspannung. »Es singt mir Schlaflieder und flüstert meinen Namen.«

»Fuck.«

»Hörst du denn gar nichts?«, frage ich Cajus verwundert.

»Ich konzentriere mich auf die Aufgabe, den Rest habe ich ausgeblendet.«

»Jahrelanges Training«, erklärt Aurora. »Wenn Cajus etwas macht, dann macht er es richtig.« Eine liebevolle Anerkennung schwingt in ihren Worten mit und versetzt mir einen Stich.

»Wir sollten uns beeilen.« Cajus umschließt das Messer fester und tritt auf eine breite Kreuzung, die in drei Richtungen weiterführt. Mit dem Kompass in der Hand wendet er sich nach links, stoppt dann aber so plötzlich, dass ich fast in ihn hineinlaufe.

»Was ist los?«

Ein Blick in den Korridor vor uns beantwortet meine Frage. Durch den silbernen Efeu jeder einzelnen Hecke läuft eine unheimliche Bewegung, die von einem anschwellenden Klirren begleitet wird.

Ich weiche einen Schritt zurück. »Was ist das?«

Aurora schlingt die Arme um ihren Oberkörper. »Ich denke, es ist das, wovor dieser Simmons sechs Tage lang geflohen ist.«

»Das Bewusstsein des Labyrinths geht vom Efeu aus«, presst Cajus hervor. Er dreht sich zu uns um. Das Licht der Fackeln wirft tiefe Schatten über sein angespanntes Gesicht. »Bleibt dicht zusammen. Wir dürfen uns nicht aus den Augen verlieren.« Mit erhobenem Messer geht er weiter. Jeder Schritt in den breiten Gang ist ein Schritt in die tiefe Unsicherheit, in die Gefahr. Eine Gänsehaut rast über meinen Körper. Ich weiß, dass wir umdrehen sollten, dass es falsch ist, hier zu sein. Das ist kein Ort, den man freiwillig aufsucht. Die metallisch funkelnden Blätter recken sich erwartungsvoll in meine Richtung. *Harper ...*, höre ich es erneut flüstern. *Lass es zu. Komm zu uns.*

Benommen schüttele ich den Kopf. Aurora ist langsamer geworden, aus ihren geballten Fäusten ragen die Fingerknöchel weiß hervor.

»Vielleicht sollten wir einen anderen Gang nehmen.« Sie bleibt stehen und wirft einen Blick zurück. Neben Aurora erhebt sich eine der Efeuranken mit einer Geschmeidigkeit, die an das Fadenspiel eines Marionettenspielers erinnert. Ohne das leiseste Geräusch und mit einer Selbstverständlichkeit, als wäre es ihr unveinnehmbares Recht.

»Aurora, pass auf!« Ich hechte in ihre Richtung, will sie zur Seite reißen. Doch ich bin zu langsam. Die silbernen Blätter streichen zärtlich über Auroras Schulter und hinterlassen eine Spur aus glitzernden Partikeln auf dem nachtblauen Stoff ihres Umhangs. Als der Efeu ihren nackten Hals berührt, legt sich ein seltsam verträumter Ausdruck auf Auroras Gesicht, der mir Angst macht. Ihre Augen nehmen einen silbernen Glanz an. Die mondhelle Farbe leuchtet von ihren Pupillen über die Iris und noch weiter, bis sie auch das Weiße in ihren Augen vollständig ausfüllt.

»Aurora! Hörst du mich?!« Cajus trennt die Efeuranke mit einer heftigen Bewegung seines Messers ab. Er zieht Aurora in die Mitte des Korridors und fasst sie an den Schultern. Obwohl er sie schüttelt, geht ihr Blick durch ihn hindurch. Als wäre sie eine Puppe, ohne Geist und eigenen Willen.

Mir ist eiskalt. Ich weiche einige Schritte zurück, ein kühler Luftzug streicht verspielt über meine Wange. Zwischen den Gängen flüstert das Labyrinth erneut meinen Namen. *Bist du müde, Harper?*

»Aurora!«, brüllt Cajus ein weiteres Mal. Sie scheint ihn gar nicht wahrzunehmen.

»Sieh nur, wie wunderschön.« Verzückt starrt sie die dunklen Hecken an. Als hätte sie noch nie etwas Faszinierenderes gesehen.

Fluchend steckt Cajus seinen Kompass weg. Er tastet Auroras Körper ab, bis er knapp unterhalb ihrer rechten Hüfte findet, wonach er sucht. Die Berührungen sind vertraut, ohne Scheu. Cajus zieht das schmale silberne Fläschchen mit dem Elixier des Palastheilers aus Auroras Hosentasche, entkorkt es und hält es ihr unter die Nase.

»Hier. Riech daran.«

Beim nächsten Atemzug beginnt sie heftig zu husten. Der silberfarbene Schleier über ihren Augen lichtet sich, bis er endgültig verschwindet. Ihr Blick fällt auf das offene Riechfläschchen.

»Mach das zu!«, schreit sie. »Das Elixier verdampft sonst!«

Cajus drückt den Korken zurück in den Flaschenhals und verstaut die kleine Flasche in seiner Manteltasche. Ein zufriedenes Klirren läuft durch den Efeu, die funkelnden Blätter zittern spöttisch unter der Bewegung.

Ich schlinge fröstelnd die Arme um meinen Oberkörper, fühle, wie mich die Hecke beobachtet. Ihre Aufmerksamkeit ist wie der Blick einer Kobra. Sie hebt die silbernen Efeublätter an, bewegt sich tastend auf mich zu, betörend, ein Tanz der Verführung.

Komm zu uns, Harper.

Cajus hebt alarmiert den Kopf. Unsere Blicke treffen sich, wir sind nur zwei Meter voneinander entfernt. Ich will gerade einen Schritt auf ihn und Aurora zumachen, als der herabhängende Efeu zwischen uns blitzschnell in die Höhe schießt. Die Ranken zischen von beiden Seiten hervor und verflechten sich raschelnd in der Mitte, bis sie nach nur einem Wimpernschlag eine undurchdringliche Wand geformt haben. Eine Wand, deren fleischig silberne Blätter so dicht stehen, dass ich Cajus und Aurora nicht mehr sehen kann.

»Fuck!«, höre ich Cajus fluchen. »Bennet, bleib, wo du bist. Ich versuche, mir einen Weg zu dir durchzuschlagen.«

Ich höre, wie sein Messer durch die Luft saust, wie er sich durch die Pflanzenbarriere kämpft. Die silberne Wand aus Efeu erzittert, gibt jedoch nicht nach. Im Gegenteil. In einem unglaublichen Tempo sprießen noch mehr Blätter hervor.

»Cajus!« Ich habe Angst. Ich will mir nicht vorstellen, wie es ist, allein in diesem Irrgarten gefangen zu sein.

»Pass auf, dass dich die Blätter nicht berühren!«, schreit er zurück. Er versucht ein weiteres Mal, mit dem Messer die Wand aus

Efeu zu durchdringen. Es ist sinnlos. Je mehr er sich anstrengt, desto mehr Blätter wuchern hervor. »Es hat keinen Zweck. Wir müssen einen anderen Weg zu dir finden!«

Er kann es versuchen, aber es wird ihm nicht gelingen, weht ein Flüstern durch den Gang hinter mir.

Hektisch fahre ich herum. Mein Herzschlag dröhnt in meinen Ohren.

Harper, flüstert das Labyrinth. *Bist du schon müde?*

»Lass mich in Ruhe!«, brülle ich in den leeren Gang. Der silberne Efeu an den Hecken ringsum raschelt leise, als wollte er mich verhöhnen. Schon wieder kriecht eine Gänsehaut von meinem Nacken abwärts über meinen Rücken. Hastig setze ich mich in Bewegung. Ich muss hier raus.

Nach ein paar Schritten biege ich links ab. »Hallo?«, rufe ich in den von Fackeln erhellten Gang. Der schwarze Boden erstreckt sich schnurgerade in die von einzelnen Lichtern durchbrochene Dunkelheit. Angespannt setze ich einen Fuß vor den anderen, unaufhörlich tastet mein Blick den Efeu ab. Zu beiden Seiten durchbricht er silbrig die schwarze Hecke. Ich suche nach dem geringsten Anzeichen einer Bewegung, um notfalls schnell reagieren zu können. Ich bin wachsam. Ich bin nervös. Und ich bin traurig. Jede Sekunde in diesem Irrgarten stößt mich tiefer in die Einsamkeit, lässt mich fühlen, dass es nur noch mich gibt. Ich habe mich verirrt. Nicht nur im Labyrinth, auch im Leben.

Vor Kurzem hatte ich noch einen Freund. Ein geregeltes Leben, dem man nur Langeweile vorwerfen konnte. Und jetzt? Jetzt habe ich Noctaris kennengelernt, habe von der Magie gekostet und suche nach Phoenix und nach Antworten, die er mir vielleicht nicht geben kann. Meine Gefühle spielen verrückt, mein Verstand hat schon längst aufgegeben.

»Cajus? Aurora?« Meine Stimme klingt verdammt dünn. »Hört ihr mich?«

Ein Windstoß fährt mir als Antwort ins Gesicht. *Nein, sie hören dich nicht*, flüstert eine Stimme ganz nah an meinem Ohr. *Wir holen dich zu uns, Harper*.

Ich beginne zu laufen. Meine Gedanken sind schneller als meine Beine, schreien mir zu, dass ich hier nie wieder herausfinden werde. Ich erreiche eine Kreuzung, biege blindlings nach rechts ab. Jeder Gang sieht aus wie der andere. Überall die gleichen dunklen Hecken mit den gleichen düsteren Fackeln und dem gleichen wuchernden Efeu. Als ich kurz stehen bleibe, um mich zu orientieren, schießt eine metallisch schimmernde Ranke blitzschnell aus den schwarzen Blättern neben mir hervor. Erschrocken keuche ich auf, ducke mich unter den Blättern hindurch und renne weiter. Wieder erreiche ich eine Kreuzung mit lauter identischen Gängen, nichts gibt mir einen Hinweis, wohin ich mich wenden soll. Überall existieren nur nachtschwarze Wände, an denen der silberne Schlaf lauert. Ich werde für immer hier gefangen sein.

Unschlüssig drehe ich mich im Kreis, als plötzlich etwas Helles in meinem Augenwinkel aufblitzt. Eine rothaarige Frau in einem märchenhaften Kleid aus silberner Seide, durchsetzt mit rauchgrauer Spitze, wandert selbstvergessen durch die Gänge. Funkelnde Diamantsplitter blitzen aus dem eng sitzenden Korsett mit

Fischgrätmuster hervor, der lange ausgestellte Rock streift über den Boden. Mit traumwandlerischer Sicherheit bewegt sie sich durch die Korridore des Irrgartens. Ihre lockigen Haare sind offen, die Augen schimmern in demselben Farbton wie ihr Kleid.

»Warte!«, rufe ich ihr hinterher, doch sie ignoriert mich. Ohne darüber nachzudenken, folge ich ihr.

Streng dich nicht an, Harper. Ruh dich aus. Du hast es dir verdient, flüstert das Labyrinth. Eine lavendelschwer duftende Brise fährt mir spielerisch durch die Haare, zupft an meinem geflochtenen Zopf.

»Lass mich in Ruhe!«, stoße ich noch einmal hervor und laufe weiter. Meine Atemzüge sind schnell, meine Beine noch schneller, meine Spitzenunterröcke rascheln bei jedem Schritt. Die Angst trommelt in meiner Brust. Ich komme an eine Abzweigung und halte inne. Ich weiß nicht, in welche Richtung die Frau gegangen ist. Urplötzlich schießt ein silbernes Efeublatt von der Seite auf mich zu, um mir sanft über Nase und Wange zu streichen. Wie ein schwerer Mantel legt sich die Berührung auf meine Schultern, lässt Ängste und Sorgen abperlen, als wären sie nie da gewesen. Eine angenehme Schläfrigkeit hüllt mich ein, ergreift von jeder Faser meines Körpers Besitz.

Ich sehe mich blinzelnd um. Und erkenne erst jetzt, wie schön es hier ist.

Kapitel 34

Die efeubedeckten Wände des Labyrinths erstrahlen in einem freundlichen goldenen Schimmer, wie mit kostbarem Blütenstaub bepinselt. Ein angenehm sanfter Luftstrom liebkost mein Gesicht, eine beruhigende Melodie dringt an mein Ohr. Sie lotst mich an den Fackeln vorbei durch die Gänge, die jeglichen Schrecken verloren haben.

Heimat. Genauso fühlt sich Heimat an. Das warme Gefühl der Geborgenheit lenkt jeden Schritt, mit dem ich tiefer und tiefer in das Labyrinth vordringe. Ich kenne den Weg, es ist nicht mehr weit.

Irgendwann trete ich durch einen von silbernem Efeu umrankten Arkadenbogen auf eine gigantische runde Lichtung. Im Mondlicht golden funkelndes Gras breitet sich unter meinen Füßen aus.

Ich habe das Herz des Irrgartens erreicht.

Eine einschläfernde und tiefgreifende Ruhe geht von diesem Ort aus. Noch nie in meinem Leben habe ich so viel Frieden empfunden. Hier gibt es kein Hoch und Tief, kein Auf und Ab, nur eine innere Gleichmut. Alles ist in perfekter Balance.

In der Mitte der grasbewachsenen Fläche erhebt sich eine marmorne Akropolis mit einer Ringhalle aus zwölf schimmernden Säulen. Innerhalb des offenen Bauwerks erkenne ich Männer und Frauen in eleganten Gewändern. Sie scheinen zu schlafen. Einige lehnen an den gerillten Säulen, andere liegen auf dem Boden. Ein nachtblühender Garten mit einem alten Brunnen, Blumenrabatten und idyllischen Steinbänken breitet sich rund um die helle Akropolis aus. Auch hier liegen Männer und Frauen in tiefem Schlaf versunken. Ihre prachtvollen Kleider und aufwendigen Frisuren erinnern an Noctaris. Doch statt der aufregenden Vergnügungen erwartet sie an diesem Ort nur eine tiefe Ruhe und Stille, nach der auch ich mich sehne.

Mit langsamen Bewegungen wandere ich weiter durch den verwunschenen Garten. Meine Glieder werden immer träger, eine zufriedene Benommenheit legt sich über mich. Hier bin ich sicher. Die schwarzen Hecken des Labyrinths bilden einen riesigen Kreis um die ebene Lichtung. Zwölf Gänge führen hierher, doch sic interessieren mich nicht. Es sind nur Ausgänge. Meine ganze Aufmerksamkeit liegt auf der von Säulen getragenen Akropolis. Unwiderstehlich zieht es mich ins Zentrum des Labyrinths. Ich möchte ganz und gar in seinem Inneren versinken.

Immer wieder muss ich über schlafende Menschen hinwegsteigen. Sic sehen allesamt so friedlich aus. Unter ihnen entdecke ich auch die rothaarige Frau in dem märchenhaften silbernen Kleid. Sie ist mitten auf der goldenen Wiese eingeschlafen, neben einigen schwarzen Orchideen, deren dunkler Duft den ganzen Garten erfüllt. Jeder Atemzug des Blütenduftes macht mich noch müder.

Jeder Schritt ist schwerer als der davor. Meine Gedanken werden leiser, bis ich sie nur noch als angenehm einschläferndes Plätschern im Hintergrund wahrnehme. Vage erinnere ich mich daran, mit einem bestimmten Ziel hierhergekommen zu sein. Ich wollte irgendetwas finden.

Oder wollte ich jemanden finden?

Schleppend umrunde ich eine alte Frau, die zusammengerollt auf dem Boden liegt. Sie trägt ein wunderschönes dunkelblaues Ballkleid mit duftigen Unterröcken. Ihre schmalen Füße stecken in zarten Tanzschuhen mit glitzernden Riemen.

Schließlich betrete ich den überdachten Säulengang der Akropolis und wandle dort weiter. Die angenehme Wärme weht mir entgegen, mitsamt ihrer Ruhe und Friedlichkeit. Viele der schlafenden Menschen liegen zu zweit oder zu dritt beisammen. Ich bin gerade dabei, mir einen Platz zu suchen, als mein Blick auf das Gesicht eines jungen Mannes fällt.

Mein Körper erstarrt. Die zerstrubbelten dunkelblonden Haare, die gerade Nase und die ebenmäßigen Züge sind mir vertraut. Der Mann ist mir vertraut, ich kenne ihn.

Es ist Phoenix. Mit geschlossenen Augen lehnt er aufrecht sitzend an einer längsgerillten Säule. Er sieht gut aus in der dunkelblauen Hose, dem passenden Hemd und dem schmal geschnittenen Frack. Ein hoher Zylinder mit silberner Borte liegt neben ihm auf dem Boden. Sein Brustkorb hebt und senkt sich langsam im Takt seiner Atemzüge. Bei seinem Anblick wallt Schmerz in mir hoch, stemmt sich gegen die Müdigkeit, doch sie ist zu stark.

Die glänzenden Marmorsäulen der Akropolis beginnen sich zu

drehen. Es ist unmöglich, einen klaren Gedanken zu fassen. Alles verschwimmt im dichten Nebel meiner Erschöpfung. Das Bedürfnis, mich auszuruhen, wird übermächtig. Meine Knie knicken ein, mein Körper lehnt sich an Phoenix. So vertraut und doch so fremd.

Wie von allein strecken sich meine Finger aus, um seinen Handrücken zu berühren. Seine Haut fühlt sich kalt an und in meiner Brust wächst die Sehnsucht. Ich möchte mich an ihn schmiegen und ihm ganz nah sein. Es wird immer schwerer, die Augen offen zu halten. Irgendetwas warnt mich davor, ihm zu vertrauen. Doch dieses Gefühl ergibt keinen Sinn. Es ist schließlich Phoenix.

Mein Phoenix, den ich so lange vermisst habe.

Die dichten Wimpern unter seinen dunkelblonden Augenbrauen ruhen auf seinen Wangen. Sein Duft ist noch derselbe wie in unserer letzten gemeinsamen Nacht. Trotzdem habe ich das Gefühl, etwas Wichtiges vergessen zu haben.

Darüber nachzudenken fällt mir unendlich schwer.

Meine Augen fallen zu.

Mein Kopf sinkt langsam auf Phoenix' Schulter.

Die beruhigende Stille der Lichtung wäscht die letzten störenden Gedanken fort.

Ich drifte ab … und schlafe ein.

»Bennet!« Irgendjemand rüttelt unsanft an meiner Schulter. Ich gebe einen unwilligen Laut von mir und will ihn wegschieben, doch dieser Jemand hört nicht auf, lästig zu sein.

»Bennet, mach verdammt noch mal die Augen auf! Du darfst hier nicht schlafen!«

Ich spüre, wie mir jemand etwas Kaltes an die Lippen hält. Der scharfe Geruch nach Ingwer, Anis, Alkohol und Stechapfel dringt in meine Nase. Der Duft ist so stark, dass ich hustend die Augen aufschlage.

»Na endlich.« Cajus kniet vor mir auf dem Boden und stöpselt hastig ein silbernes Fläschchen zu. Sein Gesicht ist so nah vor meinem, dass ich die etwas helleren Sprenkel in seinen dunkelgrünen Augen sehen kann. Er wirkt erleichtert.

»Oh, mein Gott. Ich bin …«

»Ja, du bist eingeschlafen«, unterbricht er mich. »Wahrscheinlich sogar einige Stunden lang. Es war nicht leicht, bis ins Zentrum vorzudringen, ohne diesen verdammten Silberblick zu kriegen. Aber du hast es dir in der Zwischenzeit offensichtlich gemütlich gemacht.«

Aurora starrt stumm auf die Stelle neben mir. Ich drehe ebenfalls den Kopf. Phoenix. Mein Mund wird trocken, mein Herz versteht erst jetzt, was passiert ist.

Augenblicklich fällt mir alles wieder ein.

Die sanfte Berührung durch den Efeu. Die friedvolle Benommenheit, meine Müdigkeit und die Verwirrung. Mein Wunsch, Phoenix nah zu sein.

Hastig rapple ich mich auf und bringe etwas Abstand zwischen uns.

»Dieser verdammte Mistkerl.« Aurora ballt ihre bleichen Hände zu Fäusten, ihre Augen sprühen Funken vor Wut, die jedoch nicht ihre Enttäuschung verdecken. Eine tiefe Enttäuschung, wie man sie nur erlebt, wenn man sich vor jemandem verletzbar gemacht hat. Wenn man teilt, was sonst ungeteilt bleibt, und den Schutzmantel fallen lässt, der die eigene Seele in Sicherheit wiegt.

Ruppig entkorkt Cajus das silberne Riechfläschchen, kniet sich mit einem Bein auf den Boden und hält Phoenix das Elixier unter die Nase. »Wach auf, Arschloch.« Die Worte klingen unnatürlich laut an dem sonst völlig stillen Ort.

Mit angehaltenem Atem starre ich auf Phoenix. Während der letzten Wochen habe ich ihn nur so erlebt. Schlafend. Ohne Bewusstsein. Leise stöhnend regt er sich. Die Bewegungen hinter seinen geschlossenen Lidern werden schneller. Ungeduldig starre ich in sein Gesicht, die verdammten Sekunden ziehen sich träge in die Länge. Am liebsten würde ich schreien, am liebsten würde ich Phoenix wachschreien, ihn dazu zwingen, wieder ins Hier und Jetzt zu finden.

Er bewegt den Kopf, zieht die Nase kraus, wacht jedoch nicht auf.

»Es funktioniert nicht«, sagt Aurora tonlos.

»Es muss funktionieren.« Cajus drückt Phoenix das silberne Fläschchen noch einmal ins Gesicht.

»Das Elixier ist verbraucht. Es war nicht genug, um drei Personen aus dem Schlaf zu holen«, sagt Aurora. »Das war's dann wohl.«

Ich schüttele den Kopf. »Nein. Das kann doch nicht alles umsonst gewesen sein.«

Cajus wirft das Fläschchen zur Seite, packt Phoenix am Kragen und schüttelt ihn. »Hey, Arschloch! Wach auf, verdammt noch mal!«

»Es ist zu spät«, murmelt Aurora. »Wir sind solche Idioten.«

Cajus verpasst Phoenix eine schallende Ohrfeige. Sein Kopf fliegt herum, ansonsten tut sich nichts.

»Hör auf damit!« Ich dränge Cajus zur Seite.

»Warum? So können wir ihn vielleicht wecken!«

»Dann wäre er bestimmt schon wach«, entgegne ich gereizt.

Aurora hat die Arme vor der Brust verschränkt und sagt kein Wort. Sie scheint nichts dagegen zu haben, Phoenix von Cajus wachprügeln zu lassen.

Vorsichtig lege ich beide Hände auf Phoenix' Wangen und sehe ihn eindringlich an. »Phoenix! Ich bin es, Harper. Du musst aufwachen!«

Cajus schnaubt abfällig. Er ist aufgestanden, sein Blick ist eisig. »Das bringt nichts.«

Ich lasse mich nicht beirren. »Phoenix! Du musst aufwachen! Das ist deine einzige Chance, dem Koma zu entkommen!«

Er regt sich nicht. Die Bewegungen seiner Augen werden langsamer. Mit jeder Sekunde, die vergeht, scheint er wieder tiefer in den Schlaf zu sinken.

»Phoenix!« Ich versuche ein letztes Mal, zu ihm durchzudringen. Seine Haut fühlt sich noch immer viel zu kalt an, als ich mit den Fingerspitzen zu seinem Kinn taste.

»Wenn du ihn jetzt küsst, kotze ich«, stößt Cajus hervor.

»Ich auch«, pflichtet ihm Aurora bei. »Vielleicht müssen wir Phoenix durch das Labyrinth nach draußen tragen. Und mit wir meine ich *dich*, Cajus.«

»Nein. Es ist sowieso schon eine Herausforderung, aus dem beschissenen Irrgarten zu kommen. Mit dem schlafenden Arschloch werden wir es kaum schaffen.«

»Aber es muss doch eine Möglichkeit geben, ihn zu wecken«, murmele ich. Die Gedanken hetzen durch meinen Kopf, sind nicht bereit, jetzt schon aufzugeben.

»Der unendliche Durst der Wachsamkeit, darüber hat doch dieser Mortimer geschrieben«, sage ich.

Aurora und Cajus sehen mich verständnislos an. Natürlich ist es nur eine Idee, aber sie passt zur Gehässigkeit des Labyrinths. Die Lösung liegt direkt vor der Nase, doch man ist zu müde, um sie zu sehen und zu nutzen.

»Wozu braucht man an einem Ort wie diesem einen Brunnen?«, fahre ich fort. »Was ist, wenn wir Phoenix mit dem Wasser darin aufwecken können?«

»Einen Versuch ist es wert«, erwidert Cajus und marschiert los. Wenig später kehrt er mit einem Holzkübel zurück. »Der Brunnen ist ausgetrocknet, es sind nur ein paar Tropfen – aber vielleicht reicht es. Falls es überhaupt funktioniert.« Er drückt mir den Kübel in die Hand.

Ich knie mich vor Phoenix und schütte ihm die glitzernden Tropfen ins Gesicht. Ein paar Sekunden passiert nichts. Dann beginnt sich Phoenix zu regen. Er verzieht den Mund, runzelt die Stirn und hustet kurz. Schließlich schlägt er blinzelnd die Augen auf.

Ich bin wie erstarrt. Nach all der Zeit habe ich fast vergessen, wie es sich anfühlt, von ihm angesehen zu werden. Es ist ein seltsamer Moment. Phoenix und ich starren einander an. Keiner von uns sagt ein Wort. Mit beängstigender Klarheit nehme ich die vielen kleinen Details an ihm wahr, die ich vermisst habe. Die schmale Narbe an seiner rechten Augenbraue, die auf den ersten Blick so aussieht, als hätte er sich einen Cut hineinrasiert. Seine weichen Lippen, mit denen er so viele Lügen erzählt hat. Das kleine Muttermal auf seiner Wange und sein vertrauter Geruch nach Shampoo und Pfefferminzkaugummi, der ihm selbst an einem Ort wie diesem anhaftet.

»Harper.« Seine Stimme klingt verwirrt und benommen. »Bist du das wirklich?« Er beugt sich zu mir, will mir über die Wange streichen.

Hastig stehe ich auf. Ich möchte nicht von ihm berührt werden.

»Wo ist die Lumoire?« Die Härte in Cajus' Tonfall schneidet durch meine wirren Gedanken.

Phoenix blinzelt erneut, schaut mich immer noch an. Schließlich richtet er den Blick widerstrebend auf Cajus. »Du bist auch hier?«

»Gut erkannt, Arschloch.« Cajus beugt sich nach vorn, zerrt Phoenix brutal auf die Beine und klopft seinen Frack nach der Lumoire ab.

»Lass mich los.« Phoenix ist ein wenig wacklig auf den Beinen, schafft es aber, sich mit einer wütenden Bewegung von Cajus loszumachen. Die beiden sind etwa gleich groß, doch der erbarmungslose Hass, der aus Contervilles Augen blitzt, lässt ihn deutlich gefährlicher wirken.

»Er hat sie nicht dabei.«

»Wo ist die Lumoire? Wo hast du sie hingebracht?«, fragt Aurora eisig. Sie stellt sich neben mich, als müsste sie sich ins Bild bringen, als müsste sie Phoenix erst beweisen, dass sie da ist.

Er zieht die Brauen zusammen und starrt sie verwirrt an. »Aurora«, murmelt er dann ungläubig. »Aber wie … wieso …?«

»Hör auf, dich blöd zu stellen«, faucht Cajus. Er packt Phoenix am Hals und drückt ihn grob gegen die Säule in seinem Rücken. »Sag uns sofort, wo du sie versteckt hast.«

»Lass mich los!«, stößt Phoenix wütend hervor.

»Die Lumoire«, wiederholt Cajus voller Hass. »Du hast sie aus dem Palast gestohlen, bevor du ins Koma gefallen bist. Wo ist sie jetzt?«

Langsam kehrt Phoenix' Erinnerung zurück. Ein Funke taucht in seinen blauen Augen auf, den er sofort wieder verschwinden lässt. »Ich habe keine Ahnung«, presst er zwischen zusammengebissenen Zähnen hervor.

»Du lügst«, flüstere ich getroffen. Die Benommenheit lässt nach, der Schock des Wiedersehens fällt ab und macht der Klarheit Platz. »Du weißt genau, wo sie ist.« Ich schüttele den Kopf. Meine liebevollen Erinnerungen an Phoenix zerfallen zu Staub. »Wieso? Wieso hast du das getan? Ich dachte, es gibt eine Erklärung für dein Verhalten, einen triftigen Grund, warum du mich so hintergangen hast!« Ich mache einen Schritt auf ihn zu, dränge Cajus mit der Schulter zur Seite. Er lässt Phoenix los. »Aber wahrscheinlich gibt es nur einen Grund, Phoenix. Dass ich dir egal bin. Vielleicht hast du es sogar genossen, mich Nacht für Nacht zu hintergehen und hier ein komplett anderes Leben zu führen, in dem ich keine Bedeutung habe!«

»Harper, so ist es nicht, ganz und gar nicht.«

»Wie ist es dann?«, schreie ich ihn an.

»Es ist kompliziert.«

Ich schüttele den Kopf. »Untersteh dich, dich in dieses Wort zu flüchten. Ich will Antworten, Phoenix. Wochenlang saß ich jeden beschissenen Tag an deinem Krankenbett, nur um zu erfahren, dass ich dich gar nicht kenne. Dass du ein Doppelleben führst, mich wegen dieser Lumoire mit Aurora betrügst und sie dann auch noch an die Rebellen auslieferst!«

Phoenix fährt sich mit der Hand über die Augen. »Du hast recht, ich habe Aurora benutzt, um an die Lumoire zu kommen. Aber du kennst nicht die Umstände, unter denen die Gesichtslose Familie in Noctaris herrscht.« Sein Blick fällt voller Abscheu auf Cajus, bevor er mich wieder ansieht. »Von wem hast du die ganzen Informationen, Harper? Von der Schwarzen Hand?« Er schnaubt. »Ich bin mir sicher, dass er dir nicht alles erzählt hat. Seit Jahrhunderten jagt die Gesichtslose Familie Menschen wie mich. Weil wir in der Lage sind, sie zu stürzen, ihnen ihre Macht zu nehmen. Sie fürchten unsere Kraft, die uns von Natur aus gegeben ist. Ihre Angst ist so groß, dass sie es sich zum Ziel gesetzt haben, uns zu vernichten. Mein Vater ist nicht an einem Schlaganfall gestorben, Harper. Die Gesichtslose Familie gab den Auftrag, ihn zu töten, es geschah durch ihre Hand.«

Wie mechanisch drehe ich mich zu Cajus und Aurora um. »Ist das wahr?«

»Sein Vater war ein Mörder und Fanatiker«, presst Cajus hervor. »Er wollte die Inkubi wieder an die Macht bringen.«

»Ist es wahr?«, wiederhole ich langsam. »Habt ihr … hast du seinen Vater auf dem Gewissen?« Ich sehe Cajus eindringlich an, der Blick aus seinen smaragdgrünen Augen ist eiskalt. »Sein Vater hat Zac getötet. Er hat ihn abgeschlachtet, ohne jegliche Reue. Für ihn war das erst der Anfang, der Anfang einer neuen Ära. Er hatte den Tod verdient.«

»Mein Vater hat sich nur verteidigt! Dein Freund ist auf ihn losgegangen!«, brüllt Phoenix und macht einen wütenden Schritt auf Cajus zu. »Die Schattenarmee tötet auf Befehl der Gesichtslosen Familie jeden Inkubus. Mein Vater hat in Notwehr gehandelt, er musste sterben, weil er war, was ihr fürchtet. Eure Skrupellosigkeit kennt keine Grenzen, ihr hättet mich auch beinahe getötet, als ihr mich aus der wachen Welt nach Noctaris gerufen habt!«

»Was? Wie meinst du das?« Mein Kopf ruckt zu Cajus und Aurora herum. »Wovon redet er?«

Aurora wird noch blasser, als sie ohnehin schon ist. Sie hebt das Kinn. »Er spricht vom Ruf der Gesichtslosen Familie. Nachdem Phoenix die Lumoire gestohlen hatte, hat mein Vater die alte Magie genutzt, um ihn zur Befragung nach Noctaris zu holen. Ohne die Lumoire gab es leider Komplikationen, sodass Phoenix im Labyrinth der Benommenheit gelandet ist, während er in der wachen Welt am Steuer saß.«

»Aber …« Meine Stimme versagt. »Ich bin doch gefahren.«

Phoenix blickt mich irritiert an. »Nein, Harper. Ich bin gefahren.«

»Aber ich kann mich doch erinnern, dass ich am Steuer saß«,

widerspreche ich. Es ist absurd. Niemals hätte ich gedacht, dass ich gerade diesen Umstand so hartnäckig verteidigen würde.

»Du kannst dich daran erinnern, weil du Teile seiner Erinnerung übernommen hast. Das hat sich in deinem Kopf vermischt«, erklärt Cajus.

Mein Verstand verarbeitet seine Worte, aber nur langsam wie eine Maschine, die nicht richtig funktioniert. Das blaue Licht. Mein Blackout. Der Ruf der Familie muss in dem Moment erfolgt sein, als der schwarze Jeep auf uns zugeschossen kam. Phoenix hat es irgendwie noch geschafft, das Cabrio auf den Bürgersteig zu lenken.

»Und ihr … ihr wusstet das?«, stammele ich. »Ihr wusstet, dass ich keine Schuld an dem Unfall hatte, und keiner hat mir was gesagt?!« Mir ist speiübel. Mein Herz pocht mir bis zum Hals, meine Hände zittern.

Cajus sieht mich an. »Hätte es denn einen Unterschied gemacht?«

»Natürlich hätte es einen Unterschied gemacht! Ich habe die Schuld immer bei mir gesucht, habe nie verstanden, was passiert ist. Wie konntest du mich nur so belügen?« Mein Atem geht stoßweise, meine Augen sind nur auf Cajus gerichtet.

»Geht es um die Anklage? Darum hätte ich mich gekümmert.«

»Nein, es geht nicht um die verdammte Anklage! Es geht darum, dass du mir nicht die Wahrheit gesagt hast«, fauche ich.

Er nimmt mich am Oberarm. »Bennet, es ist jetzt nicht der richtige Zeitpunkt, um das zu besprechen.«

»Lass sie los«, herrscht Phoenix ihn an. »Sag mal, läuft da etwas zwischen euch? Harper?«

»Was?«, brause ich auf. »Du bist der Letzte, der mir irgendetwas zu sagen hat, Phoenix.«

»Lass sie in Ruhe«, stimmt mir Aurora zu.

Ich schüttele nur den Kopf und drehe mich zornig zu ihr. »Du hältst dich da raus. Die ganze Zeit hättest du mir etwas sagen können, aber auch du hast lieber den Mund gehalten. Ihr habt mich alle belogen, ihr seid alle Lügner.« Meine Lippen beben.

»Harper …«

»Komm mir nicht mit Harper!«, fauche ich Cajus an.

»Es tut mir leid, dass du es so herausfinden musstest«, presst er hervor. »Ich wollte es dir später sagen.«

»Und wieso soll ich dir das glauben? Ich musste doch auch selbst herausfinden, dass ich ein verdammter Inkubus bin!«

Phoenix starrt mich an. »Du bist was?«

»Ja, du hast richtig gehört«, erwidert Aurora hart. »Harper ist ein Inkubus. Sie hat deine Kräfte übernommen – mit denen du mir meine Erinnerung genommen hast, um in den Blauen Salon unseres Palastes einzubrechen. Na, wie fühlt sich das an?«

Phoenix wird blass. Er sieht aus, als hätte man ihm sein Herz herausgerissen.

Aber das ist Cajus egal. »Ich wiederhole es zum letzten Mal: Wo ist die Lumoire, Arschloch?«, fragt er unbeirrt.

Phoenix entfährt ein bitteres Lachen, in seinen blauen Augen funkelt eine Mischung aus Wut und Verzweiflung. »Ich weiß es nicht mehr, okay? Ich weiß nur noch, dass ich sie hatte, der Rest ist verschüttet.« Mit einer wütenden Bewegung deutet er auf die schwarzen Hecken um uns herum. »Muss an diesem verdammten Labyrinth liegen, in das ihr mich gebracht habt.«

»Okay.« Aurora klingt erstaunlich nüchtern. Mit der aufrechten Haltung einer Tochter der Gesichtslosen Familie steht sie da, das Kinn leicht erhoben. »Dann schlage ich dir Folgendes vor, Phoenix: Wir holen dich hier raus und du kramst in deiner verschütteten Erinnerung nach dem Aufenthaltsort der Lumoire.« Sie macht eine kurze Pause. »Aber wage es ja nicht, uns noch einmal zu betrügen. Sonst ist das Labyrinth der Benommenheit dein kleinstes Problem.«

Kapitel 35

Der Weg ins Labyrinth war beängstigend. Der Weg hinaus ist noch viel beängstigender.

Wir versuchen, uns so weit wie möglich von den schwarzen Hecken fernzuhalten, rennen im Gänsemarsch durch die fackelbewehrten Korridore. Cajus hat uns eingeschärft, nicht stehen zu bleiben. Wir alle sind müde und verschwitzt, aber wir folgen seiner Anweisung. Der Efeu wartet nur darauf, dass wir uns der Erschöpfung hingeben und zu leichten Opfern werden.

»Ich glaube, wir müssen hier links.« Auroras blonde Haare kleben ihr im Nacken, ihr Brustkorb hebt und senkt sich schnell unter ihrem langen Umhang. Wir haben die Mitte einer Kreuzung erreicht, auf der wir zwischen drei schnurgeraden Gängen wählen können, die sich nicht voneinander unterscheiden.

»Nein, geradeaus.« Cajus starrt auf seinen kupferfarbenen Kompass, dessen zitternde Nadel sich auf Norden ausrichtet. »Ich bin sicher.«

»Ich bin aber auch sicher«, erwidert Aurora. Sie hebt den Arm und zeigt auf ein zerdrücktes silbernes Efeublatt auf dem schwarzen Boden des linken Ganges. »Hier sind wir auf dem Hinweg vorbeigekommen.«

»Egal wie, wir sollten doch keinesfalls stehen bleiben«, sage ich.

»Sie hat recht.« Phoenix ist so knapp hinter mir, dass ich seinen schwachen Duft nach Pfefferminzkaugummi wahrnehmen kann. Seit unserem Aufbruch aus der Akropolis ist er mir nicht mehr von der Seite gewichen. »Lasst uns schnell eine Entscheidung treffen und weitergehen.«

»Dieses Blatt ist vielleicht ein Versuch des Irrgartens, uns in die Falle zu locken. Ich sage, wir folgen dem Kompass.« Cajus ignoriert Auroras Vorschlag und schlägt den Weg ein, den er für richtig hält. Wir folgen ihm.

Schon nach zwei Schritten höre ich das gehässige Flüstern des Labyrinths. *Harper, du findest hier nie raus.*

In der Sekunde geht ein Zucken durch die hängenden Efeuranken vor uns. Blitzschnell schießen sie von beiden Heckenseiten aufeinander zu. In einem Wahnsinnstempo verflechten sie sich zu einer metallisch funkelnden undurchdringlichen Barriere.

»Scheiße.« Cajus stoppt abrupt vor dem Hindernis, sein Zylinder wirft einen langen Schatten auf den Boden. Mit einer Hand greift er hinter sich, um Aurora davor zu bewahren, von dem Efeu gestreift zu werden. »Zurück!«

Ich spüre Phoenix' beschützende Berührung an meinem Oberarm. »Lass das«, sage ich, doch er hört nicht auf mich. Mit einem Ruck zieht er mich so nah zu sich, dass meine Fingerspitzen auf seiner Brust landen. Ich fühle seinen schnellen Herzschlag durch seinen Frack hindurch.

»Dreh dich um.«

Ich will ihm nicht gehorchen. Dennoch blicke ich über die Schulter und sehe, worauf er hinauswill. Hinter mir streckt der Efeu tastend seine fleischigen silbernen Blätter nach mir aus. Hastig mache ich mich von Phoenix los und hetze den Weg zurück, den wir gekommen sind. Auf der Kreuzung schlage ich die Richtung ein, die Aurora vorgeschlagen hat. Der breite Korridor mit den schwarzen Heckenwänden verliert sich ebenso in der Dunkelheit wie die anderen Gänge. Alles sieht vollkommen gleich aus, egal in welche Richtung wir rennen. Langsam werde ich verrückt. Schon seit Stunden irren wir durch dieses verdammte Labyrinth und kommen gefühlt kein Stück weiter.

Hinter mir sind die schnellen Schritte der anderen zu hören. Phoenix schließt als Erster zu mir auf.

»Hey! Renn nicht einfach weg. Ich wollte dir nur helfen, Harper.«

Ich werfe einen Blick zurück. »Ist es dafür nicht ein wenig spät?«

Seine dunkelblonden Augenbrauen ziehen sich zusammen. »Wir hatten doch eine schöne Zeit, wirf das jetzt nicht einfach weg.«

»Du hast das doch alles weggeworfen, Phoenix. Wir hatten nie eine wirkliche Beziehung. Wir hatten nur eine gemeinsame Lüge.«

Er beschleunigt sein Tempo, bis er neben mir läuft. Dass er dem Efeu damit gefährlich nah kommt, scheint ihn nicht zu kümmern. »Sag das nicht.«

»Wieso? Soll ich so tun, als hättest du nie etwas mit Aurora gehabt?«, frage ich gedämpft. Sie und Cajus laufen weit genug hinter uns, um nicht jedes Wort zu verstehen.

»Sie hat mir doch nie etwas bedeutet«, sagt er und greift zärtlich nach meiner Hand.

Hastig entziehe ich ihm meine Finger. »Das ist jetzt nicht mehr mein Problem.«

»Machst du etwa Schluss?«

Ohne mein Tempo zu verlangsamen, presse ich die Lippen zusammen. »Ich kann nur etwas beenden, das es einmal gegeben hat, Phoenix. Uns hat es offenbar nie wirklich gegeben.«

Erneut greift er nach meiner Hand, diesmal fester. »Harper ...«

Ich werde langsamer, versuche ihn abzuschütteln, da sehe ich aus dem Augenwinkel eine dunkle Gestalt im flackernden Schein einer Fackel heranstürmen. Im nächsten Moment wird Phoenix brutal von mir weggerissen.

»Lass sie in Ruhe!«, höre ich Cajus zischen. Das Sternenlicht funkelt in seinen dunkelgrünen Augen.

»Lasst mich beide in Ruhe«, fahre ich sie schwer atmend an. Neben uns klirrt der Efeu. Gleichzeitig läuft eine spürbare Erschütterung durch die silbernen Blätter. Hastig lasse ich die beiden stehen und laufe weiter. Das hier ist ein Albtraum. Meine Kraftreserven schmelzen dahin. Mein Herz hämmert in meiner Brust. Hinter mir höre ich Cajus und Phoenix streiten, neben mir klimpert der Efeu, vor mir wispern die Stimmen. *Du kommst hier niemals raus, Harper ...*

Ich bin so erschöpft, dass ich dem Labyrinth zu glauben beginne. So erschöpft, dass mir alles egal ist. Blindlings gehe ich weiter, setze einen Fuß vor den anderen, als würde ich seit Tagen nichts anderes tun. Cajus und Phoenix haben ihre Diskussion beendet und sind zu mir aufgeschlossen. Ich höre Auroras Atemzüge hinter mir, das leise Knistern der Fackeln in dem dunklen Blattwerk, unsere knirschenden Schritte auf dem aschgrauen Boden. Ich versuche, mich auf die realen Geräusche meiner Umgebung zu konzentrieren. Trotzdem werden die Stimmen des Labyrinths immer eindringlicher und lauter.

Ihr kommt hier niemals raus …

»Wir kommen hier niemals raus«, flüstert Aurora hinter mir.

»Glaub ihnen nicht«, sagt Phoenix. »Wir müssen in der Nähe des Ausgangs sein, sonst würde das Labyrinth nicht alles daransetzen, uns einzuschüchtern.«

Wir gelangen wieder an eine Kreuzung, die genauso aussieht wie die unzähligen davor.

»Hier lang.« Cajus schlägt zielsicher den rechten Gang ein. Sein dunkler Mantel flattert hinter ihm her, der Blick ist konzentriert auf die Nadel seines Kompasses gerichtet. Seine Entschlossenheit macht mir Mut. Vielleicht ist das der Weg hinaus. Kaum habe ich das gedacht, taucht eine junge Frau in der Mitte des Korridors auf. In ihrem geisterhaft weißen Kleid und mit dem traurigen Gesichtsausdruck ähnelt sie James McNeill Whistlers Gemälde *Mädchen in Weiß*. Doch ihre Augen haben die Farbe von geschmolzenem Silber und ihren Bewegungen haftet etwas Verträumtes an. Als sie uns erblickt, bleibt sie stehen. Langsam streckt sie den Arm in die Höhe. Die Spitzen ihrer langen Ärmel wehen in einem unsichtbaren Wind, ebenso wie ihre langen schwarzen Haare. Ihr Zeigefinger weist in die Richtung, aus der wir gekommen sind.

»Ihr müsst dort entlang«, flüstert sie mit dünner Stimme. »Dieser Weg führt nach draußen.«

Unsere Schritte werden langsamer, mein Unbehagen wächst. Ich will nicht mehr rennen. Wir sind nur noch wenige Meter von dem Mädchen entfernt.

»Das ist eine Falle«, stößt Phoenix hervor.

»Natürlich ist das eine Falle«, schnappt Cajus.

Aurora bleibt keuchend hinter den beiden stehen und wischt sich mit dem Handrücken eine blonde Haarsträhne aus der Stirn. »Was sollen wir jetzt machen?«

In dem Moment sehe ich es. Das Tor. Silbrig hell und verlockend wie ein spiegelglatter See an einem heißen Sommertag schimmert es am Ende des langen Korridors hinter dem Mädchen in dem weißen Kleid hervor. Trotz der Entfernung kann ich sogar die schwach leuchtenden blauen Runen darauf erkennen.

»Da!« Es ist nur noch ein Krächzen, das ich zustande bringe.

»Kehrt um«, befiehlt das Mädchen. In ihren silbernen Augen liegt ein harter Glanz, als würde das Labyrinth zu uns sprechen.

»Nein.« Phoenix tritt ihr entschlossen entgegen. »Mach Platz oder wir verschaffen uns welchen.« Unbeeindruckt geht er weiter auf das Mädchen zu.

»Lauft«, befiehlt er über die Schulter.

Ich wechsele einen schnellen Blick mit den anderen. Dann rennen wir gemeinsam los. Phoenix rennt brüllend voran. Er zwingt die junge Frau, an die Hecke zurückzuweichen. Sofort streicht der Efeu gierig über ihren Nacken, ihre silbernen Augen leuchten hell auf. Mit einem leisen Fauchen schubst sie Phoenix weg und versucht, an ihm vorbei nach Aurora zu greifen. Aurora weicht keuchend zur Seite und kommt dem silbernen Efeu gefährlich nah. Rasch reißt Phoenix das schwarzhaarige Mädchen an den Schultern zurück, während ich so schnell wie möglich an ihnen vorbeihetze. Die weit aufgerissenen Augen des Mädchens schimmern in einem fahlen Silber, als sie blindwütig nach mir schnappt. Doch Phoenix stößt sie zu Boden. Sie schreit, als würde ihre Seele brennen, doch wir laufen weiter. Endlich ist nichts mehr zwischen uns und dem silbernen Tor, dessen blaue Runen unheilvoll leuchten. Die Hoffnung wächst mit jedem Schritt, mit jedem Atemzug. Wir sind dem Ausgang des Labyrinths so nah, dass ich die weißen Nebelschwaden bereits unter dem Tor hervorquellen sehe. Cajus erreicht es als Erster, gefolgt von Aurora. Mit Schwung reißt er die eisigen Torflügel auf.

Wenige Sekunden später taumeln wir zu viert in die wechselhafte Landschaft des Nebels der ungezähmten Träume. Dichter Dunst schlägt uns entgegen. Im ersten Moment bin ich einfach nur erleichtert, die kalten Tröpfchen des weißen Nebels auf meiner Haut zu fühlen. Ich bleibe stehen, schließe die Augen und lausche unseren schnellen Atemzügen.

Ich bin unglaublich froh, draußen zu sein. Selbst wenn dieses Draußen möglicherweise gefährlicher ist als das Drinnen.

Kapitel 36

Wir befinden uns in einem schattigen, von Moosen und Pilzen überwucherten Wald. Riesige, hoch aufragende Mammutbäume spannen ihre gigantischen dunkelgrünen Kronen über den düsteren Waldboden, über den vereinzelt Nebelschwaden ziehen. In der nächtlichen Ferne ist noch mehr Dunst zu erkennen. Dort werden die Bäume lichter und der Wald geht in eine Berglandschaft über. Das mondlichtbeschienene, schroffe Gebirge scheint zum Traum eines anderen Menschen zu gehören.

»Schnell. Hier droht uns mehr Gefahr als im Labyrinth der Benommenheit.« Gestresst sieht sich Cajus um, während er mit uns durch den Wald läuft. Instinktiv bleiben wir eng zusammen. Auf dem dichten Moosteppich sind unsere Schritte nicht zu hören. Beinahe ist es, als würden wir gar nicht existieren, als wären wir nur ein weiteres Trugbild dieser Illusion. Einer Illusion, die sich viel zu echt anfühlt. Der schwere Duft von Erde und Pilzen dringt in meine Nase, ein Rabe fliegt krächzend über uns ins hohe Blattwerk. Ansonsten gibt es keine Geräusche, es ist unnatürlich still.

Die Bäume wirken unheimlich wie in einem Gruselfilm, jede Sekunde rechne ich damit, dass etwas Schreckliches passiert.

Wir laufen immer tiefer in den Wald hinein, zwischen den aufragenden Stämmen hindurch, doch die schwarze Wendeltreppe ist nirgends zu sehen. Meine Beine sind müde vom Rennen, alle meine Sinne sind aufs Äußerste geschärft.

»Wie weit ist es noch?«, frage ich.

»Ich weiß es nicht. Fuck!« Cajus bleibt abrupt stehen. Er starrt auf seinen Kompass, dessen Nadel sich wild im Kreis dreht. Aurora stoppt keuchend neben ihm, Phoenix bleibt hinter mir.

»Wir hätten den Zugang zu den Tunneln längst erreichen müssen.«

»Scheiße.« Aurora streicht sich ein paar verschwitzte Haarsträhnen aus dem Gesicht.

Ein bedrohliches Krächzen hallt durch den Wald. Ich blicke nach oben. Mehrere riesige schwarze Vögel haben sich wie Unglücksboten in den Baumkronen der Mammutbäume versammelt. Ihre spitzen dunkelgrauen Schnäbel schimmern im Mondlicht.

»Wir haben keine Wahl. Wir müssen weiter.« Cajus dreht sich langsam im Kreis. In der einen Hand hält er den Kompass, in der anderen sein Messer. »Der Nebel hat den Zugang zur Wendeltreppe verborgen, höchstwahrscheinlich hat er ihn einfach zuwachsen lassen. Es wird ewig dauern, bis wir ihn finden.«

»Und was sollen wir jetzt machen?«, fragt Phoenix gepresst.

»In dem Tunnel war doch ein Spalt, durch den der Nebel hereingeströmt ist«, erwidere ich. »Vielleicht kommen wir so zurück.«

Cajus nickt. »Ich versuche, ihn zu finden.«

Ein tiefes Brüllen irgendwo zwischen den Bäumen hinter uns lässt mich zusammenzucken. Auch Aurora schüttelt es bei dem durchdringenden Laut, der die Erde beben lässt. Einen Sekundenbruchteil später ertönt ein lautes Krachen und Knacken, als würde etwas verdammt Großes durch das Unterholz brechen.

»Verfluchter Mist.« Cajus starrt auf seine Kompassnadel, die nur langsam zur Ruhe kommt. »Ich glaube, der Durchgang zum Tunnel liegt nordöstlich«, stößt er hervor. Mit der Hand deutet er in die entsprechende Richtung. »Los!«

Wortlos folgen wir ihm durch den immer dunkler werdenden Wald, der uns in tiefe Finsternis lockt. Schwärme von übergroßen Raben flattern kreischend über uns hinweg. Das markerschütternde Brüllen wird immer lauter, kommt näher wie etwas, das es auf uns abgesehen hat. Wir laufen weiter, laufen vor etwas davon, das wir nur hören, aber nicht sehen können. Mein ganzer Körper ist von einer Gänsehaut überzogen. Ich möchte nicht sterben. Nicht so. Nicht im Traum eines anderen Menschen.

»Verdammt«, flucht Phoenix. Der weiße Nebel verdichtet sich zwischen den Bäumen, wallt auf, bis wir fast nichts mehr erkennen können. Die Konturen der anderen verschwimmen vollkommen. »Ich kann kaum noch was sehen.«

»Geht mir genauso«, flüstere ich und stolpere in dem Moment über eine gewaltige Wurzel. Ich kann mich gerade noch an einem Baumstamm abfangen, um nicht der Länge nach hinzufallen.

»Weiter!«, erklingt Cajus' Stimme aus den dichten Nebelschwaden vor uns. »Der Traum ist im Begriff, sich zu verändern. Vielleicht ist der neue weniger gefährlich!«

Hoffnungsvoll beschleunige ich meine Schritte. Der weiße Dunst raubt mir jegliche Orientierung. Ich fühle mich blind, sehe nur noch Weiß vor mir als wäre ich in Watte gepackt. Undurchdringbare Watte, die den Geruch nach Erde und Pilzen überdeckt, den weichen Waldboden verschluckt und das schreckliche Brüllen verklingen lässt.

Plötzlich ist der Boden unter meinen Füßen eben und hart. Ein kalter Wind bläst mir ins Gesicht, die Temperatur sinkt um mindestens zehn Grad. Zitternd schlinge ich die Arme um meinen Körper. Ich habe den Eindruck, vollkommen allein zu sein, verloren in dem weißen Nichts.

»Wo seid ihr?« Mein Ruf hallt durch den weißen Nebel.

»Harper?« Phoenix' Stimme dringt aus der Ferne zu mir. »Pass auf, wo du …« Der Rest seines Satzes geht unter. In diesem Moment lichtet sich der Dunst. Ich befinde mich nicht mehr im Wald, sondern irgendwo weit oben auf einem Flachdach. Um mich herum sind die silbernen Silhouetten unzähliger Wolkenkratzer zu sehen, auf deren spiegelnden Oberflächen sich das Licht wunderschön bricht.

Ich bin nicht allein. Ein paar Meter entfernt krallt sich ein ängstlicher Mann an einer aus dem Boden ragenden Eisenstange fest. Er trägt glänzende Schuhe und einen schlecht sitzenden Businessanzug. Ohne mich zu beachten, starrt er zitternd zum Rand des Daches, der Zentimeter für Zentimeter näher zu kommen scheint. Ich blinzle. Obwohl es unmöglich sein sollte, verschiebt sich die Kante von allein langsam in seine Richtung, sodass der Abgrund immer näher rückt.

Höhenangst. Der Traum handelt von Höhenangst. Aber wo sind die anderen? Der kalte Wind stemmt sich in meinen Rücken, bringt meinen dunklen Rock heftig zum Flattern, schiebt mich Stück für Stück in Richtung Abgrund – direkt zu dem zitternden Mann an die glatte Dachkante. Die Eisenstange, an der sich der Typ festgehalten hat, ist verschwunden. Mit aller Gewalt versuche ich, gegen die sturmartigen Böen hinter mir anzukämpfen, doch es ist sinnlos.

»Hey! Wachen Sie auf! Das ist nur ein Traum!«, rufe ich dem Mann verzweifelt zu. Wenn ich jetzt falle, ist es aus. Das Adrenalin pocht in meinen Adern. Der Mann hört mich nicht, er ist tief in seiner Angst gefangen. Seine Augen starren nach unten, sind fixiert auf die glatten Fensterflächen des Hochhauses, auf dem wir stehen. Hunderte Meter erstreckt sich der Wolkenkratzer senkrecht in die Tiefe, wo winzige Autos in langen Kolonnen zwischen den Häusern entlangwalzen.

Hinter mir brüllt jemand meinen Namen. Es ist Cajus, doch ich kann mich nicht zu ihm umdrehen. Ich schwitze, mein Herz pocht in einem unheilvollen Rhythmus, hallt wie die Trommeln am Schafott in meinen Ohren wider. Meine Schuhe drücken sich in die Dachkante, mir wird schwindelig. Ich versuche, mein Gewicht nach hinten zu verlagern, ich will nicht fallen. Ein heftiger Windstoß treibt mich nach vorn. Schreiend stemme ich mich dagegen, ringe mit der unsichtbaren Macht.

Dann spüre ich es. Ich spüre, wie es ist, zu fallen. Dieser eine Moment, wenn du den Kontakt zum Boden verlierst. Wenn dein Herz springt, noch bevor du es tust. Wenn sich der Magen hebt, noch bevor der Verstand begreift, was gerade passiert. Dieser Augenblick dauert nicht lange, aber es fühlt sich an, als würde er in Zeitlupe geschehen, als würde ich in der Luft feststecken, irgendwo zwischen Himmel und Erde.

In der Sekunde greift eine starke Hand nach mir und reißt mich zurück. Mein Herz springt noch immer, mein Körper tut es nicht. Ich taumele gegen Cajus, der mich beschützend an sich zieht, als wollte er mich für immer festhalten, um mich kein weiteres Mal zu verlieren.

»Fuck, Bennet, das war knapp.« Cajus' Atem streicht über mein Ohr, geht stoßweise.

Wir halten kurz inne, eng aneinandergeschmiegt wie zwei Überlebende eines Flugzeugabsturzes. Phoenix und Aurora kommen aus dem Dunst gestolpert, der hinter uns das gesamte Flachdach überzieht.

»Wo wart ihr?«, flüstere ich.

»Der Nebel hat uns getrennt. Vermutlich mit Absicht.« Cajus zieht mich noch enger zu sich, als ich aus dem Augenwinkel bemerke, wie der Mann in dem Businessanzug über den Abgrund taumelt. Ob er fällt oder springt, kann ich nicht sagen. Sein dunkler Schrei hallt sekundenlang durch die Luft und reißt plötzlich ab.

Kaum ist der Unbegabte gestorben, verändert sich unsere Umgebung. Der Nebel wirbelt wild herum und versperrt uns die Sicht. Wir sind gefangen in seinen Schwaden, wieder ist alles nur weiß, blendend weiß. Als sich der Dunst lichtet, befinden wir uns an einem anderen Ort. Kein Hochhaus, kein Dach, keine Angst vor dem Fall. Dafür brennt sich eine erbarmungslose Hitze in unsere Gesichter. Dunkelroter Sand erhebt sich zu beiden Seiten, formt zahlreiche Hügel einer gigantischen Wüstenlandschaft.

Geblendet hebe ich die Hand vor die Augen.

»Harper ... ist alles okay?« Phoenix stapft durch den Sand in meine Richtung. Seine Besorgnis scheint echt zu sein, ebenso wie die Abscheu, weil ich offenbar noch immer zu nah neben Cajus stehe. Ich trete ein Stück zur Seite und bereue die Entscheidung sofort. Mein Fuß versinkt in einem kleinen Strudel aus heißem Sand. Ich verliere beinahe das Gleichgewicht, doch bevor ich umkippen kann, ist Phoenix bei mir. Mit Schwung zieht er mich aus dem Sandstrudel, schlingt die Arme um meine Hüfte und hält mich fest. Sein Gesicht ist ganz dicht an meinem.

Rasch mache ich mich los. Cajus' finsteren Blick ignoriere ich, so gut es geht. Mein Kleid klebt an meinem Körper, so unglaublich heiß ist es hier.

»Großartig. Nach dem Hochhaus kommt ein Wüstentraum«, stöhnt Aurora, die sich ebenfalls zu uns durchgekämpft hat. Sie löst ihren nachtblauen Umhang und fächelt sich Luft zu.

»Kein normaler Wüstentraum«, flucht Cajus. »Hier gibt es Stellen mit Treibsand.« Unruhig sieht er sich in der roten Landschaft um, die in weiter Ferne vom Nebel begrenzt wird. Sanfte Wirbel aus funkelndem Sand kreisen zwischen den Dünenformationen, die erhaben in der Sonne glitzern. In der Ferne ist die einsame Gestalt eines alten Mannes in einem karierten Morgenmantel zu erkennen. Er kämpft sich den flachen Hang einer Düne hinauf, rutscht in seinen dunkelbraunen Hauspantoffeln jedoch immer wieder zurück und wirft panische Blicke über die Schulter.

In seinem Gesicht zeichnet sich ein Grauen ab, das mich trotz der Hitze kurz frösteln lässt.

»Er läuft vor irgendetwas davon. Aber wovor?«, fragt Aurora unbehaglich. Sie hat kaum zu Ende gesprochen, da hören wir das tiefe Brüllen eines Löwen. Es klingt wie der furchterregende Ruf des Königs, auf dessen Land wir uns verirrt haben.

»Was für ein beschissener Traum. Als würden Löwen in der Wüste leben.« Phoenix fährt sich durch seine dunkelblonden Haare. »Was zum Teufel ist nur mit den Leuten los?«

»Wir müssen von hier verschwinden«, sagt Cajus hart. »Der Treibsand ist schon schlimm genug. Wenn hier auch noch Löwen unterwegs sind, haben wir keinerlei Schutzmöglichkeit.«

Aurora wischt sich ein paar Schweißtropfen von der Stirn. »Aber wir können doch nicht einfach kopflos in irgendeine Richtung rennen.«

Wieder erklingt das Brüllen eines Löwen, diesmal fühlt es sich näher an. Panik steigt in mir auf. Hektisch sehe ich mich um.

»Moment … Was ist das?« Ich blinzele gegen die blendende Sonne an und schirme erneut meine Augen mit der Hand ab. »Dort! Ist das der Eingang zum Tunnel?«

Cajus, Phoenix und Aurora starren in die angegebene Richtung. Ein ganzes Stück entfernt, direkt in der Seitenwand einer Düne, ist ein schmales Loch zu erkennen, hinter dem tiefe Dunkelheit herrscht.

»Du hast recht.« Hoffnung dringt aus Cajus' Stimme. »Bis dahin sind es ungefähr zweihundert Meter. Das können wir schaffen.« Er wirft dem Mann im Morgenmantel einen kurzen Blick zu. Der

Alte versucht immer noch, über die Düne zu flüchten, aber er scheint keine Chance zu haben. Links von ihm sind die geduckten Silhouetten mehrerer Löwen zu erkennen. Sie jagen offenbar in der Gruppe. Ihre ausgeprägte Schultermuskulatur strotzt nur so vor Geschmeidigkeit und Kraft, während sich die Raubtiere auffächern und von verschiedenen Seiten an den alten Mann heranschleichen. Hoffentlich stürzt sich einer der Löwen rasch auf ihn. Der Gedanke ist nicht nett, aber für ihn ist es schließlich nur ein Traum. Für uns geht es ums Überleben.

»Los«, flüstert Cajus. »Und passt auf den Treibsand auf.« Er sprintet los, wir folgen ihm.

Ich habe es so satt, wegzurennen, genau wie mein Körper. Jeder Schritt in der heißen Landschaft ist eine Qual. Die Sonne strahlt erbarmungslos vom Himmel, vor meinen Augen flirren seltsame Muster. Neben mir höre ich die anderen keuchen.

»Schneller!«, schreit Phoenix und reißt mich am Arm weiter, als ich in dem weichen Sand mit dem Knöchel umknicke. Mein Blick fällt über die Schulter. Einer der Löwen hat uns bemerkt und richtet seinen mächtigen Kopf in unsere Richtung. Seine hellbraune Mähne leuchtet im goldenen Sonnenlicht, als er sich in Bewegung setzt. Zwei weitere Raubtiere folgen ihm. Und sie sind schnell.

»Scheiße«, stößt Phoenix hervor. »Lauf, Harper!«

Panisch konzentriere ich mich auf den Weg vor mir. Die Angst pocht in meiner Brust und ich renne, wie ich noch nie in meinem Leben gerannt bin. Mehr als die Hälfte der Strecke haben wir schon hinter uns gebracht, doch meine Beine geben langsam nach.

Die heiße Luft schmerzt in meiner Kehle. Ich will nicht mehr. Jeder Muskel tut weh.

»Nicht nachlassen!«, brüllt Phoenix mir ins Ohr, als Aurora einige Meter vor uns plötzlich mit dem Fuß in einen roten Sandstrudel gerät. Schreiend fällt sie der Länge nach hin, wird von dem wirbelnden Sand nach unten gezogen.

»Aurora!« Cajus ist sofort bei ihr. Er lässt Messer und Kompass fallen, streckt ihr beide Arme entgegen. Ich riskiere einen knappen Blick über die Schulter. Alle drei Löwen sind ein gutes Stück näher gekommen. Ihre muskelbepackten Körper hetzen in einem unermüdlichen Rhythmus über den Sand, purer Jagdinstinkt leuchtet aus ihren Augen. Wir haben nicht mehr viel Zeit.

Cajus gelingt es, Aurora aus dem Sand zu ziehen, sie laufen weiter. Phoenix taumelt kurz, als er an der Treibsandstelle vorbeikommt, fängt sich jedoch und reißt mich mit sich. Der Spalt im Felsen kommt immer näher, genau wie die Löwen. Erneut höre ich einen von ihnen hinter mir brüllen. Feuchte Hitze legt sich auf meine Haut, ich glaube, in meinem Nacken bereits den keuchenden Raubtieratem zu spüren. Die Angst tobt durch meinen Körper.

»Wir schaffen es!«, schreit Phoenix.

Der rettende Tunnel ist jetzt ganz nah, Aurora und Cajus schlüpfen bereits nacheinander durch den schmalen Durchgang. Hinter mir schnappt ein Löwe nach meinem Kleid, bevor Phoenix und ich es mit einem letzten, verzweifelten Sprung in den Tunnel schaffen.

Kapitel 37

Erleichtert lehne ich mich an die Wand des Erdstollens und sinke auf den Boden. Mein Atem geht immer noch stoßweise, meine Beine sind kraftlos und mein Kleid klebt an mir wie eine zweite Haut. Die Kühle und Dunkelheit des Korridors legt sich sanft über mich. Das Brüllen der Löwen reißt abrupt ab, der Nebel, der noch durch den Spalt dringt, scheint im Augenblick nicht gefährlich zu sein. Er bringt den Geruch von Regen mit sich, was nach der Wüstenhitze eine Wohltat ist.

Aurora stützt sich keuchend mit den Handflächen auf ihren Oberschenkeln ab. Ihre hohen Stiefel und ihre Hose sind voller Sand. »Das war knapp«, flüstert sie.

»Das war es.« Cajus' dunkle Haare hängen ihm verschwitzt in die Stirn. Doch er gönnt sich keine Atempause. Voller Hass fixiert er Phoenix. »So, wir sind draußen. Jetzt führ uns zur Lumoire.«

Phoenix richtet sich kopfschüttelnd auf. »Glaubst du allen Ernstes, dass die Erinnerung so schnell wiederkommt? Ich bin gerade mal gefühlte zwei Sekunden aus dem Labyrinth der Benommenheit raus.«

Cajus macht einen aggressiven Schritt auf Phoenix zu. »Glaubst du allen Ernstes, ich lasse mich von dir verarschen? Hilf deiner Erinnerung besser auf die Sprünge.«

»Lasst uns erst mal zurück in die Stadt gehen«, mischt sich Aurora ein. Aus ihrer blonden Flechtfrisur haben sich einzelne Strähnen gelöst, was sie ein wenig mädchenhafter wirken lässt. Nur der unbarmherzige Ausdruck in ihren hellblauen Augen passt nicht dazu. »Phoenix weiß, dass er ohne seine Inkubus-Fähigkeit keine Chance gegen uns hat. Er wird es nicht wagen, uns noch einmal zu verraten.«

Ich sage nichts. Weder weiß ich, ob sie recht hat, noch interessiert es mich gerade. Ich will einfach nur nach Hause. Will mich davon überzeugen, dass Phoenix aus dem Koma aufgewacht ist. Und ihn und Noctaris dann am besten nie wiedersehen.

Zwanzig Minuten später erreichen wir das obere Ende der Wendeltreppe. Hinter uns schwingt die mit Parolen beschmierte Wand wieder zurück an ihren Platz. Nichts deutet darauf hin, dass sich hier der Zugang zu dem verborgenen Tunnelnetzwerk befindet.

Erschöpft treten wir aus dem ehemaligen Torhäuschen in die schmale Gasse vor der Stadtmauer. Wir sind allein.

»Das war jetzt genug Bedenkzeit«, schnappt Cajus. Seine Züge schimmern unnachgiebig im Mondschein.

»Mach dich locker, Conterville. Und gönn den Mädels mal

eine Verschnaufpause.« Phoenix streicht über seinen dunkelblauen Anzug, als müsste er sich für eine Veranstaltung zurechtmachen. Die Ruhe in seinen Bewegungen gefällt mir nicht. Er ist viel zu entspannt.

»Den Mädels? Sprichst du dabei auch von dir?«, schnauft Cajus und macht einen Schritt auf ihn zu. Seine aggressive Haltung steht in krassem Gegensatz zu Phoenix' Gelassenheit, jeder Muskel seines Körpers scheint angespannt zu sein.

Phoenix hebt spöttisch die Augenbrauen, er wirkt plötzlich viel kontrollierter und selbstsicherer. »Willst du mich provozieren, Conterville? Dich mit mir anlegen? Du weißt, wie die Sache für deinen Freund Zac ausgegangen ist, als er meinen Vater angegriffen hat. Auch ohne meine Fähigkeiten solltest du mich nicht unterschätzen.«

Ein düsteres Funkeln taucht in Cajus' Augen auf, tiefer als die dunkelste Finsternis. »Zac hat deinen Vater nicht angegriffen«, presst er hervor. »Er hat sich verteidigt.«

Ich sehe zwischen den Männern hin und her, die beide ihre eigene Version der Wahrheit haben.

Aurora legt Cajus die Hand auf die Schulter. »Lass dich nicht darauf ein«, sagt sie. »Er spielt nur mit dir, so wie er mit allen spielt.«

Cajus nickt kaum merklich. »Bring uns zur Lumoire, Hunt.«

Die Gelassenheit auf Phoenix' Gesicht verschwindet. »Du hast mir gar nichts zu befehlen. Nicht in dieser Welt, Conterville. *Hier* hast du nicht das Sagen, auch wenn du Scheißkerl zu ihnen gehörst.«

Cajus' Hand schießt als Antwort nach vorn. Er packt Phoenix am Kragen. Kurz sieht es aus, als würde er ihn mit reiner Muskelkraft über den schwarz glänzenden Pflastersteinen in die Höhe stemmen wollen. Stattdessen rammt Phoenix sein Knie mit voller Wucht in Cajus' Weichteile. Der flüchtige Moment der Überraschung reicht, dass er sich von ihm losmacht und mit zwei Schritten hinter mich springt. Instinktiv versuche ich auszuweichen, doch Phoenix ist schneller. Er reißt meinen Kopf an den Haaren zurück, etwas Kaltes drückt von unten gegen meine Kehle. Wütend wehre ich mich gegen seinen Griff.

»Keine Bewegung, Harper!« Phoenix' Stimme klingt schneidend, als er Cajus' Messer kurz von meiner Kehle nimmt. Die doppelseitig geschliffene schwarze Klinge blitzt im Mondschein bedrohlich auf. Jetzt verstehe ich, warum Phoenix gestrauchelt ist, nachdem Cajus den Dolch fallen gelassen hat, um Aurora aus dem Sand zu ziehen. Der Mistkerl hat sich die Waffe geschnappt.

Erneut drückt er das Messer an meinen Hals. »Das hier ist keine normale Klinge. Ein Schnitt und das Gift der Schwarzen Hand dringt in dich ein. Die magische Verletzung wird dich töten.«

Ich höre auf, mich zu wehren. Sein Arm auf meinem Oberköper drückt mich gegen seine Brust. Phoenix ist bereit, mich zu opfern, egal, was zwischen uns war. Das hier ist keine Drohung.

»Lass Bennet da raus«, knurrt Cajus. Er zieht Aurora rasch hinter sich, um sie in Sicherheit zu bringen. »Das ist nur eine Sache zwischen dir und mir.«

»Du bist ein Scheusal«, faucht Aurora. Wie angewurzelt steht sie schräg hinter Cajus, der sich spürbar zusammenreißen muss, um nicht gleich auf Phoenix loszugehen.

Phoenix schleift mich ein paar Schritte zurück, bis er das verlassene Torhäuschen in seinem Rücken hat. »Bleib, wo du bist, Conterville. Du hast meinen Vater auf dem Gewissen. In der wachen Welt war er vielleicht ein Niemand, aber hier in der träumenden Welt hat er mir ein Erbe hinterlassen, das ich weiterführen werde.« Seine Stimme klingt kalt und erbarmungslos. Ein eisiger Schauer fährt über meine Haut, die Klinge drückt bedrohlich gegen meine Haut.

Phoenix lacht hart auf. »Was sagst du jetzt? Deine Bestrebungen, alle Inkubi zu vernichten, sind umsonst gewesen. Wir sind nicht wie das Rebellenpack. Wir sind euch überlegen, denn die Schöpfung selbst hat uns mit unserer Macht ausgestattet. Die Begabten kamen erst nach uns, ihr müsstet uns dienen, nicht umgekehrt.« Er hält inne. »Du brauchst die Lumoire, denn ohne sie verlierst du deine Kraft. Mir kannst du nichts vormachen, du bist langsamer geworden, Conterville. Deine Kräfte schwinden, genau wie die deiner Schwester.«

»Deiner … Schwester?«, flüstere ich ungläubig. Mein Blick wandert von Cajus zu Aurora, während die Information in mein Gehirn sickert. Langsam ergibt alles einen Sinn. Die vertraute Beziehung der beiden. Das Gefühl, dass mit Auroras Aussehen etwas nicht stimmt. Der Morgen, an dem mich Cajus so schnell loswerden wollte. Die verschlossene Tür auf dem Anwesen der Contervilles.

Die ganze Zeit über war er auf der Suche nach seiner Schwester gewesen, nicht nach seiner Freundin. Sie hat in Noctaris ihr Äußeres verändert, war in der träumenden Welt im Käfig der Rebellen gefangen, in der wachen Welt wurde sie hinter der grauen Tür versorgt. Die Sache mit den *Töchtern* der Gesichtslosen Familie war niemals mehr als ein Gerücht. Phoenix' unbarmherziger Griff holt mich in die Gegenwart zurück.

»Ihr seid nichts ohne die Lumoire«, fährt er abfällig fort. »Ich wurde auf meine Aufgabe vorbereitet. Wenn ich vollendet habe, was mein Vater begonnen hat, werden die Inkubi wieder ihren rechtmäßigen Platz in Noctaris einnehmen. Ohne eure verfluchte Familie werden wir wie der Phönix aus der Asche auferstehen. Mit mir wird sich die Legende von Unicus erfüllen. Die Inkubi werden über die träumende Welt herrschen, die einzige Welt, die noch existieren wird.«

Cajus' Augenbrauen ziehen sich voller Zorn zusammen. »Du bist wahnsinnig. Du kannst die wache Welt nicht zerstören.«

»Wieso nicht?« Er grinst spöttisch.

»Das ist doch verrückt«, hauche ich. »Das kannst du nicht wirklich wollen. Was ist mit deiner Mutter? All den Menschen, die dir etwas bedeuten?«

»Das lass mal meine Sorge sein, Harper. Es tut mir leid, dass du das alles miterleben musst, das war nicht geplant. Aber ich brauche meine Inkubus-Fähigkeit.« Er presst das Messer stärker gegen meinen Hals und ich spüre, wie die Spitze in meine Haut einzudringen droht. Mit wilden Trommelschlägen pumpt das Blut durch meinen Körper. Cajus' zornige Miene macht klar, dass auch er die Situation richtig einschätzt.

Ich werde sterben. Wenn ich nichts unternehme, werde ich sterben.

Die Panik setzt ungeahnte Kräfte in mir frei. Ich bin bereit, mich aus Phoenix' Griff loszumachen, mich gegen ihn zu wehren, auch wenn er mit Cajus' Dolch eindeutig im Vorteil ist. Es sind nur Nanosekunden, die zwischen meinem Entschluss und meiner Handlung liegen. Doch noch bevor ich Phoenix einen kräftigen Fußtritt verpassen kann, sehe ich etwas silbrig Funkelndes aus meinen Fingerspitzen hervorströmen und schimmernd durch die Nacht tanzen. Es sind wunderschöne Lichtpunkte. Wie Sterne aus glühendem Silber steigen sie langsam in die Höhe, bevor sie mit einem Ruck an mir vorbeizischen, direkt auf Phoenix zu, der mich noch immer festhält. Augenblicklich habe ich das Gefühl, etwas Wichtiges für immer verloren zu haben.

Phoenix atmet tief ein, es ist ein genussvoller Laut. Ich spüre, wie er sich nach vorn beugt, spüre seine Lippen an meinem Ohr, den Hauch seines Atems. »Ich hätte dir niemals etwas angetan, Harper. Ich brauchte nur deine Todesangst, damit meine Fähigkeit wieder zu mir zurückkehrt. Sie gehört mir.« Er hält einen winzigen Moment inne. »Das zwischen uns war immer echt. Du warst für mich das Beste in der wachen Welt, auch wenn du dich jetzt falsch entschieden hast.«

Ich realisiere, dass er es nie wirklich auf mich abgesehen hatte. Phoenix verfolgt einen anderen Plan. *Er will Cajus. Er will Cajus töten.*

Mit einer fließenden Bewegung stößt mich Phoenix von sich weg und hechtet auf Cajus zu, um ihm das Messer in die Brust zu rammen. Es passiert wahnsinnig schnell. Und doch hat mein Körper genug Zeit, eine Entscheidung zu treffen und instinktiv dazwischenzugehen. Es ist wie ein Reflex, der mein Denken vollkommen ausschaltet.

Ich werfe mich vor Cajus.

Der Schmerz des Messers trifft mich an der Schulter. Frisst sich in meine Haut hinein, bis mir schwarz vor Augen wird.

Benommen fühle ich, wie mich zwei starke Arme hochheben, wie sie mich wegbringen von diesem Ort. Ich höre Auroras aufgeregte Stimme, höre, wie sie hektisch auf Cajus einredet, aber ich verstehe nicht, was sie sagt. Wie durch einen dicken Schleier dringen die Worte durch mich hindurch. Meine ganze Welt versinkt in einer nebligen Dunkelheit, die mich mit sich zieht.

Mir ist so unglaublich kalt.

Ein giftiges Brennen breitet sich von meiner Schulter über meinen Oberkörper aus. Das Schaukeln meines Körpers gerät in Vergessenheit, da ist nur noch diese düstere Kälte, die sich Stück für Stück in mich hineinfrisst, als hätte sie einen unbändigen Hunger. Meine schwachen Augen glauben, das schäumende dunkle Wasser des Buggrabens zu sehen. Wie es sich erhebt und in einem fließenden Strom nach oben reckt, um vor dem gezinkten Geländer der Promenade einen schimmernden Bogen zu spannen. Ein Tor aus dunkelblauem Nass, das selbst in einer Stadt wie Noctaris von einer unglaublichen Magie spricht.

Ich muss wohl träumen.

Ich werde durch das glänzende Wassertor getragen, nehme plötzlich verschwommene Korridore wahr, gedämpftes Licht und finstere Treppen. Türen quietschen und Stimmen erklingen, während ich damit kämpfe, nicht das Bewusstsein zu verlieren, das mich aus Noctaris und der wachen Welt entführen will, um mich nie wieder zurückkehren zu lassen.

Mein Körper schmerzt beim Klang der hohen und tiefen Stimmen. Sie sind viel zu besorgt, sie haben Angst. Ich werde auf eine weiche Unterlage gebettet, etwas siedend Heißes wird auf meine Schulter gelegt. Mein Körper bäumt sich auf, versucht, den Schmerz hinauszuschreien. Doch egal, wie laut ich schreie, der Schmerz bleibt.

Es ist ein lautloses Schreien, das nur ich hören kann. Ich fühle, wie das giftige Brennen langsam nachlässt. Millimeter für Millimeter zieht es sich wieder zurück, doch gleichzeitig kämpft es, krallt sich in mir fest, als wäre es ohne mich verloren.

»Schafft sie es?« Cajus' Worte dringen verzerrt durch den Nebel.

»Nur, wenn das Gegenmittel wirkt.«

Ich kenne diese Stimme. Ich habe den Mann auf dem Anwesen der Contervilles und in etlichen Motivationsvideos der Footastic Shoecompany reden gehört.

»Was heißt hier wenn, Dad? Es muss wirken. Sie kann doch nicht einfach draufgehen!« Auroras Stimme bebt.

»Wir haben nicht viel Erfahrung mit dem Gift. Normalerweise benutzen wir es gegen unsere Feinde, Liebes, nicht gegen Leute, die auf unserer Seite stehen. Gönnt Harper eine Auszeit. Wenn sie in den nächsten Minuten nicht aus Noctaris herausgerissen wird, ist alles in Ordnung.«

»Ich bleibe bei ihr«, erklärt Cajus bestimmt.

Ich blinzle. Die Konturen meiner Außenwelt kehren zurück. Sie sind noch lose, ohne Halt, aber sie schärfen sich.

»Das heißt, dann ist sie über den Berg? Sie wird in der wachen Welt nicht sterben?«, will Aurora wissen.

»Harper wird nicht sterben. Sie ist stark und wird die Nacht überstehen.« Cajus klingt absolut sicher. Beinahe würde ich ihm selbst glauben.

Eine kurze Pause entsteht, bis sein Vater wieder das Wort ergreift. »Sie bedeutet dir etwas, nicht wahr?«

Cajus antwortet nicht sofort. Als er es endlich tut, sagt er es wie jemand, der eine Entscheidung getroffen hat. »Ja, das tut sie.«

Ja, das tut sie. Noch nie in meinem Leben war ich so froh, diese *sie* zu sein.

»Du hast Hunt entkommen lassen.«

»Das war meine Schuld«, sagt Aurora. »Im Reflex habe ich ihn aus Noctaris geschleudert. Es war keine Absicht, aber es ging alles so schnell.«

Ihr Vater zieht hörbar die Luft ein. »Zumindest kommt er in der wachen Welt nicht an die Lumoire heran. Aber hier geht der Zerfall weiter.«

»Er wird morgen Nacht zurückkehren, um sie zu holen«, sagt Cajus.

»Es sei denn, wir verhindern es. Und das müssen wir, sonst wird Noctaris nicht mehr so existieren, wie wir es kennen. Die Erschütterungen werden schlimmer und auch die Zeit spielt mehr und mehr verrückt. Eure Mutter hat die Schattenarmee alarmiert und verschärfte Suchmaßnahmen nach der Lumoire eingeleitet. Leider ist Hunt gerissen. Genau wie sein Vater es war.«

»Wenn er die Lumoire morgen Nacht wirklich in die Hände bekommt – wie schnell könnte er dafür sorgen, dass sich die Legende von Unicus erfüllt?«, fragt Aurora.

»Das ist dunkle, alte Magie, die auf den Seiten der Lumoire im Verborgenen liegt. Hunt muss von seinem Vater geschult worden sein.«

»Wie lange, Dad?«

Cajus' Vater zögert, bevor er die Frage seines Sohns beantwortet. »Im schlimmsten Fall bleiben uns drei Nächte. Die Lumoire besitzt die Macht, alles zu verändern, sämtliche Naturgesetze außer Kraft zu setzen und die wache Welt in die Trostlosigkeit zu stürzen, bis sie sich selbst zerstört. Überleben werden nur die Begabten in der träumenden Welt, die fortan auch am Tag existiert.«

Seine Worte sind eindeutig. Eine greifbare Stille senkt sich über den Raum. Auch meine Umgebung wird wieder greifbarer, nimmt Formen an. Ich blinzele. Über mir nehme ich eine meterhohe, gewölbte Decke wahr, wie ich sie nur aus Kirchen kenne. Unter mir fühle ich die sanfte Geborgenheit einer weichen Matratze.

»Sie scheint wieder zu sich zu kommen ... Harper, kannst du mich hören?« Cajus setzt sich neben mich, die Matratze sinkt leicht nach unten. Er greift nach meiner Hand. Die Berührung fühlt sich warm und vertraut an, aber da ist immer noch dieser verdammte Schmerz in meiner Schulter, der mein Blut erzittern lässt.

»Ich denke schon«, bringe ich leise über die Lippen. Ich versuche, mich aufzurichten, doch Cajus drückt mich sanft zurück.

»Nicht so schnell. Du musst dich ausruhen.«

Die Konturen des Zimmers werden schärfer, der Nebel in meinem Kopf lichtet sich. Ich liege in einem weißen Himmelbett, in einem riesigen Raum mit hübschen Buntglasfenstern in den Farben von Noctaris. Die Glasmalerei besteht aus schwarzen Ovalen, nachtblauen Sternen und silberfarbenen Halbmonden, die sich wie in einem Kaleidoskop rhythmisch bewegen und im Sekundentakt neue geometrische Formen und Muster bilden. Vor einem der wandelbaren Rundbogenfenster, gleich neben einer alten Tür, ist ein antik aussehendes Teleskopfernrohr aufgestellt, wie es Galileo Galilei bei seiner Forschung verwendet haben muss. Mein Blick wandert zu Quirin Conterville, der am Fußende des Himmelbettes steht. Er trägt einen nachtblauen Frack mit passendem Zylinder, unter dem seine grau melierten Schläfen zum Vorschein kommen. Daneben sehe ich seine Tochter, die mich matt anlächelt.

»Ihr seid die Gesichtslose Familie?« Meine Frage ist nicht mehr als ein Windhauch.

»Das ist eine lange Geschichte, Harper. Eine Geschichte, die nur wenige kennen und die in vielen Varianten erzählt wird. Ich bitte dich, unsere für dich zu behalten.« Quirin Conterville setzt seinen Zylinder ab und atmet tief ein. »Anderenfalls müssten wir dafür sorgen, dass du es für dich behältst.«

»Dad«, mahnt ihn Aurora. »Du musst ihr nicht drohen.«

Er nickt, aber ich kann das Misstrauen in seiner starren Haltung sehen. »Sie ist Hunts Freundin, vergesst das nicht.«

»Sie *war* seine Freundin,« betont Cajus. Seine Worte lassen keinen Zweifel, dass er von der Vergangenheit spricht.

»Sie hat Cajus beschützt«, fügt Aurora hinzu.

»Das rechne ich ihr hoch an. Und es ist auch der einzige Grund, warum ihr sie in den Palast bringen durftet.« Sein Blick gleitet zu meiner Schulter, wo der Ärmel meines Kleides heruntergezogen wurde. Ein herzförmiges schwarzes Blatt liegt auf der Stelle, an der sich Cajus' Messer hineingebohrt hat. Es funkelt geheimnisvoll und ich bin dankbar, dass es meine Schmerzen lindert, dass es das Gift aus meinem Körper treibt.

Mr Conterville betrachtet mein Gesicht. »Ich kann dir ansehen, dass du viele Fragen hast, Harper. Du wirst deine Antworten bekommen – zumindest zum Teil. Aber jetzt solltest du dich ausruhen, um später in die wache Welt zurückzukehren.« Er zieht eine Taschenuhr aus seiner Fracktasche und wirft einen kurzen Blick darauf, bevor er neben das Bett tritt. Dann streckt er den Arm aus und fährt mit der flachen Hand in einigem Abstand über meine Augen.

Ich sehe schwarze Lichtpunkte, die über mein Gesicht tanzen. Und dann sehe ich gar nichts mehr.

Kapitel 38

Mein Herz fühlt sich an, als würde es das erste Mal schlagen, so kräftig hämmert es. Mein Körper schnellt nach oben. Ich atme ein, atme aus. Ziehe den Sauerstoff kraftvoll in meine Lungen. Ich bin wieder zurück in meinem Zimmer, wieder in meinem Bett, in dem auch Cajus liegt.

Gähnend setzt er sich auf, sein Blick ist besorgt. »Alles okay?«

»Ich denke schon«, sage ich langsam und fasse an meine Schulter. *Ich werde nicht sterben*. »Der Schmerz ist weg.«

»Gut.« Cajus fährt sich erschöpft mit den Händen durch die Haare. »Was für eine Nacht.«

Ich will aufstehen, doch er greift nach meinem Handgelenk und hält mich zurück. Sein Gesichtsausdruck ist ernst, vermischt mit einer ungewohnten Sanftheit. »Danke.« Es ist nur ein Wort, aber Cajus Conterville kommt es bestimmt nicht leicht über die Lippen.

»Wofür?«

»Das weißt du genau.«

Ich nicke lächelnd. »Trotzdem fände ich es schön, wenn du es weiter ausbauen könntest. Eigentlich hätte ich eine ganze Rede verdient.«

Obwohl ich nur einen Scherz mache, atmet Cajus tief ein, so tief, dass sich sein Brustkorb hebt, während er neben mir im Bett sitzt. Dann presst er die Lippen aufeinander und betrachtet mich eindringlich. Unter seinem intensiven Blick beginnt meine Haut merkwürdig zu kribbeln.

»Danke, dass du mir das Leben gerettet hast, Harper Bennet. Das war eine selbstlose Tat, die ich dir nicht vergessen werde.« Jede Silbe klingt ehrlich, wie ein Versprechen. Seine Worte machen mich verlegen.

Ich zucke mit den Schultern. »Hey, ich habe wirklich keine Ahnung, was in mich gefahren ist.«

Seine Mundwinkel zucken nach oben. »Würdest du es denn rückgängig machen?«

»Definitiv.« Es kommt wie aus der Pistole geschossen, obwohl es nicht wahr ist. Doch es ist leichter, die Situation mit Humor zu überspielen, als mich der Tatsache zu stellen, dass ich beinahe für Cajus gestorben wäre. Seine Mundwinkel wandern weiter nach oben.

Bevor Cajus irgendetwas Halbcharmantes erwidern kann, rede ich weiter. »Das waren wahrscheinlich die Nachwirkungen des Labyrinths, die mich derart verwirrt haben. Verdient hast du es ja nicht, nachdem du mir deine Beziehung zu Aurora und den Ruf der Familie, der für den Autounfall verantwortlich war, verheimlicht hast.«

Seine dunkelgrünen Augen funkeln amüsiert. »Natürlich habe ich es nicht verdient.«

»Du schuldest mir was, Conterville.«

Sein Blick lässt mich nicht los. »Ich weiß. Du hast mich mal wieder echt beeindruckt, Bennet.«

»Mal wieder?«

Er nickt. »Es gibt da dieses Bild, an das du mich erinnerst. Ein Gemälde von Eugène Delacroix. Es heißt *Waisenkind auf dem Friedhof*.«

»Ich kenne es.«

»Natürlich kennst du es«, antwortet er. »Für mich stand das Gemälde noch nie für Hoffnungslosigkeit oder einsame Traurigkeit. Mir hat das Mädchen immer imponiert, weil es diesen Ausdruck im Gesicht hat, diese Mischung aus Stärke und Verletztheit, die auch du in dir trägst.«

»Ist das etwa ein Kompliment?«

Sein Blick weicht alles in mir auf. »Ein ziemlich großes sogar. Und das weißt du.«

Seine plötzliche Freundlichkeit macht mich nervös. Dass er mich noch immer am Handgelenk festhält, macht mich noch nervöser. Und die Tatsache, dass er seinem Vater erklärt hat, ich würde ihm etwas bedeuten, lässt meine Nervosität in den Himmel schießen.

»Es war viel heute Nacht. Zu viele Informationen, zu viele Erlebnisse für die paar Stunden.« Ich löse mich aus seinem Griff und stehe auf, um ans Fenster zu gehen und die Jalousien zu öffnen. Ich brauche etwas Abstand, um einen klaren Gedanken zu fassen. Das Licht des Tages dringt in mein Zimmer.

»Stell deine Fragen«, sagt er schließlich. »Ich habe mich schon zu lange mit Antworten zurückgehalten.«

Überrascht von seiner plötzlichen Offenheit drehe ich mich zu Cajus um. »Das stimmt. Wieso hast du mich so lange im Ungewissen gelassen?«

»Vertrauen ist nicht so ganz mein Ding.«

Ich muss lachen. »Die Untertreibung des Jahrhunderts.«

Er schaltet sein Handy ein und steht auf. »Okay, das habe ich verdient. Aber jetzt frag einfach, was du willst. Schließlich hast du bewiesen, dass du auf der richtigen Seite stehst«, erklärt er, während sein Blick auf das Display seines Smartphones gerichtet ist.

»Die richtige Seite«, wiederhole ich leise.

Die richtige Seite. Die falsche Seite. Es hört sich so leicht an, das zu sagen, sich für eine Seite zu entscheiden, aber das ist es nicht. Ich habe das Gefühl, als wären die Grenzen zwischen richtig und falsch in Noctaris fließender.

»Werde ich jemals wieder zurück in die träumende Welt können?«, ist die erste Frage, die mir auf der Zunge liegt.

Phoenix hat seine Kraft zurück und ich bin nur noch Harper Bennet. Ohne Begabung. Noch vor ein paar Stunden wollte ich Noctaris für immer den Rücken kehren, wollte mit alldem nichts mehr zu tun haben. Jetzt fühlt es sich an, als hätte ich etwas Wichtiges verloren. Etwas, das meine Welt bunter und aufregender gemacht hat und nur noch in meiner Erinnerung existiert.

»Keine Sorge, du wirst zurückkehren. Du hast zwar die Inkubus-Fähigkeit nicht mehr, aber dein Nox ist dir geblieben. Ist der Funke einmal entfacht, bleibst du eine Begabte. Hunt hat sich seine magische Kraft zurückgeholt und sie glücklicherweise nicht bei dir eingesetzt, um das Licht der Fantasie in dir auszulöschen.«

»Das ist gut.« Erleichterung tanzt um mein Herz.

Doch Cajus' Aufmerksamkeit gilt nicht mehr mir, sondern seinem Handy, das mehrere Piepstöne von sich gibt. Der Inhalt der Nachrichten scheint ihm nicht zu gefallen. »Verdammter Mist.«

»Was ist los?«

»Hunt ist uns entwischt.«

»Entwischt?«, frage ich und brauche einen Moment, um zu kapieren, was er meint. »Aus dem Krankenhaus?«

Er nickt. »Schon vor Tagen hatte ich dort einen Wagen postiert, zur Sicherheit. Offenbar hat Hunt den Feueralarm ausgelöst und sich vom Acker gemacht.«

»Und was ist mit seiner Wohnung? Könnte er dort sein?«

Cajus schüttelt den Kopf. »Fehlanzeige. Dort hatten wir auch einen Wagen abgestellt, genau wie bei seiner Mutter. Er muss ein Versteck haben. Weißt du von irgendeinem Ort, hat er mal etwas erwähnt?«

Ich überlege. »Nein, mir fällt nichts ein.«

Cajus reibt sich über die Augen, nimmt einen kontrollierten Atemzug. »Okay, dann müssen wir ihn eben in Noctaris schnappen.«

»Kann er denn wirklich dafür sorgen, dass sich die Legende von Unicus erfüllt? Ich meine, wie kann ein einziger Mensch so etwas Großes bewirken?«

»Die Lumoire ist mächtig. Wenn Hunt von seinem Vater richtig instruiert wurde, könnte er sehr gut in der Lage sein, das magische

Buch zu nutzen. Wir haben schon immer vermutet, dass es einen alten Geheimbund der Inkubi gibt und sie ihr Wissen weitergegeben haben.«

»Könnte Phoenix die Lumoire bei diesem Geheimbund versteckt haben?«

»Ich denke nicht. Die Gesichtslose Familie hat den Bund schon vor einiger Zeit zerschlagen, Hunts Vater war einer der letzten Fanatiker.«

»Die Gesichtslose Familie«, wiederhole ich gedehnt. »Dir ist schon klar, dass du von deiner Familie sprichst?«

»Reine Gewohnheit.« Cajus kommt auf mich zu. Er lehnt sich an den Schreibtisch und verschränkt die Arme vor der Brust. »Ich habe mir nicht ausgesucht, wo ich hineingeboren werde, Harper. Schon seit Jahrhunderten herrscht meine Familie über Noctaris. Es war nicht alles gut, was wir getan haben, dennoch haben wir immer eine gewisse Stabilität garantiert und für das Gleichgewicht mit der wachen Welt gesorgt.«

Ich will mehr erfahren, mehr über die Regenten von Noctaris, mehr über Cajus. »Das heißt, du bist mit dem Wissen aufgewachsen, ein Mitglied der Gesichtslosen Familie zu sein?«

»Ja. Wobei ich schon als Kind den Palast betreten durfte. Selbstverständlich musste ich mich von der Stadt fernhalten – ein Kind in Noctaris hätte viel Aufmerksamkeit erregt –, aber zumindest konnte ich mich mit den Gebräuchen und Riten der träumenden Welt auseinandersetzen.«

»Ich bin mir nicht sicher, ob ein Kind die Gebräuche und Riten von Noctaris kennen sollte.«

»Zumindest nicht alle.« Cajus' Stimme klingt rau. Er macht eine kurze Pause, bevor er weiterspricht. »Die Lumoire ist vor mehr als zweitausenddreihundert Jahren geschrieben worden, als noch die alten Griechen ihr Wissen lehrten. Zu einer Zeit, in der Wegbereiter wie Sokrates und Platon unserer fortschrittlichen Welt in vielen Dingen voraus waren, in der Weisheiten geteilt wurden, die im Laufe der Jahre wieder verloren gegangen sind.«

Skeptisch hebe ich eine Augenbraue. »Willst du damit sagen, dass du ein Nachfahre von Sokrates oder Platon bist?«

»Unsere Familie kam erst später an die Macht.«

»Aber Noctaris existiert schon seit der Zeit der Griechen?«

»Wahrscheinlich noch länger.«

Ich versuche, nicht beeindruckt zu sein. Nicht nur, dass Cajus in der wachen Welt bekannt ist, er ist es auch in der träumenden Welt. »Wow, du hast echt ein schweres Schicksal zu tragen«, rutscht es mir heraus.

Ein bitterer Zug umspielt seine Lippen. »Es ist nur halb so glamourös, wie es sich anhört, Bennet. In Noctaris darf keiner mitbekommen, dass ich zur Gesichtslosen Familie gehöre, sonst hätten wir auch in der wachen Welt Probleme. Und in der wachen Welt kann ich fast nirgendwo hingehen, ohne erkannt zu werden.«

Ich lasse mich aufs Bett sinken. »Soll ich jetzt Mitleid mit dir haben? Dein Leben sieht nicht besonders bemitleidenswert aus.«

Er lacht auf. »Natürlich kann ich unbeschwert leben und muss mir um Geld keine Sorgen machen. Dafür haben wir aber auch eine Menge Pflichten. Als Laetitia entführt wurde, hat mich das halb um den Verstand gebracht.« Es ist das erste Mal, dass er ihren echten Namen sagt.

»Das glaube ich dir. Was genau wollten die Rebellen von euch?«

»Einen Austausch. Laetitia gegen die Lumoire. Zuerst dachte ich, dass sie nur abgehauen ist, weil es Streit mit unseren Eltern gab. Ich habe überall in der Stadt nach ihr gesucht, bis ich auf Hunts Spur gestoßen bin. Damals wusste ich noch nichts von dem Verschwinden der Lumoire.«

»In eurem Kampf auf der Brücke ging es also nur um deine Schwester?«

Er nickt. »Dass die Lumoire weg ist, haben wir erst kurz darauf durch eine Nachricht der Rebellen erfahren. Ich dachte, dass Phoenix mit dem Pack zusammenarbeitet. In Wirklichkeit hat er ihnen Laetitia nur ausgeliefert, damit er sich in Ruhe um die Lumoire kümmern konnte. Er hat das Buch irgendwo versteckt, doch bevor er es holen konnte, hat ihn der Ruf meiner Eltern ins Labyrinth der Benommenheit verfrachtet.«

Da fällt mir noch etwas ein. »Eine Sache verstehe ich nicht. Wieso konnte ich deine Schwester auf eurem Anwesen sehen, wenn ihr Körper doch im künstlichen Schlaf lag?«

»Das Mädchen, das du gesehen hast, war ein Double.«

Deshalb also die kleinere Nase.

»Ihr habt wohl an alles gedacht.«

»Solche Maßnahmen stehen bei uns auf der Tagesordnung, auch wenn es mir nicht immer gefällt. Du hast keine Ahnung, wie oft ich alles hinwerfen und am liebsten irgendwo neu anfangen würde. Aber ich kann nicht ändern, wer ich bin.«

»Dafür kannst du in Noctaris zumindest so tun, als wärst du ein anderer.« Ich ziehe meine Beine in den Schneidersitz. »Deshalb die Sache mit der Schwarzen Hand.«

Er nickt langsam. »Als Schwarze Hand habe ich viele Freiheiten. Jeder weiß zwar, dass ich der Conterville-Erbe bin, aber das wird von den Grausamkeiten überschattet, die sie der Schwarzen Hand zutrauen.«

»Du tauschst also ein Monster gegen das andere?«

Er antwortet nicht sofort. »Vielleicht. Manchmal ist es einfacher, etwas zu sein, was man nicht ist.«

»Bist du denn oft ein anderer?«

Cajus setzt sich zu mir aufs Bett. Es fühlt sich vertraut und doch irgendwie fremd an. Ich widerstehe dem Impuls, zur Seite zu rutschen. »Manchmal. Vielleicht zu oft.«

»So oft, dass du den Unterschied gar nicht mehr merkst?«

Cajus lässt sich nach hinten fallen und stützt sich mit dem Ellenbogen auf dem Bett ab, in dem er nun schon zwei Nächte verbracht hat. Mit einem Mal wirkt er entspannt, er lächelt beinahe. »Möchtest du etwa den guten Kerl in mir sehen, Bennet? Das Ekel, das in Wahrheit doch liebenswert ist?«

»Sicher nicht. Du bist definitiv ein Ekel.«

Ich schnappe mir ein Kissen und werfe es Cajus ins Gesicht. Er wehrt das Kissen im letzten Moment ab, bevor er nach meinem Handgelenk greift.

Ich müsste lügen, wenn ich behaupten würde, dass das Grinsen in seinem Gesicht nicht absolut sexy ist.

»Ein Ekel, für das du ein Messer abgefangen hast.«

»Wie gesagt, das müssen die Auswirkungen des Nebels gewesen sein.«

»Genau wie der Kuss im Nachtmahr nur eine Folge der Traummagie war, nicht wahr?«, fragt er herausfordernd. »Wenn ich es nicht besser wüsste, würde ich meinen, dass du etwas für mich empfindest, Bennet.«

Ich schnaufe. »Du hast wohl auch zu viel Zeit im Nebel verbracht.«

Er richtet sich auf. »Ich denke nicht. Und ich würde es darauf ankommen lassen.« Der Unterton in seiner Stimme lässt meinen Puls schon wieder nach oben schießen. Cajus und ich sind nur wenige Zentimeter voneinander entfernt.

»Wie meinst du das?«

»Falls es nur die Magie von Noctaris war, hast du doch nichts zu verlieren, wenn du mich noch einmal küsst.«

Mich noch einmal küsst. Mich noch einmal küsst. Stopp. Ich muss klar denken. »Und was ist mit deiner Freundin? Denkst du nicht, dass sie etwas dagegen hätte, wenn du solche Experimente machst?«

Er runzelt die Stirn. »Welche Freundin?«

»Na diese Kolumbianerin. Oder war es eine Brasilianerin?« Mein Herz klopft schnell, als ich die Frage stelle.

Er schüttelt langsam den Kopf. »Ich habe keine Freundin, Bennet. Weder in der wachen noch in der träumenden Welt.«

Seine Worte klingen schön. Sie klingen zu schön.

»Was überlegst du noch?«

Ich atme ein. »Ob es stimmt, dass ich nichts zu verlieren habe.«

»Natürlich stimmt das.«

Ich lache auf. »Du bist ganz schon überzeugt von dir, Conterville.«

»Ich kenne meine Stärken, Bennet.« Er zieht mich zu sich heran, bis wir uns ganz nah sind. Sein Geruch nach tiefer Nacht steigt mir in die Nase. Seine verdammt grünen Augen sehen mich auf eine Weise an, wie ich noch nie angesehen wurde. Er fixiert mich fasziniert, saugt jedes Detail in sich auf, als wäre ich ein Gemälde aus dem Louvre.

»Außerdem hast du doch gehört, was ich zu meinem Vater gesagt habe.« Mit der Vorsicht eines Malers, der sein Motiv skizziert, streichen seine Fingerspitzen über meine Lippen. »Du bist mir wichtig.«

»Aber doch nur, weil ich dir das Leben …«, setze ich an, doch er legt mir den Finger auf den Mund, um mich zum Schweigen zu bringen.

»Musst du immer jeden Gedanken aussprechen? Kannst du nicht ein Mal die Klappe halten, Bennet?«

Ich möchte etwas erwidern, aber seine Lippen senken sich bereits auf meine, ersticken jeden Widerstand.

Es ist nur ein Kuss, und doch ist es so viel mehr. Ein Kuss, bei dem alles andere in Vergessenheit gerät. Wir sind wie zwei Farben, die sich zu einer komplett neuen Nuance vermischen, Farben, die zusammen noch stärker leuchten als allein.

Für einen Augenblick dreht sich die Welt ohne uns weiter. Cajus zieht mich auf seinen Schoß. Meine Arme schlingen sich ganz von allein um seinen Hals, während unsere Lippen verschmelzen, als würden sie zusammengehören.

Wir fallen nach hinten auf die Matratze, ohne einander loszulassen. Dabei stoßen wir meine Nachttischlampe um, die klirrend zu Boden fällt.

»Ich ersetze sie dir«, haucht Cajus an meinen Lippen, doch die Lampe ist mir egal, genauso wie meine Gedanken, Noctaris, die Lumoire oder Phoenix. Das alles ist unglaublich weit weg. Meine Wirklichkeit schrumpft auf das Bett und auf Cajus zusammen. Mein Verstand hat schon lange kapituliert und als ich Cajus' warme Hände unter meinem T-Shirt spüre, will ich einfach nur *mehr* davon.

Seine Finger streifen sanft über meinen Bauch und weiter nach oben. Unser Atem vermischt sich, ich spüre seine Lippen, die federleicht über meinen Hals streichen, spüre, wie sich sein Körper an meinen presst und nach mehr verlangt.

»Endlich«, höre ich Cajus gedämpft murmeln.

Ich bin wie elektrisiert. Meine ganze Haut prickelt und gibt mir das Gefühl, gleich zu explodieren.

In dem Moment geht die Tür auf. »Harper, ist alles okay? Was war das für ein Geräusch?«

Als ich Scotts Stimme höre, rücke ich sofort von Cajus ab. Ich komme mir vor wie ein Schulmädchen, das beim Klauen erwischt wurde.

»Alles okay«, japse ich, während ich gleichzeitig meine Haare glätte, die total verstrubbelt sind. Die Situation ist mir unangenehm. Cajus hingegen scheint sie ganz entspannt zu nehmen, er wirkt beinahe belustigt.

Scott blickt von mir zu Conterville und wieder zurück. Sein

Blick macht klar, dass ihm nicht gefällt, was er sieht. »Dann ist ja gut«, sagt er nur, bevor er sich umdreht und davonstapft.

»Scheiße.« Schnell richte ich mich auf und eile ihm hinterher.

»Hey, du bist ihm doch keine Erklärung schuldig«, höre ich Cajus hinter mir rufen, während ich Scott in die Küche folge. Er schenkt sich ein Glas Wasser ein, bevor er sich zu mir umdreht.

»Sag mir, dass das nicht wahr ist, Harper.« Er atmet tief ein. »Bitte sag mir, dass ich derjenige bin, der gerade geträumt hat.«

Kapitel 39

»Es ist …« Ich suche nach den richtigen Worten, die sich überall verstecken, nur nicht in meinem Kopf. »Eigentlich weiß ich auch nicht, was es ist.«

Mit neun Jahren habe ich Scott einmal erklärt, dass ich wie ein Engel fliegen könnte. Genauso sieht er mich jetzt an. »Du und Conterville? Hat er dich rumgekriegt?«

»Er hat mich nicht rumgekriegt.«

Wir setzen uns an den Küchentisch und ich erzähle Scott von heute Nacht. Vom Labyrinth, von Phoenix' Befreiung und der Messerattacke. Von der Tatsache, dass ich kein Inkubus mehr bin, weil Phoenix sich seine Kraft zurückgeholt hat. Und dass ich nicht an dem Unfall schuld war. Ich rede im Schnelldurchlauf wie eine alte Musikkassette, die man zu rasch abspielt. Ich weiß nicht, ob ich Scott wirklich alles erzählen kann. Jedes Detail. Und da ist dieses Gefühl in meinem Bauch, das mich in mein Schlafzimmer zieht.

In diesem Moment betritt Cajus die Küche. Seine Jeans sitzt tief, das Hemd ist zerknittert. »Hey, kommst du wieder zurück?«

Scott wirft ihm einen Blick zu, der kleine Hundewelpen töten könnte. »Ich dachte, du passt auf sie auf, nicht umgekehrt. Das war doch der Deal.«

»Harper kann sehr gut auf sich allein aufpassen.«

»Wie es dem feinen Herrn gerade passt, nicht wahr? Klar, wenn sie sich ein Messer für dich einfängt, ist das total okay.«

»Scott. Bitte.«

Er schnaubt und ich rutsche unruhig auf meinem Stuhl herum. Ein paar Punkte habe ich noch ausgelassen, es ist eine Geschichte mit kleinen Löchern, aber eigentlich möchte ich das nicht, nicht bei meinem besten Freund. »Ich muss es Scott erzählen. Ich will ihm alles erzählen«, sage ich zu Cajus, der im Durchgang zwischen Küche und Wohnzimmer lehnt.

Er schüttelt den Kopf. »Du kannst es ihm nicht sagen.«

»Was soll Scott denn machen? Er ist nicht mal ein Begabter.«

Scott legt die flache Hand auf den Küchentisch. »Hey, ich bin noch anwesend.«

»Das weiß ich.« Ich will nicht auf Cajus' Einverständnis warten, egal wie sein Vater darauf reagieren wird. Scott ist die ganze Zeit für mich dagewesen, ihn jetzt auszuschließen, fühlt sich verdammt falsch an.

Ich nehme innerlich Anlauf und lasse es einfach raus. »Aurora ist Cajus' Schwester.«

Scott starrt mich an. »Hat er noch eine? Oder sprichst du von Laetitia Conterville?« Er runzelt die Stirn und beginnt zu grübeln. »Die ist doch ein ganz anderer Typ. Außerdem hast du sie irgendwann mal in der schicken Villa gesehen, ich dachte diese Aurora wurde in Noctaris festgehalten.«

»Sie hat ihr Aussehen in Noctaris magisch verändert und in der wachen Welt –«

Ich sehe zu Cajus und hoffe, dass er mitmacht. Dass er über seinen Schatten springt und nach all seiner Zurückhaltung endlich den Ausgleich schafft, indem er jemanden einweiht, den er nicht einmal mag.

Cajus wartet kurz, spannt mich auf die Folter. »Wir haben ein Double engagiert, damit die Presse keine unangenehmen Fragen stellt.«

»Aber warum?« Scott sieht nur mich an. »Warum hat sie den ganzen Aufwand betrieben und in Noctaris ihr Äußeres verändert?«

»Um nicht jeden beschissenen Typen anzuziehen. Laetitia hat ein Händchen für die falschen Kerle, die es nur auf ihre Kohle abgesehen haben.«

Scott grunzt. »Und deswegen führt sie in Noctaris eine Art Parallelleben? Um sich dort austoben zu können?«

»Um nicht nur nach Äußerlichkeiten beurteilt zu werden«, korrigiert ihn Cajus. »Mir ist klar, dass du das nicht nachvollziehen kannst.«

Scott versteift sich. In seinen Augen sehe ich, wie er von Ignoranz auf Angriff übergeht. Abrupt steht er auf. »Willst du mir irgendetwas sagen, Arschloch?«

»Ich dachte, das hättest du schon herausgehört.«

»Du bist hier nicht in deiner schicken Villa, Kumpel. Das ist nicht dein Reich. Hier bist du auch kein Mitglied der Gesichtslosen Familie, die sich in Noctaris vielleicht alles erlauben kann.«

»Und trotzdem fällt es mir nicht schwer, dir in den Arsch zu treten, Hobbit.«

»Stopp!«, rufe ich dazwischen. »Wir haben schon genug Probleme. Wenn wir Phoenix nicht finden, wird er die Lumoire benutzen. Ihre Magie wird die Naturgesetze verändern. Die träumende Welt wird größer und bedeutender, sie wird nicht nur in der Nacht existieren, und die wache Welt wird verschwinden.« Ich stehe auf. »Könnt ihr euch deshalb bitte zusammenreißen und auf das Wesentliche konzentrieren?«

Mein energischer Tonfall verfehlt seine Wirkung nicht. Für einen Augenblick halten beide die Klappe. Plötzlich schrillt unsere Türklingel. Scott und ich tauschen einen überraschten Blick.

»Laetitia wollte noch vorbeikommen«, klärt uns Cajus auf. »Um nach Harper zu sehen.«

»Das ist nett.« Ich gehe in den Flur und öffne Cajus' Schwester die Tür. Es ist ungewohnt, sie so groß und schlank zu erleben, noch dünner als auf den ganzen Fotos. Mit den schwarzen kurzen Haaren, dem roten Lippenstift und dem grauen Overall sieht sie aus, als würde sie direkt vom Laufsteg aus Paris kommen, nicht aus Noctaris.

»Hey, Harper. Ich bin so froh, dass es dir gut geht.« Sie schließt mich in eine innige Umarmung. »Du bist meine Heldin.«

»Ich bin keine Heldin.«

»Doch, das bist du«, sagt sie, während sie mir in die Küche folgt. Vor dem Herd stehen sich Cajus und Scott stumm gegenüber.

»Obwohl ich noch immer nicht verstehe, warum du meinen Bruder retten wolltest.« Sie drückt Cajus einen Kuss auf die Wange.

»Das habe ich mich auch schon gefragt«, pflichtet ihr Scott bei.

»Scott, das ist Laetitia – Laetitia, das ist mein bester Freund Scott.«

»Freut mich, dich kennenzulernen.« Laetitia wirft Scott ein entwaffnendes Lächeln zu. Ihre dunkel geschminkten Augen leuchten beinahe. »Ihr habt eine süße Wohnung.«

»Danke. Im Gegensatz zu anderen scheinst du Geschmack zu haben.« Scott lächelt sie an, offenbar gefällt sie ihm. »Möchtest du was trinken?«

»Ein Glas Wasser wäre schön.«

»Klar.« Er geht zur Spüle, holt ein sauberes Glas aus dem Schrank und lässt Wasser ein.

Rasch wirft mir Laetitia einen fragenden Blick zu, der Scott betrifft.

»Er weiß Bescheid. Ich konnte ihm nur noch nicht alles erzählen.«

»Sehr gut«, meint sie und setzt sich an den Küchentisch. Dankend nimmt sie das Glas an, das ihr Scott reicht. Dann wendet sie sich Cajus zu. »Das macht die Sache leichter. Mom und Dad sind zu Großvater gefahren.«

»Großvater?«, frage ich irritiert.

»Er ist im Ruhestand, hat aber noch sehr viel Einfluss«, erklärt Laetitia und nimmt einen Schluck Wasser. »Er lebt zurückgezogen außerhalb von Seattle.«

»Und was sagt er?«, will Cajus wissen.

»Er meint, die Schattenarmee soll eine komplette Stadtdurchsuchung durchführen und Noctaris für eine Nacht abriegeln.«

Ich setze mich Laetitia gegenüber. »Das könnt ihr machen?«

Laetitia seufzt und tauscht einen kurzen Blick mit Cajus. »Es ist das absolute Worst-Case-Szenario. Mom und Dad vermeiden diese Vorgehensweise soweit es geht, um keine Massenpanik auszulösen und das Gleichgewicht zur wachen Welt nicht zu gefährden. So eine fantasielose Nacht kann bei manchen Menschen einiges auslösen.«

Die nächsten Stunden verbringen wir damit, über Phoenix, die Lumoire und unsere Möglichkeiten zu diskutieren. Cajus und Laetitia sind sich einig, dass Phoenix' Vater die ganze Sache von langer Hand geplant haben muss und dass es Phoenix trotz der erhöhten Sicherheitsmaßnahmen nicht schwerfallen wird, nach Noctaris zurückzukehren. Der Geheimbund der Inkubi hatte früher eigene Zugänge zur Stadt. Sie sind mit starken Verhüllungszaubern geschützt und so wandelbar, dass die Gesichtslose Familie sie nicht alle aufspüren konnte. Phoenix könnte also ungesehen nach Noctaris kommen und sich die Lumoire holen. Contervilles Großvater zufolge kann die Lumoire zwar nicht in die wache Welt mitgenommen werden, doch in Noctaris kann sie wie ein normaler Gegenstand existieren.

»Es ist ein altes Buch aus reinstem Silber mit nachtblauen Runen, geformt aus der Magie der träumenden Welt«, beschreibt Laetitia die Lumoire, nachdem wir irgendwann von der Küche ins Wohnzimmer umgezogen sind. Es ist schon Nachmittag, auf unserem Couchtisch stehen ein paar Pizzakartons. Da wir nichts Essbares im Kühlschrank hatten, haben wir kurzerhand etwas bei *Marios* bestellt. Cajus hat es sich nicht nehmen lassen, die Lieferung zu bezahlen, was Scott überhaupt nicht gefallen hat. Es wurden ein paar spitze Bemerkungen getauscht, aber die hielten sich zum Glück in Grenzen.

Scott und Laetitia haben es sich auf der Couch gemütlich gemacht, Cajus und ich sitzen auf kleinen Kissen am Boden. Man hätte meinen können, dass wir nur vier Freunde sind, die gemeinsam ein paar Pizzas verdrücken.

»Das Problem ist, dass die Lumoire zur Gruppe der Mutari gehört, was es noch schwerer macht, sie zu finden«, erklärt Laetitia weiter. »Mitglieder der Gesichtslosen Familie können durch die magische Verbundenheit zwar fühlen, wenn sie in der Nähe ist, aber im Moment bin ich mir da nicht so sicher. Je mehr Zeit vergeht, desto schwächer wird das magische Band, und gleichzeitig nehmen unsere Kräfte ab. Neulich konnte ich mich zum Beispiel nicht einfach in die Stadt schlafen, sondern musste den herkömmlichen Eingang benutzen.« Sie beißt herzhaft in ein Stück Pizza Margherita. »Mmmh, ist die lecker.«

Ich mag Cajus' Schwester. Sie ist bestimmt andere Mahlzeiten gewöhnt. Trotzdem sitzt sie ganz ungezwungen in unserem Wohnzimmer und genießt eine Sieben-Dollar-Pizza.

Scott schnappt sich das letzte Pizzastück, das mit Schinken und Ananas belegt ist. »Was sind Mutari?«

»Alte magische Gegenstände, die große, unterschiedliche Kräfte besitzen. Allerdings können sich alle über kurze Strecken teleportieren und ihre Form verändern. Ihre Magie erlaubt es ihnen, sich den Gegebenheiten anzupassen«, sagt Cajus und wendet sich mir zu. »So wie der Seelenspiegel in Ossianders Geschäft.«

Ich nicke. Trotz des ernsten Themas schweifen meine Gedanken immer wieder in mein Zimmer ab, zu dem Moment, als Cajus und ich uns geküsst haben. Ich kann ihm kaum in die Augen sehen. Es hat sich so gut und so richtig angefühlt, dass es mir beinahe Angst macht.

»Was heißt, sie sind in der Lage, sich den Gegebenheiten anzupassen?«, hakt Scott bei Laetitia nach, obwohl die Erklärung von Cajus kam. »Können sie einfach verschwinden? Sich unsichtbar machen?«

Sie schüttelt den Kopf. »Sie sind in der Lage, ihre Form zu verändern und sich von einem Buch beispielsweise in eine Brille oder ein großes Bild zu verwandeln. Was immer sie gerade für angemessen erachten. Sie haben eine Art selbstständigen Willen. Es ist schwer zu beschreiben.«

»Die Lumoire könnte also überall sein und sie könnte sich als ganz anderer Gegenstand zeigen«, sage ich. »Müsste sie nicht zu euch zurückkehren wollen und eine Form wählen, die euch ins Auge sticht? Wenn sie diese Art von Eigenleben hat, wäre das doch logisch. Schließlich gehört sie zu euch.«

Laetitia wischt sich die Hände an einer Serviette ab. »Die Lumoire wurde jahrelang unter Verschluss gehalten. Meine Eltern meinen, dass sie nun ihre Freiheit genießen möchte. Sie ist ein gerissenes Ding.«

Scott seufzt. »Was die Sache nicht besser macht.«

»Was die Sache nicht besser macht«, wiederholt Laetitia resigniert.

»Okay.« Scott setzt seinen Denkerblick auf, bei dem er die buschigen Augenbrauen zusammenzieht. »Gibt es nicht vielleicht einen anderen Mutari, mit dem man die Lumoire aufspüren könnte? Irgendein Zauberding, das das andere Zauberding findet? In den Games funktioniert das manchmal.«

»So läuft das leider nicht.« Cajus' Stimme klingt über jeden Zweifel erhaben. »Es gibt nicht viele Mutari in Noctaris, und sie sind nicht darauf ausgelegt, sich gegenseitig zu finden.« Er sieht mich an. »Der Seelenspiegel würde uns also auch nicht weiterhelfen.«

»Es gibt Gerüchte, dass noch weitere Städte existieren. Vielleicht verfügen die über andere Möglichkeiten«, sagt Laetitia.

Cajus' Miene verfinstert sich. »Hör auf damit, Laetitia.«

Ich hebe interessiert die Augenbrauen. »Das mit den anderen Städten hat doch auch dieser Mann in dem Glastunnel vor dem Stadttor behauptet.«

Cajus streckt die langen Beine aus. »Und auch das war nicht mehr als ein Gerücht. Ein gefährliches Gerücht, das schon einige Leute das Leben gekostet hat. Sie haben sich so in die Idee verbissen, dass sie wie Entdecker einer neuen Welt in den Nebel der ungezähmten Träume gezogen und nicht mehr zurückgekehrt sind.«

»Weil sie vielleicht eine andere Stadt gefunden haben«, hält Laetitia dagegen.

»Nein, weil sie gestorben sind. Es wurden immer wieder Leichname gefunden, wenn ich dich daran erinnern darf.«

Mit einer eleganten Bewegung streicht sich Laetitia eine schwarze Haarsträhne aus dem Gesicht. »Manchmal kannst du ganz schön ignorant sein, Cajus.«

»Und du sehr leichtsinnig, wie sich gezeigt hat.«

Die Geschwister funkeln sich einen Moment lang an. Ich kann mir gut vorstellen, wie sie sich als Kinder beim Spielen gestritten haben.

Scott unterbricht ihr Schweigen. »Euer Gestarre hilft uns jetzt aber auch nicht weiter.«

»Du hast recht«, entgegnet Laetitia und spielt mit dem roséfarbenen Ring an ihrem Finger. »Selbst wenn weitere Städte existieren, haben wir nicht annähernd genügend Zeit, sie ausfindig zu machen. Aber wir müssen Phoenix irgendwie auf die Spur kommen. Ich überlege schon die ganze Zeit, ob er mir gegenüber etwas erwähnt hat, das uns weiterhelfen könnte, mir fällt jedoch nichts ein.«

Mir geht es nicht anders und das fühlt sich einfach nur beschissen an.

Kapitel 40

Irgendwann stehe ich auf und beginne, die leeren Pizzakartons in die Küche zu tragen. Laetitia hilft mit. Es ist wahrscheinlich keine kluge Idee, Scott und Cajus allein im Wohnzimmer zu lassen, aber ich muss etwas tun. Hilflos rumsitzen ist keine Option.

»Tut es noch weh?«, fragt Laetitia etwas leiser, als wir vor der Spüle stehen und die leeren Kartons zusammenfalten, um sie in den Mülleimer zu pressen.

»Was meinst du? Die Schulter?«

Sie schüttelt den Kopf. »Nein, ich meine die Sache mit Phoenix.«

Die Sache mit Phoenix. Es ist seltsam, wie schnell aus einer Begegnung, einem Kuss und einigen Wochen eine »Sache« wird. Anfangs ist es noch neu für dich, neu und prickelnd, dann schleicht sich das Vertrauen ein, bis es sich irgendwann erschöpft, nach Wochen, Monaten oder Jahren. Niemals hätte ich gedacht, jemals mit Laetitia Conterville in meiner mickrigen WG-Küche zu stehen, um *die Sache mit Phoenix* zu besprechen.

»Ich denke nicht. Obwohl die Enttäuschung natürlich noch da ist.« Ich versuche, in mich hineinzufühlen. »Sein übles Verhalten macht es mir aber deutlich leichter, loszulassen. Ich glaube, ich habe verstanden, dass ich einfach einem anderen Phoenix begegnet bin, den es in Wirklichkeit gar nicht gibt.« Ich stopfe den Rest der Kartons in den schwarzen Mülleimer, bis ich den Deckel wieder zubekomme.

Laetitia setzt sich an unseren kleinen Küchentisch. Sie spielt versonnen mit ein paar Münzen, die in einer Schale liegen.

»Und wie ist es bei dir?«, frage ich, bevor ich mich an die andere Seite des Tisches setze.

»Ähnlich. Die Zeit im Käfig hatte eine heilende Wirkung, aber die Wut ist immer noch da. Mit Männern habe ich nicht unbedingt das beste Händchen, Harper. Das ist wirklich beschissen. Sie meinen es nie ehrlich mit mir. Ich wünschte, ich würde jemandem begegnen, der mich um meiner selbst willen liebt.« Sie seufzt. »Mann, hört sich das armselig an. Ich muss echt aufpassen, nicht als verbitterte Jungfer mit hundert Katzen zu enden.« Sie macht eine kurze Pause, die das Ganze noch trauriger klingen lässt, und sieht mich eindringlich an. »Du musst mir etwas versprechen, Harper.«

»Und was?«

Sie zögert, doch als sie weiterspricht, scheinen die Worte direkt aus ihrem Herzen zu kommen. »Spiel nicht mit Cajus.«

»Was meinst du damit?«

Sie lässt eine Vierteldollarmünze durch ihre Finger gleiten. »Er mag dich. Er mag dich wirklich, das kann ich sehen. Bitte tu ihm nicht weh.«

»Ich soll ihm nicht wehtun?«

Laetitia nickt. »Er ist anders als ich. Er vergibt sein Herz nicht leichtfertig, das war schon immer so. Er ist zurückhaltend, was das betrifft.«

»Auf den Pressefotos wirkt er aber nicht gerade zurückhaltend.« Der Satz kommt unüberlegt aus einer meiner Schubladen, getrieben von der Sorge, nur eine von vielen zu sein.

»Du meinst die Fotos mit der Kolumbianerin? Die angebliche Verlobung?«

»Oder die Fotos davor. Es tut mir leid, ich will nicht so oberflächlich klingen.«

»Ich kann deine Skepsis schon verstehen«, erwidert sie. »Aber die Verlobung ist absoluter Bullshit. Und diese ganzen Mädels, mit denen er fotografiert wird – das war nie etwas Ernstes. In seinem Atelier steht ein Bild von dir, die anderen hat er noch nie gemalt. Cajus wirkt manchmal recht hart. Er ist wie ein Wolf, auch die wirken gefährlich, binden sich aber nur ein Mal. Genauso wie die Goldschopfpinguine.«

Sie lächelt mich an und ich muss zurücklächeln. Niemand sonst kann Cajus so charmant mit einem Goldschopfpinguin vergleichen.

»Ich werde ihm sicher nicht wehtun, Laetitia«, sage ich. »Ich mag ihn auch. Sehr sogar.«

Sie lächelt noch breiter. »Das ist gut, denn wir Contervilles tun alles für unsere Familie. Sie hat oberste Priorität.«

Ich hebe eine Augenbraue. »Ist das etwa eine Drohung?«

»Ich denke nicht, dass ich dir drohen muss.«

»Hey, wo bleibt ihr denn?«, fragt Cajus, der gerade in die Küche kommt. Als sich unsere Blicke treffen, flattert es in meinem Bauch.

»Jede Minute, die ich allein mit deinem Hobbitfreund verbringen muss, ist eine zu viel.«

»Das habe ich gehört, Arschloch!«, tönt es aus dem Wohnzimmer.

Laetitia grinst. »Ich mag Scott. Er ist so ehrlich. Und er hat eine bezeichnende Menschenkenntnis.«

Cajus schnaubt. »Wieder einmal eine Bestätigung für deinen miesen Männergeschmack.« Er holt tief Luft. »Also, habt ihr eure kleine Pause genutzt, um auf eine bahnbrechende Idee zu kommen, wie wir den Mistkerl schnappen können, bevor er die Lumoire in die Hände bekommt?«

»Noch nicht«, sage ich und wünschte, ich hätte eine andere Antwort.

Cajus lehnt sich an den Türrahmen, er wirkt müde. »Schade, dass du seine Inkubus-Fähigkeit nicht mehr hast, sonst könnten wir wenigstens mit der Loctusmagie weiterarbeiten. Das wäre nicht viel, aber mehr als wir jetzt haben.«

»Das stimmt.« Gedankenverloren spielt Laetitia mit der Münze in ihrer Hand.

»Ich weiß nicht«, sage ich. »Wir sind doch nur in Noctaris herumgeirrt, viel hat uns das auch nicht gebracht.«

Laetitia blickt mich an. »Außer meiner Rettung.«

»Außer natürlich deiner Rettung«, gebe ich zu und betrachte die Münze, die sie noch immer über die abgenutzte Tischplatte wirbeln lässt. Für eine Sekunde ist meine Aufmerksamkeit von dem Silberstück gefangen. Die Drehungen sind wie ein Hinweisschild, das meine Gedanken in Bewegung bringt, bis mir plötzlich etwas einfällt.

»Was hast du, Harper?« Cajus hat meinen überraschten Gesichtsausdruck bemerkt.

»Die Münze«, hauche ich. »Wieso habe ich das nicht früher gecheckt? Die Münze aus dem Seerosenteich! Du hast doch mit Phoenix auf der Brücke gekämpft, als deine Hand verletzt wurde!«

Cajus nickt verständnislos. »Ja, weil ich damals nach Aurora gesucht habe.«

»Aber warum war Phoenix dort?« Mein ganzer Körper prickelt vor Aufregung. Eine Lumoire, die sich verwandeln kann. Ein Exfreund, der für romantische Gesten keinen Sinn hat. »Der Findezauber hat uns zum Seerosenteich der Wünsche geführt. Aber was sollte sich Phoenix dort wünschen? Er ist nicht der Typ, der Münzen in einen Teich wirft.«

»Du meinst, er hat … die Lumoire hineingeworfen?«, fragt Cajus. Die Aufregung hat auch ihn erreicht. »Dann sollten wir schleunigst am Seerosenteich nachsehen.«

Kapitel 41

Der Rest des Nachmittags zieht sich wie Kaugummi. Wir sind alle nervös. Cajus versucht, seine Aufregung zu verbergen, was ihm besser gelingt als Laetitia und mir. Wir huschen die ganze Zeit durch die Wohnung, brauchen Beschäftigung für unsere Hände, unsere Beine und unsere Gedanken. Doch egal, wie viel wir uns bewegen, die Mischung aus Aufregung und Sorge lässt sich nicht vertreiben. Wie ein hektischer Kolibri flattert sie in unseren Köpfen herum.

Wir müssen die Lumoire finden, bevor es zu spät ist.

Bevor Phoenix sie in die Hände bekommt.

Scott weiß, dass er uns nicht helfen kann. Es ist schwer für ihn, all die Geschichten über die träumende Welt zu hören, aber nichts tun zu können. Als Laetitia, Cajus und ich uns schließlich gemeinsam in mein Bett legen, zieht sich Scott zurück. Er beschließt, auf die Party eines Studienfreundes zu gehen, um sich abzulenken, was definitiv besser ist, als uns beim Schlafen zuzusehen. Aber ich muss ihm versprechen, ihn anzurufen, sobald wir wieder aufgewacht sind.

Ich liege in der Mitte. Es ist eng zwischen den Geschwistern. Noch seltsamer wird es, als Cajus von hinten einen Arm um mich schlingt. Ganz selbstverständlich zieht er meinen Rücken an seine warme Brust. Als wäre es immer so gewesen und würde auch immer so bleiben. Der Gedanke macht mich nervös und glücklich.

»Aber wieso sollte er die Lumoire überhaupt in den Teich geworfen haben? Es ist raffiniert, ergibt aber keinen Sinn, oder? Und was machen wir, wenn wir die Lumoire nicht in dem Teich finden?«, frage ich skeptisch.

»Denken wir nur an das, was wir uns wünschen. Nicht an das, was wir uns nicht wünschen. Außerdem liebt die Lumoire das Wasser, es ist ihr Element«, antwortet Laetitia gelassen. Sie liegt mir gegenüber, sodass wir uns ansehen können. Ihre dunkel geschminkten Augen strahlen Zuversicht aus.

»Es wird klappen«, sagt Cajus. »Und jetzt schließt die Augen. Wir müssen eine Lumoire zurückholen.«

Die Stimmung in Noctaris ist anders als sonst. Ich bemerke es an den verunsicherten Gesichtern der Menschen in den Gassen. Ich bemerke es an der fehlenden Musik. Aber vor allem bemerke ich es an den vielen bewaffneten Mitgliedern der Schattenarmee, die durch die glänzenden dunklen Straßen ziehen und jedes einzelne Haus durchsuchen, um Phoenix zu finden. Sie gehen möglichst taktvoll vor, um keine Massenpanik auszulösen, doch die Bewohner von Noctaris fühlen, dass etwas nicht stimmt.

Schon im gläsernen Tunnel vor dem Tor war die Situation angespannter als sonst. Leichte Detonationen aus dem Nebel der ungezähmten Träume erschütterten die Erde. Risse im Glas ließen feine Dunstschwaden zu den Wartenden hinein.

»Hier entlang«, sagt Cajus, als wir endlich in der Stadt sind und die Einkaufspassage hinter uns gelassen haben. Er deutet auf eine schmale Gasse, die genauso finster wirkt wie unsere Kleidung. Cajus, Laetitia und ich tragen heute Schwarz. Laetitia ist wieder zu Aurora geworden. Ihr Kleid ist schlicht, genauso wie meins. Sie sind eher praktischer Natur, als könnte Noctaris spüren, dass wir heute noch etwas Wichtiges vorhaben, und uns irgendwelche Bänder, Schleifen oder Verzierungen nur aufhalten würden. An den Füßen tragen wir geschnürte Ballerinas, in denen wir gut laufen können. Auroras blonder Kurzhaarschnitt ist ihrer echten Frisur gar nicht so unähnlich, meine schwarzen Haare sind seitlich zu einem Zopf geflochten, der in einen Pferdeschwanz übergeht.

Auch Cajus sieht weniger elegant aus als sonst. Seine Wangen werden von einem dichten Dreitagebart bedeckt, die schwarzen Haare sind kurz geschnitten. Über einem dunkelgrauen Hemd trägt er eine lederne Weste, die zu seiner schwarzen Hose passt.

Wir folgen Cajus durch die finstere Gasse. Zur Sicherheit hat er sich mit einem neuen Dolch bewaffnet. Auch Laetitia trägt ein Messer in einer schwarzen Lederscheide um die Hüfte. Als Mitglieder der Gesichtslosen Familie sind sie in der Lage, sich mit zusätzlichen Gegenständen auszustatten.

Schmale Häuser mit spitzen Dachfirsten und trüben runden Fenstern säumen unseren Weg. Immer wieder verschmelzen wir mit den tiefen Schatten. Cajus nimmt eine andere Route zum Seerosenteich als in unserer ersten gemeinsamen Nacht in Noctaris. Jeder Schritt lässt meine Sorge wachsen und wir laufen durch so viele Gassen, dass ich die Orientierung verliere.

»Wenn wir sie gefunden haben, müssen wir die Lumoire so schnell wie möglich in den Palast bringen, um den Nebel unter Kontrolle zu bekommen«, sagt Laetitia.

In diesem Moment vibriert der Boden unter unseren Füßen. Wir beeilen uns, weiterzukommen, und treten aus der Gasse auf eine belebte Einkaufsstraße. Auch hier sind Männer der Schattenarmee unterwegs. Ihre schwarzen Uniformen fallen genauso auf wie die verstörten Gesichter der Noctarianer. Ein besonders starkes Beben lässt uns zusammenzucken. Es wird begleitet von einem donnernden Dröhnen, das die Erde vibrieren lässt. Alle versuchen, das Gleichgewicht zu bewahren. Sogar die schlanken Straßenlaternen erzittern. Das blaue Nox in ihrem Glasgehäuse flackert heftig und am Ende der Einkaufspassage beginnt ein imposantes Eckhaus mit einem gemauerten Erker gewaltig zu beben. Dicke Risse ziehen sich durch die mattschwarzen Steine, Teile des Mauerwerks bröckeln herunter.

»Oh, nein«, stößt Laetitia bleich hervor.

Mit einem Mal bricht die komplette rechte Wand des Hauses in sich zusammen. Unter großem Getöse stürzen glänzende Dachschindeln in einer Wolke aus Schutt, Staub und Steinen auf die belebte Straße. Ein junger Mann kann gerade noch seine dunkelhaarige Begleiterin aus dem Gefahrenbereich reißen, eine schmiedeeiserne Bank wird unter den Bruchstücken begraben. Die Schreie der Menschen vermischen sich mit dem Lärm des einstürzenden Hauses.

Fassungslos bleiben Cajus, Laetitia und ich in der Mitte der Straße stehen. Wie eine dunkle Glocke hängt der dichte Staub über der Straße. Soldaten der Schattenarmee laufen an uns vorbei zum Unglücksort, zwei Noctarianer ziehen bereits eine ältere Frau aus den Trümmern.

»So etwas ist hier noch nie passiert«, presst Laetitia entsetzt hervor. Sie wendet sich Cajus zu. »Ich werde Mom und Dad Bescheid geben. Sie müssen irgendwie versuchen, die Stadt auch ohne Lumoire zu stabilisieren.«

Noch immer zuckt der Boden unter unseren Füßen. Über den Zinnen der Stadtmauer steigt ein bedrohlicher Dunst auf, der Nebel kommt immer näher.

»Tu das«, erwidert Cajus. »Wir laufen zum Seerosenteich. Wenn wir die Lumoire finden, machen wir dem Spuk ein Ende.«

Laetitia nickt uns zu, dann rennt sie in Richtung Palast davon.

Cajus greift nach meiner Hand. »Wir dürfen keine Zeit verlieren.«

Wir hetzen weiter durch einen verlassenen Teil der Stadt, bis der Park vor uns auftaucht. Wie beim letzten Mal spüre ich die Magie, die an diesem Ort in der Luft knistert. Die weitverzweigten Bäume und die vielen dunklen Brücken funkeln regelrecht. Mit jedem Schritt werde ich unruhiger. Mir ist klar, dass wir nur diese eine Hoffnung haben.

Und dann sehen wir endlich den Seerosenteich. Ein verliebtes Pärchen flaniert gerade am Ufer neben ein paar Bäumen entlang. Sie scheinen alles um sich herum ausgeblendet zu haben, denn ich kann ihr Lachen bis hierher hören. Sie sind so mit sich selbst beschäftigt, dass sie auch uns nicht bemerken, bevor sie hinter einer nassglänzenden Trauerweide in der Dunkelheit verschwinden. In dem Moment tritt ein Mann mit schmalen Hüften und breiten Schultern ans Ufer. Aus der Entfernung kann ich nur seine Silhouette erkennen. Augenblicklich verkrampft sich mein ganzer Körper. Erst als wir näher kommen, realisiere ich, dass es sich nicht um Phoenix handelt. Der rothaarige Mann ist älter, hat ein kantigeres Gesicht und wirft eine Silbermünze ins Wasser. Sie fällt auf eine der Seerosenblüten, die ihre Blätter schließt und zu sinken beginnt. Der Mann schaut ihr kurz nach, bevor er uns entdeckt. Dann wendet er sich ab und geht davon.

»Lass uns nachsehen.« Entschlossen läuft Cajus mit mir über die letzte schwarze Brücke mit dem glattpolierten Geländer, bis wir direkt am Ufer stehen. Der zarte Geruch nach Rosen steigt vom Wasser auf. Nur ein gelegentliches sanftes Platschen ist zu hören, wenn eine funkelnde Blüte aus der Tiefe emporsteigt und die Wasseroberfläche durchbricht.

Für ein paar Sekunden schließt Cajus die Augen und lauscht in sich hinein. Dann schüttelt er den Kopf. »Ich kann sie nicht spüren, es ist zu viel Wasser.« Er setzt seinen Hut ab, schlüpft aus der ledernen Weste und zieht seine Schuhe aus. Das kichernde Pärchen kommt mit erhitzten Gesichtern hinter der Trauerweide hervor. Ich drehe mich zu ihnen um. Als sie sehen, dass Cajus sich auszieht, grinsen sie breit und entscheiden sich, hinter einem Busch zu verschwinden. Ich bin froh, dass wir wieder allein sind.

»Wünsch uns Glück.« Mit Hemd und Hose springt Cajus in den spiegelglatten dunklen See. Sein Sprung ist präzise, er ist sicher ein guter Schwimmer. Das dunkle Wasser verschluckt ihn so leise und schnell, als ob es ihn schon sehnlichst erwartet hätte.

Während der nächsten Sekunden laufe ich angespannt an dem mondbeschienenen Ufer auf und ab. Zwei Minuten. Gefühlte zwei Minuten ist Cajus schon unter Wasser.

Meine Finger krallen sich in den Rock meines schwarzen Kleides. Selbst wenn Cajus ein guter Schwimmer ist, kann er nicht ewig da unten bleiben. Irgendetwas läuft hier falsch.

Der See ist zu dunkel, um bis zum Grund zu sehen. Das Platschen einer aufsteigenden Blüte klingt nicht mehr romantisch, sondern einfach nur unheilvoll. Es übertönt das sanfte Rauschen des Windes und das leise Rascheln hinter mir, das wahrscheinlich von dem Pärchen kommt.

Ich muss etwas tun. Ich kann ihn nicht da unten lassen.

Hastig schlüpfe ich aus meinen geschnürten Ballerinas, als endlich Bewegung in die Wasseroberfläche kommt. In der Mitte des Sees taucht Cajus auf. Seine schwarzen Haare kleben ihm nass an der Stirn. Mit kräftigen Zügen schwimmt er zu mir und steigt aus dem Wasser. Das Grinsen in seinem Gesicht gefällt mir. Doch das Ding in seiner Hand irritiert mich.

Es ist keine Münze, die er mir entgegenhält.

Es ist eine schlanke dunkelbraune Violine, der eine Saite fehlt. Ihr glänzendes Holz ist voller Schlamm, als hätte sie seit einer Ewigkeit am Grund des Sees gelegen.

»Ist das … die Lumoire?«, flüstere ich.

Cajus nickt mit strahlendem Gesicht. »Sie hat sich noch einmal verwandelt, aber jetzt kann ich die Verbindung deutlich spüren.«

Sein Grinsen ist ansteckend. Wir haben es geschafft.

»Scheinbar hat sie es wirklich nicht so eilig mit der Rückkehr in den Palast, wenn sie lieber als kaputte Violine enden möchte.«

In dem Moment trifft uns eine Stimme mit der Schärfe eines Rasiermessers. Die Stimme ist tief, sie klingt vertraut, und doch ist sie mir so fremd geworden. »Vielleicht will die Lumoire ja lieber zu mir kommen.«

Kapitel 42

»Leider musste ich die Lumoire wegen einer beschissenen Razzia im Park verstecken, aber jetzt wird es Zeit, dass ich sie mir endlich zurückhole.«

Mit trockenem Mund fahre ich herum. Phoenix tritt seelenruhig hinter einer Trauerweide hervor. Er trägt einen eleganten seidenen Frack, der viel zu gut aussieht für das Monster, das er ist. An seinem Gürtel steckt ein spitzer silberner Dolch. Er ist etwas kürzer als Cajus' Messer. Doch er ist sicher effektiv.

Als sich unsere Blicke treffen, fällt ein Schatten über sein Gesicht. »Ich bin froh, dass es dir gut geht, Harper. Ich wollte dir wirklich nicht wehtun.« Seine Stimme klingt ehrlich, aber ich will es nicht hören.

Cajus geht es genauso, denn er lässt die Violine fallen, greift nach seiner Waffe und hechtet wutentbrannt auf Phoenix zu.

Doch Phoenix ist vorbereitet. Blitzschnell zieht er eine silberne und eine schwarze Kugel aus seinem Frack. Die silberne wirft er auf Cajus, die schwarze auf mich. Ein schimmernder Lichtblitz zuckt über das Ufer des Seerosenteichs, als die silberne Kugel vor Cajus auf den Boden knallt. Im nächsten Moment schleudert ihn die Macht des Zaubers drei Meter weit zurück, das Messer wird ihm aus der Hand gerissen und versinkt hinter ihm im Teich.

Erschrocken schreie ich Cajus' Namen. In der Sekunde platzt die schwarze Kugel vor meinen Füßen auf. Zwei aufgerollte dunkelgraue Seile schießen daraus hervor und schlängeln sich in meine Richtung. Eins windet sich um meine Fußknöchel und bringt mich nur Sekunden später zu Fall. Stöhnend wälze ich mich auf der feuchten Wiese und versuche, das Ding wieder loszuwerden.

»Harper!«, ruft Cajus vom Ufer. Hastig stemmt er sich in die Höhe. Seine Hose und sein Hemd sind voller Schlamm. Die verwandelte Violine liegt neben seinen Füßen.

Das zweite magische Seil wickelt sich fest um meine Handgelenke und fixiert meine Arme auf dem Rücken. Keuchend rolle ich mich auf dem matschigen Boden hin und her. Aus dem Augenwinkel sehe ich, wie die beiden Männer aufeinander losgehen. Cajus kann sich auf der Böschung im letzten Moment unter Phoenix' Dolchhieb hinwegducken und ihm seine Faust in den Bauch rammen. Kurz taumelt Phoenix nach hinten, dann fängt er sich und stürmt erneut auf Cajus zu. Ineinander verkeilt fallen die beiden zu Boden. Unfähig, irgendetwas zu tun, kann ich nur zusehen, wie sie auf dem abschüssigen Ufer miteinander ringen. Beide keuchen, doch nur noch Phoenix ist bewaffnet. Cajus schafft es trotzdem, kurz die Oberhand zu gewinnen. Er ist über Phoenix, der auf dem Rücken liegt. Wutentbrannt bäumt sich Phoenix auf und versucht, Cajus mit seiner silbernen Waffe in den Hals zu stechen.

»Cajus, pass auf!«, schreie ich, als Phoenix ein zweites Mal mit dem Dolch ausholt. Mit der bloßen Hand fängt Cajus den Hieb ab. Er stöhnt vor Schmerz, als die Klinge ihm einen tiefen Schnitt zufügt.

Verzweifelt zerre ich an meinen Fesseln. Doch je mehr ich versuche, sie loszuwerden, desto stärker graben sich die Seile in meine Haut.

Erneut greift Phoenix an. Mir wird schlecht vor Angst. Cajus lässt sich zur Seite fallen. In unbeschreiblicher Schnelligkeit kommt er wieder auf die Beine und versetzt Phoenix einen Tritt in die Seite, der ihn zu Boden bringt. Blanker Hass blitzt in Phoenix' Gesicht auf, als seine Hand in den seidenen Mantel fährt und eine weitere Kugel herauszieht. Sie hat die Farbe eines blanken Schädelknochens. Voller Inbrunst schleudert er sie Cajus ins Gesicht. Ein heller weißer Blitz zuckt daraus hervor. Er ist so gleißend, dass meine Augen zu tränen beginnen. Geblendet stolpert Cajus zurück. Er wirkt, als könnte er nichts mehr sehen. Sein Blick ist starr, die Bewegungen unsicher.

»Nein!«, brülle ich, während Phoenix geschmeidig auf die Beine kommt. Das Messer hält er auf Cajus gerichtet.

»Zeit, der träumenden Welt Lebewohl zu sagen, Conterville«, zischt er. »Und der wachen ebenfalls.«

Mit dem Mut der Verzweiflung springt Cajus nach vorn und boxt blindlings in die Luft. Doch Phoenix lacht nur leise. Den unkoordinierten Faustschlägen weicht er mit Leichtigkeit aus.

»Nein, Phoenix! Tu es nicht!«, schreie ich. Hektisch versuche ich, mich aufzurappeln, doch die Fesseln um meine Hand- und

Fußknöchel sind zu eng. Immer wieder gleite ich im feuchten Gras aus. Mein Kleid ist durchgeweicht, die schwarzen Haarsträhnen fallen mir ins Gesicht und ich kann nichts machen.

»Du verdammter Feigling«, stößt Cajus gehetzt hervor. Er zieht sich weiter an das Seeufer zurück, bis er mit einem Fuß fast schon wieder im Wasser steht. »Kämpfe wie ein Mann!«

»Ich kämpfe, um zu gewinnen«, erklärt Phoenix emotionslos. »Aber vor allem kämpfe ich für meinen Vater. Und für eine bessere Welt – eine Welt ohne Contervilles.« Er ist Cajus bis ans Wasser gefolgt und hebt das Messer, dessen silberne Klinge gefährlich im Mondschein blitzt.

»Nicht!«, schreie ich aus vollem Hals. Meine ganze Angst liegt in dem einen Wort, mein Herz ist völlig fertig.

Doch Phoenix lässt sich nicht beirren. Er sticht zu. Instinktiv springt Cajus zurück und rutscht dabei auf dem glitschigen Untergrund aus. Rücklings fällt er mit dem Oberkörper ins knöcheltiefe Wasser.

»Endlich bist du da, wo du hingehörst, Conterville. Und zwar ganz unten.« Phoenix beugt sich über Cajus, um ihm den Todesstoß zu versetzen.

»Neeeeiiin!« Mein panischer Schrei zerreißt die Nacht. Ich kann Cajus nicht verlieren, ich darf nicht zulassen, dass Phoenix ihn mir nimmt. Irgendwie gelingt es mir, auf die Beine zu kommen, aber ich bin viel zu weit weg. Starr vor Schreck muss ich zusehen, wie Phoenix wieder das Messer hebt. Sein Profil ist versteinert vor Hass.

Cajus robbt nach hinten in den See, als Phoenix erneut zusticht.

Das Messer beschreibt einen präzisen Bogen, den ich in Zeitlupe verfolgen kann. Mein Kleid klebt an meiner Haut, mein Herz ist kurz vor dem Kollaps. Ich höre mich selbst schreien, während Cajus rein intuitiv auszuweichen versucht. Die silberne Klinge ist nur noch Zentimeter von seiner Brust entfernt. Ich sehe sie bereits durch Cajus' Muskeln, Sehnen und Fleisch schneiden. Sehe das dunkelrote Blut, das sich in der silberblauen Nacht mit dem Wasser des Sees vermischt. Erlebe, wie meine eigene Welt stehen bleibt, wie die Zeit für immer anhält.

Er wird sterben.

Das ist mehr, als ich ertragen kann. Meine Sinne geben nach und plötzlich habe ich das Gefühl, etwas in meinen gefesselten Händen zu halten. Es ist lang und kalt, mit einer glatten Oberfläche. Fieberhaft verrenke ich mir den Hals, um zu sehen, was es ist. Ein Exitstab. Mit so einem Stab hat uns der junge Soldat vor ein paar Nächten aus Noctaris geschmissen. Instinktiv richte ich den Stab auf Phoenix, was mit gefesselten Händen nicht ganz einfach ist. Die schwarzen Kreise auf dem silbernen Stab leuchten blau auf.

Ich habe nur diesen einen Moment, der zwischen Leben und Tod entscheidet. Mir bleiben nur Bruchteile einer Sekunde, bevor Phoenix' Klinge ihr Ziel erreicht. Seine Hand ist nur noch Zentimeter von Cajus' Brust entfernt, als ihn ein Strahl aus silbernem Licht trifft. Ein zischendes Geräusch erklingt und Phoenix' Körper wird aus dem Park gesogen, verschluckt von der wachen Welt.

Mit seinem Verschwinden lösen sich auch die Fesseln an meinen Fuß- und Handgelenken. Hastig renne ich über die rutschige Uferböschung zu Cajus, der noch immer halb im Wasser liegt.

»Ist alles okay?«, hauche ich.

Er blinzelt. Offenbar kehrt auch sein Augenlicht zu ihm zurück. »Wo ist das Arschloch?«, fragt er schwer atmend.

Zitternd sinke ich neben ihm auf die Knie, der Saum meines Kleides wird nass. Ich bin so erleichtert, dass ich kaum sprechen kann. »Er ist weg.« Tränen treten mir in die Augen. Ich will nicht weinen, aber die verdammten Tränen hören nicht auf mich.

Mit den Fingerspitzen streiche ich über Cajus' Gesicht, taste über seine Wangen und überzeuge mich, dass er tatsächlich noch lebt. Seine Pupillen werden klarer. Er sieht mich aus seinen smaragdgrünen Augen an, die Haare hängen ihm in die Stirn. »Was zum Teufel ist passiert? Was hast du gemacht, Bennet?«

»Das war nicht ich.« Ich zeige ihm den Exitstab, dessen Konturen in einem magischen Leuchten verschwimmen. Sie wachsen in die Breite und verändern sich, bis ein silbernes Buch in meiner Hand liegt.

Unter Tränen lächele ich Cajus an. »Die Lumoire hat entschieden, dich zu retten.« Ich bin ihr unglaublich dankbar, dass sie sich im letzten Augenblick zu mir teleportiert hat.

»Eine gute Entscheidung«, erklärt Cajus abgekämpft.

»Ich denke auch.«

Cajus' warme Hand legt sich auf meine Wange. »Du denkst das nur?«

»Bei manchen Entscheidungen kann man sich schließlich nie sicher sein«, sage ich.

Cajus' Mundwinkel zucken nach oben, bevor er sich nach vorn beugt. Seine nassen Klamotten kleben an ihm, genau wie mein

Kleid. Doch ich spüre weder die Kälte noch die Nässe, nur die Wärme seiner Lippen.

»Ihr habt es geschafft.« Laetitia strahlt uns entgegen, als sie etliche Minuten nach dem Kampf am Seeufer eintrifft. Mit einem magischen Heilmittel versorgt sie zuerst Cajus' Wunden, dann berichtet sie uns von dem temporären Schutz, den ihre Eltern wie eine Saugglocke rund um die Stadt errichten konnten. Diese Maßnahme verbraucht jedoch Unmengen an Nox, daher ist es entscheidend, dass die Lumoire so schnell wie möglich wieder an ihren Platz kommt. Auf dem Weg zum Palast ohne Türen erzählen wir Laetitia alles, was in ihrer Abwesenheit passiert ist. Die Lumoire verwandelt sich unterwegs wieder in eine alte Violine mit einer fehlenden Saite. Cajus trägt das Musikinstrument mit ungeheurer Sanftheit, auch als wir den Palast durch den geheimen Zugang betreten, der sich nach Laetitias geflüsterten Worten aus dem schäumenden Wasser des Burggrabens erhebt. Ich folge den beiden durch das Tor aus dunkelblauem Nass, durch verschiedene Korridore und Treppen bis zu einem langen Flur, an dessen Ende uns ihre Eltern erwarten. Boden, Wände und Decke bestehen aus verspiegeltem schwarzem Glas, die gewölbten hohen Fenster sind von filigranen Diamanten besetzt, die funkelnde Lichtsplitter auf ihre Gesichter werfen. Cajus' Eltern wirken erleichtert und stolz. Quirin Conterville starrt immer wieder auf die Violine in Cajus' Händen, Melinda Conterville auf ihren Sohn.

»Du hast sie zurückgebracht.« Tränen treten der schönen dunkelhaarigen Frau in die Augen. Ihre schlanken Finger krallen sich in den Stoff ihres ausgestellten mitternachtsblauen Kleides mit den funkelnden Schmuckbordüren. »Ich hatte es nicht mehr zu hoffen gewagt.«

Cajus' Vater trägt wie beim letzten Mal einen dunklen Frack und einen Zylinder. Heute hat er aber auch noch einen saphirbesetzten Spazierstock dabei.

»Danke«, sagt er. Es ist nur ein Wort, aber es hat eine ungeheure Kraft. »Wo ist Hunt?«

»Wieder in der wachen Welt«, erklärt Cajus. »Harper hat ihn dorthin zurückgeschickt.«

»Das war die Lumoire, nicht ich.«

»Sei nicht so bescheiden«, sagt Cajus. »Du hast die wache Welt vor dem Untergang bewahrt.«

Cajus' Mutter nickt. Ihr Blick ruht intensiv auf mir. »Dafür werden wir ewig in deiner Schuld stehen, Harper.«

Ihr Mann kommt über den verspiegelten schwarzen Boden auf mich zu. Seine Schritte hallen von den hohen Wänden mit den edelsteinbesetzten Fenstern wider. »Macht euch keine Sorgen um Hunt. Wir werden uns um ihn kümmern«, verspricht er ernst. »Unsere Leute sind informiert. Er wird mit dem versuchten Mord nicht davonkommen, das verspreche ich euch.«

»Aber zuerst bringen wir die Lumoire dorthin zurück, wo sie hingehört«, erklärt Melinda Conterville, bevor wir uns in Bewegung setzen und nach links abbiegen.

Ich folge den anderen und bin nach wie vor fasziniert vom Inneren des Palastes, das so anders ist als sein Äußeres. Obwohl diamantbesetzte Fenster die rechte Seite des dunklen Gangs einnehmen, sind sie von draußen nicht zu sehen. Die Lichtreflexe des Glases tanzen über unsere Gesichter, während wir weitergehen.

Laetitia zwinkert mir zu. »Gleich kriegst du deinen ersten Traumdiener zu sehen.«

Wir erreichen eine schlichte blaue Tür, vor der sechs Wachen postiert sind. Die großgewachsenen Männer tragen schwarze Uniformen, wie ich sie auch von der Schattenarmee kenne. Ihre Gesichter sind jedoch ausdruckslos, als würden sie unter Hypnose stehen.

»Nach Phoenix' Diebstahl wurden die Sicherheitsmaßnahmen drastisch erhöht«, erklärt Laetitia. »Selbst für einen Inkubus, der den geheimen Zugang zum Palast kennt, sollte es nun unmöglich sein, bis zum Blauen Salon vorzudringen.«

Das klingt beruhigend, doch ein Rest Unsicherheit bleibt zurück. Als Cajus und seine Familie näher kommen, treten die Palastwachen zur Seite und öffnen die Tür. Dahinter ist ein länglicher Saal zu erkennen, in dem leises Wasserrauschen zu hören ist. *Der Blaue Salon.*

Ich folge den anderen über die Schwelle. Der ganze Raum sieht aus, als würde er aus Wasser bestehen. Der glatte Boden und die Decke sind von einem wunderschönen, beruhigenden Blau. An den seitlichen Wänden fließt das kühle Nass wie ein Vorhang direkt aus der Decke. Am meisten fesselt mich jedoch die rauschende Wassersäule in der Mitte des Raums, die von der riesigen gewölbten Decke bis zum Boden reicht. Das Wasser gleicht einem schäumenden aufrechten Strudel, der von ganz allein an Ort und Stelle bleibt.

»Willkommen zu Hause«, sagt Laetitia zu der Violine, als Cajus mit der Lumoire ganz nah an das wirbelnde Wasser herantritt. Dabei beginnen die Konturen des Musikinstruments langsam zu zerfließen, bis ein Buch aus Silber entsteht, von dem ein magisches Leuchten ausgeht.

»Und jetzt?«, flüstere ich ehrfürchtig.

Cajus übergibt das Buch seinem Vater. Sobald seine Fingerspitzen die Lumoire berühren, glimmen ihre Runen bläulich auf, als teilten sie eine besondere Verbindung mit ihm.

»Jetzt vereine ich die Lumoire wieder mit ihrem Element«, sagt Quirin Conterville. »Sie hat den Aufenthalt im Teich sichtlich genossen. Doch der ist nun zu Ende.«

Beinahe zärtlich hebt er die Lumoire in den Wasserstrudel. Sofort rauscht der Strom noch schneller und lauter durch den blauen Saal. Gebannt beobachte ich, wie das silberfarbene Buch in der Wassersäule herumgewirbelt wird, bis sich einzelne Seiten daraus lösen und verspielt durch den Strudel tanzen. Die nachtblauen Schriftzeichen auf den Seiten glimmen dunkelblau durch das schäumende Nass, bis der ganze Raum von seiner unglaublichen Macht erfüllt wird. Ich spüre das magische Prickeln in jeder Zelle meines Körpers, selbst meine Ohren beginnen zu kribbeln.

Die ganze Familie Conterville atmet gleichzeitig durch.

Laetitia schließt sogar für einen Moment die Augen. »Ich kann regelrecht fühlen, wie meine Kräfte zurückkehren.«

»Endlich«, sagt Melinda Conterville leise. »Endlich ist wieder alles so, wie es sein soll.«

Kapitel 43

Alles ist verschwommen, irgendwie gedämpft. Gedanken tauchen auf und ziehen weiter. Cajus und ich haben die Lumoire zurückgebracht. Wir haben das Gleichgewicht zwischen Noctaris und der wachen Welt wiederhergestellt. Ich sollte glücklich sein, erleichtert, frei. Aber das bin ich nicht.

Irgendetwas stimmt nicht. Irgendetwas ist da, was nicht zu mir gehört. Etwas, das mich daran hindert, aufzuwachen. Es kostet mich viel Kraft, mich dagegen aufzulehnen.

Blinzelnd öffne ich die Augen. Ich befinde mich wieder in meinem Zimmer. Draußen ist es noch dunkel, aber es kann nicht mehr lange dauern, bis die Sonne aufgeht. Mein Blick fällt erschöpft auf Laetitia. Sie liegt seltsam schlaff neben mir. Ihr Brustkorb bewegt sich flach auf und ab. Ihre Augenlider flattern und ihre Handgelenke befinden sich in Brusthöhe unnatürlich nah nebeneinander.

Genau wie meine.

Erschrocken versuche ich, meine Hände zu bewegen. Es klappt nicht. Jemand hat sie mir mit einem dünnen Seil an den Gelenken zusammengebunden. Ich erlebe ein hässliches Déjà-vu, das mich in die Situation am See zurückkatapultiert.

»Cajus«, flüstere ich. Mühevoll drehe ich mich zu ihm um. Wie beim Einschlafen liegt er hinter mir, doch er reagiert nicht auf mich.

Sein ebenmäßiges Gesicht ist angespannt, die Augenbrauen sind fest zusammengezogen. Sein Atem geht schneller als normal und nicht nur seine Arme, sondern auch seine Beine wurden gefesselt.

»Cajus!«, wispere ich erneut. Panik rauscht durch meinen Körper. Das hier ist kein Traum. Das hier ist die wache Welt. Auch wenn ich das Gefühl habe, in einem Albtraum festzustecken.

»Guten Morgen, Harper.« Phoenix' Stimme klingt kalt. Unbarmherzig. Unerbittlich.

Hastig drehe ich den Kopf in die Richtung, aus der die Stimme kam. Mit verschränkten Armen lehnt mein Exfreund in einer dunklen Ecke neben der Tür und starrt mich ausdruckslos an. Er trägt ein langärmeliges graues T-Shirt, seine Haut wirkt blass. Dennoch ist er gerade eindeutig in der besseren Position.

Ich schlucke. »Wie bist du hier hereingekommen?«

Mit einem nachlässigen Lächeln zieht Phoenix etwas Messingfarbenes aus seiner Jeanstasche. »Mit einem Schlüssel. Den hast du mir gegeben, schon vergessen?« Kalte Entschlossenheit leuchtet aus seinen blauen Augen. Seine rachsüchtige Miene lässt mich schaudern.

»Was hast du mit ihnen gemacht?« Obwohl wir alle gefesselt sind, scheint er Cajus und Laetitia noch zusätzlich betäubt zu haben. »Und was hast du jetzt mit uns vor?«

»Das ist die Frage, nicht wahr?« Phoenix stößt sich von der Wand ab und macht einen Schritt auf das Bett zu. Er wirkt ein wenig matter als sonst, wahrscheinlich eine Folgeerscheinung des wochenlangen Komas.

»Sicherheitshalber habe ich die Contervilles unter Drogen gesetzt. Dir habe ich auch etwas verpasst, aber nur eine ganz geringe Dosis.«

Erschrocken blicke ich auf Cajus, der immer noch schnell und flach atmet. »Was bedeutet das? Wo sind sie jetzt? Ist Cajus noch in Noctaris?«

Phoenix zieht die Augen zusammen. »Nein. Keine Droge der wachen Welt kann den Aufenthalt in Noctaris verlängern.« Er macht eine Pause, in der er mich intensiv mustert. »Machst du dir etwa Sorgen um ihn? Du und Conterville scheint euch in letzter Zeit nähergekommen zu sein.«

Ich schüttele ungläubig den Kopf. »Ehrlich, Phoenix? Du brichst hier ein, fesselst mich, setzt uns unter Drogen und hast dann den Nerv, mit so etwas anzufangen?«

Neben mir spüre ich, wie Laetitia sich bewegt. Flatternd öffnen sich ihre Augenlider. Ein paar Sekunden lang schaut sie mich verwirrt an. Dann blickt sie an sich herunter und stößt erschrocken die Luft aus, als sie realisiert, dass wir gefesselt wurden.

»Was soll das? Was geht hier vor?« In ihren dunkel geschminkten Augen spiegelt sich ihre Angst. Dann entdeckt sie Phoenix. Sofort scheint ein unsichtbares Gitter über ihr Gesicht nach unten zu fahren. Ein Gitter, das jegliche Emotionen in ihr verschließt, bis nur noch Verachtung übrig bleibt.

»Guten Morgen, Laetitia, offenbar hättest du noch mehr vertragen. Hast du gut geschlafen?« Phoenix stellt sich ans Fußende des Bettes. Seine Miene wirkt genauso verachtend wie ihre. »Du willst wissen, was hier vorgeht? Ihr werdet eure gerechte Strafe erhalten, das geht hier vor.«

»Was für eine Strafe?« Unauffällig versuche ich, meine Hände freizubekommen. Die Knoten sitzen stramm, aber nicht so fest wie die magischen Seile in Noctaris. Er muss in Eile gewesen sein, als er sie gebunden hat.

Phoenix stützt beide Hände auf der Matratze auf und beugt sich nach vorn. »Die Gesichtslose Familie hat mir alles genommen, Harper. Zuerst meinen Vater, dann meine Freiheit und am Ende sogar dich. Du wärst naiv, wenn du glaubst, dass ich das auf mir sitzen lasse. Außerdem geht es hier um mehr.«

»Und welche Form der Strafe schwebt dir vor?«, fragt Laetitia herausfordernd. Auch sie kämpft darum, sich aus den Fesseln zu befreien, ihre Bemühungen sind nur weniger subtil als meine. Verärgert wirft sie den Kopf hin und her.

Phoenix verschränkt unbeeindruckt die Arme vor der Brust. »Ich werde euch bloßstellen. Dich, deinen verdammten Bruder und eure arroganten Eltern. Ganz Noctaris wird erfahren, dass die Gesichtslose Familie in der wachen Welt das Conterville-Imperium regiert. Dann könnt ihr euch zwar in Noctaris weiterhin in eurem schicken schwarzen Palast verschanzen – aber in der wachen Welt wird euch das nichts nutzen. Jeder Noctarianer, der gegen euch vorgehen will, wird wissen, wer ihr seid, wo ihr wohnt und wie ihr ausseht. Ihr werdet die Anzahl eurer Bodyguards wohl mehr als verdoppeln müssen.« Er hält kurz inne. »Wobei mich heute auch niemand aufgehalten hat, als ich das Haus hier betreten habe. Dein Bruder ist offenbar zu arrogant, um sich bewachen zu lassen, und deine Eltern suchen mich an den falschen Orten. Ich bin mir sicher, dass sie ihre Schergen schon ausgeschickt haben.«

Laetitia betrachtet Phoenix voller Abscheu. »Wie konnte ich mich nur so in dir täuschen.«

Er lacht dunkel auf. »Das sagt gerade die Richtige. Allerdings bist du die Einzige, die ich kenne, die sich absichtlich hässlicher macht, um die wahre Liebe zu finden.« Sein Blick fixiert ihr Gesicht. »Das Problem ist nur, dass die wenigsten Typen auf hässliche Mädchen stehen.«

Laetitia schluckt. Sie sagt nichts, aber ich spüre, dass seine Worte sie getroffen haben. Wahrscheinlich hatte sie angenommen, dass Phoenix sich tatsächlich in sie verliebt hat, nicht in ihr Aussehen, ihr Geld oder ihren Ruhm.

Neben mir rührt sich Cajus stöhnend. Seine Dosis muss noch höher gewesen sein als Laetitias.

»Für ihn hab ich mir etwas ganz Besonderes überlegt.« Phoenix schaut auf die Uhr, als würde er jemanden erwarten.

»Und was?« Irgendwo neben dem Bett muss eine Nagelschere auf dem Nachtschrank liegen. Wenn ich sie in die Finger bekomme, könnte ich damit vielleicht den Knoten an meinem Handgelenk lösen.

Phoenix betrachtet Cajus mit unverhohlenem Hass. »Nun, ich habe meine Hausaufgaben gemacht. Einige Rebellen mögen in Noctaris gefährlich sein, im wachen Leben sind sie jedoch harmlos. Es gibt aber auch andere, die nichts dagegen haben, sich überall die Hände schmutzig zu machen.«

»Sich die Hände schmutzig zu machen?«, wiederholt Laetitia schrill. »Willst du ihn etwa umbringen lassen?« Erneut versucht sie, ihre gefesselten Handgelenke loszubekommen. »Du bist ein Mörder, genau wie dein verdammter Vater!«

Phoenix' Ohrfeige kommt hart und unerwartet. Laetitias Kopf fliegt zur Seite. Keuchend schnappt sie nach Luft. Ihre Haut färbt sich an der Wange krebsrot.

»Wage es ja nicht, so über meinen Vater zu reden«, presst er hervor. »Mein Vater war kein Mörder.«

Ich zwinge mich, ruhig zu bleiben. Mein Herz spielt schon genug verrückt, mein Verstand muss klar bleiben. Ein Blick auf den Nachtschrank neben Laetitia bestätigt mir, dass dort tatsächlich die silberne Nagelschere liegt.

Laetitia dreht den Kopf langsam zurück zu Phoenix, aus ihren schimmernden Augen funkelt bloßer Zorn. »Rede dir das ein, wenn du willst. Aber tief in dir weißt du, dass es nicht wahr ist.«

Cajus' leises Stöhnen lenkt Phoenix' Aufmerksamkeit auf ihn. Ich nutze den Moment, um Laetitia mit einem Blick zu verstehen zu geben, dass sie auf den Nachtschrank sehen soll. Zuerst runzelt sie fragend die Stirn, dann wendet sie den Kopf und entdeckt die Schere.

Ich werfe einen hektischen Blick auf Cajus. Die Bewegungen unter seinen geschlossenen Lidern werden schneller, das Stöhnen lauter. Er scheint aufzuwachen.

»Du verdammtes Arschloch kannst scheinbar nicht genug kriegen, dabei hast du doch schon eine ordentliche Dröhnung verpasst bekommen«, presst Phoenix hervor. Er wendet uns den Rücken zu und geht zu einer dunklen Tasche, die neben der Tür auf dem Boden liegt. Ich höre ihn darin herumkramen und etwas aufreißen, als Cajus die Augen aufschlägt. Seine Pupillen sind klein wie Stecknadelköpfe.

»Harper«, murmelt Cajus mit schwerer Zunge. Sein Blick irrt umher, es fällt ihm schwer, sich auf mich zu fokussieren.

»Rühr dich nicht«, flüstere ich ihm zu. Neben mir spüre ich, wie Laetitia sich dreht, bis ihr Oberkörper zum Nachtschrank zeigt. Nervös blicke ich zwischen ihr und Phoenix hin und her. Er ist immer noch mit der Tasche beschäftigt, während sie versucht, mit ihren gefesselten Händen die Schere zu erreichen. Lautlos hebt sie die Arme, die Phoenix ihr vor der Brust zusammengebunden hat. Ihre Fingerspitzen tasten über das helle Holz und schließen sich blitzschnell um die Schere, bevor sie wieder zurück auf den Rücken rollt.

In diesem Augenblick steht Phoenix auf. Seine Bewegungen sind nicht so geschmeidig wie sonst, dennoch ist mir seine Überlegenheit mehr als bewusst. Beim Anblick der Spritze in seinen Händen stockt mir der Atem. Er will bei Cajus offenbar kein Risiko eingehen.

»Lass ihn«, stoße ich hervor. »Siehst du nicht, dass er genug hat?«

Phoenix gibt ein abfälliges Geräusch von sich. »Nein, das sehe ich anders.« Sein Blick gleitet zu Laetitia. »Was glotzt du so?«, fragt er misstrauisch. Auf halbem Weg zu Cajus bleibt er stehen und betrachtet stirnrunzelnd ihren stocksteifen Körper. Er darf die Schere nicht entdecken.

»Was soll das, Phoenix?«, versuche ich ihn abzulenken. »Was würde deine Mutter sagen, wenn sie wüsste, dass du Menschen unter Drogen setzt und Frauen schlägst? Weiß sie überhaupt, dass du wieder aufgewacht bist?«

»Lass meine Mutter da raus.« Phoenix' Blick huscht zu Cajus, der immer wacher wird. Als er merkt, dass er gefesselt ist, beginnt er sich heftig dagegen zu wehren. »Meine Mutter konnte dich noch nie leiden, du brauchst dir um ihr Wohlergehen keine Gedanken zu machen.«

»Du verdammter Mistkerl«, presst Cajus hervor. Seine Stimme klingt belegt, er scheint noch stark unter den Auswirkungen des Betäubungsmittels zu stehen, das Phoenix ihm gespritzt hat. Dennoch reißt er weiterhin an seinen Fesseln. »Du bist ein Feigling wie dein Vater!«

»Halt deinen dreckigen Mund!«, erwidert Phoenix wütend und macht einen Schritt auf ihn zu.

Cajus schnaubt. »Oder was? Du hast mich doch schon gefesselt und unter Drogen gesetzt, weil du es sonst nicht mit mir aufnehmen kannst, du erbärmliches Stück Scheiße.«

Wutentbrannt starrt ihn Phoenix an. Die Spritze in seiner Hand bebt vor Zorn. Schließlich knallt er sie auf meinen Schreibtisch am Fenster, bevor er sich wieder zu Cajus umdreht. »Du hast recht, das Betäubungsmittel wäre eine Verschwendung an einem Arschloch wie dir.«

Mit wenigen Schritten ist er am Bett und packt Cajus am Kragen. Dann zerrt er ihn von der Matratze auf den Boden, wo er sofort auf ihn einzuprügeln beginnt.

»Nein, Phoenix! Hör auf!«, schreie ich entsetzt. Die Wucht seiner Schläge lässt Cajus' Kopf hin- und herfliegen. Blut fließt als dünnes Rinnsal aus seinem Mundwinkel, sein Stöhnen tut mir körperlich weh.

Neben mir spüre ich eine Berührung am Handrücken und drehe mich zu Laetitia. Sie hält die Nagelschere zwischen den Fingern, ihre Augen leuchten entschlossen. Aufgeregt ziehe ich die Handgelenke unter den Fesseln so weit wie möglich auseinander, um das Seil zu spannen. Konzentriert legt Laetitia die Schere an und versucht, die Fesseln durchzuschneiden. Doch es klappt nicht auf Anhieb.

Cajus' Schmerzenslaute unter den unbarmherzigen Schlägen treffen mich wie Messerstiche mitten ins Herz. Tränen der Wut steigen in mir auf. Heftig atmend säbelt Laetitia an dem dünnen Seil herum, das einfach nicht nachgeben will. In dem Moment lässt Phoenix keuchend von Cajus ab. Ich wende den Kopf in seine Richtung. Sein Gesicht ist erhitzt, seine Fingerknöchel blutverschmiert. Cajus liegt bewusstlos neben dem Fenster auf dem Boden. Ich hasse Phoenix. Ich hasse ihn für das, was er ist und was er tut.

»Cajus hat recht. Du bist wirklich ein beschissener Feigling!«, fauche ich ihn an. »Ich wünschte, wir hätten dich im Labyrinth verrotten lassen.«

In Phoenix' Augen beginnt etwas zu flackern. »Ehrlich? Ist es das, was du willst? Weil du jetzt auf Conterville abfährst?«

»Ganz genau«, presse ich hervor. »Ich würde dich gern wieder im Koma sehen oder von mir aus auch tot.«

Plötzlich lässt der schmerzhafte Zug um meine Handgelenke nach. Das dünne Seil reißt mit einem Ruck, meine Hände sind frei. Phoenix starrt von mir zu Laetitia. Es dauert einen Sekundenbruchteil, bis er kapiert hat, was gerade passiert. Hastig fährt er zum Schreibtisch mit der Spritze herum.

»Nein!«, keuche ich und stürze ihm hinterher. Als sich seine Hand um die Spritze schließt, springe ich ihn von hinten an. Meine Beine krallen sich um seine Hüfte, den linken Unterarm schlinge ich von hinten um seine Kehle. Mit der rechten Hand versuche ich, die Spritze zu erreichen, die er hochgehoben hat. Schwankend wirbelt Phoenix mit mir herum. Sein Atem geht schwer, mein Angriff hat ihn überrascht.

»Lass den Scheiß, Harper«, keucht er und versucht, mich abzuschütteln. Ungerührt verstärke ich den Druck um seine Kehle. Phoenix röchelt, er taumelt ein paar Schritte zur Seite. Wir stoßen erst gegen den Schreibtisch, dann gegen das Bett.

»Lass ... mich ... los«, presst er hervor und donnert mich rückwärts gegen die geschlossene Tür. Ich schreie auf, verliere etwas von meiner Körperspannung. Mein Unterarm an seiner Kehle lockert sich. Die Hand, mit der ich die Spritze erreichen will, greift ins Leere. Erneut stößt Phoenix mich mit voller Wucht gegen die Tür. Tränen schießen mir in die Augen. Als ich diesmal nach Luft schnappe, schüttelt er mich ab. Sein Atem geht schwer, er wirkt erschöpft. Die Spritze in seiner Hand zittert leicht, aber er ist einen Kopf größer und mindestens zehn Kilo schwerer als ich.

»So hätte es nicht enden müssen«, stößt er hervor.

Ich richte mich auf. Mein Blick schießt zu der milchigen Flüssigkeit im Inneren der Spritze. Wenn er mir das Zeug injiziert, haben wir verloren. Cajus ist bewusstlos, Laetitia noch immer gefesselt. Aus dem Augenwinkel sehe ich, wie sie hektisch versucht, mit der Nagelschere ihre Fesseln zu durchtrennen, aber der Winkel passt nicht. Sie kann die Schere nicht richtig ansetzen, sie rutscht ihr immer wieder aus der Hand.

»Ich habe sie nie geliebt«, sagt Phoenix, während er sich auf mich zubewegt. »Mit dir war das anders. Aus uns hätte etwas werden können, Harper. Etwas Echtes. Aber du hast dich bei der ersten Gelegenheit diesem Arsch an den Hals geworfen.« Er stößt die Nadel in meine Richtung. Hektisch ducke ich mich weg. Mein Ziel ist es, den Schwung zu nutzen, um ihm die Beine wegzutreten, doch Phoenix springt im letzten Augenblick zurück. Ich versuche, auf die Füße zu kommen, aber mein Körper reagiert nicht so, wie ich es gewohnt bin. Die Nachwirkungen der Betäubung sind noch immer spürbar. Ich gleite auf dem Holzboden aus, verliere eine wertvolle halbe Sekunde. Phoenix schwenkt mit der Spritze zu mir herum. Er ragt über mir auf, in seinem Gesicht ist nichts mehr von den Gefühlen zu erkennen, die er angeblich für mich empfunden hat. Nur Eifersucht und das Verlangen, es mir heimzuzahlen.

Mit einem tiefen Atemzug ziehe ich beide Beine an und ramme sie mit meiner ganzen Kraft gegen seine Kniescheiben. Keuchend knickt Phoenix ein. Ich nutze den Moment, um in die Höhe zu kommen und mich auf ihn zu stürzen. Ich bin nicht so schnell, wie ich es gerne hätte, trotzdem gelingt es mir, ihn an seinem Shirt zu packen, mein Bein zwischen seine zu zwängen, mich mit ihm herumzudrehen und ihn über meine Schulter zu werfen. Gemeinsam knallen wir zu Boden. Mit der Hüfte lande ich schwer auf seinem Bauch, die Spritze fällt ihm aus der Hand und rollt über das Parkett. Als ich ihr nachhechten will, schlingt Phoenix keuchend beide Hände um meinen Oberkörper. Sein Griff ist erbarmungslos, seine Muskelkraft mir weit überlegen.

»Du hast dich für die falsche Seite entschieden, Harper«, stößt er hervor.

Mein Kopf knallt gegen die Bettkante neben uns. Der Schmerz kommt schnell und unerwartet. Er zuckt wie ein Peitschenhieb durch meine Schläfe, explodiert hinter meiner Stirn und jagt von dort durch meinen ganzen Kopf. Erneut schießen mir Tränen in die Augen. Ich kann kaum etwas sehen, als Phoenix mich brutal an den Haaren zurückreißt und von sich hinunterstößt.

»Lass sie in Ruhe!«, schreit Laetitia.

»Ich lasse euch gleich alle schlafen, keine Sorge«, erwidert Phoenix. Er rappelt sich auf, während ich mich stöhnend auf dem Boden winde. Mein Kopf tut höllisch weh.

»Das war's jetzt, Harper«, faucht Phoenix. Er macht einen unsicheren Schritt auf die Spritze zu, die ungefähr zwei Meter neben der Tür auf dem Boden liegt. Ich versuche, nach seinen Beinen zu greifen, doch er weicht zur Seite aus und bückt sich. Verschwommen sehe ich, wie sich seine Finger um die Spritze schließen. Ebenso verschwommen geht hinter ihm plötzlich die Tür auf. Der Umriss eines bulligen Kerls taucht auf. Angst zuckt durch mich hindurch. Vielleicht ist das einer der Rebellen, die Phoenix vorhin erwähnt hat – entschlossen genug, die Drecksarbeit für ihn zu übernehmen.

Trotz meiner heftigen Kopfschmerzen versuche ich, auf die Knie zu kommen. Der bullige Mann tritt lautlos ins Zimmer, Phoenix hat ihn noch nicht bemerkt. Irgendetwas an seinen Umrissen kommt mir bekannt vor. Er hat einen Baseballschläger in der Hand. Langsam werden die Konturen deutlicher, die Tränen versickern.

Es ist nicht nur Scotts Baseballschläger, es *ist* Scott.

Mit einer kraftvollen Bewegung hebt er den Schläger und lässt ihn von hinten auf Phoenix' Kopf knallen. Ein dumpfes Geräusch ertönt. Lautlos bricht Phoenix zusammen, die Spritze entgleitet ihm wieder.

»Oh, Gott, Harper! Geht's dir gut?« Scott lässt den Baseballschläger auf den Boden fallen und kommt zu mir. Bei der ersten sanften Berührung seiner Hände breche ich in Tränen aus. Schluchzend schlinge ich die Arme um seinen Hals und ziehe ihn an mich. Er hält mich ein paar Sekunden lang fest, bevor er mir einen Kuss auf die Stirn gibt und aufsteht, um Laetitia zu befreien.

»Das war Rettung in letzter Sekunde«, stößt sie zitternd hervor.

Ich komme schwerfällig auf die Beine und taumele zu Cajus, der immer noch bewusstlos auf dem Boden liegt. Hastig beuge ich mich über ihn und löse seine Fesseln. Als ich mit den Fingerspitzen sanft über seine Stirn streiche, schlägt er stöhnend die Augen auf.

»Harper?«

»Es ist alles gut«, flüstere ich und lege zärtlich meine Hand auf seine Wange. »Es ist alles gut.«

Cajus' grüne Augen heften sich besorgt an mein Gesicht. »Wo ist er?« Mühsam setzt er sich auf, dabei fällt sein Blick auf Scott und Laetitia. Sie trägt keine Fesseln mehr und krabbelt gerade zum Ende des Bettes, um die Spritze zu holen.

»Phoenix ist bewusstlos. Scott hat ihn niedergeschlagen.«

»Scott?«

Obwohl mir alles wehtut, muss ich bei der Ungläubigkeit in Cajus' Stimme schmunzeln.

»Ja, ich«, sagt Scott und richtet sich neben dem Bett auf. Obwohl sein Hemd zerknittert ist und er von einer Party kommt, bei der sicher auch Alkohol geflossen ist, hat er die Haltung eines Helden.

»Echt jetzt? *Du* hast uns gerettet?«

»Ganz genau. Das hättest du einem Hobbit nicht zugetraut, was?« Aus Scotts Worten ist ein gewisser Restalkohol herauszuhören. »Aber selbst Hobbits sind zu Großem fähig.«

»Fuck, offenbar.« Cajus will aufstehen, doch ich lege eine Hand auf seine Brust.

»Hey, du wurdest unter Drogen gesetzt und bewusstlos geschlagen. Lass es ein bisschen ruhiger angehen, okay?«

»Außerdem hätte ich vielleicht ein *Danke* verdient«, bemerkt Scott in seine Richtung.

Cajus schnaubt. »Sicher, dass es nicht doch jemand anders war?«

»Ach, halt die Klappe«, sagt Scott.

Cajus lächelt beinahe.

»Was machen wir jetzt mit dem Arsch?«, fragt Laetitia. Sie ist aufgestanden und starrt Phoenix an, der nach wie vor reglos auf dem Boden liegt. Dabei spielt sie mit der Spritze in ihrer Hand.

»Fesselt ihn, damit er keine Dummheiten macht«, sagt Cajus entschieden und steht mit meiner Hilfe langsam auf. »Ich rufe in der Zwischenzeit die Polizei.«

»Sie sollen auch einen Krankenwagen schicken. Ihr müsst euch unbedingt durchchecken lassen«, wirft Scott ein und hebt den Baseballschläger auf.

Laetitia nickt.

Cajus zieht sein Handy aus der Gesäßtasche seiner Jeans und wählt den Notruf. Während das Freizeichen erklingt, zieht er mich an sich. Seine Hand legt sich sanft auf meinen Rücken. Ich schließe meine Arme um ihn und lege meinen Kopf auf seine Brust. Sein gleichmäßiger Herzschlag ist beruhigend und wieder so verlässlich wie der zwölfte Glockenschlag in Noctaris.

Eine Woche später

»Ihr seht bescheuert aus.« Scott drängt sich durch eine Gruppe grölender Studenten zu uns und stellt die beiden Bierflaschen auf den zerkratzten Tisch, eine dunkle Haarlocke fällt ihm in die Stirn. Sein kariertes Hemd ist hochgekrempelt, die Jeans zerrissen. Es fehlt nicht viel, dann kann er mit dem Typen auf der Bühne tauschen, der in seinem Country-Outfit gerade eine beschwingte Version von Tom Rosenthals *Dabilo* von sich gibt. Eigentlich mag ich den Song, ebenso wie Scotts Gesichtsausdruck, als er Laetitia und Cajus mit ihren schwarzen Kappen mustert, mit denen sie nicht auffallen wollen, und es eben doch tun.

»Für eine Clownsnase hat's wohl nicht mehr gereicht?«, fragt Scott abfällig. Er zieht den Stuhl zurück und setzt sich an den freien Platz gegenüber von Cajus, direkt an die unverputzte Backsteinwand, die sich längs durch die Studentenkneipe zieht. Gedämpfte Beleuchtung, schweres Holz, an der Bar Regale voller Flaschen. Die ersten Betrunkenen verdrücken sich knutschend in eine dunkle Ecke. Scotts Lieblingslokal.

Laetitia schlägt die langen Beine übereinander. »Fordere mich nicht heraus. Für Verkleidungen bin ich immer zu haben.«

»Und ich dafür, dir eine zu verpassen.« Cajus' Arm liegt über meiner Stuhllehne, mein Kopf an seiner Schulter. »Du hast doch darauf bestanden, in diese versiffte Studentenkneipe zu gehen.« Seine Stimme dröhnt über das Spielen der Band, das allgemeine Stimmengewirr und unsere Herzschläge hinweg. Es ist schön, sich abends in einer Bar zu treffen und so zu tun, als wären wir wie die anderen, auch wenn niemand wirklich wie der andere ist.

Scott nippt an seiner Bierflasche. »Wenn du Teil unseres Lebens sein willst, musst du da durch.«

»Keiner will Teil deines Lebens sein, Hobbit.« Grinsend schnappt sich Cajus eine Bierflasche.

Scott hebt auffordernd die Augenbrauen. »Ich kann vielleicht nicht nach Noctaris, aber unterschätze nicht den Einfluss, den ich auf Harper habe. Gib mir drei Tage und sie hat dich vergessen.«

»Drei Tage? Gib mir zwei und sie zieht aus der verfluchten Hobbithöhle aus.« Cajus und Scott starren sich an, im Hintergrund erklärt der Sänger, dass er eine kurze Pause macht. Die Musik kommt wieder aus der Anlage hinter der Bar.

»Hey, keiner kauft euch das mehr ab«, mische ich mich ein. »Euer ganzes Theater wirkt langsam unrealistisch.«

Laetitia nickt. »Total überzogen.«

»Das hier zwischen euch ist ja fast schon ein verkehrtes Liebesbekenntnis.« Ich deute mit der Hand zwischen Scott und Cajus hin und her und genieße den gemeinsamen Ärger.

»Schwachsinn. Es gibt kein *das hier* zwischen Conterville und mir.«

»Hat euch vielleicht jemand was in die Drinks gemischt?« Ungerührt lässt Cajus einen Bierdeckel unter seinem Zeigefinger kreisen.

Laetitia zieht eines dieser schreiend bunten Klatschmagazine aus ihrer Tasche »Im Gegenteil. Ihr seid wohl nicht auf dem Laufenden. Habt ihr es denn noch nicht gelesen? Es wird gemunkelt, dass Cajus die Sache mit der Kolumbianerin nur vorgetäuscht hat, um die Beziehung zu seinem schwedischen Freund zu verheimlichen. Angeblich wollen die beiden bald in Stockholm heiraten.« Sie hebt die Illustrierte hoch und zeigt auf ein Foto von Cajus, auf dem er gerade abends ein Lokal verlässt. *Cajus Conterville – Prügelei mit dem Hochzeitsplaner!* steht in dicken, pinken Lettern darüber.

Cajus nimmt einen Schluck aus seiner Bierflasche. Phoenix' Prügelattacke sieht man ihm immer noch an, ein Bluterguss neben der Nase, eine tiefe Schramme über der Augenbraue. Seine Mundwinkel zucken amüsiert. »Schwedisch sieht der Hobbit doch gar nicht aus.«

»Klappe, Arschloch.«

»Ich verstehe deinen Frust, aber ich bin leider schon vergeben.« Cajus zieht mich näher zu sich, mein Herzscheinwerfer geht an.

»Wir sind auch noch hier«, meldet sich Laetitia zu Wort.

Cajus ignoriert sie. Er wirft mir einen dieser Blicke zu, der nur zwei Menschen gehört.

»Das ist denen egal«, motzt Scott.

»Nehmt euch ein Zimmer!«

Wir lösen uns voneinander.

Scott nickt. »Am besten getrennte Zimmer. Ich meine, Nacht für Nacht im selben Bett. Du musst es doch schon lange allein nach Noctaris schaffen, Harper. Du brauchst den Typen doch gar nicht mehr.«

Laetitias rot geschminkte Lippen lächeln breit. »Das ist keine Frage des *Brauchens*, sondern des *Wollens*. Wusstet ihr, dass Cajus, seit er klein war, neben niemandem so richtig gut einschlafen konnte? Harper ist die totale Ausnahme.«

Ein Bierdeckel fliegt in Laetitias Richtung. Scott fängt ihn mit einer Hand geschickt auf. »Wie süß«, erklärt er gedehnt. »Kann der kleine Conterville nicht gut einschlafen?«

Cajus' dunkelgrüne Augen verengen sich. »Willst du für immer einschlafen, Hobbit?«

Laetitia fasst sich gerührt an die Brust. »Sie tun es schon wieder.«

»Echt entzückend. Wenn wir gehen, verziehen sie sich wahrscheinlich in eine der Ecken.« Ich deute auf eine kleine Blondine und einen Typen mit Augenbrauenpiercing, die gerade in einer Nische links neben der Bar wild rumknutschen.

Laetitia richtet lachend ihre Kappe. Bis jetzt hat niemand die Contervilles erkannt. Keine ausgestreckten Finger, die in unsere Richtung zeigen, keine blitzenden Handykameras, kein Getuschel.

»Ist es blöd für euch, hier zu sein?«

Cajus nickt. »Yep.«

»Blödsinn«, hält seine Schwester dagegen und nippt an ihrem Glas, dessen Schriftzug schon vollkommen verblichen ist. »Ich finde es schön, mal in so einer Kneipe abzuhängen. Es ist so entspannt, und genau das brauche ich nach allem, was in letzter Zeit so los war.« Sie macht eine kurze Pause. »Phoenix hat jetzt übrigens auch ganz viel Zeit, sich zu entspannen.«

»In seiner Gefängniszelle?«, fragt Scott.

»In seinen Gefängniszellen«, korrigiert Cajus. »Er hat Anrecht auf freie Kost und Logis – in beiden Welten.«

Würde ich nicht jede Nacht mit Cajus in Noctaris verbringen, hätte ich garantiert Albträume. Noch jetzt fühle ich das Loch im Bauch, wenn ich daran denke, wie knapp alles war. Wir sind haarscharf an einer Katastrophe nach der anderen voreigeschlittert. Die Messerattacke, der Kampf am Seerosenteich, Phoenix' Überfall in der WG. Immerhin wurde die Anklage gegen mich fallen gelassen. Phoenix hat sein Koma-Gefängnis gegen ein richtiges getauscht, er sitzt jetzt hinter Gittern. Und die Contervilles sorgen mit ihren Beziehungen und Anwälten dafür, dass er dort hoffentlich recht lange bleibt.

Seit einer Woche arbeite ich wieder im Schuhladen. Das Leben bewegt sich langsam wieder in Richtung Normalität. Aber was ist schon normal?

Natürlich musste ich Molly alles über mein Projekt mit Cajus erzählen. Ich mochte meine Lügen nicht, doch die Wahrheit ist noch schwieriger auszusprechen.

Meine Tage sind dabei, sich an meine Nächte zu gewöhnen. Ich achte darauf, kein Doppelleben zu führen, nicht das eine vom anderen zu trennen. Das Leben ist sowieso schon verrückt genug.

»Ihr habt spezielle Gefängnisse in Noctaris? Ich dachte, ihr werft sie alle in den Nebel?«, will Scott in dem Moment wissen.

»Nicht alle«, bemerkt Laetitia leichthin. »Noctaris verfügt über magische Gefängnisse, in denen sich auch schon ein paar Rebellen befinden, wenn auch noch zu wenige. Dieser Lazar zum Beispiel ist wie vom Erdboden verschluckt. Mom und Dad erhoffen sich aber, von Phoenix Informationen über den Geheimbund der Inkubi zu erhalten.«

»Ich dachte, den gibt es nicht mehr«, sage ich.

»Den Bund vielleicht nicht mehr, dafür aber die Zugänge, geheimes Wissen und so weiter – mal sehen, ob Phoenix kooperiert und etwas preisgibt. Außerdem macht das Gerücht die Runde, dass Phoenix' Vater Hilfe aus einer anderen Stadt hatte.«

Scott runzelt die Stirn. »Aus einer anderen Stadt? Du meinst, die gibt es wirklich?«

»Laetitia, lass gut sein«, ermahnt Cajus seine Schwester.

»Du wirst schon sehen, dass ich recht habe. Und dann erwarte ich eine riesengroße Entschuldigung von dir. Du kannst eigentlich jetzt schon damit anfangen. Ich habe nichts mehr zu trinken.« Laetitia deutet auf ihr leeres Glas.

»Auf die Entschuldigung kannst du lange warten.«

»Ich hol dir was«, bietet Scott an und ignoriert Cajus' Blick. »Was möchtest du denn?«

Scott lächelt, Laetitia lächelt auch. »Was bist du doch nur für ein Gentleman.«

»Schleimer ist das Wort, nach dem du eigentlich gesucht hast«, erklärt Cajus trocken.

»Arschloch ist das Wort, das man bei dir nicht suchen muss«, gibt Scott gelassen zurück und verschwindet dann mit Laetitia in Richtung Bar. Er scheint sie echt zu mögen.

»Jetzt könnten wir problemlos abhauen.« Mit den Fingerspitzen fährt Cajus sanft über meinen Handrücken. Seine Berührung ist aufregend und vertraut, beides gleichzeitig.

Ich richte mich auf. »Lass uns lieber bleiben. Vielleicht wird der Abend noch unverhofft lustig für dich.«

»Unverhofft lustig?« Cajus beugt sich langsam zu mir, sein Atem streift verführerisch über meine Haut. »Die unverhofften Dinge sind oftmals die schönsten. Und das mit dir war absolut nicht geplant, Bennet.«

»Wem sagst du das, Conterville.«

Er mustert mich mit diesem Blick, an den ich mich hoffentlich nie gewöhne.

Und dann küsst er mich. Ich lasse mich fallen, versinke in seinen Lippen. Unsere Umgebung rückt in den Hintergrund, mein ganzer Körper wird warm und mein Kopf angenehm leer. Nur das Pochen meines Herzens ist noch zu hören.

Bis ganz plötzlich Phoenix' Stimme aus dem dumpfen Klopfen hervordringt.

Harper.

Es ist noch nicht vorbei.

Danksagung

Es ist ein Traum, und doch ist es keiner.

Die Grenzen zwischen Realität und Magie sind während des Schreibens von *12* ständig verschwommen. Mit seinen schimmernden Brücken und dunklen Geheimnissen wurde Noctaris in den letzten Monaten Teil unseres Lebens, genauso wie Harper und Cajus. Die beiden waren ständig in unseren Köpfen!

Dieses Buch ist etwas ganz Besonderes für uns. Wir bedanken uns bei all jenen, die uns in den letzten Monaten auf dieser magischen Reise begleitet haben.

Iris, Kathrin, Johanna, Heike und Steffi: Was für eine Frauenpower! Ein großes Dankeschön geht hier vor allem an Anna für das wunderschöne Cover, in das wir uns auf den ersten Blick verliebt haben, sowie an die Herstellerin Daniela Stamm. Und natürlich an Tobias, der von Beginn an an dieses Projekt geglaubt hat – sowie an das gesamte Verkäuferteam, das uns an der Front unterstützt. Vielen Dank auch an unsere Lektorin Franziska, die *12* noch schneller gemacht hat, und an Leonie, unsere Agentin, die stets an unserer Seite steht.

Danken möchten wir natürlich auch unseren Testlesern, die wieder einmal als Geburtshelfer unterwegs waren und das Unmögliche möglich gemacht haben. Bücher lesen ist eure Superkraft, keiner liest so schnell wie ihr. Ihr seid echt die Besten!

Bei all jenen, die das Buch gerade eben zum ersten Mal gelesen haben, entschuldigen wir uns. Ja, das Ende ist etwas fies. Und ja, wir lieben Cliffhanger. Ist irgendwie in unserer Genetik verankert, genauso wie die Faszination fürs Träumen. Wir alle sollten unsere Träume leben, und das am besten gleich heute! Genau wie Harper und Cajus, die in Band 2 von *12* vor neue Herausforderungen gestellt werden. Wer wissen möchte, wie es mit den beiden weitergeht, kann auf den nächsten Seiten schon die ersten Kapitel von Band 2 lesen – oder sich gerne unter *www.rosesnow.de* für unseren Buch-Newsletter anmelden, in dem wir auch ein paar Hintergrundinfos verraten. Und für die ganz Neugierigen gibt es auf den nächsten Seiten eine Leseprobe aus Band 2, der schon Mitte 2020 erscheint.

Bis dahin: Träumt schön!

Die magische Romantasy-Reihe um Harper und Cajus geht weiter!

Band 2 erscheint im Sommer 2020 bei Ravensburger.

Ravensburger

LESEPROBE

Bitte umblättern

LESEPROBE

Aus Rose Snow
12 – Das zweite Buch der Mitternacht
ISBN 978-3-473-40193-2

Kapitel 1

Die Nacht ist sternenklar. Der Duft des Geheimnisvollen dringt aus den dunklen Gassen, glänzt in den blauen Lichtern der alten Straßenlaternen, pulsiert selbst unter der Erde. Liegt in der Luft wie ein betörendes Parfüm. Ich atme tief ein, lasse mich einfangen von der verlockenden Einzigartigkeit der Stadt. Obwohl ich Noctaris schon unzählige Male besucht habe, bin ich immer wieder aufs Neue eingenommen von dem Ort, der nur in unseren Träumen existiert.

»Wohin gehen wir?«, frage ich Cajus. Wir haben ein Viertel betreten, das ich nicht kenne und wahrscheinlich auch gar nicht kennenlernen möchte. Die schmalen Häuserfronten sind schmutzig, die Fenster größtenteils eingeschlagen. Dreck liegt überall auf der Straße. Zerbrochenes Glas, zerrissenes Zeitungspapier und löchrige Stofffetzen aus umgeworfenen Mülltonnen sind mit einer irritierenden Selbstverständlichkeit über die Pflastersteine verstreut, als müsste es hier so sein.

»Das wirst du schon noch sehen.« Cajus' tiefe Stimme hallt durch die verlassene Gasse. Ihr Klang wird begleitet von unseren Schatten, die sich auf den heruntergekommenen Fassaden abzeichnen.

»Ich würde es aber lieber jetzt gleich wissen.«

Er wirft mir einen amüsierten Seitenblick zu. »Sei nicht so neugierig, Bennet.«

»Sei du nicht so zurückhaltend, Conterville. Lass es bloß nicht wieder zur Angewohnheit werden, mir meine Fragen nicht zu beantworten.«

Cajus bleibt auf dem engen Bürgersteig stehen. Der Wind fährt durch seinen dunklen Mantel, der feste Stoff schlägt bedrohlich gegen seine Beine. Mit den schwarzen Haaren, die ihm bis zum Nacken reichen, den düsteren Klamotten und dem ernsten Blick könnte man an diesem Ort beinahe Angst vor ihm bekommen. *Könnte*. Würde man Cajus Conterville nicht besser kennen.

Er hebt beide Augenbrauen. »Wir sind doch alle Sklaven unserer Gewohnheiten.«

»Umso schöner wäre es, sie zu durchbrechen, findest du nicht?«, frage ich süß lächelnd. »Also wirf die Ketten ab und verrate mir einfach, wohin wir gehen.«

Cajus tippt mir auf die Nasenspitze. »Netter Versuch.«

»Ich könnte dich auch anders überreden.«

Ein Grinsen wandert über sein Gesicht. »Nur zu. Lass deine Argumente hören.« Sein herausfordernder Blick wird weicher, als ich mit den Fingerspitzen sanft über seinen Arm und den rauen Stoff seines Mantels streiche. Gleichzeitig sehe ich ihm so tief in die Augen, dass ich alles um uns herum vergesse. Die Dunkelheit der Stadt, die schäbige Straße. Was bleibt, ist eine Farbe. *Smaragdgrün*. Bevor ich Cajus kannte, hatte ich keine Ahnung, wie verführerisch dieser Farbton sein kann. Er liegt irgendwo zwischen dunklen Wäldern und tiefen Bergseen, eine intensive Nuance. Es kostet mich verdammt viel Kraft, mich nicht vollends darin zu verlieren. Dabei war es doch nie mein Ziel gewesen, eine von diesen kopflosen Verliebten zu werden, im Gegenteil. Scott und ich haben sie immer bemitleidet, wenn sie händchenhaltend durch die Schulflure marschiert sind, sich Herzchen auf die Federtaschen gemalt oder im Unterricht angeschmachtet haben. Jetzt bin ich selbst zu einer von ihnen mutiert, still und heimlich. Aber so ist das nun mal. Irgendwann bist du genau das, was du eigentlich nie sein wolltest. Und findest es auch noch wunderschön.

Mein Gehirn kann es trotzdem noch nicht ganz fassen, dabei hatte es doch genügend Zeit, sich an den Gedanken zu gewöhnen. Cajus und ich. Seit einigen Wochen existiert da dieses *und* zwischen uns. Drei winzige Buchstaben, die mich enorm glücklich machen.

Cajus sieht mich abwartend an, dann räuspert er sich. »Das ist alles? Ich hatte auf durchschlagendere Argumente gehofft.«

»Du musst etwas Geduld haben.«

»Geduld ist nicht meine Stärke, Bennet.«

»Eben«, erkläre ich und stelle mich auf die Zehenspitzen. Eine Hand lege ich auf seine Brust, hinter der sein Herz kraftvoll und gleichmäßig schlägt. Mit der anderen fahre ich zärtlich über seine Wange, bewege mich dabei in Zeitlupe auf ihn zu, Millimeter für

Millimeter. Die Luft knistert förmlich zwischen uns, Cajus spürt es auch. Sein Herzschlag unter meinen Fingerspitzen wird schneller. Auch sein Atem beschleunigt sich, selbst wenn er versucht, sich davon nichts anmerken zu lassen. Doch inzwischen kenne ich ihn so gut, dass ich mir meiner Wirkung auf ihn bewusst bin. Meine Lippen nähern sich seinen, Stück für Stück, bis sie fast nichts mehr voneinander trennt. Sein Körper ist meinem so nah, dass ich seine Wärme auf meiner Haut spüre. Der Ausdruck in Cajus' Augen wird verlangender, trotzdem kommt er mir nicht entgegen. Stattdessen wartet er. Wartet darauf, dass ich den letzten Abstand zwischen uns aufhebe.

Doch ich lasse die Schultern sinken und stelle meine Fersen wieder auf den Boden. Heute hat mich Noctaris in flache Stiefeletten und ein knielanges dunkelblaues Kleid mit Rüschenbesatz gekleidet, dessen schmetterlingsförmiges Oberteil mit schwarzen Tüllärmeln versehen ist.

»Vielleicht hast du recht. Vielleicht sollte ich doch lernen, meine Neugierde im Zaum zu halten. Mehr Kontrolle ist bestimmt nicht schlecht«, bemerke ich leichthin und ernte dafür einen äußerst unzufriedenen Blick.

»Du Biest.«

Cajus greift nach meiner Hand und zieht mich mit einer schnellen Bewegung zu sich heran. »Du spielst mit mir«, haucht er in mein Ohr. »Lass *das* bloß nicht zur Gewohnheit werden.« Seine Finger wandern zart über mein Schlüsselbein und von dort immer tiefer. Es ist nun ein paar Wochen her, seit wir Phoenix besiegt und die Lumoire zurückgebracht haben, und in diesen Wochen hat

Cajus jede Stelle meines Körpers erkundet, als wäre ich geheimnisvolles Neuland. Er weiß genau, welche Knöpfe er drücken muss.

Auch wenn mein Herz nach seinen Berührungen schreit, löse ich mich von ihm. »Sind wir nicht alle Sklaven unserer Gewohnheiten?«, necke ich ihn und kneife die Augen zusammen. »Apropos: Wohin gehen wir denn nun?«

Cajus schüttelt lächelnd den Kopf, atmet tief ein und marschiert weiter. »Du schuldest mir einen Kuss, Bennet«, ruft er mir über die Schulter zu.

»Nix da. Du schuldest mir eine Erklärung, was wir hier machen.«

Er schnaubt belustigt und schiebt im Gehen die Hände in die Hosentaschen. »Dann sind wir jetzt wohl beide frustriert.«

In dem Moment scheppert es so laut, dass ich zusammenzucke. Es hört sich an, als würde Metall auf den Boden krachen. Cajus' Aufmerksamkeit strebt sofort zu der dunklen Seitengasse, aus der das Geräusch kam. Mit schnellen Schritten steuert er darauf zu. Meine Neugierde ist zu groß, um ihm nicht in die kleine Sackgasse zu folgen. Das spärliche Licht einer Straßenlaterne gibt den unscharfen Blick auf eine schmale Gestalt frei, die über zwei Mülltonnen gebeugt damit beschäftigt ist, in den Abfällen herumzuwühlen.

Cajus verschränkt die Hände hinter seinem Rücken. »Muriel.«

Eine Dose fällt polternd zu Boden. Die Frau hält in ihrer Suche inne, strafft die Schultern und atmet geräuschvoll aus. »Cajus Conterville. Ich würde sagen, *was verschafft mir die Ehre*, aber das wäre eine glatte Lüge. Und lügen soll man nicht, das Leben ist schon unehrlich genug.« Die schmächtige Dame mit den zerzausten silbernen Haaren dreht sich zu uns um. Ihr schwarzes spitzenbesetztes Kleid und der lange Unterrock sind genauso dreckig wie der Rest von ihr. Mit dem Handrücken wischt sie sich über die verschwitzte Stirn, die Haut darunter erinnert an zerknittertes Papier. Ihre dunklen Augen verengen sich und beginnen unheilvoll zu glimmen. »Was willst du?«

»Du weißt genau, was ich will«, erklärt Cajus.

Muriel rümpft die spitze Nase. »Mein Keller bleibt verschlossen.«

»Aber doch nicht für jeden.«

»Stimmt. Für mich nicht. Aber für andere. Es sind *meine* Schätze.«

»Du solltest lernen, sie zu teilen.«

»Pah! Teilen. Du bist ein Conterville, was weißt du schon von teilen? Du kannst sie dir doch in der wachen Welt ansehen und dir ein paar davon kaufen, Geld hast du ja zum Schweine füttern. Steig einfach in einen deiner schicken Privatjets und ärgere jemand anderen.« Ihr Blick wandert zu mir, die Nasenflügel zucken vor Erheiterung. »Moment. Es geht um sie. Du willst sie beeindrucken. Cajus Conterville will doch tatsächlich ein Mädchen beeindrucken, wer hätte das gedacht! Im Herzen sind doch alle gleich, egal ob reicher Sack oder armer Schlucker.« Muriel beginnt zu lachen. Es klingt kindlich hell und passt überhaupt nicht zu der alten Frau mit den eingefallenen Wangen.

»Ich habe dir etwas mitgebracht«, erwidert Cajus ungerührt. Er greift in seine Manteltasche und zieht einen Umschlag daraus hervor.

Sofort hört Muriel mit ihrem Gelächter auf. Ihre Augen fixieren das schwarze Kuvert, der Blick wird gierig. Mit einem Mal scheint sich ihr faltiges Gesicht zu glätten, als würde der bloße Anblick sie jünger machen. »Was ist das?«

»Nur eine Skizze.«

Muriels Atem geht stoßweise. »Wovon?«, presst sie hervor.

Cajus legt den Kopf leicht schräg. »Haben wir einen Deal, Muriel?«

Unsicherheit flackert in ihrem Gesicht auf. Es gefällt ihr nicht, von Cajus in diese Situation gebracht zu werden, aber das Begehren ist zu groß. »Es könnte wertlos sein«, sagt sie argwöhnisch.

»So dumm wäre ich nicht. Du würdest mich schließlich nie wieder in deinen Keller lassen.«

Muriel nickt abwesend. Ihre Augen sind noch immer auf den dunklen Umschlag gerichtet. »Gut. Aber ihr könnt nicht ewig bleiben.«

»Das ist mir klar.«

»Was soll das heißen?«, will ich wissen. Ich habe mich lange genug zurückgehalten und brauche endlich ein paar Informationen. »Von welchem Keller sprecht ihr?«

»Das wirst du schon sehen«, antwortet die Alte und kommt auf uns zu, um sich das Kuvert zu schnappen. Mit unglaublichem Fingerspitzengefühl öffnet sie es und zieht vorsichtig ein altes Stück Papier heraus. Ich kann nicht erkennen, worum es sich handelt, aber Muriels Reaktion macht deutlich, dass sie mit dem Deal zufrieden ist.

»Ein da Vinci«, haucht sie ehrfürchtig.

Ich bin verwirrt.

»Die Skizze eines Gleitsegels. Du bist ein Schatz, Contervile, so etwas fehlte mir noch.« Unvermittelt drückt sie Cajus einen Kuss auf die Wange.

»Ein Schatz, der gerne deine Schätze sehen würde«, erwidert er ruhig.

»Schon gut, schon gut«, motzt sie. Die spontane Herzlichkeit ist sofort verpufft. »Hetz mich bloß nicht. Du weißt, dass ich das nicht leiden kann. Die Zeit ist ein kostbares Gut, aber jeder tritt sie mit Füßen. Die Menschen stressen sich durch sie hindurch, getrieben und unachtsam. Sie vergessen, dass jede Minute kostbar ist. Schließlich haben wir nicht unendlich viel Zeit. Jeder Moment ist auf seine Art schätzenswert und nicht wiederholbar, denk daran. Denk immer daran.« Voller Sorgfalt schiebt sie die Zeichnung zurück in den Umschlag. Dann nickt sie mir zu. »Ich hoffe, du weißt seine Geste zu schätzen, Kleines.«

»Ich könnte sie besser schätzen, wenn ich wüsste, was das für ein Keller ist. Und ist das da wirklich von Leonardo da Vinci? Wie kommt denn eine seiner Skizzen nach Noctaris?« Mit seinem Einfallsreichtum und seiner enormen Kreativität ist es nicht verwunderlich, dass da Vinci ein Begabter war, aber ich hätte nicht erwartet, hier auf eine seiner Hinterlassenschaften zu stoßen.

Muriel schnaubt. »Natürlich arbeiten wahre Künstler nicht nur in der wachen Welt. Wenn die Inspiration sie packt, können sie nicht warten, denn die Ungeduld pocht in ihren Herzen. Sie müssen sofort Pinsel, Spachtel oder Bleistift zur Hand nehmen. Egal, wo sie sind. Ort und Zeit werden bedeutungslos.« Sie macht eine kurze Pause. »Meinen Keller musst du mit eigenen Augen sehen, dafür reichen Worte nicht aus. Worte sind beschränkt, und es gibt trotzdem viel zu viele davon. Wahrscheinlich benutzen die Leute sie deshalb so verschwenderisch. Manchmal wünschte ich, sie würden ihnen einfach ausgehen. Was für eine hervorragende Vorstellung. Aber nun kommt.« Sie nickt Cajus zu. »Du willst doch endlich Eindruck auf dein neugieriges Mädchen machen.«

Kapitel 2

Drei Straßen weiter führt uns Muriel zu einem alten Wohnhaus, von dessen Fassade der Putz bröckelt. Weder die vergitterten Fenster noch das dunkelgraue Türblatt mit dem abgesplitterten Holz sehen einladend aus. Konzentriert zieht die alte Frau eine silberne Kette aus ihrem spitzenbesetzten Ausschnitt, an der ein geschwungener Schlüssel baumelt, und sperrt damit die Tür auf. Dahinter liegt ein gewundener Treppenaufgang.

»Ich dachte, wir gehen in einen Keller«, sage ich irritiert.

»Worte. Es sind doch bloß Worte«, schnauft Muriel und erklimmt die erste Stufe der steilen grauen Wendeltreppe mit dem abgebrochenen Sprossengeländer. »Du kannst ihnen jede Bedeutung geben, die du willst. Ich wollte immer einen Keller, bin mit der Alternative aber auch zufrieden. Bloß die Stufen machen mir langsam zu schaffen.« Mit der Entschlossenheit eines Feldmarschalls schreitet sie nach oben.

Ich werfe Cajus einen skeptischen Blick zu.

»Es wird sich lohnen. Vertrau mir.«

»Wenn du meinst«, sage ich und folge der alten Frau fünf Etagen nach oben. Von außen sah das Haus gar nicht so hoch aus, aber ich habe schon längst akzeptiert, dass in Noctaris nichts so ist, wie es scheint. Die Stufen, die sich spiralförmig nach oben schrauben, werden mit jedem Schritt enger, sodass die Füße am Schluss kaum noch Platz finden. Glücklicherweise erreichen wir irgendwann das Ende der Treppe, die in einer weiteren Tür mündet. Muriel schließt sie ebenfalls auf. Dahinter liegt ein finsterer Raum, in dem man nicht einmal die eigene Hand vor den Augen erkennen kann.

»Dann bringen wir mal Licht ins Dunkel«, erklärt Muriel und legt einen Schalter um. Klackernd springt die Deckenbeleuchtung an, unzählige Spots über uns verschmelzen zu einem Meer aus Licht. Ich blinzele gebannt, denn meine Synapsen benötigen ein paar Sekunden, um nur ansatzweise zu verstehen, was ich da vor mir sehe. Noch nie in meinem Leben habe ich einen vergleichbaren Raum betreten. Der Anblick ist unbeschreiblich und kommt so unvermutet, dass mich die Gewalt der Kreativität überwältigt. Mein Herz traut meinen Augen nicht, wie könnte es auch. Es gibt zu viel zu entdecken. Denn bis auf eine Wand voller gerahmter Skizzen sind alle Mauern des länglichen Saals bemalt. Neben Monets idyllischen, meterlangen Seerosenbildern erkenne ich die zierlichen Balletttänzerinnen von Degas, häusliche Szenen von Vermeer, die Medici-Bilder von Rubens und christliche Motive mit goldenen Heiligenscheinen von Giotto. Es ist, als hätte man den Inhalt eines Museums auf diese Wände gepresst, als hätten die alten Künstler ihre Werke wie Graffitis nebeneinander verewigt.

»Sie ist sprachlos. Das ist gut. Spricht für sie«, erklärt Muriel.

Ich mache ein paar Schritte in Muriels Keller hinein. Augen und Herz können sich an den farbenprächtigen Wandbemalungen gar nicht sattsehen. »Aber wie …? Wie ist das möglich?«, flüstere ich. Mein Blick bleibt an der Abbildung einer Schlacht hängen. Sie zeigt ein Gewirr aus aggressiven Kämpfern auf Pferdeleibern, die mit Schwertern und Speeren aufeinander losgehen. Sehr wahrscheinlich der Zusammenstoß zwischen der Florentiner und Mailänder Armee im 15. Jahrhundert.

»Ist das … ist das das verschollene Gemälde von Leonardo da Vinci?«, hauche ich.

»Die Schlacht von Anghiari«, bestätigt Muriel mit einem breiten Grinsen. »Schuldig. Ich bin ein absoluter Leonardo-Fan, schließlich war er ein Genie.«

Cajus lächelt. »Muriel ist Sammlerin. Für eine neue Skizze würde sie wahrscheinlich ihren Großvater verkaufen.«

»Hätte ich noch einen.« Die alte Frau schürzt die Lippen. »Ich habe schon so manchen dreckigen Job erledigt, um an einen dieser Schätze zu kommen.«

»Muriel sammelt Werke, die Künstler in Noctaris geschaffen haben«, fährt Cajus fort. »Oftmals waren es Vorlagen für ihre Meisterwerke in der wachen Welt. Dort ist die Schlacht von Anghiari verschollen, in der träumenden Welt jedoch nicht.« Cajus tritt an die einzige Wand, die nicht von Malereien bedeckt ist. Stattdessen hängen unzählige gerahmte Skizzen so dicht nebeneinander, dass man die dahinterliegende Wand gar nicht mehr sehen kann. »Du siehst hier Entwürfe aller möglichen Künstler. Gauguin, Renoir, Velázquez, van Gogh – manche davon wurden nie verwirklicht, andere entsprechen genau den großartigen Werken, die wir kennen.«

Ich mustere die vielfältigen Vorlagen. Einige kann ich eindeutig entsprechenden Gemälden zuordnen, andere sind dagegen komplett neu für mich. »Diese Sammlung ist wirklich … beeindruckend.«

Muriel stellt sich neben mich. Ihr Blick ist genauso ehrfürchtig wie meiner, gleichzeitig aber auch liebevoll. »Danke. Hat mich auch einige Jahre gekostet, sie zusammenzusuchen.«

»Zusammenzusuchen?«, sagt Cajus spöttisch. »Ich habe dich vor Jahren festgenommen, weil du eine Skizze aus einer Bäckerei gestohlen hast.«

Muriel verschränkt die Arme vor der Brust. »Letztendlich habe ich sie bezahlt.«

»Nach meiner Aufforderung.«

»Aber du hast mich gehen lassen, weil du die Kunst ebenso verehrst wie ich, Conterville. Wir sind beide Sammler, nicht nur im Herzen.«

Ich drehe mich zu Muriel um. »Und deswegen durchsuchen Sie die Mülltonnen? Auf der Suche nach irgendwelchen Werken?«

»Sieh mich nicht so an, Kleines. Ich stöbere eben gerne. Du kannst dir nicht vorstellen, was ich in den Tonnen schon alles gefunden habe. Viele Leute haben nicht den blassesten Schimmer, was für Schätze sie wegschmeißen. Sie glauben, es sind billige Kopien, dabei sind sie der Ursprung für etwas, das kaum durch Menschenhand erschaffen werden kann.« Sie lächelt in den Raum hinein. »Erkennst du das Göttliche in den Bildern? Ich kann es spüren«, sagt sie. Ihre Augen beginnen zu schimmern. »Stundenlang kann ich die Werke betrachten und fühle mich dabei vollkommen frei, eingenommen von dem, was der Künstler uns mitteilen wollte.« Sie tritt an eine Skizze heran, auf der ein Mann an einem Schreibtisch eingeschlafen ist, umgeben von den unheimlichen Kreaturen seiner Fantasie. »Das hier zum Beispiel ist von Goya. *Der Schlaf der Vernunft gebiert Ungeheuer*. Ich bin mir ziemlich sicher, dass Goya einmal in den Nebel der ungezähmten Träume gestolpert ist und seither von dessen Dunkelheit verfolgt wurde. Was die Düsternis in seinen immer albtraumhafter wirkenden Bildern erklären würde. Aber nicht nur er hatte eine besondere Verbindung zu Noctaris.« Sie deutet auf die goldgerahmte Skizze daneben, ein Selbstporträt von van Gogh. »Van Gogh war wie besessen von dem Gedanken, für immer hierzubleiben.«

»In Noctaris?«, frage ich.

»Es gibt ein Gerücht, dass er es nach seinem Selbstmord geschafft hat, in der träumenden Welt zu überleben.«

»Schwachsinn«, erklärt Cajus. »Das ist unmöglich.«

Muriel schnaubt verächtlich. »Die Magie pulsiert hier an jeder Häuserecke, warum behauptest du also, es sei unmöglich? Du siehst es doch vor dir, kannst es spüren! Wir stehen gerade in Noctaris, atmen und leben hier – obwohl unsere Körper in der wachen Welt schlafen. Wir sind viel mehr als unsere menschliche Hülle. Lass deinen Geist aus seiner Zwangsjacke, Conterville.« Sie wendet sich mir zu und zeigt auf ein Bild, auf dem zwei Männer mit einer nackten Frau in einer Art Park skizziert sind. »Die Vorlage von Manets *Das Frühstück im Grünen*. Zwei vornehm gekleidete

Männer mit einer nackten Frau – eine Szene, die man sich gut in einem der Parks von Noctaris vorstellen könnte, nicht wahr? Sie würde einen hier weit weniger überraschen als in der wachen Welt, eine Frau zwischen zwei Männern gefangen.« Ihr Blick verklärt sich. »Ich kannte einmal eine Frau, die sich auch zwischen zwei Männern entscheiden musste. Bis heute glaube ich, dass sie die falsche Wahl getroffen hat …«

Wie von allein driften meine Gedanken zu Phoenix. Die Geräusche um mich herum werden dumpfer, mein Herzschlag beschleunigt sich. *Harper. Es ist noch nicht vorbei.*

Ich kann seine Stimme noch immer in meinem Kopf hören. Viel zu laut und viel zu präsent. Sie macht mir Angst, denn sie gehört da nicht hin. Genauso wie Phoenix nicht mehr in mein Leben gehört. Nach dem Überfall haben mir die Ärzte erklärt, dass so etwas vorkommen kann. Traumatische Erlebnisse können traumatische Reaktionen hervorrufen. Phoenix' Anschlag in meinem Schlafzimmer sitzt offenbar so tief, dass ich seinen Nachhall noch immer in mir spüren kann.

»Hey, Harper. Alles okay?«, fragt Cajus.

Ich nicke, will mir diesen Moment nicht von Phoenix zerstören lassen. Das hier gehört Cajus und mir, nicht ihm.

»Es ist nur so überwältigend«, sage ich ausweichend. Keine ganze Lüge.

»Also gefällt es dir?«

»Gefallen? Ich liebe es! Ich könnte das alles hier stundenlang betrachten«, erkläre ich und ignoriere die dunkle Stimme in meinem Kopf.

»Stundenlang? Na, na«, mischt Muriel sich ein, »wollen wir mal nicht übertreiben. Aber ein wenig Zeit lasse ich euch noch. Und Cajus, vergiss nicht, ihr die Dachterrasse zu zeigen.«

Cajus nimmt meine Hand. »Wie könnte ich das vergessen. Danke, Muriel.«

Die alte Frau hebt den Briefumschlag hoch. »Ich habe zu danken.«

»Lass uns nach draußen gehen.« Mit wenigen Schritten sind Cajus und ich bei einer unscheinbaren Tür mit Milchglaseinsatz, die ins Freie führt. Eigentlich will ich gar nicht weg, aber ich lasse mich von ihm mitziehen. Gemeinsam treten wir hinaus auf eine riesige Terrasse.

In der nächsten Sekunde betrete ich einen Rasen, spüre die kühle Nachtluft auf meinen Armen. Meine Augen weiten sich. Vor uns erstreckt sich ein wunderschöner, verwunschener Garten mit wucherndem Efeu, üppigen Rosensträuchern und Bäumen mit tief hängenden Ästen. Dicht belaubte Büsche schmiegen sich an knorrige Baumstämme und verwitterte Steinbänke, die von blau leuchtenden Lichterketten erhellt werden. Die Blätter der Pflanzen schimmern im Mondlicht. Solche Orte gibt es in Filmen oder in deiner Fantasie, aber im realen Leben begegnen sie dir kaum. Die Romantik der Renaissance hängt über allem wie der rankende Efeu, zwischen dem helle, antik anmutende Statuen hervorblitzen. Eine davon sticht sofort heraus.

»Ist das …« Es kann nicht wahr sein. »Ist das Michelangelos David?«

Cajus nickt. Er geht mit mir auf die kolossale Skulptur zu, die mindestens fünf Meter hoch sein muss. Bislang kenne ich nur Abbildungen der Marmorstatue, bei der der nackte David seine Steinschleuder über der linken Schulter trägt. Hier ist es die rechte Schulter. Die linke Hand ist angespannt und kampfbereit, genau wie der Ausdruck in seinem Gesicht. Davids Blick ist konzentriert in die Ferne gerichtet, seine Züge sind von einer entschlossenen Schönheit geprägt.

Ich mustere ihn von oben bis unten, erfasse jedes Detail. »Du hast Ähnlichkeit mit ihm, weißt du das?«

»Natürlich.« Cajus klingt nicht mal arrogant. »Und, bist du mit deiner kleinen Überraschung zufrieden?«

Kleine Überraschungen sind Nachrichten, die man zufällig unter dem Kopfkissen oder den Scheibenwischern seines Autos entdeckt. Eine Stück Schokolade zur richtigen Zeit. Oder ein Strauß Blumen, der plötzlich auf dem Küchentisch steht. Das hier ist keine kleine Überraschung, es ist so viel mehr. Eine wunderschöne, neue Erinnerung, gemacht für die Ewigkeit.

»Mehr als zufrieden. Es ist unglaublich, ich könnte mir keinen besseren Ort vorstellen.«

»Der Ort ist nicht so entscheidend wie die Begleitung.« Von hinten schlingt Cajus beide Arme um mich. Seine Berührung tut unendlich gut, und ich lehne mich zurück. Bei ihm kann ich mich fallen lassen. Kann für einen Augenblick alles andere vergessen und nur im Moment sein, der aus uns und dem geheimnisvollen Garten unter dem sternenübersäten Nachthimmel besteht. Mein Blick gleitet nach oben, Richtung Universum, wo die Unendlichkeit liegt.

»Glaubst du, dass es einen Plan gibt?«, frage ich gedankenverloren.

»Wie meinst du das?«

Eine frische Brise weht mir eine Haarsträhne ins Gesicht. »Manchmal frage ich mich, ob es einen größeren Plan gibt. Einen Plan, der existiert, ohne dass wir ihn kennen. Der uns in das Hier und Jetzt gebracht hat und uns durchschaubar und programmierbar macht, selbst wenn wir uns völlig frei vorkommen.«

»Ist es denn wichtig, ob so ein Plan existiert? Wenn wir ihn nicht kennen, macht es doch keinen Unterschied.« Cajus streicht mit der Hand über meinen Oberarm, was einen wohligen Schauer bei mir auslöst. »Muriel hat recht. Wichtig ist, jeden Augenblick zu schätzen und zu genießen. Und den nächsten werde ich ganz besonders genießen. Es ist Zeit, deine Schulden zu bezahlen, Bennet. Du schuldest mir noch einen Kuss.«

»Ich denke nicht.«

»Doch, ich denke schon.« Langsam dreht er mich zu sich um. Irgendwie kommt es mir total unwirklich vor, hier mit ihm zusammen zu sein. Mit Cajus Conterville, der wahrscheinlich jedes Mädchen haben könnte. Cajus grinst, eine dunkle Haarsträhne fällt ihm in die Stirn. Langsam beugt er sich zu mir herunter, mein Herz beginnt nervös zu pochen. Kurz bevor sich unsere Lippen berühren, hält er jedoch inne.

»Worauf wartest du?«

»Vielleicht hast du recht und ich sollte mich doch etwas in Geduld üben«, murmelt er so nah an meinem Mund, dass ich seinen frischen Atem spüren kann.

»Bastard.« Ich lege meine Hand auf seinen Hinterkopf. Ziehe ihn entschlossen zu mir, bis unsere Lippen zu einem langen Kuss verschmelzen. Ich habe keine Ahnung, wie viele Küsse wir schon geteilt haben, waren es fünfzig, hundert oder gar Tausende? Dennoch ist jeder Kuss mit Cajus ein Unikat, degradiert Zeit und Raum zur Nebensache.

Und jeglichen größeren Plan, sollte es ihn überhaupt geben.

Kapitel 3

Gedanklich bin ich noch immer bei unserem Ausflug in Muriels Keller, als sich am nächsten Tag die Schiebetüren der *Footastic Shoecompany* in der 17th Avenue öffnen und mich in eine ganz andere Welt einlassen.

»Hey, Harper, wir haben Glück, Miss Mitchel hat sich den Nachmittag freigenommen«, begrüßt mich Molly. Sie ist damit beschäftigt, hinter der Theke ein paar Kartons wegzuräumen. Ihre grellgelbe Arbeitsschürze mit den tanzenden Schuhen brennt sich dabei in meine Augen, der altbekannte Zitronen-Orangenduft des Ladens steigt mir in die Nase. »Ich musste dich also nicht mal decken, weil du schon wieder zu spät bist. Eigentlich schade. Denn ich habe mir ein paar echt tolle Ausreden für dich überlegt.«

Ich lasse meinen Rucksack von der Schulter gleiten. Ein Blick auf die Uhr verrät mir, dass ich tatsächlich zwanzig Minuten zu spät bin. Das passiert mir in letzter Zeit häufiger. Wahrscheinlich, weil ich es immer noch nicht ganz hinbekomme, die träumende und die wache Welt zu vereinen. Es ist, als würde ich auf zwei Veranstaltungen gleichzeitig tanzen, und keiner darf davon erfahren.

»Sorry, Molly. Aber lass deine kreativen Ausreden ruhig hören.«

Das ist ihr Stichwort. Meine blonde Kollegin kratzt sich lächelnd am Kinn. »Du hattest eine Auseinandersetzung mit einem Barfußaktivisten, musstest einen einsamen Sportschuh vom Baum retten oder – der Joker – du wurdest von Cajus Conterville zu einer neuen Spezialaufgabe abberufen. Wenn ich das sage, hält Miss Mitchel garantiert die Klappe. Sie hat es immer noch nicht verkraftet, dass der Juniorchef dich höchstpersönlich aus dem Laden eskortiert hat. Ich glaube, manchmal weint sie deswegen still und leise im Büro.«

»Blödsinn.«

»Nicht, dass sie sich noch etwas antut. Ich habe vorhin im Radio gehört, dass die Selbstmordrate in letzter Zeit angestiegen ist. Und meine Tante hat neuerdings auch Depressionen, es scheint also echt um sich zu greifen.« Sie hebt vielsagend die Augenbrauen und sieht mich abwartend an. Bislang habe ich nur Angela und Molly von dem angeblichen Geheimprojekt erzählt – einer topsecret Eigenmarkenentwicklung für Jugendliche, an der ich mitarbeite. Miss Mitchel hingegen habe ich weisgemacht, dass mich Cajus Conterville zur absoluten Geheimhaltung verpflichtet hat und dass ich ihr nichts über den Hintergrund des Besuchs verraten darf. Es bringt sie fast um.

Meine Chefin ist mir egal, aber ich weiß, dass ich Angela und Molly irgendwann die Wahrheit sagen muss. Zumindest den Teil der Wahrheit ohne Noctaris, den Teil, den der Verstand ohne Beweise erfassen kann. Doch wenn du einmal angefangen hast zu lügen, ist es schwer, wieder zurückzufinden. Du kannst nicht einfach den Rückwärtsgang einlegen, voll aufs Gas treten und nach hinten brettern, um es ungeschehen zu machen. Eine ausgesprochene Lüge ist da, und sie wächst, Stück für Stück, wenn du nach jedem Detail, nach jeder Begegnung ausgefragt wirst. Zuerst sind es nur ein paar Worte, dann werden es immer mehr und plötzlich hast du eine Riesenlüge vor dir, fett und glänzend.

»Hast du wieder etwas von ihm gehört?«

»Von wem?«

Molly verdreht die Augen, als würde ich sie verarschen. »Na, von Cajus Conterville. Oder denkst du, ich rede von deinem psychopathischen Ex?«

Von Phoenix habe ich erzählt, dass er aus dem Koma aufgewacht ist und mich in meiner Wohnung attackiert hat, weil er offenbar an Wahnvorstellungen leidet. Wieder nicht die ganze Wahrheit, aber einfacher als der Rest. Eine Zeitlang war das Thema Nummer eins, aber langfristig interessieren sich meine Kolleginnen einfach mehr für Cajus.

»Will er dich vielleicht mal hier im Laden besuchen, um weiter über das Projekt zu sprechen? Wenn ja, musst du mir Bescheid geben. Ich will ihn unbedingt live erleben. Ich könnte auch mein Fachwissen einbringen, falls er noch etwas Inspiration für diese neue Eigenmarke braucht. Ich kann so was von inspirierend sein.«

Ihre Augen leuchten auf eine leicht fanatische Art. Ich nicke nur und lächle, dann gehe ich nach hinten ins Büro. Ich zähle langsam von eins bis zehn, um mich nicht wie die miese Lügnerin zu fühlen, die ich bin, als ich eine WhatsApp von Cajus bekomme.

Nicht vergessen: Der Wagen holt euch heute Abend um halb acht ab.

Ich brauche einen Augenblick, um die Nachricht zu verstehen, dann fällt es mir wieder ein. *Scheiße.* Heute ist die Benefizgala des Jackson Hospitals wegen der Spendensammlung für die Krebsforschung. Eine elitäre Veranstaltung ohne Presse, die ein mulmiges Gefühl bei mir hervorruft. Bislang haben Cajus und ich uns immer in der WG oder in Noctaris getroffen, nie in der Öffentlichkeit. Während der letzten Wochen lebten wir abgeschieden, für uns allein – in einer künstlichen Blase gefüllt mit täuschender Leichtigkeit. Es war wunderschön. *War.* Mit einem Schlag könnten wir diese Leichtigkeit verlieren und in der Realität ankommen. Außerdem habe ich für die Gala bloß ein Abendkleid, das mir Mom damals zum Abschlussball gekauft hat und das seitdem in meinem Schrank verrottet. Hoffentlich fällt das schlichte blaue Kleid unter der feinen Garderobe der anderen Gäste nicht auf und identifiziert mich umgehend als Fremdköper. Genauso wie die hässliche gelbe Schürze, die kein Mensch freiwillig anziehen würde. Dennoch hänge ich sie mir um, gehe nach draußen und versuche den ganzen Nachmittag nichts anderes zu sein als eine Schuhverkäuferin, die Schuhe verkauft.

Da heute nicht viel im Laden los ist, hat Molly nichts dagegen, dass ich früher gehe. Als Tausch biete ich ihr an, meine nächste Schicht zu verlängern, doch sie lehnt ab. Ich soll ihr nur die Handynummer von Cajus Conterville geben, dann sind wir quitt. Sie sagt das halb im Scherz, aber wahrscheinlich würde sie tot umfallen, wenn sie die Nummer plötzlich wirklich hätte. Daran muss ich noch denken, als ich wenig später die WG betrete. Klassische Musik und Gelächter führen mich direkt ins Wohnzimmer.

»Das steht dir ausgezeichnet«, höre ich Laetitia sagen, die in einem eleganten weißen Abendkleid mit goldenem Rundhalsausschnitt auf der Couch sitzt. Sie lächelt Scott an, der sich vor ihr im Kreis dreht – und nicht mehr mein Scott ist. Er trägt einen schwarzen Smoking, die braunen Locken sind zurückgegelt. Am verstörendsten ist jedoch der entzückte Ausdruck in seinem Gesicht.

»Ich sehe aus wie James Bond«, sagt er.

»Nein, du siehst besser aus«, erklärt Laetitia. Ihr Blick schwenkt zu mir. »Hi, Harper.«

»Hey. Ich dachte, du bist noch in Paris oder Mailand?«

Cajus' Schwester steht auf und kommt auf mich zu. »Ich bin heute Mittag zurückgeflogen. Die Gala mit euch wollte ich mir nicht entgehen lassen.« Mit ihren rot geschminkten Lippen drückt sie mir einen Kuss auf die Wange. »Genauso wenig wie die kleine Shoppingtour, auf die ich Scott entführt habe.«

Scott dreht sich noch einmal für mich. »Den hier hat Laetitia springen lassen. Ich muss mit körperlichen Diensten bezahlen.«

Laetitia lacht. »Muss er gar nicht.«

»Könnte ich aber.«

»Ein Freund hat mir noch einen Gefallen geschuldet«, erklärt sie. »Und Scott sieht echt klasse aus.«

Er nickt. »Was soll ich sagen? Es ist die Wahrheit und nichts als die Wahrheit.«

Laetitia hakt sich bei mir ein. »Natürlich haben wir dir auch etwas mitgebracht.«

Fast automatisch greift Scott zum Couchtisch und hält mir einen flachen grauen Karton entgegen. »Laetitia hat es ausgesucht, ich hatte kein Mitspracherecht.«

»Natürlich hattest du kein Mitspracherecht.« Das Strahlen in Laetitias Gesicht ist ansteckend. Mein Mund beginnt zu lächeln, meine Hände greifen nach dem Karton. Eine leise Anspannung bebt in meinen Fingerspitzen, als ich den Deckel hebe. Weißes Seidenpapier kommt zum Vorschein und darunter ein tiefschwarzes Kleid, das ich vorsichtig aus der Verpackung löse. Es ist bodenlang. Das rückenfreie Oberteil ist aus feiner Spitze mit rautenförmigen Trägern, der Rock fällt im seidigen Meerjungfrauenstil nach unten. Ich bin sprachlos. Mein Abschlussballkleid im Schrank muss sich vor Scham gerade zusammenkrümmen.

»Es ist ... atemberaubend.«

Laetitia schüttelt den Kopf. »Noch nicht, aber wenn du es anhast.«

»Seid ihr endlich fertig?« Scotts Stimme klingt ungeduldig durch die geschlossene Badezimmertür.

Mein Blick fällt auf den vergilbten Spiegel. Die letzten zehn Minuten hat Laetitia in unserem Minibad damit verbracht, mit versierten Handgriffen aus der Schuhverkäuferin eine angemessene Gala-Begleitung zu machen. Hochgesteckte Haare, getuschte Wimpern, mattroter Lippenstift.

»So kann ich nicht gehen.«

»Wieso nicht?«

»Weil … ich nicht wie ich aussehe.«

»Auf solchen Benefizveranstaltungen sieht niemand aus wie er selbst, Harper. Das ist Teil des Events. Eine Art Verkleidungsparty für Reiche.« Sie mustert mich. »In Noctaris stört es dich doch auch nicht, wenn du so rumläufst.«

»Aber wir sind hier nicht in Noctaris, das hier ist echt.« Ich runzele die Stirn. »Also so echt es eben sein kann.«

Laetitia greift nach einem der dunklen Döschen, die sich am Rand des kleinen Waschbeckens drängen, lässt es aufschnappen und trägt wortlos Rouge auf meine Wangenknochen auf. Ich bereue, was ich gesagt habe. Es ist nichts weiter als ein Vorurteil, das meine Angst widerspiegelt.

Laetitia seufzt. »Du magst unsere Welt nicht, und das verstehe ich. Manchmal mag ich sie auch nicht. Aber sie ist nicht so schlimm, wie sie immer dargestellt wird. Wir sind nicht alle oberflächliche Idioten.«

»Das wollte ich damit auch nicht sagen. Sorry, ich glaube, ich bin einfach nur nervös und drehe langsam etwas durch. Ich war noch nie mit Cajus auf so einer Veranstaltung … und ich möchte nichts kaputt machen. Am liebsten würde ich die Pause-Taste drücken, verstehst du? Stopp. Einfach hierbleiben, wo wir gerade sind. Für immer verliebt, ohne irgendwelche Probleme.«

Sie lässt den Pinsel sinken. »Wer sagt denn, dass es überhaupt zu Problemen kommt? Immerhin hattet ihr eure Portion Probleme doch schon. Genau wie ich.«

Ich kann sehen, dass sie an Phoenix denkt. Vielleicht spukt er auch durch ihren Kopf.

»Entspann dich ein wenig, Harper«, fährt sie fort. »Das Gericht hat Phoenix zu drei Jahren Haft verurteilt, und selbst wenn seine Mutter jetzt mit ihrem verdammten Anwalt in Berufung geht, haben sie gegen unsere Leute keine Chance.« Laetitia pustet sich eine dunkle Haarsträhne aus dem Gesicht. »Okay, das klang jetzt wirklich arrogant. *Unsere Leute*. Als wären wir die Mafia.« Sie lacht so entwaffnend, dass ich mitlachen muss. Dann wird ihr Gesicht wieder ernst. »Ich habe gehört, dass Phoenix mit dir sprechen möchte.«

»Ich aber nicht mit ihm.«

Bislang hat Phoenix absolut nichts über den Geheimbund der Inkubi preisgegeben, er war immun gegen sämtliche Wahrheitsmagie. Vor zwei Nächten hat er jedoch erklärt, dass er sich mit mir unterhalten will. Ein einseitiges Verlangen.

Laetitia sieht mich mitfühlend an. »Das kann ich total verstehen. Ich glaube auch nicht, dass er dir etwas Wichtiges sagen würde. Immerhin kommen nur Lügen aus dem Mund des Mistkerls.« Das Mitgefühl verwandelt sich in einen nachdenklichen Ausdruck. »Es wundert mich bloß, dass er unsere Identität nicht verraten hat.«

»Wann hätte er denn Gelegenheit dazu gehabt? In Noctaris wird er durch die Magie eures Gefängnisses dauerhaft in seiner Zelle festgehalten. Und in der wachen Welt würde ihm wohl kaum jemand glauben.«

»Ich denke eher an die Rebellen, von denen er damals gesprochen hat. Würden sie unsere wahre Identität kennen, wäre das fatal. Selbst wenn Dad die Sicherheitsmaßnahmen auf dem Anwesen und im Palast verstärkt hat, kann man nie wissen, wie trickreich diese *Befreier* sind. Und nachdem sie jetzt angeblich einen unbekannten neuen Anführer haben, der seine Identität mit einer speziellen Magie schützt …« Tiefe Sorge verdunkelt ihre Augen. Laetitia ist eine starke Frau, aber auch bei ihr haben die Ereignisse Spuren hinterlassen.

Ich greife nach ihrer Hand. »Es wird schon alles gut gehen. Die Schattenarmee wird die Rebellen ausfindig machen und ihre Gruppe zerschlagen.« Die Worte sagen sich leicht, aber es ist kaum zu verdrängen, wie schwer sie wiegen.

»Hey! Ich warte immer noch!«, hören wir Scott von draußen rufen. »Der Wagen ist da!«

»Schönheit hat eben ihren Preis!«, ruft Laetitia zurück und öffnet die Tür.

Als Scott mich sieht, wachsen seine Augen. Mein bester Freund hat mich schon in allen möglichen Outfits erlebt. Da waren Fledermaus-, Skelett-, Ritter-, Hexen-, Zombiekostüme und noch anderes gruseliges Zeug. In den ganzen Jahren haben wir einige Halloweenpartys hinter uns gebracht. Einmal bin ich sogar als Marshmallow gegangen, was wohl mein bemitleidenswertester Auftritt war. Doch so wie jetzt hat mich Scott noch nie betrachtet. Als würde eine fremde Person vor ihm stehen, nicht Harper, einfach nur verkleidet.

»Wow …«

Ich schüttele den Kopf. »Sag das nicht.«

»Aber es ist wow.«

»Ich bin das doch gar nicht.«

Scott zieht die Augenbrauen zusammen. »Natürlich bist du das. Nur eben in einer besseren Version.«

Ich lege den Kopf schräg. »Sehr witzig.«

»Hey, du siehst fantastisch aus. Nimm es einfach als Kompliment. Ihr könntet beide als verdammte Bond-Girls durchgehen, so mega seht ihr aus.« Er steckt die Hände in die Taschen seiner Smokinghose. »Was haltet ihr davon, wenn wir diese lahme Benefizgala sausen lassen und zu dritt einen draufmachen? In unseren Outfits sind wir überall der Hammer, ganz Seattle wird uns zu Füßen liegen.«

»Wenn wir das tun, bringt dich mein Bruder um.«

»James Bond fürchtet sich nicht.«

»Aber *Scott* Bond schon, zumindest sollte er das«, sage ich und schnappe mir meine Handtasche, bevor wir nach unten gehen, wo uns eine stilechte schwarze Limousine erwartet. Scott versucht, nicht beeindruckt zu scin. Weder von den getönten Scheiben noch von den hellen Ledersitzen oder der Bar mit den teuren Champagnerflaschen.

»Ist die gemietet oder gehört die euch?« Mit den Fingerkuppen fährt er vorsichtig über das dezent beleuchtete dunkle Holz der Bar. Dann seufzt er. »Natürlich gehört sie euch.«

Laetitia schlägt neben mir die langen Beine übereinander und nickt. »Wir treffen meine Eltern und Cajus direkt auf der Veranstaltung. Er hatte noch irgendeine langweilige geschäftliche Besprechung, zu der er mit Dad musste.«

»Und du wolltest da nicht hin?«

Sie schüttelt den Kopf und entkorkt gekonnt eine Champagnerflasche. »Nein, ich bin froh, dass Cajus Lust hat, später die Geschäfte zu übernehmen. Für mich ist das nichts, ich möchte lieber kreativ arbeiten und meine Freiheit genießen. Champagner?«

Laetitias Worte klingen, als würde sich Cajus' Zukunft in einem goldenen Käfig abspielen.

Scott nimmt ein Champagnerglas entgegen, ich schüttele den Kopf. Während der Fahrt berichtet Laetitia von ihrem Modelauftrag in Paris und ihren Ambitionen, irgendwann ihre eigene ökologische Modelinie herauszubringen. Im Gegenzug erzählt Scott von seinem Vorhaben, später als Mikrobiologe in die Forschung zur bakteriellen Intelligenz einzusteigen, um bahnbrechende Entdeckungen für den Umweltschutz zu machen.

Ich bin still und hänge meinen Gedanken nach. Vielleicht bin ich nervös oder einfach nur ziellos. Ich sitze da, in meinem todschicken Abendkleid, und spüre plötzlich wieder dieses verdammte Pochen in meiner Brust. Es ist viel zu schnell und viel zu laut. Die Geräusche des Wagens dringen nur noch gedämpft an meine Ohren, als hätte sich etwas über sie gelegt. Alles verschwimmt zu einer diffusen Sequenz – Scott und Laetitias Gespräch, die Straßen mit ihren Geschäften, die glatten Hausmauern und die glatten Menschen. Übrig bleibt nur ein einziger Streifen meiner Wahrnehmung, der in den Hintergrund rückt, überlagert von den inneren Geräuschen, die durch mein Bewusstsein brechen. Hässlich, schallend und begleitet von einer dunklen Stimme.

Es fängt gerade erst an, Harper.